JP DELANEY

THE GIRL BEFORE

SIE WAR WIE DU. UND JETZT IST SIE TOT.

THRILLER

Aus dem Englischen von Karin Dufner

PENGUIN VERLAG

Die amerikanische Originalausgabe erschien 2017 unter dem Titel
»The Girl Before« bei Ballantine Books, New York.

1. Auflage 2018

Die Zitate auf S. 25 und S. 283 stammen aus: Truman Capote,
Breakfast at Tiffany's, Penguin Classics. Das Zitat auf S. 270 stammt aus:
Hilaire Belloc, *Cautionary Tales for Childrem*, Duckworth.
Umschlag: bürosüd nach einem Entwurf
von Hafen Werbeagentur gsk nach einer Idee von Carlos Beltrán
Umschlagmotiv: © GG Archard/Gallery Stock; Wojciech Zwolinski/Arcangel
Redaktion: Susann Rehlein
Satz: Greiner & Reichel, Köln
Druck und Bindung: GGP Media GmbH, Pößneck
Printed in Germany
ISBN 978-3-328-10327-1
www.penguin-verlag.de

Dieses Buch ist auch als E-Book erhältlich.

[Wir] dürfen [...] sagen, der Analysierte *erinnere* überhaupt nichts von dem Vergessenen und Verdrängten, sondern er *agiere* es. Er reproduziert es nicht als Erinnerung, sondern als Tat, er *wiederholt* es, ohne natürlich zu wissen, dass er es wiederholt.

– Sigmund Freud, *Erinnern, Wiederholen und Durcharbeiten*

1. Liste alle Dinge auf, die in deinem Leben unverzichtbar sind.

Damals: Emma

Es sei eine reizende kleine Wohnung, verkündet der Makler in einem Tonfall, der beinahe als echte Begeisterung durchgehen könnte. Zentral gelegen. Und da sei auch noch das zur Wohnung gehörige Stückchen Dach. Man könne es in einen Dachgarten verwandeln, das Einverständnis des Vermieters natürlich vorausgesetzt.

Nett, stimmt Simon zu, wobei er meinem Blick ausweicht. Ich wusste, dass die Wohnung nichts taugt, sobald ich sie betreten und das zwei Meter lange Stück Dach unter einem der Fenster gesehen hatte. Si weiß es auch, möchte es aber dem Makler noch nicht sagen, zumindest nicht sofort, um nicht unhöflich zu wirken. Vielleicht hofft er sogar, dass ich beim Gequatsche des Mannes schwach werde. Der Makler ist Simon sympathisch: dynamisch und engagiert. Vermutlich liest er die Zeitschriften, für die Simon arbeitet. Die beiden haben schon über Sportereignisse gefachsimpelt, noch ehe wir die Treppe hinauf waren.

Und hier hätten wir ein recht geräumiges Schlafzimmer, sagt der Makler. Mit ausreichend …

Das bringt nichts, unterbreche ich das Theater. Die Wohnung ist nicht die richtige für uns.

Der Makler zieht die Augenbrauen hoch. Angesichts des momentanen Wohnungsmarkts darf man nicht zu wählerisch sein, sagt er. Bis heute Abend ist sie vermietet. Fünf Besichtigungen heute, und dabei haben wir sie noch nicht einmal auf unserer Website.

Sie ist nicht sicher genug, entgegne ich knapp. Gehen wir?

Alle Fenster haben Schlösser, erwidert er. Es ist ein Sicherheitsschloss an der Tür. Natürlich könnten Sie auch eine Alarmanlage einbauen, falls Sicherheit Ihnen ein Anliegen ist. Ich denke, der Vermieter würde nichts dagegen haben.

Er ignoriert mich und wendet sich nur noch an Simon. *Ihnen ein Anliegen ist.* Genauso gut hätte er: *Oh, Ihre Freundin dramatisiert wohl gern?*, sagen können.

Ich warte draußen, sage ich und gehe schon mal vor.

Offenbar hat der Makler bemerkt, dass er ins Fettnäpfchen getreten ist, denn er fügt hinzu: Falls das Viertel das Problem ist, sollten Sie sich vielleicht weiter im Westen umschauen.

Haben wir bereits, antwortet Simon. Doch das übersteigt unser Budget. Wenn man von den Buden absieht, die die Größe einer Schuhschachtel haben.

Er versucht, sich nicht anmerken zu lassen, dass er genervt ist. Aber allein die Tatsache, dass er das für nötig hält, macht mich noch wütender.

Wir hätten da noch eine Zweizimmerwohnung in Queens Park, sagt der Makler. Ein bisschen heruntergekommen, aber …

Die haben wir schon besichtigt, erwidert Simon. Allerdings fanden wir, dass sie zu nah an dieser Sozialbausiedlung liegt. Sein Tonfall verrät, dass *wir* eigentlich *sie* heißen soll.

Oder da gäbe es noch eine im dritten Stock in Kilburn, die gerade auf den Markt …

Die kennen wir auch schon. Neben einem der Fenster befindet sich ein Fallrohr.

Der Makler blickt ihn verdattert an. Jemand könnte daran hinaufklettern, erklärt Simon.

Tja, die Saison hat ja gerade erst angefangen. Wenn Sie vielleicht noch ein wenig warten.

Offenbar ist der Makler zu dem Schluss gekommen, dass wir seine Zeit vergeuden. Auch er nähert sich unauffällig der Tür. Ich kann mich ja draußen auf den Treppenabsatz stellen, damit er mir nicht zu nahe kommt.

Wir haben unsere alte Wohnung bereits gekündigt, höre ich Simon sagen. Er senkt die Stimme. Schauen Sie, mein Lieber, bei uns wurde eingebrochen. Vor fünf Wochen. Zwei Männer sind bei uns eingedrungen und haben Emma mit einem Messer bedroht. Sie können sich vorstellen, dass sie ein bisschen nervös ist.

Oh, sagt der Makler. Wenn jemand so etwas mit meiner Freundin machen würde, keine Ahnung, was ich täte. Wissen Sie, die Chancen stehen vielleicht nicht sehr hoch, aber … Er beendet den Satz nicht.

Ja?, erwidert Simon.

Hat jemand im Büro die Folgate Street Nummer 1 erwähnt?

Ich glaube nicht. Ist da gerade etwas frei geworden?

Nein, nicht direkt.

Der Makler wirkt unsicher, ob er das Thema weiterverfolgen soll.

Aber sie ist zu vermieten?, beharrt Simon.

Im Grunde ja, erwidert der Makler. Und es ist ein fantastisches Haus. Absolut fantastisch. Ein himmelweiter Unterschied zu diesem hier. Nur, dass der Vermieter … ihn als *eigen* zu bezeichnen, wäre noch milde ausgedrückt.

Welches Viertel?, erkundigt sich Simon.

Hampstead, antwortet der Makler. Nun, eher Hendon. Doch es ist eine sehr ruhige Gegend.

Em?, ruft Simon.

Ich gehe wieder hinein. Wir könnten sie doch mal anschauen, sage ich. Wir sind ja schon auf halbem Wege.

Der Makler nickt. Ich fahre rasch ins Büro, sagt er, und suche die Unterlagen heraus. Offen gestanden habe ich sie schon lange niemandem mehr gezeigt. Die Wohnung passt nicht unbedingt zu jedem. Aber ich glaube, für Sie könnte sie genau das Richtige sein. Verzeihung, ich wollte nichts Falsches gesagt haben.

Heute: Jane

»Das ist die letzte.« Die Maklerin, die Camilla heißt, klopft mit den Fingern auf das Lenkrad ihres Smart. »Also wäre es wirklich an der Zeit, dass Sie sich entscheiden.«

Ich seufze auf. Die Wohnung, die wir gerade besichtigt haben, befindet sich in einem heruntergekommenen Wohnblock in der West End Lane und ist die einzige, die ich mir leisten kann. Ich hatte mir schon fast eingeredet, dass sie in Ordnung ist. Die sich wellende Tapete habe ich ebenso ignoriert wie die Küchendünste aus der Wohnung darunter, das winzige Schlafzimmer und den Schimmel im nicht zu belüftenden Bad – bis ich hörte, dass es ganz in der Nähe läutete, eine altmodische Handglocke. Im nächsten Moment hallte Kinderlärm durch die Wohnung. Als ich ans Fenster trat, stellte ich fest, dass ich auf eine Schule hinunterschaute. Ich hatte Blick in einen Raum, der offenbar von einer Kindergartengruppe genutzt wurde. Die Fenster waren mit ausgeschnittenen Häschen und Gänsen dekoriert. Ein Schmerz durchfuhr mich.

»Ich glaube, die ist nicht das Richtige«, brachte ich gerade noch heraus.

»Wirklich?« Camilla wirkte überrascht. »Liegt es an der Schule? Die Vormieter meinten, ihnen habe es gefallen, spielende Kinder zu hören.«

»Allerdings nicht so gut, dass sie geblieben wären.« Ich drehe mich um. »Gehen wir?«

Auf der Rückfahrt in ihr Büro legt Camilla eine lange taktische Pause ein. »Da Ihnen nichts, was wir heute besichtigt haben, zugesagt hat, sollten wir uns vielleicht überlegen, Ihr Budget zu erhöhen«, sagt sie schließlich.

»Leider gibt es an meinem Budget nichts zu rütteln«, entgegne ich trocken und schaue aus dem Fenster.

»Dann müssen Sie möglicherweise weniger wählerisch sein«, erwidert sie spitz.

»Wegen der letzten Wohnung. Es gibt … persönliche Gründe, aus denen ich nicht neben einer Schule wohnen kann. Noch nicht.«

Ihr Blick geht zu meinem nach der Schwangerschaft noch ein wenig schlaffen Bauch, und ihre Augen weiten sich, als bei ihr der Groschen fällt. »Oh«, sagt sie. Camilla ist doch nicht so dumm, wie sie aussieht, wofür ich sehr dankbar bin. Ich brauche es nicht auszusprechen.

Und außerdem ist sie offenbar zu einer Entscheidung gelangt.

»Wissen Sie, da gäbe es noch eine Wohnung. Eigentlich dürfen wir sie ohne ausdrückliche Erlaubnis des Eigentümers nicht zeigen, aber hin und wieder tun wir es doch. Manche Leute sind erschrocken, ich persönlich finde, das Haus ist ein Traum.«

»Ein Traumhaus bei meinem Budget? Wir sprechen hier doch nicht etwa von einem Hausboot, oder?«

»Nein, ganz im Gegenteil. Ein modernes Gebäude in Hendon. Ein ganzes Haus – nur ein Schlafzimmer, allerdings jede Menge Platz. Der Eigentümer ist Architekt. Genau genommen ist er sogar sehr berühmt. Kaufen Sie manchmal bei Wanderer?«

»Wanderer …« In meinem früheren Leben, als ich noch Geld und einen ordentlichen, gut bezahlten Job hatte, habe ich ab und zu im Wanderer-Shop in der Bond Street vorbeigeschaut, einem beängstigend minimalistisch eingerichteten Laden, in dem einige wenige astronomisch teure Kleider auf Steinplatten ausgelegt waren wie Jungfrauen zur Opferung. Die Verkäuferinnen trugen alle schwarze Kimonos. »Hin und wieder. Warum?«

»Monkford gestaltet alle ihre Filialen aus. Er ist ein Techno-Minimalist, oder so ähnlich. Jede Menge versteckte Technik, aber sonst absolut roh.« Sie wirft mir einen Blick zu. »Ich sollte Sie warnen, einige Leute finden seinen Stil ein wenig … karg.«

»Damit kann ich leben.«

»Und …«

»Ja?«, hake ich nach, als sie nicht fortfährt.

»Es handelt sich um kein gewöhnliches Vermieter-Mieter-Verhältnis«, fügt sie zögernd hinzu.

»Und das heißt?«

»Ich denke«, erwidert sie, blinkt und wechselt auf die linke Fahrspur, »dass wir uns die Wohnung erst ansehen sollten, um festzustellen, ob Sie sich in sie verlieben. Danach erkläre ich Ihnen, wo der Haken ist.«

Damals: Emma

Okay, das Haus ist wirklich ungewöhnlich. Umwerfend, atemberaubend, unglaublich. Es ist nicht in Worte zu fassen.

Von der Straße aus war nichts davon zu ahnen. Zwei Reihen großer Durchschnittshäuser, die vertraute Kombination aus viktorianischem rotem Backstein und Panoramafenstern, wie man sie überall in North London sieht, erstreckten sich den Hügel hinauf in Richtung Cricklewood wie ein Scherenschnitt, jedes identisch mit seinem Nachbarn. Nur die Eingangstüren und die kleinen bunten Fenster darüber unterschieden sich.

An der Straßenecke befand sich ein Zaun. Dahinter konnte ich ein niedriges, kleines Gebäude erkennen, einen kompakten Würfel aus hellem Stein. Einige horizontal verlaufende, scheinbar willkürlich verteilte Glasschlitze waren der einzige Hinweis darauf, dass es sich tatsächlich um ein Haus handelte und nicht um einen überdimensionalen Briefbeschwerer.

Wow, sagt Simon zweifelnd. Ist es das wirklich?

In der Tat, erwidert der Makler gut gelaunt. Folgate Street Nummer 1.

Er führt uns zur Seite des Anwesens, wo eine Tür exakt abschließend in die Mauer eingelassen ist. Es scheint keine Klingel zu geben – ich bemerke auch weder einen Türknauf noch einen Briefkasten oder ein Namensschild. Keinerlei Hinweis darauf, dass hier jemand lebt.

Wer wohnt derzeit hier?, erkundige ich mich.

Momentan niemand. Er macht Platz, damit wir eintreten können.

Und warum war nicht abgeschlossen?, frage ich und weiche ängstlich zurück.

Der Makler grinst selbstzufrieden. War es, erwidert er. Auf meinen Smartphone befindet sich ein digitaler Schlüssel. Eine App kontrolliert alles. Ich muss nur von *unbewohnt* auf *bewohnt* umschalten. Dann funktioniert die Sache automatisch. Die Sensoren im Haus empfangen den Code und lassen mich rein. Wenn ich ein digitales Armband tragen würde, bräuchte ich nicht einmal das Telefon.

Sie wollen mich wohl auf den Arm nehmen, sagt Simon ehrfürchtig und starrt auf die Tür. Angesichts seiner Reaktion würde ich am liebsten laut loslachen. Für Simon, den Computerfreak, ist ein Haus, das man per Telefon steuern kann, etwa so wie Ostern und Weihnachten auf einmal.

Ich trete in eine winzige Vorhalle, die kaum größer ist als ein Wandschrank. Da sie zu klein ist, um gemütlich dort herumzustehen, nachdem der Makler mir gefolgt ist, gehe ich einfach unaufgefordert weiter.

Nun bin ich es, die »wow« ausruft. Es ist wirklich beeindruckend. Riesige Fenster, die Blick auf einen kleinen Garten und eine hohe Steinmauer bieten, sorgen dafür, dass der Raum lichtdurchflutet ist. Er ist zwar nicht groß, wirkt aber so. Wände und Fußböden bestehen aus dem gleichen hellen Stein. Rillen unten an den Wänden lassen einen glauben, dass sie schweben. Und alles ist leer. Nicht unmöbliert – in einem Nebenzimmer bemerke ich einen Steintisch, einige nach Designer aussehende, ziemlich coole Stühle und ein langes, tiefes, mit einem dicken cremefarbenen Stoff bezogenes Sofa. Doch sonst gibt es keine Blickfänger. Keine Türen, keine Schränke, keine Bilder, keine Fensterrahmen, keine für mich erkennbaren Steckdosen, keine Lampenaufhängungen und – ich schaue mich verdattert um – nicht einmal Lichtschalter. Und obwohl sich das Haus weder verlassen noch unbewohnt anfühlt, liegt absolut nichts herum.

Wow, wiederhole ich. Meine Stimme klingt eigenartig gedämpft. Mir wird klar, dass ich nichts von draußen von der Straße höre. Der ständige Londoner Geräuschpegel, Straßenverkehr, Gerüstbauarbeiten oder Autoalarmanlagen, ist verschwunden.

Das sagen die meisten Leute, stimmt der Makler zu. Entschuldigen Sie, ich will nicht lästig sein, doch der Vermieter besteht darauf, dass wir die Schuhe ausziehen. Könnten Sie …

Er bückt sich, um sein eigenes auffälliges Schuhwerk aufzuschnüren. Wir folgen seinem Beispiel. Und dann, als hätte ihm die karge und kahle Leere des Hauses die Sprache verschlagen, läuft er einfach nur auf Socken hin und her. Offenbar ist er genauso verwirrt wie wir, während wir uns umschauen.

Heute: Jane

»Wunderschön«, sage ich. Von innen ist das Haus elegant und durchgestylt wie eine Galerie. »Einfach wunderschön.«

»Nicht wahr?«, stimmt Camilla mir zu. Sie reckt den Hals, um die kahlen Wände zu betrachten, die aus cremefarbenem Stein bestehen. Sie ragen hoch hinauf in die gewölbeartige Decke. Die obere Etage erreicht man über die verrückteste, minimalistischste Treppe, die mir je untergekommen ist. Sie wirkt wie in eine Klippe eingemeißelt: geschwungene Stufen aus ungeschliffenem Stein, ohne Geländer oder eine andere sichtbare Möglichkeit, sich festzuhalten. »Ganz gleich, wie oft ich auch herkomme, es verschlägt mir immer wieder die Sprache. Das letzte Mal war ich mit einer Gruppe von Architekturstudenten hier. Das ist übrigens eine der Bedingungen: Sie müssen das Haus alle sechs Monate Besuchern zugänglich machen. Doch die sind stets sehr gesittet. Es ist nicht so, als würden einem die Touristen Kaugummi auf den Teppich spucken.«

»Und wer wohnt jetzt hier?«

»Niemand. Es steht schon seit einem knappen Jahr leer.«

Ich spähe ins nächste Zimmer. Falls Zimmer der richtige Ausdruck für einen frei schwebenden Raum ohne Tür ist. Auf einem langen steinernen Tisch steht eine Vase mit Tulpen. Ihre blutroten Blüten bilden einen drastischen Kontrast zu all dem hellen Stein. »Und woher kommen dann die Blumen?« Ich gehe hinüber und berühre den Tisch. Kein Staub. »Und wer macht hier so gründlich sauber?«

»Jede Woche kommt eine Putzkraft von einer spezialisierten Reinigungsfirma. Das ist eine weitere Bedingung – Sie müssen sie weiterbeschäftigen. Die Firma kümmert sich auch um den Garten.«

Ich nähere mich dem bis zum Boden reichenden Fenster. Garten ist ein wenig übertrieben. Eigentlich ist es eher ein Hof, eine etwa sieben mal fünfzehn Meter große eingemauerte Fläche, gepflastert mit dem gleichen Stein wie der Boden, auf dem ich gerade stehe. Ein kleiner, länglicher Rasen, beängstigend exakt und so kurz geschoren wie auf einem Golfplatz, grenzt an die hintere Mauer an. Blumen gibt es keine. Alles Lebendige und sämtliche Farben fehlen. Kleine Kreise aus grauem Kies entdecke ich noch.

Als ich mich wieder in den Raum wende, denke ich, dass das ganze Haus einfach mehr Farbe und Wärme braucht. Ein paar Teppiche, ein wenig Menschlichkeit, dann wäre es wirklich wunderschön, so wie einer Wohnzeitschrift entstiegen. Zum ersten Mal werde ich von leichter Aufregung ergriffen. Habe ich endlich Glück gehabt?

»Tja, das hört sich recht vernünftig an«, sage ich. »War das alles?«

Camilla lächelt verhalten. »Wenn ich *eine* der Bedingungen sage, heißt das, eine der klarsten. Wissen Sie, was eine Nutzungsbeschränkung ist?«

Ich schüttle den Kopf.

»Das ist eine Rechtsvorschrift, die auf ewig für eine Immobilie gilt, etwas, das sich selbst beim Verkauf des Hauses nicht aufheben lässt. Normalerweise wird sie auf Nutzungsrechte angewendet – ob das Haus kommerziell genutzt werden darf und so weiter. Bei diesem Haus sind diese Bedingungen Teil des Mietvertrags, sie sind nicht verhandelbar und können auch nicht geändert werden. Es ist ein ausgesprochen strenger Vertrag.«

»Wovon genau reden wir?«

»Im Grunde genommen handelt es sich um eine Liste von Geboten und Verboten. Nun, zum Großteil sind es Verbote. Keine Veränderungen irgendwelcher Art, sofern nicht vorab genehmigt. Keine Teppiche. Keine Bilder. Keine Zimmerpflanzen. Keine Bücher …«

»Keine Bücher! Das ist doch lächerlich!«

»Keine Anpflanzungen im Garten. Keine Vorhänge …«

»Und wie kriegt man das Zimmer ohne Vorhänge dunkel?«

»Die Fenster sind lichtsensitiv. Sie verdunkeln sich, wenn es draußen dunkel wird.«

»Also keine Vorhänge. Sonst noch etwas?«

»Oh, ja«, erwidert Camilla, ohne auf meinen sarkastischen Ton zu achten. »Insgesamt gibt es etwa zweihundert Klauseln. Doch es ist die letzte, die die meisten Probleme verursacht.«

Damals: Emma

… keine Lampen außer denen, die schon da sind, sagt der Makler. Keine Wäscheleinen. Keine Papierkörbe. Rauchen verboten. Keine Glasuntersetzer oder Platzdeckchen. Keine Sofakissen, keine Deko-Objekte, keine Möbel zum Selbstzusammenbauen …

Das ist geisteskrank, empört sich Si. Was gibt ihm das Recht dazu?

Er hat tatsächlich mehrere Wochen damit verbracht, die IKEA-Möbel in unserer alten Wohnung zusammenzuschrauben, weshalb sie ihn mit demselben Stolz erfüllen, als hätte er sie eigenhändig aus frisch geschlagenen Bäumen geschnitzt.

Ich habe Ihnen ja gesagt, dass es ein schwieriges Objekt ist, sagt der Makler achselzuckend.

Ich blicke hinauf zur Decke. Apropos Lampen, sage ich. Wie schaltet man sie ein?

Das brauchen Sie nicht, erwidert der Makler. Das Haus verfügt über Ultraschallsensoren. Sie sind gekoppelt mit einem Modul, das die Lichtverhältnisse denen draußen anpasst. Es ist die gleiche Technologie, die dafür sorgt, dass sich nachts Ihre Autoscheinwerfer einschalten. Dann wählt man mit der App die gewünschte Stimmung aus. Produktiv, friedlich, verspielt und so weiter. Im Winter wird sogar zusätzliche UV-Strahlung beigegeben, damit Sie nicht depressiv werden. Wie bei einer Lichttherapie.

Ich merke Simon an, dass ihn all das begeistert. Offenbar ist das Recht des Architekten, IKEA-Möbel zu verbieten, plötzlich kein Thema mehr.

Natürlich gibt es eine Fußbodenheizung, fährt der Makler fort, der offenbar spürt, dass er ihn an der Angel hat. Sie bezieht die Wärme aus einer Wärmepumpe direkt unter dem Haus. Außerdem sind alle Fenster dreifach verglast – das Haus ist so effizient, dass es sogar Energie an die Stadtwerke abgibt. Sie werden niemals wieder eine Heizkostenrechnung bezahlen.

Das ist, als würde man Simon einen Porno vorlesen. Und die Sicherheit?, wende ich in scharfem Ton ein.

Alles im selben System, entgegnet der Makler. Sie können es zwar nicht sehen, doch in die Außenmauer ist eine Alarmanlage eingebaut. Alle Räume verfügen über Sensoren, dieselben, die auch die Lichter einschalten. Und das System ist klug. Es lernt, wer Sie sind und wie Ihr Tag normalerweise abläuft. Jede andere Person wird Ihnen gemeldet, um sicherzugehen, dass sie auch autorisiert ist.

Em?, ruft Simon. Du musst dir diese Küche anschauen. Er ist in den seitlich gelegenen Raum geschlendert, den mit dem Steintisch. Anfangs ist mir nicht klar, wie er ihn überhaupt als Küche erkannt hat. Längs der Wand verläuft eine Arbeitsfläche aus Stein. An einem Ende befindet sich etwas, was möglicherweise ein Wasserhahn sein könnte, ein schlankes Stahlrohr, das aus dem Stein ragt. Bei der flachen Mulde darunter könnte es sich um die Spüle handeln. Am anderen Ende gibt es eine Reihe von vier kleinen Löchern. Als der Agent mit der Hand darüber wedelt, schießt sofort eine heiße, zischende Flamme empor.

Ta-da, verkündet er. Der Herd. Der Architekt bevorzugt das Wort *Refektorium* anstelle von Küche. Er grinst, als wolle er zeigen, wie dämlich er das findet.

Als ich genauer hinschaue, entdecke ich schmale Rillen zwischen den Wandpaneelen. Ich drücke auf eines, und der

Stein öffnet sich – nicht mit einem Klicken, sondern mit einem gemächlichen pneumatischen Seufzer. Dahinter liegt ein sehr kleiner Schrank.

Ich zeige Ihnen das Obergeschoss, sagt der Makler.

Die Treppe besteht aus einer Reihe von in die Wand eingelassenen, nicht abgesicherten Steinplatten. Natürlich zu gefährlich für Kinder, warnt er und marschiert voran. Passen Sie auf, wo Sie hintreten.

Lassen Sie mich raten, sagt Simon. Geländer und eine Treppenabsicherung stehen auch auf der Verbotsliste.

Und Haustiere, ergänzt der Makler.

Das Schlafzimmer ist genauso kahl wie der Rest des Hauses. Das Bett ist eingebaut, ein heller Steinquader mit einem aufgerollten Futon. Außerdem ist das Badezimmer nicht abgetrennt, sondern nur eine Nische, verborgen hinter einer weiteren Wand, sodass es nicht einsehbar ist. Doch während die Leere unten so steril wirkt wie in einem Krankenhaus, ist die Atmosphäre hier oben ruhig, ja, beinahe gemütlich.

Wie eine Luxus-Gefängniszelle, stellt Simon fest.

Ich sagte ja bereits, dass es nicht jedermanns Geschmack entspricht. Doch für die richtige Person …

Als Simon auf ein Stück Wand neben dem Bett drückt, schwingt ein weiteres Paneel auf. Dahinter befindet sich ein Kleiderschrank. Kaum genug Platz für ein Dutzend Garnituren.

Eine der Regeln lautet, dass niemals etwas auf dem Boden herumliegen darf, erläutert der Makler hilfsbereit. Alles muss sofort weggeräumt werden.

Simon verzieht das Gesicht. Woher soll das jemand wissen? Wie wird das überprüft?

Regelmäßige Kontrollen stehen ebenfalls im Mietvertrag. Außerdem muss die Reinigungskraft sofort die Hausverwaltung informieren, falls gegen eine der Regeln verstoßen wird.

Kommt nicht infrage, protestiert Simon. Das ist ja, als wäre man wieder im Internat. Ich werde nicht dulden, dass mich jemand ausschimpft, weil ich meine schmutzigen Hemden nicht aufhebe.

Ich bemerke etwas. Seit ich dieses Haus betreten habe, hatte ich keine einzige Panikattacke. Es ist so von der Außenwelt abgeschnitten, *so abgeschirmt*, dass ich mich absolut sicher fühle. Mir kommt eine Stelle aus meinem Lieblingsfilm in den Sinn. *Die Stille und der stolze Eindruck. Hier kann dir nichts Schlechtes geschehen.*

Natürlich ist das Haus ein Traum, fährt Simon fort. Wenn diese ganzen Regeln nicht wären, wären wir vermutlich interessiert. Aber wir sind ziemlich schlampig. Ems Seite des Schlafzimmers sieht aus, als wäre gerade eine Bombe hochgegangen.

Tja, wenn das so ist, erwidert der Makler mit einem Nicken und sieht mich an.

Mir gefällt es, platze ich heraus.

Wirklich? Simon klingt überrascht.

Es ist anders, aber … irgendwie ergibt es doch Sinn, oder? Wenn man etwas derartig Unglaubliches gebaut hat, kann ich verstehen, dass es auch ordentlich bewohnt werden soll, so, wie man es geplant hat. Weshalb hätte man sich die Mühe sonst machen sollen? Und es ist fantastisch. So etwas habe ich noch nie gesehen, nicht einmal in Zeitschriften. Wir könnten doch auch ordentlicher werden, oder? Wenn das der Preis dafür ist, in so etwas wohnen zu dürfen?

Na ja, okay, erwidert Simon zweifelnd.

Dir gefällt es doch auch?, hake ich nach.

Wenn es dir gefällt, liebe ich es, antwortet er.

Nein, sage ich. Magst du es wirklich? Es wäre eine große Veränderung. Ich würde nicht wollen, dass wir es tun, wenn du nicht einverstanden bist.

Der Makler beobachtet uns amüsiert und wartet ab, wie diese kleine Debatte ausgehen wird. Und es läuft wie immer bei uns. Ich habe eine Idee, Simon überlegt es sich, und irgendwann stimmt er dann zu.

Du hast recht, Em, sagt Simon zögernd. Etwas Besseres finden wir nicht. Und wenn wir einen Neuanfang wollen – das hier wäre eindeutig mehr Anfang, als bloß in eine normale Zweizimmerwohnung zu ziehen, oder?

Er wendet sich an den Makler. Wie also machen wir jetzt weiter?

Ah, erwidert der Makler. Jetzt wird es richtig spannend.

Heute: Jane

»Und die letzte Klausel lautet wie …?«

»Sie wären überrascht, wie viele Leute sich trotz all der Einschränkungen für das Haus interessieren. Doch die letzte Hürde ist, dass der Architekt ein Vetorecht hat. Letztlich ist er es, der dem Mieter zustimmen muss.«

»Meinen Sie, persönlich?«

Camilla nickt. »Falls es überhaupt so weit kommt. Es gibt ein ausführliches Bewerbungsformular. Und natürlich müssen Sie unterscheiben, dass Sie die Regeln gelesen und verstanden haben. Wenn das erfolgreich absolviert ist, werden Sie zu einem persönlichen Gespräch dorthin auf der Welt eingeladen, wo er sich gerade aufhält. In den letzten Jahren bedeutete das Japan – er baute einen Wolkenkratzer in Tokio. Gerade ist er in London. Doch normalerweise spart er sich die Mühe. Wir kriegen einfach eine E-Mail, in der steht, dass der Bewerber abgelehnt ist. Ohne Begründung.«

»Und wer findet Gnade vor seinen Augen?«

Sie zuckt die Achseln. »Selbst wir im Büro können kein Muster erkennen. Obwohl uns aufgefallen ist, dass Architekturstudenten es nie schaffen. Und es ist eindeutig nicht nötig, dass sie schon einmal in einem solchen Haus gewohnt haben. Ansonsten können wir nur mutmaßen.«

Ich schaue mich um. Wenn ich dieses Haus gebaut hätte, was für Bewohner würde ich mir dafür wünschen?, frage ich mich. Wonach würde ich die Bewerbung eines Mietinteressenten bewerten?

»Ehrlichkeit«, sage ich zögernd.

»Verzeihung?« Camilla mustert mich verdattert.

»Dieses Haus vermittelt mir nicht nur, dass es gut aussieht, sondern auch, wie viel Herzblut hineingeflossen ist. Das heißt, es lässt eindeutig keine Kompromisse zu und ist in mancherlei Hinsicht sogar ein wenig abweisend. Aber dieser Mensch hat alles, seine gesamte Leidenschaft, in etwas gesteckt, das hundertprozentig seinen Wünschen entsprechen sollte. Es verfügt über – gut, das ist ein hochtrabendes Wort – Integrität. Ich glaube, er sucht nach Menschen, die es genauso ehrlich bewohnen, wie er es geplant hat.«

Wieder zuckt Camilla die Achseln. »Sie könnten recht haben.« Ihr Tonfall deutet an, dass sie das bezweifelt. »Also wollen Sie sich darum bemühen?«

Im Grunde meines Herzens bin ich ein vorsichtiger Mensch. Ich fälle nur selten Entscheidungen, ohne sie gründlich zu überdenken, die verschiedenen Möglichkeiten gegeneinander abzuwägen und mich über die Vor- und Nachteile kundig zu machen. Also erschreckt es mich ein wenig, als ich mich »ja, unbedingt« sagen höre.

»Gut.« Camilla klingt ganz und gar nicht überrascht, aber wer würde auch nicht in einem solchen Haus wohnen wollen? »Kommen Sie mit ins Büro. Ich suche Ihnen die Bewerbungsformulare heraus.«

Damals: Emma

1. Liste alle Dinge auf, die in deinem Leben unverzichtbar sind.

Ich greife zum Stift und lege ihn wieder weg. Eine Liste aller Dinge, die ich behalten möchte, würde die ganze Nacht in Anspruch nehmen. Doch dann denke ich weiter nach. Das Wort *unverzichtbar* strahlt mir von der Seite entgegen. Was ist denn eigentlich unverzichtbar? Meine Kleider? Seit dem Einbruch lebe ich praktisch in zwei Paar Jeans und einem alten schlabberigen Pulli. Natürlich würde ich gern einige Kleider und Röcke mitnehmen; ein paar schicke Jacken, meine Schuhe und Stiefel, doch alles andere würde ich nicht vermissen. Unsere Fotos? Die sind alle online gespeichert. Die halbwegs wertvollen Schmuckstücke haben die Einbrecher mitgenommen. Unsere Möbel? Darunter befindet sich kein Stück, das in der Folgate Street 1 nicht geschmacklos und deplatziert wirken würde.

Mir dämmert, dass diese Frage bewusst so formuliert wurde. Indem man mir den Gedanken eingepflanzt hat, dass eigentlich gar nichts unverzichtbar ist, ertappe ich mich bei der Frage, ob ich nicht alle Sachen, den ganzen *Kram*, abstreifen könnte wie eine alte Haut.

Vielleicht zielen DIE REGELN, wie wir sie inzwischen nennen, ja genau darauf ab. Möglicherweise steckt nicht einfach nur dahinter, dass der Architekt ein Zwangsneurotiker ist, der befürchtet, wir könnten sein schönes Haus ruinieren. Es könnte ein Experiment sein. Ein Wohnexperiment.

Was mich und Si vermutlich zu Laborratten macht. Nur, dass mich das eigentlich nicht stört. Offen gestanden *will* ich verändern, wer ich bin – wer wir sind –, und ich weiß, dass ich das ohne Hilfe nicht schaffe.

Insbesondere, wer *wir* sind.

Si und ich sind seit der Hochzeit von Saul und Amanda vor vierzehn Monaten zusammen. Ich kenne die beiden aus dem Büro. Sie sind ein paar Jahre älter als ich, und außer ihnen kannte ich kaum jemanden auf der Feier. Simon war Sauls Trauzeuge, die Hochzeit war wunderschön und romantisch, und zwischen uns hat es sofort gefunkt. Aus Trinken und Reden wurde inniges Tanzen, und wir tauschten unsere Nummern aus. Wie sich später herausstellte, wohnten wir in derselben Pension und, na ja, eins führte zum anderen. *Was habe ich getan*?, dachte ich am nächsten Tag. Offensichtlich handelte es sich um einen weiteren spontanen One-Night-Stand, ich würde ihn nie wiedersehen und mich billig und benutzt fühlen. Doch das Gegenteil war der Fall. Si rief mich an, sobald er zu Hause war, und dann wieder am nächsten Tag. Und am Ende der Woche waren wir zum großen Erstaunen unserer Freunde ein Paar. Insbesondere zum Erstaunen *seiner* Freunde. Er arbeitet in einem absoluten Macho-Umfeld, in dem eine feste Freundin beinahe als Makel gilt. In den Zeitschriften, für die Si schreibt, werden Mädchen als »Puppen«, »scharfe Bräute« und »niedliche Schlampen« bezeichnet. Seite um Seite ist mit Unterwäschemodels gefüllt, obwohl es in den Artikeln zumeist um die neueste Computertechnologie geht. Falls der Bericht von, sagen wir mal, Mobiltelefonen handelt, hat ein Mädchen in Unterwäsche das Gerät in der Hand. Geht es um Laptops, trägt sie immer noch Unterwäsche, hat aber eine Brille auf der Nase und tippt etwas in die Tastatur. Würde der Artikel Unterwäsche behandeln, hätte sie vermutlich gar nichts mehr an, sondern würde die Dessous schwenken, als wären sie ihr gerade vom Leib gerutscht. Wenn die Zeitschrift eine Party gibt, erscheinen die Models etwa in der gleichen Bekleidung, in der sie auch im Blatt abgelichtet werden. Und dann werden die Fotos von dieser Party ebenfalls in der Zeitschrift gebracht. Das ist überhaupt nicht mein Ding. Und Simon hat mir von Anfang an gesagt, dass es auch nicht sein Ding sei. Einer der Gründe, warum er mich möge, sei, dass ich so ganz anders sei als diese Mädchen, nämlich echt.

Wenn man sich auf einer Hochzeit kennenlernt, beschleunigt das die erste Phase einer Beziehung enorm. Wir gingen gerade ein paar Wochen miteinander, als Simon mich fragte, ob ich bei ihm einziehen wolle. Das erstaunte die Leute ebenfalls – normalerweise bedrängt die Frau ja den Mann, weil sie entweder heiraten oder das nächste Stadium einläuten möchte. Vielleicht liegt es daran, dass Simon ein wenig älter ist als ich. Er sagt immer, er habe gewusst, dass ich die Richtige sei, sobald er mich gesehen habe. Das hat mir gleich an ihm gefallen: Er wusste, was er wollte, und in diesem Fall wollte er mich. Allerdings bin ich nie auf den Gedanken gekommen, mich zu fragen, ob ich auch wollte und ob er mir ebenso viel bedeutete wie ich ihm. Und vor Kurzem, nach dem Einbruch und der Entscheidung, aus seiner alten Wohnung auszuziehen und uns zusammen etwas Neues zu suchen, wurde mir allmählich klar, dass es Zeit für mich ist, eine Entscheidung zu fällen. Das Leben ist zu kurz, um es in der falschen Beziehung zu verbringen.

Sofern es die falsche ist.

Ich grüble darüber nach und kaue geistesabwesend am Ende meines Kugelschreibers herum, bis er zersplittert und ich spitze Plastikteile im Mund habe. Eine meiner schlechten Angewohnheiten, genau wie Nägelkauen. Vielleicht gehört das auch zu den Dingen, die ich in der Folgate Street 1 endlich lassen werde. Möglicherweise wird mich das Haus zu einem besseren Menschen machen und Ordnung und Disziplin in mein Lebenschaos bringen. Ich werde mich in einen Menschen verwandeln, der sich Ziele setzt, Listen aufstellt und alles auf die Reihe kriegt.

Ich wende mich wieder dem Formular zu, fest entschlossen, meine Antwort so knapp wie möglich zu halten, um zu beweisen, dass ich es kapiert habe, dass ich verstanden habe, worauf der Architekt hinauswill.

Und dann erkenne ich, wie die richtige Antwort lautet.

Ich lasse die Zeilen einfach frei. So leer, karg und perfekt wie das Innere von Folgate Street 1.

Später gebe ich Simon das Formular und erkläre ihm, was ich getan habe. Und was ist mit meinen Sachen, Em?, entgegnet er. Was ist mit der Sammlung?

Die Sammlung besteht aus etlichen über die Jahre mühevoll erstandenen NASA-Souvenirs, in Kartons unter dem Bett befindlich. Vielleicht könnten wir die einlagern, schlage ich vor, hin- und hergerissen zwischen Amüsement – weil wir uns tatsächlich darüber streiten, ob Schrott von eBay, signiert von Buzz Aldrin oder Jack Schmitt, uns tatsächlich daran hindern könnte, in das unbeschreiblichste Haus zu ziehen, das wir je gesehen haben – und Wut, da Simon ernsthaft in Erwägung zieht, seine Astronauten wären wichtiger als das, was mir zugestoßen ist.

Eine Kabine in einem Self-Storage-Laden ist nicht unbedingt das, was ich mir dafür vorgestellt habe, Babe, entgegnet er.

Aber es sind nur Dinge, Si. Und Dinge sind doch nicht wirklich von Bedeutung, oder?

Ich spüre, dass ein weiterer Streit im Anzug ist, die vertraute Wut steigt an die Oberfläche. *Schon wieder*, würde ich am liebsten brüllen, *hast du mir weisgemacht, du würdest etwas unternehmen. Und wenn es hart auf hart kommt, versuchst du immer, dich zu drücken.*

Natürlich spreche ich es nicht aus. So viel Wut steckt dann doch nicht in mir.

Carol Younson, die Therapeutin, zu der ich seit dem Einbruch gehe, sagt, Wut sei ein gutes Zeichen. Sie bedeute, dass ich mich nicht unterkriegen lasse, oder so ähnlich. Leider richtet sich meine Wut stets nur gegen Simon. Das ist offenbar auch normal. Die Personen, die einem am nächsten stünden, bekämen am meisten ab.

Okay, okay, sagt Simon rasch. Die Sammlung wird eingelagert. Aber da könnten noch einige andere Dinge sein …

Ich habe bereits einen seltsamen Beschützerinstinkt für die wundervolle Leerstelle hinter meiner Antwort entwickelt. Lass uns einfach alles wegschmeißen, sage ich ungeduldig. Von vorne anfangen. So, als flögen wir in den Urlaub, und die Fluggesellschaft müsste uns das ganze Gepäck ersetzen.

In Ordnung, erwidert er. Aber ich merke ihm an, dass er das nur sagt, damit ich nicht sauer werde. Er geht zum Spülbecken und fängt demonstrativ an, sämtliche schmutzigen Tassen und Teller abzuwaschen, die ich dort gestapelt habe. Ich weiß, dass er glaubt, ich würde das nicht schaffen. Dass ich nicht genug Selbstdisziplin habe, ein nicht von Krimskrams überquellendes Leben zu führen. Ich ziehe das Chaos förmlich an, sagt er immer. Aber genau deshalb will ich es tun. Ich will mich neu erfinden. Und dass ich es mit jemandem versuche, der meint, mich zu kennen, und es mir nicht zutraut, macht mich ärgerlich.

Ich glaube, dass ich dort schreiben könnte, füge ich hinzu. In dieser Ruhe. Du ermutigst mich doch schon seit Jahren, ein Buch zu schreiben.

Er brummt etwas, nicht sehr überzeugt.

Oder vielleicht fange ich einen Blog an, füge ich hinzu.

Ich lasse mir die Idee durch den Kopf gehen und beleuchte sie aus allen Winkeln. Ein Blog wäre ziemlich cool. Ich könnte ihn *Ich, die Minimalistin* nennen. *Meine Reise in den Minimalismus*. Oder einfach nur *Mini Miss*.

Ich bin Feuer und Flamme und überlege mir, wie viele Follower ein Blog über den Minimalismus wohl anziehen würde. Vielleicht würde er sogar Werbekunden anlocken. Ich könnte meinen Job aufgeben und die Sache zu einem Lifestyle-Journal im Bestsellerformat machen wie Emma Matthews.

Würdest du dann all die anderen Blogs, die ich für dich eingerichtet habe, schließen?, fragt er. Die Andeutung, dass ich die Sache nicht ernsthaft betreiben würde, ärgert mich. Es stimmt, dass *London Girlfriend* nur vierundachtzig Follower hat und *Liebesromanluder* lediglich achtzehn. Doch ich hatte nie genug Zeit, um wirklich etwas zu schreiben.

Ich wende mich wieder dem Bewerbungsformular zu. Schon nach der ersten Frage streiten wir uns. Es sind noch vierunddreißig weitere übrig.

Heute: Jane

Ich blättere das Bewerbungsformular durch. Einige der Fragen sind ziemlich merkwürdig. Ich kann ja noch verstehen, dass er wissen will, welche Sachen ich mitbringen oder was ich an der Einrichtung verändern möchte, aber was ist mit:

> 23. Würdest du dich selbst opfern, um zehn unschuldige Fremde zu retten?
> 24. Was, wenn es zehntausend Fremde wären?
> 25. Machen dicke Menschen dich (a) traurig, (b) ärgerlich?

Mir wird klar, dass ich vorhin das Wort *Integrität* richtig verwendet habe. Bei diesen Fragen handelt es sich um eine Art psychometrischen Test. Allerdings ist *Integrität* ein Begriff, der bei Immobilienmaklern nur selten zum Einsatz kommt. Kein Wunder, dass Camilla mich so verdattert angestarrt hat.

Vor dem Ausfüllen google ich »The Monkford Partnership«. Als ich die Website anklicke, erhalte ich ein Bild von einer nackten Wand. Es ist eine wunderschöne Wand aus hellem Stein mit einer glatten Oberfläche, allerdings nicht sonderlich informativ.

Als ich weiterklicke, erscheinen zwei Wörter:

Projekte

Kontakt

Ich wähle »Projekte« aus, und auf dem Bildschirm ist eine Liste zu sehen.

Wolkenkratzer, Tokio
Monkford Building, London
Wanderer Campus, Seattle
Strandhaus, Menorca
Kapelle, Brüggen
The Black House, Inverness
Folgate Street 1, London

Wenn ich die Gebäude anklicke, erscheinen nur weitere Bilder, kein Text. Lediglich Fotos der Bauwerke. Alle sind absolut minimalistisch und mit derselben Liebe zum Detail erbaut, und zwar aus den gleichen hochwertigen Materialien wie Folgate Street 1. Auf den Fotos ist kein einziger Mensch zu sehen. Auch sonst nichts, was auf Bewohner hinweist. Die Kapelle und das Strandhaus sind beinahe austauschbar: massive Quader aus hellem Stein und großen Glasscheiben. Nur die Aussicht ist jeweils eine andere.

Ich schaue auf Wikipedia nach.

Edward Monkford (geb. 1980) ist ein britischer Techno-Architekt und Anhänger der minimalistischen Ästhetik. Im Jahr 2005 gründete er mit dem Datenspezialisten David Thiel und zwei weiteren Teilhabern The Monkford Partnership. Gemeinsam sind ihnen Durchbrüche auf dem Gebiet der Domotik gelungen. Sie haben intelligente Gebäude geschaffen. Für gewöhnlich übernimmt Monkford Partnership stets nur einen einzigen Auftrag zu einer Zeit. Deshalb ist die Liste ihrer bisherigen Projekte absichtlich kurz gehalten. Derzeit arbeiten sie an ihrem bis jetzt ehrgeizigsten Projekt: New Austell, eine Ökostadt mit zehntausend Wohneinheiten im Norden von Cornwall.

Ich gehe die Auszeichnungen durch. Die *Architectural Review* bezeichnet Monkford als »trotziges Genie«, während das *Smithsonian Magazine* ihn »Großbritanniens einflussreichsten Stagnationsarchitekten« nennt, »einen wortkargen Selbstdarsteller, dessen Arbeiten ebenso unansehnlich wie tiefgreifend sind«.

Ich klicke auf »Privates«.

2006, als Monkford noch weitgehend unbekannt war, heiratete er Elizabeth Mancari, ebenfalls Mitglied der Monkford Gruppe. 2007 kam ihr Sohn Max zur Welt. Mutter und Kind wurden während der Bauarbeiten an Folgate Street 1 (2008–2011) bei einem Unfall getötet, ein Haus, das eigentlich als Familienwohnsitz und Demonstrationsobjekt für die Qualitäten des jungen Unternehmens hätte dienen sollen. Einige Kommentatoren bezeichnen diese Tragödie und Edward Monkfords darauffolgendes einjähriges Sabbatical in Japan als das prägende Moment, das hinter dem kompromisslosen minimalistischen Stil steht, durch den sich das Unternehmen einen Namen gemacht hat.

Nach seiner Rückkehr verwarf Monkford seine ursprünglichen Pläne für Folgate Street 1 – damals noch eine Baustelle – und begann noch einmal ganz von vorn. Das auf diese Weise entstandene Haus hat einige bedeutende Preise gewonnen, einschließlich eines Stirling Prize des Royal Institute of British Architects.

Ich lese den Text noch einmal. Also stand am Anfang dieses Hauses ein Todesfall. Genau genommen zwei, doppelte Trauer. Fühle ich mich vielleicht deshalb dort so zu Hause? Gibt es eine Verbindung zwischen diesen kargen Räumen und dem, was ich verloren habe?

Unwillkürlich wandert mein Blick zu dem Koffer am Fenster. Einem Koffer voller Babysachen.

Mein Baby ist gestorben. Mein Baby ist gestorben, und dann, drei Tage später, wurde es geboren. Sogar jetzt noch schmerzt mich dieser schreckliche Verstoß gegen die Natur, die beiläufige Umkehrung der Ordnung der Dinge, mehr als alles andere.

Dr. Gifford, der behandelnde Gynäkologe, war, obgleich kaum älter als ich, derjenige, der mir in die Augen sah und mir erklärte, mein Baby müsse auf natürlichem Wege zur Welt kommen. Das Risiko einer Infektion und weiterer Komplikationen plus die Tatsache, dass ein Kaiserschnitt einen schweren chirurgischen Eingriff darstelle, bedeute, dass dieser in Fällen von Totgeburten nicht angeboten werde. *Angeboten* – dieses Wort hat er benutzt. Als wäre ein per Kaiserschnitt geborenes Baby, auch wenn es tot war, eine Art Geschenk wie ein Obstkorb in einem Hotelzimmer. Allerdings würden sie per Tropf die Wehen einleiten, fügte er hinzu, damit die ganze Sache so schnell und schmerzlos wie möglich abliefe.

Aber ich will nicht, dass es schmerzlos ist, dachte ich. *Ich will, dass es wehtut und dass am Ende ein lebendiges Baby dabei herauskommt.* Ich ertappte mich bei der Frage, ob Dr. Gifford wohl Kinder hatte. Ja, beschloss ich. Ärzte heirateten jung, zumeist Berufskolleginnen. Außerdem war er viel zu sympathisch, um nicht selbst eine Familie zu haben. Am Abend würde er nach Hause gehen und seiner Frau bei einem Bier vor dem Abendessen von seinem Tag erzählen. Er würde Wörter wie *Tod im Mutterleib*, *ausgetragene Schwangerschaft* und vielleicht *ziemlich hart* benutzen. Dann würde seine Tochter ihm zeigen, was sie in der Schule gemalt hat, und er würde sie küssen und ihr sagen, dass sie toll sei.

An den angespannten und verkrampften Gesichtern des medizinischen Personals erkannte ich, dass eine derartige Situation selbst für sie schreckliche Seltenheit hatte. Doch während sie sich ein wenig hinter ihre Professionalität flüchten konnten, war ich gleichzeitig überwältigt und wie betäubt von dem Gefühl, versagt zu haben. Als sie mich an den mit Hormonen gespickten Tropf anschlossen, damit es endlich losging, hörte ich die Schreie einer anderen Frau, ein Stückchen weiter in der Entbindungsstation. Nur, dass diese Frau das Krankenhaus mit einem Baby verlassen würde, nicht mit einer Überweisung an einen Trauertherapeuten. *Mutterschaft*. Ein seltsames Wort, wenn man darüber nachdachte. Würde ich je im wahren Sinne als Mutter betrachtet werden? Oder gab es einen anderen Ausdruck für das, was aus mir werden würde? Ich hatte bereits *post partum* aufgeschnappt anstelle von *postnatal*.

Als sich jemand erkundigte, ob der Vater kontaktiert werden sollte, schüttelte ich den Kopf. Kein Vater. Nur meine Freundin Mia, kreidebleich vor Trauer und Sorge, während all unsere sorgfältig zurechtgelegten Geburtspläne – Duftkerzen, Wasserbecken und einen iPod voller Jack Johnson und Bach – in einem nüchternen Strom medizinischer Aktivitäten versanken, so als hätte ich mich in der Illusion gewiegt, dass alles in bester Ordnung wäre, dass ich alles unter Kontrolle hätte, dass eine Geburt kaum anstrengender wäre als eine Wellness-Behandlung oder eine besonders heftige Massage. Kein Kampf um Leben und Tod, bei dem ein solches Ergebnis durchaus möglich, wenn nicht gar zu erwarten wäre. Ein Fall von zweihundert, sagte Dr. Gifford. In einem Drittel der Fälle würden die Gründe nie ermittelt. Dass ich in Topform und gesund war – vor der Schwangerschaft hatte ich jeden Tag Pilates gemacht und war mindestens einmal pro Woche gejoggt –, spielte keine Rolle. Mein Alter auch nicht. Manche Babys starben eben einfach. Ich würde kinderlos sein, und die kleine Isabel Margaret Cavendish würde nie eine Mutter haben. Ein Leben würde niemals stattfinden. Als die Wehen einsetzten, atmete ich ein wenig Gas ein, und Schreckensbilder machten sich in meinem Kopf breit, viktorianische Krüppelgestalten in mit Formaldehyd gefüllten Gläsern standen mir vor Augen. Ich schrie auf und spannte die Muskeln an, obwohl die Hebamme mir sagte, es sei noch nicht so weit.

Doch danach – als ich Leben geschenkt hatte oder den Tod oder wie man das auch immer nennen soll – war alles seltsam friedlich. Offenbar lag das an den Hormonen, demselben Mix aus Liebe, Glück und Erleichterung, den jede junge Mutter fühlt. Sie war völlig ruhig und entspannt, und ich hielt sie in meinen Armen und sprach zu ihr. Sie roch nach Rotz, Körperflüssigkeiten und sauberer neuer Haut. Ihre warmen kleinen Fäuste schlossen sich locker um meinen Finger, so wie bei jedem Baby. Ich empfand … *Glückseligkeit.*

Die Hebamme nahm sie mir weg, um Gipsabdrücke ihrer Hände und Füße für meine Erinnerungsschachtel anzufertigen. Dieses Wort hatte ich noch nie zuvor gehört, sodass sie es mir erklären musste. Ich würde eine Schuhschachtel bekommen, die eine Haarlocke von Isabel, ihr Wickeltuch, einige Fotos und die Gipsabdrücke enthielt. Wie ein kleiner Sarg. Erinnerungen an einen Menschen, den es nie gegeben hatte. Als die Hebamme die Gipsabdrücke zurückbrachte, sahen sie aus wie Bastelarbeiten aus dem Kindergarten. Rosafarbener Gips für die Hände, blauer für die Füße. In diesem Moment wurde mir endgültig klar, dass es keine Bastelarbeiten und keine Bilder an den Wänden geben würde. Keine Entscheidung, welche Schule sie besuchen sollte. Keine zu klein gewordene Schuluniform. Ich hatte gerade ein Baby verloren. Ein Kind, einen Teenager, eine Frau.

Inzwischen waren ihre Füße und auch ihr übriger Körper kalt. Als ich in meinem Zimmer am Waschbecken die letzten Gipsreste zwischen ihren Zehen herausspülte, fragte ich die Hebamme, ob ich sie für eine Weile mit nach Hause nehmen dürfe. Die Hebamme musterte mich zweifelnd und meinte, das sei doch ein wenig seltsam, oder? Aber ich könne sie hier im Krankenhaus so lange im Arm halten, wie ich wollte. Ich erwiderte, sie könnten sie wegbringen.

Als ich danach durch einen Tränenschleier den grauen Londoner Himmel betrachtete, fühlte ich mich, als wäre mir ein Körperteil amputiert worden. Zurück zu Hause, wich die tiefe Trauer einer Art Benommenheit. Wenn Freunde mich erschrocken und mitfühlend auf meinen *Verlust* ansprachen, wusste ich natürlich, was sie meinten. Und dennoch empfand ich ihre Worte als tödlich zutreffend. Andere Frauen waren siegreich gewesen, hatten gewonnen beim Poker mit Natur, mit Fortpflanzung und Genen. Ich nicht. Ich, die stets so tüchtig, erfolgreich und leistungsstark gewesen war, hatte verloren. Ich stellte fest, dass sich Trauer nicht so anders anfühlte als eine Niederlage.

Und dennoch war auf sonderbare Weise alles fast so wie zuvor. Wie vor der kurzen und zivilisierten Liaison mit meinem Kollegen im Genfer Büro. Eine Affäre, die sich in Hotelzimmern und gesichtslosen Restaurants mit perfektem Service abspielte. Bis ich morgens anfing, mich zu übergeben, und mir – anfänglich mit Grauen – dämmerte, dass ich womöglich nicht so gut aufgepasst hatte wie gedacht. Nach den schwierigen Telefonaten und E-Mails und seinen diskreten Hinweisen auf *Entscheidungen* und *Arrangements* und *schlechtes Timing* entstand allmählich ein völlig anderes Gefühl. Das Gefühl, das Timing könne ja doch richtig gewesen sein. Selbst wenn diese Affäre nicht zu einer festen Beziehung führen sollte, eröffnete sie mir, vierunddreißig und ledig, eine Möglichkeit. Mein Verdienst konnte leicht zwei Menschen ernähren. Und die PR-Agentur, für die ich tätig war, war stolz auf ihre großzügigen Leistungen für Mütter. Ich würde nicht nur fast ein ganzes Jahr freinehmen können, um für mein Baby da zu sein, sondern man garantierte mir bei meiner Rückkehr sogar flexible Arbeitszeiten.

Meine Arbeitgeber waren ebenso hilfsbereit, als ich ihnen von meiner Totgeburt berichtete. Sie boten mir unbegrenzte Krankheitstage an. Immerhin hatten sie die Erziehungszeit ja schon eingeplant. Und so saß ich allein in einer Wohnung, in der alles sorgfältig für ein Kind vorbereitet war: die Wiege von Kuster, der allerneueste Bugaboo, der handgemalte Fries aus Zirkusszenen entlang der Wand. Den ersten Monat verbrachte ich damit, Muttermilch auszudrücken und sie in die Spüle zu kippen.

Der Beamtenstaat versuchte zwar, mich zu schonen, tat es jedoch letztlich nicht. Ich stellte fest, dass eine Totgeburt im Gesetz nicht vorgesehen ist: Eine Frau in meiner Lage muss den Tod und die Geburt gleichzeitig anmelden, eine juristische Grausamkeit, die mich noch immer wütend macht, wenn ich daran denke. Eine Beerdigung fand statt – wieder eine rechtliche Vorschrift, doch ich hatte ohnehin eine gewollt. Eine Grabrede für ein Leben, das nie stattgefunden hat, ist schwierig, aber wir taten unser Bestes.

Psychologische Beratung wurde angeboten und angenommen. Aber tief in meinem Herzen wusste ich, dass sie nichts nützen würde. Ich musste einen Berg der Trauer erklimmen, und alle Gespräche würden mir dabei nicht weiterhelfen. Ich musste wieder zur Arbeit. Als klar wurde, dass ich erst in einem Jahr wieder in meinen Job würde zurückkehren können – offenbar konnte man eine Schwangerschaftsvertretung nicht so einfach wieder loswerden –, kündigte ich und nahm eine Teilzeitstelle bei einem Verein an, der sich der Erforschung von Totgeburten verschrieben hatte. Das hieß, dass ich mir meine alte Wohnung nicht mehr leisten konnte. Doch ich wollte ohnehin umziehen. Selbst wenn ich die Wiege und die Kinderzimmertapete loswurde, würde es stets die Wohnung bleiben, in der Isabel fehlte.

Damals: Emma

Etwas hat mich geweckt.

Ich weiß sofort, dass es nicht Betrunkene vor der Dönerbude draußen sind und auch keine Prügelei auf der Straße oder ein Polizeihubschrauber, denn an die bin ich inzwischen so gewöhnt, dass ich sie kaum noch wahrnehme. Ich hebe den Kopf und lausche. Ein *Poltern* und dann noch mal.

Jemand ist in unserer Wohnung.

In letzter Zeit hat es in dieser Gegend einige Einbrüche gegeben, und ich spüre, wie sich mein Magen ängstlich zusammenkrampft. Da fällt es mir wieder ein. Simon ist unterwegs, auf Kneipentour mit der Firma, und ich bin ins Bett gegangen, ohne auf ihn zu warten. Die Geräuschkulisse weist darauf hin, dass er zu viel getrunken hat. Hoffentlich duscht er, bevor er ins Bett kommt.

Anhand der Geräusche von der Straße, beziehungsweise deren Nichtvorhandensein, kann ich die Uhrzeit einigermaßen schätzen. Kein Aufheulen von Motoren, wenn die Wagen an den Ampeln beschleunigen. Keine zuknallenden Autotüren vor der Dönerbude. Ich taste nach meinem Telefon und spähe auf die Uhr. Obwohl ich meine Kontaktlinsen nicht drin habe, erkenne ich, dass es 2:41 Uhr ist.

Simon kommt den Flur entlang, zu betrunken, um daran zu denken, dass die Diele vor dem Bad immer knarzt.

Alles okay, rufe ich. Ich bin wach.

Seine Schritte stoppen vor der Tür. Ich weiß, dass du was

getrunken hast, füge ich hinzu, um ihm zu zeigen, dass ich nicht sauer bin.

Gedämpfte Stimmen. Geflüster.

Das heißt, er hat jemanden mitgebracht. Irgendeinen betrunkenen Kollegen, der den letzten Zug in die Vorstadt nicht mehr erwischt hat. Was ziemlich ärgerlich ist. Ich habe morgen – genau genommen, heute – viel zu tun. Und Simons verkatertem Kollegen ein Frühstück zu servieren, ist nicht Teil des Plans. Falls es doch dazu kommt, wird Simon natürlich der Charme in Person sein, mich Babe und wunderschön nennen und seinem Kumpel erzählen, dass ich fast Model geworden wäre, weshalb er der glücklichste Mann der Welt ist. Und ich gebe wieder einmal nach und komme zu spät zur Arbeit. Wäre nicht das erste Mal.

Dann sehen wir uns später, rufe ich, ein wenig verärgert. Wahrscheinlich packen sie jetzt die X-Box aus.

Plötzlich keine Schritte mehr.

Inzwischen wirklich sauer, schwinge ich die Beine über die Bettkante – für einen Kollegen bin ich sittsam genug bekleidet, ein altes T-Shirt und Boxershorts – und reiße die Schlafzimmertür auf.

Allerdings bin ich nicht so schnell wie die Gestalt auf der anderen Seite, der dunkel gekleidete Typ mit der Sturmhaube, der plötzlich seine Schulter hart gegen die Tür rammt, sodass ich rückwärts taumele. Ich schreie auf – wenigstens glaube ich das. Es könnte auch nur ein Keuchen sein, denn Angst und Schock schnüren mir die Kehle zu. Da in der Küche Licht brennt, sehe ich ein Aufblitzen, als er sein Messer hebt. Es ist ein winziges Messer, kaum größer als ein Kugelschreiber.

Seine Augen heben sich von der dunklen Wolle der Sturmhaube ab. Sie weiten sich bei meinem Anblick.

Wow!, sagt er.

Hinter ihm erkenne ich eine zweite Sturmhaube und ein

weiteres Augenpaar, das ängstlicher dreinblickt. Lass es, Bruder, sagt der Zweite. Einer der Eindringlinge ist weiß, der andere schwarz, doch sie sprechen denselben schwarzen Slang.

Chill mal, erwidert der Erste. Irre, oder?

Er hebt das Messer, bis es dicht vor meinem Gesicht schwebt. Her mit dem Telefon, du reiche Schlampe.

Ich erstarre.

Doch dann bin ich schneller als er. Ich greife hinter mich. Er glaubt, dass ich mein Telefon hole, doch in Wirklichkeit greife ich nach meinem eigenen Messer, dem großen Fleischmesser aus der Küche, das auf meinem Nachttisch liegt. Der Griff gleitet glatt und schwer in meine Hand. Mit einer fließenden Bewegung wirble ich damit herum, und es fährt in den Bauch dieses Mistkerls, genau unterhalb des Brustkorbs. Es dringt mühelos ein. Kein Blut, denke ich, als ich es herausziehe und noch einmal zusteche. Anders als in Horrorfilmen spritzt noch immer kein Blut. Das macht es leichter. Ich stoße das Messer in seinen Arm, dann in seinen Unterleib und zuletzt noch ein bisschen tiefer, dahin, wo seine Eier sind. Ich bohre es brutal in seine Lenden. Als er in sich zusammensackt, mache ich einen Schritt über ihn hinweg und wende mich der zweiten Gestalt zu.

Und jetzt du, sage ich zu ihm. Du warst dabei, und du hast ihn nicht gestoppt. Du kleines *Arschloch*. Ihm das Messer in den Mund zu rammen ist so einfach, wie einen Brief einzuwerfen.

Dann wird alles dunkel, und ich wache schreiend auf.

Das ist normal, meint Carol Younson. Absolut normal. Es ist sogar ein gutes Zeichen.

Selbst jetzt in dem Wohnzimmer, wo sie ihre Therapiesitzungen abhält, zittere ich noch am ganzen Leib. Irgendwo draußen mäht jemand den Rasen.

Was soll daran gut sein?, frage ich benommen.

Carol Younson nickt wieder. Das tut sie oft, eigentlich immer, wenn ich etwas sage, so als wolle sie mir mitteilen, dass sie normalerweise die Fragen ihrer Patienten nicht beantwortet und nur für mich eine Ausnahme macht. Für jemanden, der so gut mitarbeitet, solche ausgezeichneten Fortschritte macht, vielleicht sogar kurz vor dem Durchbruch steht, wie sie am Ende jeder Sitzung sagt. Da sie mir von der Polizei empfohlen wurde, muss sie fähig sein. Doch offen gestanden wäre es mir lieber, wenn sie diese Schweine erwischen würden, anstatt Visitenkarten von Therapeuten zu verteilen.

Ihre Fantasie, ein Messer zu haben, könnte ein Hinweis darauf sein, dass ihr Unbewusstsein Ihnen mitteilt, es wolle die Kontrolle über die Ereignisse gewinnen, fährt sie fort.

Wirklich?, erwidere ich. Ich ziehe die Füße an. Obwohl ich keine Schuhe anhabe, bin ich nicht sicher, ob das auf Carol Younsons makellos sauberem Sofa erlaubt ist. Andererseits denke ich, dass ich für meine fünfzig Pfund auch etwas erwarten kann. Handelt es sich um dasselbe Unbewusste, das beschlossen hat, dass ich mich an nichts erinnern darf, nachdem ich mein Smartphone ausgehändigt hatte? Hätte es mir nicht einfach sagen können, wie dämlich es war, kein Messer neben dem Bett liegen zu haben?

Das ist eine Interpretation, Emma, sagt sie. Nur, dass sie mir nicht sonderlich hilfreich erscheint. Überlebende eines Verbrechens geben häufig sich selbst die Schuld, nicht dem Angreifer. Doch der Angreifer ist derjenige, der gegen das Gesetz verstoßen hat, nicht Sie. Schauen Sie, fügt sie hinzu, mich interessieren weniger die Umstände dessen, was Ihnen zugestoßen ist, sondern der Prozess der Heilung. Aus dieser Perspektive betrachtet, ist es ein wichtiger Schritt. Sie fangen an, sich zu wehren – Ihren Angreifern die Schuld zu geben, nicht sich selbst. Sie weigern sich, sich als ihr Opfer zu sehen.

Nur, dass ich ihr Opfer *bin*. Daran kann nichts etwas ändern.

Sind Sie?, entgegnet Carol Younson ruhig. Oder *waren* Sie?

Nach einer langen bedeutungsschweren Pause – »therapeutischer Raum«, wie sie es nennt, eine ziemlich dämliche Bezeichnung für etwas, das einfach nur Schweigen heißt – hakt sie sanft nach: Und Simon? Wie geht es ihm damit?

Er versucht es, antworte ich.

Mir wird klar, dass das doppeldeutig klingt, weshalb ich hinzufüge: Das heißt, er versucht sein Bestes. Ich kriege Mitleid ohne Ende. Wahrscheinlich fühlt er sich verantwortlich, weil er nicht da war. Offenbar glaubt er, er hätte alle beide zusammenschlagen und bis zum Eintreffen der Polizei festhalten können. Obwohl sie ihn wahrscheinlich erstochen hätten. Oder gefoltert, bis er ihnen seine PIN-Nummer verrät.

In dieser Gesellschaft herrscht eine Art … *Konstrukt* davon, was Männlichkeit bedeutet, sagt Carol Younson nachsichtig. Wenn das unterminiert wird, könnte sich jeder Mann bedroht und verunsichert fühlen.

Diesmal zieht sich das Schweigen eine volle Minute hin.

Schaffen Sie es, ordentlich zu essen?, will sie wissen.

Aus irgendeinem Grund habe ich Carol Younson anvertraut, dass ich früher an einer Essstörung litt. Nun, *früher* ist ein relativer Begriff, denn jeder, der einmal davon betroffen war, weiß, dass so etwas niemals vollständig verschwindet und im Zusammenhang mit Erschütterungen und Bedrohungen wieder auftreten kann.

Si sorgt dafür, dass ich esse, erwidere ich. Alles in Ordnung.

Ich erzähle ihr nicht, dass ich manchmal einen Teller schmutzig mache und in die Spüle lege, damit Simon glaubt, ich hätte etwas gegessen. Auch nicht, dass ich manchmal kotze, nachdem wir in einem Restaurant waren. Einige Bereiche meines Lebens sind tabu. Eigentlich gehört das zu den Dingen, die ich an Simon gemocht habe. Wie er sich um mich gekümmert hat, als ich krank war. Das Problem ist seine übersteigerte Fürsorglichkeit, wenn ich nicht krank bin. Die treibt mich in den Wahnsinn.

Ich habe nichts unternommen, platze ich heraus. Als die eingebrochen sind. Und das begreife ich nicht. Ich habe vor Adrenalin buchstäblich gezittert. Es heißt doch, Kampf oder Flucht, oder? Aber ich habe keins von beiden getan. Sondern *gar nichts*.

Inzwischen weine ich aus unerklärlichen Gründen. Ich nehme eins von Carols Sofakissen und drücke es an meine Brust, als könnte ich dadurch das Leben aus diesen Mistkerlen herauspressen.

Sie haben etwas getan, entgegnet sie. Sie haben sich tot gestellt. Das ist wie bei Hasen und Kaninchen – Kaninchen rennen weg, Hasen kauern sich hin. In solchen Situationen gibt es kein Richtig oder Falsch, kein Was-wäre-wenn. Nur das, was geschehen ist.

Sie beugt sich vor und schiebt mir über den Couchtisch die Schachtel mit den Taschentüchern zu. Emma, ich würde gerne etwas ausprobieren, sagt sie, nachdem ich mir die Nase geputzt habe.

Was?, erwidere ich benommen. Keine Hypnose. Ich habe bereits klargestellt, dass ich das nicht will.

Sie schüttelt den Kopf. Es gibt eine Methode namens EMDR, Desensibilisierung und Aufarbeitung durch Augenbewegungen. Anfangs mag das ein wenig merkwürdig erscheinen, doch im Grunde genommen ist es ganz einfach. Ich setze mich neben Sie und bewege meine Finger in Ihrem Gesichtsfeld hin und her, während Sie die traumatische Erfahrung in Ihrem Verstand noch einmal durchleben. Gleichzeitig möchte ich, dass Sie meinen Fingern mit den Augen folgen.

Und was soll das bringen?, frage ich zweifelnd.

Die Wahrheit lautet, antwortet sie, dass wir nicht genau wissen, wie EMDR funktioniert. Aber offenbar unterstützt es darin, das Erlebte zu verarbeiten und es in die richtige Perspektive zu rücken. Es ist besonders hilfreich, wenn jemand sich nicht an Einzelheiten des Geschehenen erinnern kann. Sind Sie bereit, es damit zu versuchen?

Meinetwegen. Ich zucke die Achseln.

Carol schiebt ihren Stuhl so, dass sie wenige Zentimeter vor mir sitzt, und hält zwei Finger hoch.

Ich möchte, dass Sie sich auf ein Bild vom Anfang des Einbruchs konzentrieren, sagt sie. Halten Sie es fest. So, als würden Sie einen Film stoppen.

Sie beginnt, ihre Finger hin- und herzubewegen. Gehorsam folge ich ihnen mit dem Blick. Gut so, Emma, sagt sie. Und jetzt lassen wir den Film anfangen. Erinnern Sie sich, wie Sie sich gefühlt haben.

Zunächst fällt es mir schwer, mich zu konzentrieren. Doch nachdem ich mich an ihre sich bewegenden Finger gewöhnt habe, gelingt es mir, die Nacht des Einbruchs in meinem Gedächtnis wachzurufen.

Ein Poltern im Wohnzimmer.

Schritte.

Getuschel.

Ich, beim Aufstehen aus dem Bett.

Die Tür wird mit einem Knall aufgerissen. Das Messer vor meinem Gesicht …

Tief durchatmen, murmelt Carol, so, wie wir es geübt haben.

Zwei oder drei tiefe Atemzüge. Ich stehe aus dem Bett auf …

Das Messer. Die Einbrecher. Der Streit zwischen den beiden, angespannt und hektisch, darüber, ob meine Anwesenheit bedeutet, dass sie sich schleunigst aus dem Staub machen oder die Wohnung einfach trotzdem plündern sollen. Der Ältere, der mit dem Messer, zeigt auf mich.

Was soll die klapperdürre Schlampe schon dagegen tun?

Durchatmen, Emma, durchatmen, weist Carol mich an.

Er setzt das Messer an meiner Kehle an. *Denn wenn sie nicht pariert, stechen wir sie ab, richtig?*

Nein, stoße ich panisch hervor. Tut mir leid, ich schaffe das nicht.

Carol Younson lehnt sich zurück. Sie haben das sehr gut gemacht, Emma. Sehr gut.

Ich atme noch einige Male durch und fasse mich wieder. Von früheren Sitzungen her weiß ich, dass es nun an mir ist, das Schweigen zu brechen. Aber ich will nicht mehr über den Einbruch sprechen.

Vielleicht haben wir ja bald eine neue Wohnung, sage ich.

Oh, ja?, erwidert Carol Younson ohne eine Gefühlsregung.

Simons Wohnung liegt in einer wirklich schrecklichen Gegend. Selbst bevor ich die Verbrechensstatistik noch erhöht habe. Ich wette, die Nachbarn hassen mich. Wahrscheinlich habe ich den Wert ihrer Immobilien um fünf Prozent gemindert.

Ich bin sicher, dass sie Sie nicht hassen, Emma, antwortet sie.

Ich stecke den Saum meines Ärmels in den Mund und lutsche daran. Eine alte Angewohnheit, die sich offenbar wieder geregt hat. Ich weiß, dass ein Umzug eine Kapitulation ist, sage ich. Aber ich kann dort nicht bleiben. Nach Ansicht der Polizei besteht bei dieser Sorte von Einbrechern die Chance, dass sie wiederkommen. Offenbar fangen sie an, Besitzansprüche zu erheben. So, als ob man ihnen jetzt gehört.

Was bei Ihnen natürlich eindeutig nicht stimmt, antwortet Carol Younson ruhig. Sie gehören nur sich selbst, Emma. Und ich glaube nicht, dass ein Umzug eine Kapitulation ist.

Ganz im Gegenteil. Er ist ein Zeichen dafür, dass sie wieder Entscheidungen fällen. Ich weiß, es ist gerade schwierig. Aber Menschen überstehen solche Traumata. Sie müssen nur akzeptieren, dass das seine Zeit dauert.

Sie schaut auf die Uhr. Sehr gut, Emma. Sie haben heute echte Fortschritte gemacht. Wir sehen uns nächste Woche um dieselbe Zeit, einverstanden?

Heute: Jane

30. Welche Aussage beschreibt deine letzte Beziehung am treffendsten?
a) Eher Freunde als Liebespaar
b) Unkompliziert und gemütlich
c) Seelenverwandt und leidenschaftlich
d) Konfliktbeladen und explosiv
e) Perfekt, aber von kurzer Dauer

Die Fragen in dem Formular werden seltsamer und seltsamer. Anfangs versuche ich noch, sorgfältig über jede einzelne nachzudenken, doch es sind so viele, dass ich mir meine Antworten schließlich gar nicht mehr überlege, sondern einfach nur spontan ankreuze.

Drei aktuelle Fotos werden verlangt. Ich entscheide mich für eines, das auf der Hochzeit einer Freundin entstanden ist, dann ein Selfie von mir und Mia, als wir vor einigen Jahren den Snowdon bestiegen haben, und ein offizielles Bewerbungsfoto. Und dann bin ich durch. Ich verfasse ein Anschreiben, nichts Übertriebenes, nur einen höflichen Brief, in dem ich hervorhebe, wie gut mir Folgate Street 1 gefällt und welche Mühe ich mir geben werde, das Haus mit dem ihm gebührenden Respekt zu bewohnen. Obwohl es sich nur um wenige Zeilen handelt, überarbeite ich sie mindestens zwölfmal, bis ich damit zufrieden bin. Die Maklerin sagte, ich sollte mir keine allzu großen Hoffnungen machen, denn die meisten Bewerber kämen über dieses Stadium nicht hinaus. Dennoch hoffe ich beim Zubettgehen, dass ich es schaffen werde. Ein Neuanfang. Zurück auf Los. Und beim Einschlafen kommt mir ein anderes Wort in den Sinn. Eine *Wiedergeburt*.

2. Wenn ich an etwas arbeite, kann ich nicht aufhören, bevor es nicht perfekt ist.

- ☐ Stimme zu
- ☐ Stimme nicht zu

Damals: Emma

Eine Woche vergeht, ohne dass wir auf unsere Bewerbung eine Antwort bekommen hätten. Dann noch eine. Ich schicke eine E-Mail, um rauszukriegen, ob sie überhaupt eingegangen ist. Keine Reaktion. Allmählich werde ich sauer. Die lassen uns all diese dämlichen Fragen beantworten, Fotos auswählen, einen Brief schreiben – da wäre ein Schreiben, dass wir es nicht geschafft haben, doch das Mindeste, was man erwarten könnte. Und schließlich trifft endlich eine E-Mail von *admin@themonkfordpartnership.com* ein. *Betreff: Folgate Street 1.* Ich gebe mir keine Zeit, nervös zu werden, und öffne die E-Mail sofort.

> *Bitte kommen Sie morgen, Dienstag, den 16. März, um 17:00 Uhr zu einem Vorstellungsgespräch zu The Monkford Partnership.*

Sonst nichts. Keine Adresse, keine Einzelheiten, kein Hinweis darauf, ob wir Edward Monkford persönlich oder einen seiner Untergebenen kennenlernen werden. Aber natürlich lässt sich die Adresse mühelos im Netz finden, und wen wir treffen, spielt eigentlich keine Rolle. Fast geschafft. Wir haben alle Hürden bis auf die letzte überwunden.

Monkford residiert in der obersten Etage eines modernen Gebäudes im Bankenviertel. Das Haus hat zwar eine Adresse, doch die meisten nennen es nur den Bienenkorb, weil es genau so aussieht: ein gewaltiger Bienenkorb aus Stein.

Zwischen all den quadratischen Wolkenkratzern aus Glas und Stahl in der City ragt es auf dem Weg zu St. Paul's seltsam bleich empor. Es gibt keine Rezeption, nur eine lange Wand aus hellem Stein mit zwei Durchgängen, die zu den Aufzügen führen müssen, da dort ein ständiges Kommen und Gehen herrscht. Alle Leute, Männer wie Frauen, tragen teure schwarze Anzüge und Hemden mit offenem Kragen.

Ich spüre, dass mein Telefon vibriert. Eine Nachricht leuchtet auf dem Bildschirm. *The Monkford Building. Checken Sie jetzt ein?*

Ich drücke auf Annehmen. *Willkommen, Emma und Simon. Bitte nehmen Sie Lift drei, und steigen Sie im vierzehnten Stock aus.*

Ich habe keine Ahnung, woran das Gebäude uns erkannt hat. Vielleicht über einen Cookie in der E-Mail. Simon kennt sich in diesen technischen Dingen aus. Ich zeige es ihm, in der Hoffnung, es könnte ihm Spaß machen, doch er zuckt nur gleichgültig die Achseln. Orte wie dieser – reich und vor Selbstbewusstsein strotzend – sind nicht sein Ding.

Sonst wartet niemand auf unseren Aufzug, abgesehen von einem Mann, der noch deplatzierter wirkt als wir. Er hat langes, graues, ungepflegtes Haar, allerdings zu einem Pferdeschwanz zusammengefasst. Außerdem hat er einen Zweitagebart, und er trägt eine mottenzerfressene Strickjacke und eine schäbige Leinenhose. Ein Blick auf seine Füße zeigt mir, dass er nicht einmal Schuhe anhat, sondern nur Socken. Er isst irgendeinen Schokoriegel, und zwar ziemlich lautstark. Als sich die Aufzugtüren öffnen, schlurft er hinein und stellt sich ganz hinten hin.

Ich halte Ausschau nach Knöpfen, aber da sind keine. Vermutlich fährt der Lift nur die Etagen an, auf die er programmiert ist.

Während wir sanft nach oben gleiten, spürt man keine Bewegung. Ich stelle fest, dass der Blick des Mannes über meinen Körper wandert und an meiner Taille hängen bleibt.

Und dort verharrt er, während er sich Schokokrümel von den Fingern leckt. Verlegen taste ich nach der Stelle, auf die er starrt, und stelle fest, dass mir das Shirt hochgerutscht ist. Über der Hose ist ein kleines Stück nackter Bauch zu sehen.

Was ist, Em?, fragt Simon, der meine Verlegenheit bemerkt hat.

Nichts, erwidere ich, drehe mich zu ihm um, kehre dem sonderbaren Mann den Rücken zu und stecke dabei verstohlen das Shirt in die Hose.

Hast du es dir schon anders überlegt?, raunt Simon.

Ich weiß nicht, antworte ich. Eigentlich bin ich mir sicher, was das Haus angeht, aber Si soll nicht glauben, dass ich nicht gesprächsbereit bin.

Die Aufzugtüren öffnen sich, und der Mann schlurft, an seinem Crunchie kauend, davon. Jetzt geht's los, sagt Simon.

Ein weiterer gewaltiger und eleganter Raum, eine lichtdurchflutete Halle, die die gesamte Länge des Gebäudes einnimmt. Auf der einen Seite bietet eine gewölbte Glasfront einen Blick auf die Stadt; man kann die Kuppel von St. Paul's, Lloyd's of London und all die anderen berühmten Gebäude sehen. In der Ferne ist Canary Wharf zu erkennen. Die Themse schlängelt sich um die Isle of Dogs und verschwindet im Osten in den endlosen Ebenen. Eine Blondine in einem schwarzen maßgeschneiderten Kostüm entfaltet sich aus einem Ledersessel, wo sie etwas auf ein iPad getippt hat.

Willkommen, Emma und Simon, beginnt sie. Bitte nehmen Sie Platz. Edward ist gleich für Sie da.

Offenbar empfängt sie ihre E-Mails auf dem iPad, denn nach etwa zehn Minuten Schweigen sagt sie: Bitte folgen Sie mir.

Sie schiebt eine Tür auf. An der Bewegung des Türflügels erkenne ich, dass er recht schwer und ziemlich gut ausbalanciert ist. Drinnen steht ein Mann und stützt die geballten Fäuste auf einen langen Tisch, auf dem Baupläne liegen.

Die Bögen sind so groß, dass sie kaum auf den Tisch passen. Ich kann erkennen, dass es sich nicht um Ausdrucke, sondern um Zeichnungen handelt. Zwei oder drei Bleistifte und ein Radiergummi liegen, ordentlich nach Größe aufgereiht, in einer Ecke.

Emma, Simon, sagt der Mann und blickt auf. Möchten Sie einen Kaffee?

Okay, er ist attraktiv. Das ist das Erste, was mir an ihm auffällt. Und das Zweite. Und das Dritte. Sein Haar hat einen undefinierbaren Blondton, die hellen Locken sind kurz geschnitten. Über einem Hemd mit geöffnetem Kragen trägt er einen schwarzen Pullover – nichts Extravagantes, doch die Wolle setzt seine breiten, muskulösen Schultern gut in Szene. Außerdem hat er ein angenehmes bescheidenes Lächeln. Er wirkt sexy und locker. Wie ein cooler Lehrer, nicht wie der zwanghafte Sonderling, als den ich ihn mir vorgestellt habe.

Offenbar ist Simon all das nicht entgangen, auch nicht meine Reaktion darauf, denn er macht plötzlich einen Schritt vorwärts und fasst Edward Monkford an der Schulter.

Edward, richtig? Oder lieber Eddy? Ed? Ich bin Simon. Schön, Sie kennenzulernen, alter Junge. Tollen Schuppen haben Sie hier. Das ist meine Freundin Emma.

Ich könnte im Boden versinken. Diese billige Tour zieht Simon nur bei Leuten ab, von denen er sich bedroht fühlt. Rasch sage ich, dass ein Kaffee schön wäre.

Zwei Kaffee bitte, Alisha, weist Edward Monkford seine Assistentin sehr höflich an. Er winkt mich und Simon zur anderen Seite des Tisches.

So, jetzt erzählen Sie mal, beginnt er, als wir sitzen. Er sieht nur mich an und ignoriert Simon komplett. Warum möchten Sie in der Folgate Street 1 wohnen?

Nein, kein Lehrer. Ein Schuldirektor oder der Vorsitzende eines Ausschusses. Sein Blick ist weiterhin freundlich, allerdings ein wenig bohrend. Was ihn natürlich noch attraktiver macht.

Mit dieser Frage oder einer ähnlichen haben wir gerechnet, und ich schaffe es, die abgesprochene Antwort zu geben, nämlich, wie sehr wir die Gelegenheit zu schätzen wüssten und dass wir uns bemühen würden, das Haus zu würdigen. Simon neben mir schweigt und brodelt. Als ich fertig bin, nickt Monkford höflich. Er wirkt ein wenig gelangweilt.

Und ich glaube, es würde uns verändern, höre ich mich sagen.

Zum ersten Mal merkt er auf. Sie verändern? Wie?

Bei uns wurde eingebrochen, erwidere ich zögernd. Zwei Männer. Nun, eigentlich eher Teenager. Ich kann mich nicht erinnern, was genau passiert ist, nicht an die Einzelheiten. Ich leide an einer Art posttraumatischem Schock.

Er nickt nachdenklich.

So ermutigt, fahre ich fort: Ich möchte kein Mensch sein, der einfach tatenlos zugesehen hat und die beiden damit durchkommen lässt. Ich will selbst die Entscheidungen fällen. Mich wehren. Und ich glaube, dieses Haus wird mir dabei helfen. Ich meine, eigentlich gehören wir nicht zu den Leuten, die so wohnen. Dazu die vielen Regeln. Aber wir würden es gern versuchen.

Wieder zieht sich das Schweigen hin. Ich könnte mich ohrfeigen. Wie kann das, was mir zugestoßen ist, auch nur im Entferntesten von Bedeutung sein? Wie kann dieses Haus mich in einen anderen Menschen verwandeln?

Die eiskalte Blondine bringt den Kaffee. Ich springe auf, um ihr eine Tasse abzunehmen, und in meiner Hast gelingt es mir, den Inhalt der Tasse, einer gesamten Tasse, über die Zeichnungen zu schütten.

Herrgott, Emma, zischt Simon und springt seinerseits auf. Schau, was du gemacht hast.

Es tut mir so leid, entschuldige ich mich entsetzt, während ein brauner Strom die Entwürfe überflutet. Mein Gott, es tut mir so leid.

Die Assistentin läuft los, um einen Lappen zu holen. Ich merke, wie mir die Situation entgleitet. Die drastisch leere Liste von Besitztümern, all die von Hoffnung beflügelten Lügen, die ich in den Fragebogen eingetragen habe, sind nun nichts mehr wert. Dieser Mann möchte ganz sicher nicht, dass eine unbeholfene Tussi, die Kaffee verschüttet, ihm sein wunderschönes Haus verschmutzt.

Zu meiner Überraschung lacht Monkford nur. Die Zeichnungen waren scheußlich, sagt er. Ich hätte sie schon vor Wochen wegwerfen sollen. Sie haben mir die Mühe erspart.

Die Assistentin kehrt mit Küchenrolle zurück und fängt an, herumzutupfen und zu wischen. Alisha, Sie machen es nur schlimmer, fährt Monkford sie an. Geben Sie mal her.

Er rollt die Zeichnungen so zusammen, dass der Kaffee in der Innenseite versickert wie in einer riesigen Windel. Entsorgen Sie das, sagt er und reicht ihr das Bündel.

Es tut mir so leid, alter Junge, beginnt Simon.

Zum ersten Mal sieht Monkford ihn direkt an.

Entschuldigen Sie sich nie für jemanden, den Sie lieben, sagt er ruhig. So stehen Sie nämlich da wie ein Idiot.

Simon verschlägt es die Sprache. Ich kann ihn nur verdattert anstarren. Bis jetzt hat nichts an Edward Monkfords Verhalten darauf hingewiesen, dass er zu derart persönlichen Bemerkungen in der Lage wäre. Außerdem hat Simon anderen Leuten schon für weniger – viel weniger – eine verpasst. Doch Monkford wendet sich wieder an mich und sagt lässig: Nun, ich gebe Ihnen Bescheid. Danke, dass Sie gekommen sind, Emma.

Eine kurze Pause entsteht, bevor er hinzufügt: Und Ihnen auch, Simon.

Heute: Jane

Ich warte in einem Empfangsraum im vierzehnten Stock des Bienenkorbs und beobachte zwei Männer, die sich in einem verglasten Besprechungszimmer streiten. Der eine ist ganz sicher Edward Monkford. Er trägt die gleichen Sachen wie auf dem Foto, das ich von ihm im Internet gefunden habe – schwarzer Kaschmirpulli, weißes Hemd. Helle Locken umrahmen ein mageres, asketisches Gesicht. Er ist attraktiv: kein Hingucker, doch er strahlt Selbstbewusstsein und Charme aus und hat ein schönes schiefes Lächeln. Der andere Mann brüllt ihn an, auch wenn ich wegen der dicken Glasscheibe kein Wort verstehe – hier oben ist es so still wie in einem Labor. Der Mann gestikuliert wild und wedelt Monkford mit beiden Händen unter dem Kinn herum. Irgendwie wirkt er russisch auf mich, und die Frau, die ein wenig seitlich von ihnen steht und hin und wieder etwas einwirft, würde eindeutig als Oligarchengattin durchgehen. Viel jünger als ihr Mann, in ein wild gemustertes Kleid von Versace gehüllt, das schimmernde Haar in einem teuren Blondton gefärbt. Während ihr Mann nicht auf sie achtet, richtet Monkford gelegentlich höflich das Wort an sie. Als der Mann endlich mit der Schreierei aufhört, sagt Monkford ganz ruhig etwas und schüttelt den Kopf. Der Mann geht wieder in die Luft, diesmal noch heftiger.

Die makellos gepflegte Brünette, die mich empfangen hat, nähert sich. »Ich fürchte, Edward ist noch in einer Besprechung. Darf ich Ihnen etwas anbieten? Wasser vielleicht?«

»Nein danke.« Ich weise mit dem Kopf auf die Szene vor mir. »Offenbar diese Besprechung?«

Sie folgt meinem Blick. »Die verschwenden ihre Zeit. Er wird nichts ändern.«

»Worüber streiten sie denn?«

»Der Kunde hat während einer früheren Ehe ein Haus in Auftrag gegeben. Nun möchte seine neue Frau einen Gasherd. Damit es gemütlicher wird, sagt sie.«

»Und Monkford Partnership lehnt Gemütlichkeit ab?«

»Darum geht es nicht. Wenn etwas nicht Bestandteil des ursprünglichen Vertrages war, wird Edward es nicht ändern. Außer es handelt sich um eine Sache, mit der er selbst unzufrieden ist. Einmal hat er drei Monate mit dem Umbau des Daches eines Sommerhauses verbracht, damit es einen Meter zwanzig niedriger wird.«

»Wie ist es denn so, für einen Perfektionisten zu arbeiten?«, frage ich. Doch offenbar bin ich zu weit gegangen, denn sie entfernt sich mit einem kühlen Lächeln.

Ich beobachte weiter den Streit – oder besser, die Tirade, denn Monkford lässt den Zorn seines Gegenübers einfach über sich hinwegspülen wie ein Felsen die Wellen. Seine Miene drückt nichts weiter als höfliches Interesse aus. Nach einer Weile wird die Tür aufgerissen, und der Mann stürmt, immer noch vor sich hin schimpfend, heraus. Seine Frau stöckelt auf hohen Absätzen hinter ihm her. Monkford schlendert ihnen nach. Ich streiche mein Kleid glatt und stehe auf. Nach gründlichem Nachdenken habe ich mich für Prada entschieden – marineblau, plissiert, Saum kurz unterhalb des Knies, nichts Auffälliges.

»Jane Cavendish«, erinnert ihn die Rezeptionistin.

Er dreht sich um und sieht mich an. Im ersten Moment wirkt er überrascht, ja, sogar erschrocken, als habe er etwas völlig anderes erwartet. Der Moment vergeht, und er hält mir die Hand hin. »Jane, natürlich. Wir gehen hier hinein.«

Mit diesem Mann würde ich schlafen. Obwohl wir uns kaum begrüßt haben, spüre ich dennoch, dass etwas, das sich meiner bewussten Kontrolle entzieht, ein Urteil gefällt hat. Er hält mir die Tür des Besprechungszimmers auf, und selbst diese simple, alltägliche Höflichkeitsgeste scheint mit Bedeutung aufgeladen zu sein.

Wir sitzen einander an einem langen Glastisch gegenüber, auf dem das Architekturmodell einer kleinen Stadt steht. Ich spüre, wie sein Blick über mein Gesicht wandert. Als ich ihn für höchstens durchschnittlich gut aussehend gehalten habe, hatte ich ihn noch nicht aus der Nähe betrachtet. Insbesondere seine auffällig hellblauen Augen. Ich weiß zwar, dass er erst Mitte dreißig ist, aber er hat dennoch schon Fältchen in den Augenwinkeln. Lachfältchen nannte meine Großmutter die immer. Nur, dass sie Edward Monkford eine scharfe, falkenartige Intensität verleihen.

»Haben Sie gewonnen?«, frage ich, als er schweigt.

Er scheint sich in die Gegenwart zurückholen zu müssen. »Was gewonnen?«

»Die Auseinandersetzung.«

»Ach, das.« Als er lächelnd die Achseln zuckt, wird seine Miene sofort weicher. »Meine Gebäude stellen Anforderungen an Menschen, Jane. Ich halte sie nicht für unannehmbar, und der Lohn ist auf jeden Fall viel größer als die Mühe. In gewisser Weise sind Sie ja vermutlich deshalb hier.«

»Wirklich?«

Er nickt. »David, mein Partner, der für die Technologie zuständig ist, nennt das UX – das ist Technikersprech für *User Experience*, die Nutzererfahrung. Was Ihnen ja sicher bekannt ist, nachdem Sie die Klauseln im Mietvertrag gelesen haben. Wir beziehen aus Folgate Street 1 Informationen und verwenden Sie dazu, die Nutzererfahrung für unsere anderen Auftraggeber zu verbessern.«

Offen gestanden habe ich das Dokument in Sachen Bedingungen – etwa zwanzig Seiten Kleingedrucktes – nur überflogen. »Was für Informationen?«

Wieder zuckt er die Achseln. Seine Schultern unter dem Pullover sind breit, aber knochig. »Hauptsächlich Metadaten. Welche Räume Sie hauptsächlich nutzen und so weiter und so fort. Von Zeit zu Zeit werden wir Sie bitten, das Formular noch einmal auszufüllen, um festzustellen, ob Ihre Antworten sich ändern.«

»Damit kann ich leben.« Ich halte inne, weil ich merke, dass ich voreilig bin. »Falls ich die Gelegenheit bekomme«, sage ich.

»Gut.« Edward Monkford greift nach unten, wo einige Kaffeetassen, ein Milchkännchen und eine Dose mit in Papier eingewickelten Zuckerwürfeln auf einem Tablett stehen. Geistesabwesend arrangiert er den Zucker zu einem Stapel und schiebt die Kanten so zurecht, bis die Würfel ein perfektes Quadrat formen. Wie ein Zauberwürfel. Anschließend dreht er die Tassen so, dass alle Henkel in eine Richtung weisen. »Ich könnte Sie sogar auffordern, sich mit einigen unserer Klienten zu treffen, um sie davon zu überzeugen, dass ein Leben ohne Gasherd und ohne eine Vitrine mit Sporttrophäen lebenswert ist.« Wieder spielt ein Lächeln um seine Augenwinkel, und ich spüre, dass mir die Knie weich werden. *So bin ich doch sonst nicht*, denke ich. Und dann: *Beruht das auf Gegenseitigkeit*? Ich schenke ihm ebenfalls ein leichtes, aufmunterndes Lächeln.

Eine Pause. »Also, Jane, haben Sie vielleicht auch Fragen an mich?«

Ich überlege. »Stimmt es, dass Sie Folgate Street 1 für sich selbst gebaut haben?«

»Ja.« Er führt es nicht weiter aus.

»Und wo wohnen *Sie*?«

»Hauptsächlich in Hotels. In der Nähe des Projekts, an dem ich gerade arbeite. Hotels sind absolut erträglich, solange man all die Sofakissen in den Schrank steckt.« Obwohl er wieder lächelt, habe ich den Eindruck, dass das kein Scherz war.

»Stört es Sie nicht, kein eigenes Zuhause zu haben?«

Er zuckt die Achseln. »Es heißt, dass ich mich auf meine Arbeit konzentrieren kann.« Etwas an der Art, wie er das sagt, ermutigt nicht zu weiteren Fragen.

Ein Mann kommt linkisch hereingestürmt, die Tür knallt gegen den Stopper, und sofort beginnt er zu reden wie ein Wasserfall. »Ed, wir müssen über das Breitband reden. Diese Idioten versuchen, an den Glasfaserkabeln zu sparen. Die kapieren einfach nicht, dass Kupferleitungen in hundert Jahren genauso out sein werden wie Wasserrohre aus Blei heute …«

Der Sprecher ist ein ungepflegter, kräftig gebauter Mann. Sein breites Gesicht ist mit Bartstoppeln bedeckt. Sein Haar, noch grauer als die Bartstoppeln, ist zu einem Pferdeschwanz zusammengebunden. Trotz der Klimaanlage trägt er Shorts und Flipflops.

Monkford scheint ihm die Störung nicht krumm zu nehmen. »David, das ist Jane Cavendish. Sie hat sich für Folgate Street 1 beworben.«

Also muss das David Thiel, der für die Technologie zuständige Partner, sein. Seine Augen, so tief liegend, dass ich ihren Ausdruck kaum erkennen kann, blicken mäßig interessiert in meine Richtung, dann rasch zurück zu Monkford. »Wirklich, die einzige Lösung wäre ein eigener Satellit für diese Stadt. Wir müssen alles noch mal überdenken …«

»Ein exklusiver Satellit? Das ist eine spannende Idee«, erwidert Monkford nachdenklich. Er sieht mich an. »Ich fürchte, Sie müssen uns entschuldigen, Jane.«

»Natürlich.« Als ich aufstehe, fällt David Thiels Blick auf meine nackten Beine. Monkford bemerkt es auch, und ein finsterer Ausdruck liegt auf seinem Gesicht. Ich habe das Gefühl, dass er etwas sagen will, was er sich aber verkneift.

»Danke, dass Sie Zeit für mich hatten«, sage ich höflich.

»Ich melde mich bald«, antwortet er.

Damals: Emma

Und dann, schon am nächsten Tag, kommt die E-Mail: *Ihre Bewerbung wurde angenommen.*

Ich kann es nicht fassen – auch weil sonst nichts in der E-Mail steht: kein Einzugsdatum, keine Bankverbindung und auch nicht, wie wir weiter vorgehen sollen. Ich rufe Mark, den Makler, an, den ich, seit ich mich so eingehend mit der Bewerbung befasse, recht gut kennengelernt habe. Eigentlich ist er gar nicht so übel, wie ich anfangs dachte.

Als ich es ihm erzähle, klingt er aufrichtig erfreut. Da das Haus leer steht, könnten Sie schon dieses Wochenende einziehen, falls Sie möchten. Sie müssen noch einige Formulare unterschreiben, und ich muss Ihnen erklären, wie Sie die Apps auf Ihren Telefonen installieren. Das wäre dann eigentlich alles.

Das wäre dann eigentlich alles. Ich begreife noch nicht ganz, dass wir es geschafft haben. Wir werden in einem der ungewöhnlichsten Häuser Londons wohnen. Wir. Ich und Simon. Jetzt wird alles anders.

3. Du wirst in einen Verkehrsunfall verwickelt und weißt, dass du Schuld hast. Die andere Fahrerin ist verwirrt und glaubt anscheinend, dass sie den Zusammenstoß verursacht hat. Was sagst du der Polizei: dass die andere die Schuldige ist oder du selbst?

- ☐ Ihre Schuld
- ☐ Meine Schuld

Heute: Jane

Absolut zufrieden sitze ich in der kargen, leeren Strenge von Folgate Street 1.

Mein Blick fällt auf den makellos kahlen Garten. Inzwischen habe ich herausgefunden, warum es hier keine Blumen gibt. Der Garten folgt einem Konzept, das laut Internet *karesansui* heißt, die formellen, meditativen Gärten buddhistischer Tempel. Die Formen sind symbolisch: Berg, Wasser, Himmel. Es ist ein kontemplativer Garten und nicht dazu da, etwas anzupflanzen.

Nach dem Tod seiner Frau und seines Sohnes hat Edward Monkford ein Jahr in Japan verbracht. Deshalb bin ich auf die Idee gekommen, das zu recherchieren.

Sogar das Internet funktioniert hier anders. Nachdem Camilla die App auf mein Telefon und meinen Laptop geladen und mir ein spezielles Armband ausgehändigt hatte, das die Sensoren von Folgate Street 1 aktiviert, hat sie ein Passwort fürs WLAN eingegeben. Seitdem sehe ich, wann immer ich ein Gerät einschalte, nicht etwa Google oder Safari, sondern eine leere Seite und das Wort *Housekeeper*. Es gibt nur drei Icons: *Home*, *Suche* und *Cloud*. *Home* zeigt mir den aktuellen Status von Beleuchtung, Heizung und so weiter. Ich kann zwischen vier verschiedenen Einstellungen auswählen: produktiv, friedlich, verspielt und zielstrebig. *Suche* führt mich ins Internet. *Cloud* ist mein Back-up- und Speichermedium.

Jeden Tag schlägt mir *Housekeeper* vor, wie ich, basierend auf den Wetterverhältnissen und meinen Terminen, meinen Tag gestalten kann. *Housekeeper* zeigt mir auch, was an frischer Wäsche verfügbar ist. Wenn ich zu Hause esse, weiß *Housekeeper*, was ich im Kühlschrank habe, wie ich es zubereiten könnte und wie viele Kalorien es zu meinem heutigen Budget hinzufügen wird. Unterdessen sortiert die Suchfunktion Werbung und Pop-ups aus, die mir einen flacheren Bauch, aufwühlende Sensationsgeschichten, Top Ten, Klatsch über B-Promis, Spam und Cookies versprechen. Es gibt keine Lesezeichen, keinen Verlauf, keine gespeicherten Daten. Jedes Mal, wenn ich den Bildschirm abschalte, ist alles sauber. Ein seltsam befreiendes Gefühl.

Manchmal schenke ich mir ein Glas Wein ein, schlendere einfach umher, berühre Dinge, gewöhne mich an die kühlen, wertvollen Oberflächen oder rücke einen Stuhl oder eine Vase zurecht. Natürlich kannte ich den Ausspruch von Mies van der Rohe bereits. *Weniger ist mehr*. Allerdings habe ich bis jetzt nicht zu schätzen gewusst, wie *sinnlich*, üppig und anschmiegsam weniger sein kann. Die wenigen Möbelstücke sind Designklassiker: Esszimmerstühle aus heller Eiche von Hans Wegner, weiße Hocker von Nicolle in der Küche, ein elegantes Lissoni-Sofa. Luxus herrscht hier bis ins Detail – dicke weiße Handtücher, Bettwäsche aus feinem Leinen, mundgeblasene Weingläser mit hauchdünnen Stielen. Alles, was ich anfasse, ist eine kleine Überraschung, eine ruhige Wertschätzung von Qualität.

Ich fühle mich wie eine Figur in einem Film. Umgeben von so viel gutem Geschmack, sorgt das Haus auf unerklärliche Weise dafür, dass ich eleganter gehe, bewusster stehe und mich möglichst effektvoll vor jeder Kulisse positioniere. Natürlich sieht mich außer mir niemand, doch Folgate Street 1 scheint mein Publikum zu sein und erfüllt die spartanischen Räumlichkeiten mit lautlosen Filmclips aus der automatisierten Playlist von *Housekeeper*.

Ihre Bewerbung wurde angenommen. Das stand in der E-Mail.

Eigentlich hatte ich die Kürze unseres Gesprächs als negatives Zeichen gewertet, doch offenbar hält Edward alles gerne kurz und knapp. Außerdem bin ich sicher, dass ich mir das Knistern nicht nur eingebildet habe, das leichte Prickeln, das man verspürt, wenn Anziehung auf Gegenseitigkeit beruht. *Tja, er weiß ja, wo ich wohne.* Sogar das Warten fühlt sich aufgeladen und sinnlich an, eine Art schweigendes Vorspiel.

Und dann sind da noch die Blumen. Am Tag meines Einzugs lagen sie auf der Türschwelle – ein riesiger Strauß Lilien, noch in Plastikfolie gehüllt. Keine Karte, nichts, was darauf hinwies, ob er das für alle neuen Mieter tut oder ob es sich um eine besondere Geste nur für mich handelt. Trotzdem habe ich ihm einen höflichen Dankesbrief geschickt.

Zwei Tage später trifft ein identischer Strauß ein. Und nach einer Woche ein dritter – genau das gleiche Lilienarrangement, exakt an derselben Stelle neben der Haustür hinterlegt. Jeder Winkel von Folgate Street 1 ist von diesem Duft erfüllt. Aber wirklich, allmählich wird es zu viel.

Nach dem vierten identischen Strauß beschließe ich, dass ich genug habe. Auf die Zellophanumhüllung ist der Name eines Floristen aufgedruckt. Ich rufe dort an und erkundige mich, ob es möglich sei, die Bestellung zu ändern.

Die Frau am Telefon klingt verdattert. »Ich kann keine Bestellung für Folgate Street 1 finden.«

»Vielleicht unter Edward Monkford? Oder Monkford Partnership?«

»Ich habe da nichts in Ihrer Gegend. Unser Laden ist in Hammersmith. So weit in den Norden liefern wir nicht.«

»Verstehe«, erwidere ich perplex. Als am nächsten Tag wieder Lilien eintreffen, hebe ich sie auf und will sie schon in den Müll werfen.

Und da sehe ich sie, die Karte, die erste, die je dabei lag. Jemand hat etwas darauf geschrieben:

Emma. Ich werde dich immer lieben. Schlaf gut, mein Liebling.

Damals: Emma

Es ist genauso wundervoll, wie wir es uns erhofft haben. Tja, wie ich es mir erhofft habe. Simon macht zwar brav mit, doch ich merke ihm seine Vorbehalte an. Vielleicht mag er sich dem Architekten, der uns günstig hier wohnen lässt, einfach nicht verpflichtet fühlen.

Aber selbst Simon ist von dem Duschkopf, so groß wie ein Essteller, ziemlich begeistert. Er schaltet sich automatisch ein, sobald man die Tür der Duschkabine öffnet. Die erkennt einen an dem wasserfesten Armband, das wir beide immer tragen müssen und das sich an die Wassertemperatur erinnert, die wir jeweils mögen. An unserem ersten Morgen wachen wir davon auf, dass das Licht im Schlafzimmer langsam heller wird. Ein elektronischer Sonnenaufgang. Die dicken Mauern und das Glas verwandeln die Geräusche von der Straße in Stille, und mir wird klar, dass ich seit Jahren nicht mehr so gut geschlafen habe.

Das Auspacken ist natürlich im Nu erledigt. Da es in Folgate Street 1 so viele hübsche Dinge gibt, gesellen sich unsere alten Sachen einfach zu der eingelagerten Sammlung.

Manchmal sitze ich, die Knie ans Kinn hochgezogen, mit einer Tasse Kaffee auf der Treppe und lasse all die Schönheit auf mich wirken. Verschütte bloß den Kaffee nicht, Babe, ruft Simon, wenn er mich sieht. Das ist ein Scherz zwischen uns geworden. Wir haben beschlossen, dass wir das Haus wegen meines verschütteten Kaffees bekommen haben.

Dass Monkford Simon indirekt als Idioten bezeichnet und dass dieser nicht darauf reagiert hat, erwähnen wir nicht.

Glücklich?, fragt Simon und setzt sich neben mich auf die Treppe.

Glücklich, stimme ich zu. Aaaaaber …

Du willst ausziehen, erwidert er. Hast bereits genug. Hab ich es doch gewusst.

Nächste Woche habe ich Geburtstag.

Wirklich, Babe? Hatte ich ganz vergessen.

Natürlich ist das ein Witz. Simon übertreibt es immer mächtig bei Ereignissen wie dem Valentinstag oder meinem Geburtstag.

Warum laden wir nicht ein paar Leute ein?

Eine Party, meinst du?

Ich nicke. Am Samstag.

Simon macht ein besorgtes Gesicht. Dürfen wir hier überhaupt Partys veranstalten?

Es wird kein Chaos geben, antworte ich. Nicht wie beim letzten Mal.

Das sage ich deshalb, weil bei unserer letzten Party gleich drei Nachbarn die Polizei gerufen haben.

Nun, dann okay, erwidert er zweifelnd. Also am Samstag.

Am Samstagabend um neun Uhr platzt das Haus aus allen Nähten. Ich habe entlang der Treppe und draußen im Garten Kerzen aufgestellt und das Licht gedimmt. Die Tatsache, dass *Housekeeper* keine Party-Funktion hat, macht mir anfangs ein wenig Sorgen. Doch ich habe die Liste der Regeln konsultiert, und es steht nichts von »keine Partys« drauf. Vielleicht haben die es ja einfach nur vergessen, aber, hey, die Liste gilt.

Natürlich trauen unsere Freunde ihren Augen nicht, als sie zur Tür hereinkommen. Selbstverständlich fallen die üblichen Scherze wie: *Wo sind denn die Möbel? Warum habt ihr noch nicht ausgepackt?* Simon ist in seinem Element – er hat es immer gern, wenn seine Freunde ihn beneiden. Wenn er die tollste Uhr, die neueste App oder das coolste Telefon hat. Und jetzt hat er das schönste Haus. Ich merke ihm an, wie er sich an sein neues Ich gewöhnt. Stolz führt er den Herd, das automatische Einlasssystem, die winzigen Schlitze in der Wand, die als Steckdosen dienen, und auch die Tatsache vor, dass selbst die unter dem Bett eingebauten Schubladen sich auf der Männer- und Frauenseite unterscheiden.

Ich hatte mir überlegt, Edward Monkford einzuladen, doch Simon hat es mir ausgeredet. Als nun *La-La-La* von Kylie Minogue über die Menge hinwegbrandet, wird mir klar, dass er recht hatte. Monkford hätte den Lärm, das Durcheinander und die Tanzerei gehasst. Wahrscheinlich hätte er auf der Stelle eine neue Regel erfunden und alle vor die Tür gesetzt. Kurz stelle ich mir diese Situation vor. Edward Monkford taucht uneingeladen auf, stellt die Musik ab und befiehlt den Gästen zu verschwinden. Eigentlich fühlt sich das gut an. Was dämlich ist, denn schließlich ist es ja meine Party.

Simon kommt, die Hände voller Flaschen, vorbei und beugt sich zu mir, um mich zu küssen. Du siehst spitze aus, Geburtstagskind. Ist das ein neues Kleid?

Ich habe es schon seit Jahrhunderten. Er küsst mich wieder. Besorgt euch ein Zimmer, ihr zwei, überbrüllt Saul die Musik, während Amanda ihn zurück ins Gewühl der Tanzenden zieht.

Es gibt jede Menge zu trinken, ein paar Drogen und viel Musik und Gejohle. Die Leute strömen zum Rauchen in den winzigen Garten hinaus und werden von den Nachbarn angeschrien. Doch gegen drei Uhr morgens zerstreut sich die Gästeschar. Saul verbringt zwanzig Minuten damit, Simon und mich überzeugen zu wollen, noch mit in einen Club zu gehen. Ich habe zwar ein paar Lines intus, bin jedoch trotzdem müde. Simon sagt, er sei zu betrunken, und irgendwann schleppt Amanda Saul nach Hause.

Komm ins Bett, Em, sagt Simon, als alle weg sind.

Gleich, erwidere ich. Ich bin zu erledigt, um mich zu bewegen.

Du riechst einfach großartig, raunt er und küsst meinen Hals. Lass uns ins Bett gehen.

Si, sage ich zögernd.

Was?, fragt er.

Ich glaube, ich habe heute Nacht keine Lust auf Sex, entgegne ich. Tut mir leid.

Wir haben seit dem Einbruch nicht mehr miteinander geschlafen. Und auch nicht wirklich darüber gesprochen. Das ist auch eines dieser Dinge.

Du hast doch gesagt, alles würde hier anders werden, flüstert er.

Wird es, erwidere ich. Nur jetzt noch nicht.

Natürlich, sagt er. Kein Grund zur Eile, Em. Überhaupt kein Grund zur Eile.

Später, als wir nebeneinander in der Dunkelheit liegen, sagt er leise: Weißt du noch, wie wir Belford Gardens eingeweiht haben?

Es war ein albernes Ziel, das wir uns selbst gesetzt hatten: uns noch vor Ablauf der ersten Woche in jedem Zimmer zu lieben.

Er fügt nichts mehr hinzu. Das Schweigen wird länger, und irgendwann schlafe ich ein.

Heute: Jane

Ich lade ein paar Freunde zum Mittagessen ein, eine kleine Einweihungsfeier. Mia und Richard bringen ihre Kinder Freddie und Martha mit, Beth und Pete haben den kleinen Sam im Schlepptau. Mia kenne ich seit Cambridge. Sie ist meine älteste und beste Freundin. Bestimmt weiß ich Dinge, von denen ihr eigener Mann nichts ahnt, wie die Sache, dass sie in Ibiza kurz vor der Hochzeit mit einem anderen Mann geschlafen hat und dass sie beinahe alles abgeblasen hätte. Oder dass sie mit dem Gedanken an eine Abtreibung gespielt hat, als sie mit Martha schwanger war, weil die Wochenbettdepression nach Freddie so übel gewesen war.

So sehr ich diese Menschen liebe, hätte ich sie nicht alle gemeinsam einladen sollen. Ich habe es nur getan, weil es so ein neues Gefühl ist, derart viel Platz zu haben. Tatsache jedoch ist, dass meine Freunde, um wie viel Takt sie sich auch bemühen, früher oder später anfangen, über ihre Kinder zu reden. Richard und Pete folgen ihren Winzlingen, als wären sie durch unsichtbare Leinen an sie gefesselt. Der Steinfußboden, die Mördertreppe und die Glasfronten, die ein rennendes Kind womöglich übersieht. Unterdessen schenken sich die Mädels große Gläser Weißwein ein und beklagen sich leise, allerdings mit dem Stolz von Frontsoldaten, darüber, wie langweilig ihr Leben geworden ist: »Herrje, letzte Woche bin ich während der Sechs-Uhr-Nachrichten eingeschlafen!« – »Das ist noch gar nichts – ich hab's nicht mal durchs Kinderprogramm geschafft!« Martha erbricht ihr Essen quer über den Steintisch, während Sam die Fenster großflächig mit zuvor in Mousse au Chocolat getunkten Fingern verschmiert. Ich ertappe mich bei dem Gedanken, dass es auch seine Vorteile hat, keine Kinder zu haben. Etwas in mir möchte, dass alle gehen, damit ich sauber machen kann.

Und dann ist da noch die kurze seltsame Begegnung mit Mia. Sie hilft mir gerade, den Salat anzumachen, als sie ausruft: »Jane, wo hast du denn die afrikanischen Löffel?«

»Oh, die habe ich einem Sozialkaufhaus gespendet.«

Sie wirft mir einen eigenartigen Blick zu. »Aber die habe ich dir geschenkt.«

»Ja, ich weiß.« Mia hat früher ehrenamtlich in einem afrikanischen Waisenhaus gearbeitet und mir ein von den Kindern handgeschnitztes Salatbesteck mitgebracht. »Ich habe beschlossen, dass sie zu den Dingen gehörten, die wir nicht mehr brauchten. Findest du das schlimm?«

»Nun ja«, erwidert sie mit gekränkter Miene. Offenbar findet sie es schlimm. Doch bald ist das Mittagessen fertig und die Sache vergessen.

»Und wie sieht es mit deinem Liebesleben aus?«, fragt Beth und schenkt sich das zweite Glas Wein ein.

»Die übliche Dürre«, erwidere ich. Seit Jahren schon besteht meine Rolle in der Gruppe darin, die anderen mit unterhaltsamen Geschichten über meine desaströsen Affären zu versorgen, was ihnen das Gefühl gibt, nicht alles hinter sich gelassen zu haben, und ihnen gleichzeitig vermittelt, dass für sie alles jetzt viel besser ist.

»Was ist mit deinem Architekten?«, erkundigt sich Mia. »Hat der sich wieder gemeldet?«

»Oh, von dem Architekten wusste ich ja gar nichts«, sagt Beth. »Erzähl.«

»Sie steht auf den Typen, der dieses Haus gebaut hat. Richtig, Jane?«

Pete ist mit Sam nach draußen gegangen. Das Kind kauert neben der Grasfläche und bewirft ihn mit Fäusten voller Kies. Ich frage mich, ob ich wohl pedantisch rüberkommen würde, wenn ich ihn bäte, damit aufzuhören. »Ich habe deswegen nichts unternommen«, antworte ich.

»Nun, lass dir nicht zu viel Zeit«, mahnt Beth. »Schnapp ihn dir, bevor es zu spät ist.« Verlegen hält sie inne. »Mist, das sollte nicht heißen …«

Obwohl mir Trauer und Gram das Herz zerreißen, sage ich ruhig: »Schon gut, ich verstehe, was du meinst. Außerdem scheint meine biologische Uhr sich zurzeit im Schlummer-Modus zu befinden.«

»Trotzdem sorry. Das war taktlos von mir.«

»Ich frage mich, ob er das da draußen war«, stellt Mia fest. »Dein Architekt, meine ich.«

Ich runzle die Stirn. »Wovon redest du?«

»Als ich gerade Marthas Pinguin aus dem Auto geholt habe, kam ein Mann mit einem Blumenstrauß an deine Tür.«

»Was für Blumen?«, erkundige ich mich.

»Lilien. Jane?«

Ich haste bereits zur Tür. Dieses Blumenmysterium zerrt an meinen Nerven, seit ich die seltsame Karte gefunden habe. Als ich die Tür aufreiße, liegt der Strauß auf der Schwelle, und der Mann ist fast schon wieder auf der Straße. »Warten Sie!«, rufe ich ihm nach. »Könnten Sie mal einen Moment stehen bleiben?«

Er dreht sich um. Er ist etwa in meinem Alter, vielleicht ein paar Jahre älter. Sein dunkles Haar weist einige graue Strähnen auf. Sein Gesicht wirkt eingefallen, sein Blick ist merkwürdig eindringlich. »Ja?«

»Wer sind Sie?« Ich weise auf den Blumenstrauß. »Warum bringen Sie mir ständig Blumen? Ich heiße nicht Emma.«

»Dann sind die Blumen offenbar nicht für Sie«, entgegnet er abfällig. »Ich ersetze sie nur immer wieder, weil Sie sie mit reinnehmen. Deshalb habe ich auch die Karte beigelegt. Damit Sie endlich in Ihren beschränkten Schädel kriegen, dass sie nicht zur Dekoration Ihrer Designerküche gedacht sind.« Er hält inne. »Morgen hat sie Geburtstag. Das heißt, sie hätte Geburtstag gehabt.«

Endlich geht mir ein Licht auf. Die Blumen sind kein Geschenk, sondern eine Geste des Gedenkens. So wie die, die Menschen an einem Unfallort hinterlegen. Ich könnte mich ohrfeigen, dass ich diese Möglichkeit nicht in Betracht gezogen habe, so sehr war ich damit beschäftigt, an Edward Monkford zu denken.

»Das tut mir sehr leid«, sage ich. »Ist sie … Ist es hier in der Nähe passiert?«

»In diesem Haus.« Er weist hinter mich. Mir läuft ein kalter Schauder den Rücken hinunter. »Hier drin ist sie gestorben.«

»Wie?« Da mir klar ist, dass das aufdringlich wirken könnte, füge ich hinzu: »Nun, eigentlich geht es mich ja nichts an …«

»Es kommt drauf an, wen Sie fragen«, unterbricht er mich.

»Was soll das heißen?«

Er schaut mich unverwandt an. Seine Augen sind tieftraurig. »Sie wurde ermordet. Der Gerichtsmediziner wollte sich nicht festlegen, doch alle – selbst die Polizei – wussten, dass sie ermordet worden war. Erst hat er ihre Gedanken vergiftet, und dann hat er sie umgebracht.«

Einen Moment lang überlege ich, ob dieser Mann verwirrt ist. Doch dafür wirkt er zu aufrichtig und durchschnittlich.

»Wer? Wer hat sie getötet?«

Aber er schüttelt nur den Kopf, wendet sich ab und steuert auf sein Auto zu.

Damals: Emma

Es ist der Morgen nach der Party, und wir schlafen noch, als mein Telefon läutet. Es ist ein neues Telefon, ein Ersatz für jenes, das bei dem Einbruch gestohlen wurde, und es dauert eine Weile, bis der so gar nicht vertraute Klingelton mich weckt. Obwohl ich von gestern Nacht noch einen Schädel habe, bemerke ich trotzdem, wie es im Schlafzimmer, perfekt abgestimmt mit dem Telefonklingeln, heller wird und dass die Verdunkelung der Fenster langsam nachlässt.

Emma Matthews?, sagt eine Frauenstimme.

Ja?, antworte ich, die Stimme noch heiser von letzter Nacht.

Hier spricht Sergeant Willan, fährt sie fort. Ihre Unterstützungsbeamtin. Ich stehe mit einem meiner Kollegen vor Ihrer Wohnung. Wir haben geläutet. Können wir reinkommen?

Ich habe vergessen, unseren Umzug bei der Polizei zu melden. Wir wohnen nicht mehr dort, erwidere ich. Sondern in Hendon. Folgate Street 1.

Moment, antwortet Sergeant Willan. Offenbar drückt sie das Telefon vor die Brust, um mit jemandem zu reden, ihre Stimme klingt gedämpft. Dann ist sie wieder am Apparat.

»Wir sind in zwanzig Minuten bei Ihnen, Emma. Es hat in Ihrem Fall eine wichtige Entwicklung gegeben.«

Bis sie da sind, haben wir den Großteil des Partymülls entsorgt. Auf dem Steinboden sind leider einige Rotweinflecken, um die wir uns später werden kümmern müssen. Also ist Folgate Street 1 nicht gerade in Topform. Dennoch ist Sergeant Willan erstaunt.

Ein ziemlicher Unterschied zu Ihrer letzten Wohnung, stellt sie fest und schaut sich um.

Ich habe den ganzen letzten Abend damit verbracht, unseren Freunden die Regeln zu erklären, und nicht die Kraft, das zu wiederholen. Wir haben es billig bekommen, sage ich, als Gegenleistung, dass wir hier nach dem Rechten sehen.

Sie sagten, es gäbe Neuigkeiten, meint Simon ungeduldig. Haben Sie die Kerle erwischt?

Wir glauben, ja, erwidert der ältere Polizist. Er hat sich bereits als Detective Inspector Clarke vorgestellt. Seine Stimme ist ruhig und leise, und er hat den kräftigen Körperbau und die geröteten Wangen eines Farmers. Ich finde ihn sofort sympathisch.

Am Freitag wurden zwei Männer festgenommen, die einen Einbruch nach ziemlich ähnlicher Methode durchgeführt haben. Bei der Durchsuchung einer Wohnung in Lewisham haben wir eine Reihe von Gegenständen gefunden, die in unserer Datenbank als gestohlen aufgeführt sind.

Das ist ja fantastisch, begeistert sich Simon. Er sieht mich an. Oder, Emma?

Wundervoll, antworte ich.

Da es nun aller Wahrscheinlichkeit nach zu einem Prozess kommen wird, Emma, müssen wir Ihnen noch einige Fragen stellen, sagt Sergeant Willan. Vielleicht würden Sie das gern unter vier Augen tun.

Schon gut, entgegnet Simon. Toll, dass Sie die Schweine endlich haben. Wir helfen Ihnen, so gut wir können, oder, Em?

Der weibliche Sergeant mustert mich unbeirrt. Emma? Würden Sie das lieber nicht in Simons Gegenwart tun?

Wie kann ich unter diesen Umständen mit Ja antworten. Außerdem gibt es in Folgate Street 1 keinen Ort, an den man sich zurückziehen könnte. Alle Zimmer gehen ineinander über, selbst Schlafzimmer und Bad.

Hier ist es schon in Ordnung, erwidere ich. Werde ich vor Gericht müssen? Um eine Aussage zu machen, meine ich?

Die beiden wechseln einen Blick. Es hängt davon ab, ob sie sich schuldig bekennen, erklärt Sergeant Willan. Wir hoffen, die Beweise sind so wasserdicht, dass sie keinen Sinn darin sehen, die Tat abzustreiten.

Nach einer Pause fügt sie hinzu: Emma, wir haben in der erwähnten Wohnung einige Mobiltelefone sichergestellt. Eines davon konnten wir als Ihres identifizieren.

Plötzlich wird mir ziemlich mulmig. *Durchatmen*, sage ich mir.

Auf einigen der Telefone sind Fotos und Videos, spricht sie weiter. Fotos von Frauen in sexuellen Situationen.

Ich warte. Obwohl ich weiß, was jetzt kommt, erscheint es mir einfacher, zu schweigen und die Worte über mich hinwegbranden zu lassen, als hätten sie nichts mit der Wirklichkeit zu tun.

Emma, wir haben auf Ihrem Telefon Beweise dafür gefunden, dass ein Mann, auf den die Beschreibung eines der Festgenommenen passt, es benutzt hat, sich bei einer sexuellen Handlung mit Ihnen zu filmen, verkündet sie. Können Sie uns etwas dazu sagen?

Ich spüre, dass Simon zu mir herumwirbelt. Ich sehe ihn nicht an. Das Schweigen dehnt sich wie ein Faden aus geschmolzenem Glas und wird dünner und dünner, bis er irgendwann zerreißen muss.

Ja, antworte ich schließlich. Meine Stimme ist so zusammengeschrumpft, dass ich mich selbst kaum hören kann. Nur das Hämmern in meinen Ohren. Doch ich weiß, dass ich jetzt etwas sagen muss.

Ich hole tief Luft. Er hat gedroht, das Video zu verschicken. An jede einzelne Person in meiner Kontaktliste. Er hat mich gezwungen … das mit ihm zu machen. Das, was Sie gesehen haben. Und er hat mein Telefon benutzt, um es aufzunehmen.

Ich halte inne. Es ist, als schaue man über den Rand eines Abgrunds. Er hatte ein Messer, füge ich hinzu.

Lassen Sie sich Zeit, Emma. Ich weiß, dass das nicht leicht für Sie ist, sagt Sergeant Willan tröstend.

Ich kann nicht zu Simon hinsehen, zwinge mich aber weiterzusprechen. Er hat gedroht, wenn ich es jemandem erzähle – der Polizei, meinem Freund –, würde er davon erfahren und das Video verschicken. Außerdem war das ein Diensttelefon. Jeder ist darin gespeichert. Mein Chef. Meine ganze Firma. Meine Familie.

Da wäre noch etwas … ich fürchte, wir müssen das fragen, schaltet sich DI Clarke in entschuldigendem Ton ein. Besteht die Möglichkeit, dass dieser Mann DNA hinterlassen hat? Auf dem Bett vielleicht? Oder an den Sachen, die Sie anhatten?

Ich schüttle den Kopf.

Sie haben die Frage doch verstanden, oder, Emma?, schaltet Sergeant Willan sich ein. Uns interessiert, ob Deon Nelson ejakuliert hat.

Aus dem Augenwinkel bemerke ich, dass Simon die Fäuste ballt.

Er hat mir die Nase zugehalten, antworte ich mit zittriger Stimme. Er hat mir die Nase zugehalten und mich gezwungen zu schlucken. Er sagte, alles müsse bis auf den letzten Rest weg, damit die Polizei keine DNA kriegt. Deshalb wusste ich, dass es keinen Sinn hat. Dass es zwecklos ist, es Ihnen zu erzählen. Es tut mir leid.

Nun gelingt es mir, Simon anzusehen. Es tut mir leid, wiederhole ich.

Erneut entsteht langes Schweigen.

In Ihrer früheren Aussage, Emma, beginnt DI Clarke freundlich, haben Sie uns mitgeteilt, Sie könnten sich nicht genau erinnern, was während des Einbruchs vorgefallen ist. Nur um des besseren Verständnisses willen: Könnten Sie uns in Ihren eigenen Worten erklären, warum Sie das gesagt haben?

Ich wollte vergessen, dass es passiert ist, entgegne ich. Ich hatte zu große Angst, um mit jemandem darüber zu sprechen. Ich habe mich geschämt.

Inzwischen weine ich. Ich wollte es Simon nicht erzählen müssen, ergänze ich.

Es knallt. Simon hat seine Kaffeetasse an die Wand geworfen. Weiße Scherben und braune Flüssigkeit explodieren auf hellem Stein. Warte, Simon, rufe ich verzweifelt, doch er ist schon fort.

Ich wische mir die Augen am Ärmel ab. Werden Sie das verwenden können?, frage ich. Um ihn zu verurteilen, meine ich?

Wieder wechseln sie einen Blick. Die Situation ist schwierig, erwidert Sergeant Willan. Heutzutage verlangen Geschworene DNA-Beweise. Leider ist es unmöglich, den Verdächtigen anhand des Videos hundertprozentig zu identifizieren. Er hat darauf geachtet, nie sein Gesicht oder das Messer zu zeigen.

Sie hält inne. Außerdem sind wir dazu verpflichtet, der Verteidigung mitzuteilen, sie hätten anfänglich behauptet, sich nicht erinnern zu können. Ich fürchte, das könnten die gegen uns auslegen.

Sie haben doch gesagt, es gäbe da noch weitere Telefone, antworte ich benommen. Könnten diese Frauen nicht aussagen?

Wir vermuten, dass er denen genau das Gleiche angetan hat wie Ihnen, sagt DI Clarke. Straftäter – insbesondere Sexualstraftäter – entwickeln im Laufe der Zeit ein Muster. Sie wiederholen das, was funktioniert, und streichen das, was nicht geklappt hat. Die ständige Wiederholung macht sie sogar an und entwickelt sich zu einer Art Ritual. Leider jedoch konnten wir die anderen Opfer noch nicht ausfindig machen.

Das heißt, keine hat es angezeigt, entgegne ich und verstehe, worauf er hinauswill. Die Drohung hat gewirkt; sie haben den Mund gehalten.

Sieht ganz danach aus, erwidert DI Clarke. Emma, mir ist klar, warum Sie sich bis jetzt niemandem anvertraut haben. Doch wir brauchen eine genaue Schilderung der Ereignisse. Könnten Sie aufs Revier kommen und Ihre frühere Aussage ergänzen?

Ich nicke bedrückt. Er greift nach seiner Jacke. Danke für Ihre Offenheit, sagt er freundlich. Ich weiß, wie schwierig es sein muss. Doch eines müssen Sie verstehen. Laut Gesetz handelt es sich bei jeder Art von erzwungenem Sex, auch oralem, um eine Vergewaltigung. Und dafür werden wir diesen Mann anklagen.

Simon ist schon seit über einer Stunde weg. Ich verbringe die Zeit damit, die Scherben einzusammeln und die Wand sauber zu schrubben. Wie ein Whiteboard, denke ich. Nur, dass das, was hier geschrieben steht, nicht gelöscht werden kann.

Als er zurückkommt, mustere ich sein Gesicht und versuche, seine Stimmung zu ergründen. Seine Augen sind gerötet. Offenbar hat er geweint.

Es tut mir leid, sage ich niedergeschlagen.

Warum, Em?, erwidert er leise. Warum hast du es mir nicht erzählt?

Ich dachte, du würdest wütend werden.

Das heißt, du dachtest, ich würde keine Anteilnahme zeigen? Er wirkt ebenso verwirrt wie aufgewühlt. Du dachtest, es würde mir egal sein?

Ich weiß nicht, antworte ich. Ich wollte einfach nicht daran denken. Ich … ich habe mich geschämt. Es war so viel leichter, so zu tun, als wäre es nie geschehen. Und ich hatte Angst.

Herrgott, Em, schreit er. Ich weiß, dass ich mich manchmal ein bisschen wie ein Idiot aufführe, aber dachtest du wirklich, es wäre mir egal?

Nein … ich habe Mist gebaut, antworte ich bedrückt. Ich konnte nicht mit dir darüber reden. Tut mir leid.

Es ist genauso, wie Monkford gesagt hat. Tief in deinem Inneren hältst du mich für einen Idioten.

Was hat Monkford damit zu tun?

Er weist auf den Boden, die wunderschönen Steinwände und die eindrucksvolle, zwei Geschosse hohe Decke. Deshalb sind wir doch hier, oder? Weil ich nicht gut genug für dich bin. Weil unsere alte Wohnung nicht gut genug war.

Hier geht es nicht um dich, murmle ich. Außerdem ist das nicht meine Ansicht.

Plötzlich schüttelt er den Kopf, und ich bemerke, dass sein Zorn verraucht ist. Wenn du es mir bloß erzählt hättest, sagt er matt.

Die Polizei glaubt, dass er freikommen könnte, verkünde ich. Am besten werde ich alle schlechten Nachrichten sofort los.

Er starrt mich fassungslos an.

So direkt haben sie es nicht ausgedrückt. Doch weil ich meine Aussage geändert habe und sich keine der anderen Frauen gemeldet hat, denken sie offenbar, dass er damit durchkommen könnte. Sie sagten, möglicherweise ist es zwecklos, die Sache weiterzuverfolgen.

Oh, nein, entgegnet er und hämmert mit geballten Fäusten auf die steinerne Tischplatte. Eins schwöre ich dir, Emma. Wenn dieser Typ freigesprochen wird, bringe ich ihn eigenhändig um. Und jetzt kenne ich seinen Namen. Deon Nelson.

Heute: Jane

Nachdem meine Freunde weg sind, setze ich mich an den Laptop und gebe »Folgate Street 1« ein. Dazu »Tod« und schließlich »Emma«.

Keine Treffer. Allerdings erfahre ich, dass *Housekeeper* ein wenig anders funktioniert als Google. Während Google einen mit Tausenden oder sogar Millionen von Suchergebnissen bombardiert, wählt *Housekeeper* einen perfekten Treffer aus. Meist ist es eine Erleichterung, nicht von Alternativen eingeschneit zu werden. Doch wenn man nicht genau weiß, wonach man sucht, wären Alternativen hilfreich.

Der nächste Tag ist ein Montag, einer der Tage, an denen ich beim Verein *Hoffnungsvoll* arbeite. Das Büro befindet sich in drei beengten Räumen in King's Cross – ein himmelweiter Unterschied zu der kargen, strengen Schönheit von Folgate Street 1. Ich habe einen Schreibtisch dort, oder besser einen halben Schreibtisch, den ich mit Tessa, einer anderen Teilzeitkraft, teile. Und einen ziemlich betagten Computer.

Ich gebe dieselben Suchbegriffe bei Google ein. Die meisten Treffer beziehen sich auf Edward Monkford. Ärgerlicherweise hat eine Architekturjournalistin, die ebenfalls mit Vornamen Emma heißt, einen Artikel mit dem Titel *Tod dem Nippes* geschrieben, sodass ich etwa fünfhundert Links dazu erhalte. Aber auf der sechsten Seite der Suchergebnisse finde ich es. Ein Artikel aus einer Lokalzeitung.

UNTERSUCHUNGEN IM TODESFALL IN HENDON ERGEBNISLOS ABGESCHLOSSEN

Die Untersuchungen im Fall Emma Matthews, 26, die im letzten Juli tot in ihrem gemieteten Haus in der Folgate Street, South Hendon, aufgefunden worden war, wurden ergebnislos abgeschlossen, und zwar trotz einer zusätzlichen sechsmonatigen Frist für die Polizei.
Detective Inspector James Clarke teilte mit: »Wir hatten eine Reihe von Verdachtsmomenten, die letztlich zu einer Festnahme führte. Dennoch kam die Staatsanwaltschaft zu dem Schluss, die Beweise reichten nicht, um zu belegen, dass Emma Matthews durch Fremdverschulden gestorben ist. Natürlich werden wir diesen ungeklärten Todesfall nach unseren besten Möglichkeiten weiter untersuchen.«
Das Haus, entworfen von dem international führenden Architekten Edward Monkford, wurde vom Gerichtsmediziner in seinem Schlussplädoyer als »Albtraum in Sachen Gesundheit und Sicherheit« bezeichnet. Bei der Verhandlung wurde zuvor festgestellt, dass Matthews Leiche am Fuße einer weder mit einem Geländer noch mit einem Teppich ausgestatteten Treppe gefunden wurde.
Im Jahr 2010 setzte sich eine örtliche Bürgerinitiative in einem langwierigen Verfahren gegen den Bau dieses Hauses zur Wehr, bis das Rathaus letztlich die Baugenehmigung erteilte. Gestern sagte Nachbarin Maggie Evans: »Wir haben die Planer immer wieder davor gewarnt, dass so etwas geschehen könnte. Das Beste wäre, das Haus jetzt abzureißen und stattdessen etwas zu bauen, was besser in dieses Viertel passt.«
Monkford Partnership, die bei der Anhörung nicht anwesend waren, verweigerten gestern jeglichen Kommentar.

Aha, denke ich. Nicht nur zwei Todesfälle, sondern drei. Zuerst Monkfords eigene Familie und nun das. Folgate Street 1 hat eine noch tragischere Vergangenheit, als ich geahnt habe.

Ich stelle mir die Leiche einer jungen Frau vor, die am Fuße dieser rutschigen Betonstufen liegt. Aus ihrem zerschmetterten Schädel rinnt Blut und bildet eine Lache auf dem Boden. Natürlich hatte der Gerichtsmediziner recht: Die ungesicherte Treppe ist absolut gefährlich. Und warum hat Edward Monkford, nachdem sich das auf die grausigst mögliche Weise gezeigt hat, nichts unternommen, um sie abzusichern? Mit einer Glaswand zum Beispiel oder einer Art Geländer?

Allerdings kenne ich die Antwort bereits. *Meine Gebäude stellen Anforderungen an Menschen, Jane. Und meiner Ansicht nach sind diese nicht übertrieben.* Bestimmt gibt es in der Liste der Regeln eine, die besagt, dass die Mieter die Treppe auf eigene Gefahr benutzen.

»Jane?« Es ist Abby, die Büroleiterin. Ich blicke auf. »Besuch für Sie.« Sie wirkt ein wenig verlegen, und ihre Wangen sind leicht gerötet. »Er sagt, sein Name sei Edward Monkford. Ich muss zugeben, dass er sehr gut aussieht. Er wartet unten.«

Er steht in dem winzigen Wartebereich und ist beinahe identisch angezogen wie bei unserer letzten Begegnung. Schwarzer Kaschmirpulli, weißes Hemd, schwarze Hose. Das einzige Zugeständnis an das kühle Wetter ist der locker um seinen Hals geschlungene Schal.

»Hallo«, sage ich, obwohl ich eigentlich *Was zum Teufel machen Sie hier*? meine.

Er hat die Plakate des Vereins an den Wänden betrachtet, doch nun dreht er sich zu mir um. »Jetzt ergibt es Sinn«, stellt er leise fest.

»Was ergibt Sinn?«

Er deutet auf eines der Plakate. »Sie haben auch ein Kind verloren.«

Ich zucke die Achseln. »Ja.«

Er antwortet nicht mit *Es tut mir leid* oder einer der anderen abgedroschenen Phrasen, die Leute verwenden, wenn ihnen die Worte fehlen, sondern nickt einfach nur.

»Ich würde gerne einen Kaffee mit Ihnen trinken, Jane. Ich muss ständig an Sie denken. Aber wenn es noch zu früh ist, sagen Sie es mir einfach, und ich verschwinde.«

Diese drei kurzen Sätze enthalten so viele Vermutungen, Fragen und Offenbarungen, dass ich sie nicht alle zu fassen kriege. Doch der erste Gedanke, der mir durch den Kopf schießt, ist: *Ich habe es mir nicht eingebildet. Es beruht auf Gegenseitigkeit.*

Und der zweite: *Gut.*

»Also, das war Cambridge. Nur, dass es für jemanden mit einem Abschluss in Kunstgeschichte nicht viele Jobangebote gibt. Eigentlich habe ich mir nie wirklich überlegt, was ich danach machen will. Da war ein Praktikum bei Sotheby's, aus dem leider keine Festanstellung geworden ist. Anschließend habe ich in einigen Galerien gearbeitet – mein Titel war irgendetwas wie Senior Art Consultant, doch in Wirklichkeit war ich nichts weiter als eine bessere Empfangsdame. Schließlich bin ich irgendwie in der PR-Branche gelandet. Anfangs habe ich im West End Medienkonten verwaltet, aber in dieser Soho-Szene habe ich mich nie richtig wohlgefühlt. Mir gefiel es im Bankenviertel besser, wo die Kundschaft ein wenig distanzierter war. Offen gestanden war das Gehalt auch nicht schlecht. Und die Arbeit war interessant. Unsere Klienten waren große Geldinstitute – für die war das Ziel von PR, ihren Namen aus der Presse herauszuhalten, nicht, ihn gedruckt zu sehen. Ich rede zu viel.«

Edward Monkford schüttelt lächelnd den Kopf. »Ich höre Ihnen gern zu.«

»Und Sie?«, hake ich nach. »Wollten Sie schon immer Architekt werden?«

Er hebt die knochigen Schultern. »Eine Weile habe ich im Familienbetrieb gearbeitet, einer Druckerei. Ein Freund meines Vaters baute sich gerade ein Ferienhaus in Schottland und hatte Ärger mit dem Architekten. Ich habe ihn davon überzeugt, mich die Sache mit demselben Budget erledigen zu lassen. Ich habe durch die Praxis gelernt. Werden wir miteinander ins Bett gehen?«

Der Themenwechsel ist so abrupt, dass mir der Mund offen steht.

»Zwischenmenschliche Beziehungen, so wie das menschliche Leben insgesamt, neigen dazu, Überflüssiges anzuhäufen«, sagt er leise. »Valentinskarten, romantische Gesten, bedeutungslose Kosenamen – die ganze Langeweile und Trägheit von Angst geprägter, spießiger Beziehungen, die abgelaufen sind, noch ehe sie richtig begonnen haben. Und wenn wir all das abwerfen? Eine Beziehung, unbelastet von Konventionen und erfüllt von Schlichtheit und Freiheit, hat etwas Reines an sich. Zwei Menschen, die zusammenkommen und keine weiteren Pläne haben als die Gegenwart. Und wenn ich etwas will, bemühe ich mich darum. Aber ich möchte ganz ehrlich mit dem sein, was ich Ihnen vorschlage.«

Er meint Sex ohne Verbindlichkeit. Viele Männer, mit denen ich im Laufe meines Lebens ausgegangen bin, wollten sicher eher das von mir als Liebe. Isabels Vater war auch einer von ihnen. Allerdings hatten nur wenige das Selbstbewusstsein, es so deutlich auszusprechen. Und obwohl ich ein wenig enttäuscht bin – ich habe eine gelegentliche romantische Geste eigentlich sehr gern –, bin ich machtlos dagegen, dass ich es faszinierend finde.

»An wessen Bett hast du denn gedacht?«, frage ich.

Natürlich lautet die Antwort, das Bett in der Folgate Street 1. Und auch wenn mein bisheriger Kontakt mit Edward Monkford mich zu der Annahme verleitet haben könnte, er werde ein verklemmter oder schüchterner Liebhaber sein – Muss ein Minimalist vor dem Sex ordentlich seine Hose falten? Ist jemand, der gemütliche Möbel und bunte Kissen ablehnt, auch heikel, was Körperflüssigkeiten oder andere Zeichen der Leidenschaft angeht? –, erlebe ich die freudige Überraschung, dass die Wirklichkeit ganz anders ist. Außerdem war sein Statement zum Thema Beziehung ohne Bindung kein beschönigender Ausdruck dafür, dass sie nur dem Vergnügen des Mannes dienen sollte. Im Bett ist Edward einfühlsam, großzügig und auf keinen Fall jemand, der kurzen Prozess macht. Erst als ich nach dem Orgasmus alles nur noch verschwommen sehe, lässt er los. Seine Hüften bäumen sich auf, als er in mir erschaudert und immer wieder meinen Namen sagt. Jane. Jane. Jane.

Später denke ich: Fast wie um ihn sich einzuprägen.

Als wir hinterher nebeneinander daliegen, erinnere ich mich an den Artikel, den ich vorhin gelesen habe. »Da ist ein Mann, der immer wieder Blumen vor die Tür legt. Er sagte, sie seien für eine Frau namens Emma, die gestorben ist. Es hatte etwas mit der Treppe zu tun, richtig?«

Seine Hand, die meinen Rücken hinauf- und hinunterstreicht, hält nicht in der Bewegung inne. »Richtig. Belästigt er dich?«

»Kaum. Außerdem, wenn er jemanden verloren hat, der ihm wichtig war …«

Er schweigt eine Weile. »Er gibt mir die Schuld. Er ist überzeugt, dass das Haus irgendwie verantwortlich ist. Aber die Autopsie hat ergeben, dass sie betrunken war. Und als sie sie fanden, lief die Dusche. Sie muss mit nassen Füßen nach unten gerannt sein.«

Ich runzle die Stirn. Rennen ist etwas, das so gar nicht zu der Ruhe in Folgate Street 1 passt. »Meinst du, sie ist vor jemandem weggelaufen?«

Er zuckt die Achseln. »Oder sie hatte es eilig, die Tür aufzumachen.«

»In dem Artikel steht, die Polizei habe jemanden festgenommen. Allerdings nicht, wen. Jedenfalls haben sie denjenigen wieder gehen lassen müssen.«

»Mussten sie das?« Der Blick aus seinen hellen Augen ist undurchdringlich. »Ich erinnere mich nicht an sämtliche Einzelheiten. Damals war ich wegen eines Auftrags verreist.«

»Und der Typ hat von einem Mann gesprochen, der ihr Gift ins Hirn geträufelt hat …«

Edward schaut auf die Uhr und setzt sich auf. »Tut mir leid, Jane, das hatte ich völlig vergessen. Ich werde bei einer Baustellenbegehung erwartet.«

»Hast du keine Zeit mehr, etwas zu essen?«, frage ich, enttäuscht, dass er so rasch wieder fort muss.

Er schüttelt den Kopf. »Danke. Aber ich bin bereits spät dran. Ich rufe dich an.« Er greift schon nach seinen Kleidern.

4. Ich habe keine Geduld mit Menschen, die nicht an sich arbeiten.

- ☐ Stimme zu
- ☐ Stimme nicht zu

Damals: Emma

Die Sache ist, verkündet Brian streitlustig, dass wir unmöglich eine Zielvorgabe formulieren können, ohne zuvor unsere Werte zu definieren. Er blickt sich im Konferenzraum um, als wolle er jeden Einzelnen davor warnen, ihm zu widersprechen.

Wir befinden uns in Raum 7b, einem Glaskasten, identisch mit 7a und 7c. Jemand hat den Zweck der Sitzung auf ein Flipchart geschrieben. *Zielvorgaben unseres Unternehmens*. An der Glasscheibe kleben noch Reste von Zetteln aus früheren Besprechungen. *24-Stunden-Service? Lagerhauskapazitäten für den Notfall?*, steht auf einem. Das klingt um einiges spannender als das, was wir gerade tun.

Seit über einem Jahr habe ich meine Fühler schon nach einer Versetzung ins Marketing ausgestreckt. Vermutlich bin ich heute eher deshalb hier, weil ich eine Freundin von Amanda, also auch von Saul, bin, als dass Brian mich wirklich dabeihaben wollte. Saul hat einen ziemlich hohen Posten in der Finanzabteilung. Ich versuche, begeistert zu nicken, sobald Brian in meine Richtung schaut. Irgendwie habe ich mir Marketing aufregender vorgestellt.

Möchte hier jemand die Sekretärin spielen?, fragt Leona und sieht mich an. Ich verstehe die Anspielung sofort, springe auf und stelle mich, den Stift in der Hand, neben das Flipchart. Ganz die diensteifrige Neue. WERTE, schreibe ich oben auf die Seite.

Energie, schlägt jemand vor. Ich notiere gehorsam.

Positive Ausstrahlung, sagt ein anderer.

Andere Stimmen melden sich zu Wort. Anteilnahme. Dynamik. Zuverlässigkeit.

Emma, Sie haben Dynamik nicht aufgeschrieben, sagt Charles.

Dynamik war sein Vorschlag. Ist das nicht dasselbe wie Energie?, frage ich. Brian runzelt die Stirn. Also schreibe ich auch Dynamik auf.

Meiner Ansicht nach sollten wir uns überlegen, was eigentlich das höhere Ziel von Flow ist, verkündet Leona und schaut sich selbstgewiss um. Welchen unverwechselbaren Beitrag kann Flow zum Leben der Menschen leisten?

Lange herrscht Schweigen. Abgefülltes Wasser liefern?, schlage ich vor, denn Flows Geschäftsgebiet besteht darin, die großen Wasserbehälter zu vertreiben, mit denen man die Wasserspender in Büros bestückt. Als Brian wieder die Stirn runzelt, beschließe ich, künftig den Mund zu halten.

Wasser ist unverzichtbar. Wasser ist Leben, stellt Charles fest. Schreiben Sie das auf, Emma. Ich folge brav.

Irgendwo habe ich gelesen, fügt Leona hinzu, dass wir zum Großteil aus Wasser bestehen. Deshalb ist Wasser buchstäblich ein wichtiger Teil von uns.

Gegen die Austrocknung, sagt Brian nachdenklich. Einige Anwesende nicken. Auch ich.

Die Tür geht auf, und Saul steckt den Kopf herein. Aha, die kreativen Genies an der Arbeit, sagt er leutselig. Wie kommt ihr voran?

Brian seufzt. Zielvorgabenhölle, erwidert er.

Saul wirft einen Blick auf das Flipchart. Das ist doch eine ziemlich klare Sache, antwortet er. Man erspart den Leuten die Mühe, zum Wasserhahn zu laufen, und kassiert dafür astronomische Preise.

Hau doch ab, du, sagt Brian lachend. Du hilfst uns nicht weiter.

Alles in Ordnung, Emma?, fragt Saul fröhlich, während er der Aufforderung Folge leistet. Als er mir zuzwinkert, sehe ich, wie Leonas Kopf zu mir herumfährt. Ich wette, sie hatte keine Ahnung, dass ich Freunde im Management habe.

Ich schreibe *hauptsächlich Wasser* und *Austrocknung* auf.

Als die Sitzung endlich vorbei ist – offenbar lautet die Firmenphilosophie und das höhere Ziel von Flow, *Wasserkühler-Momente möglich machen, jeden Tag und überall*, eine Einsicht, die alle Anwesenden einhellig als angemessen kreativ und genial bezeichnen –, kehre ich an meinen Schreibtisch zurück und warte, bis sich das Büro in der Mittagspause leert, bevor ich eine Nummer wähle.

Monkford Partnership, meldet sich eine kultivierte Frauenstimme.

Edward Monkford bitte, sage ich.

Stille. Bei Monkford Partnership gibt es keine Musik in der Warteschleife. Dann: Edward hier.

Mr. Monkford …

Nennen Sie mich Edward.

Edward, ich muss Sie etwas wegen unseres Vertrags fragen.

Ich weiß, dass ich derartige Dinge über Mark, den Makler, abwickeln sollte. Doch ich habe den Verdacht, dass der es Simon brühwarm weitererzählen würde.

Ich fürchte, die Regeln sind nicht verhandelbar, Emma, erwidert Edward Monkford streng.

Mit den Regeln habe ich kein Problem, versichere ich ihm. Ganz im Gegenteil. Und ich möchte nicht aus Folgate Street 1 ausziehen müssen.

Eine Pause. Warum sollte das nötig sein?

Der Vertrag, den Simon und ich unterzeichnet haben … Was wäre, wenn einer von uns nicht mehr dort wohnen und der andere bleiben wollen würde?

Sind Sie und Simon nicht mehr zusammen? Es tut mir leid, das zu hören, Emma.

Im Moment sind es noch ungelegte Eier. Ich frage mich nur, wie die Situation dann aussehen würde, mehr nicht.

Mir pocht der Schädel. Allein die Vorstellung, Simon zu verlassen, löst ein Schwindelgefühl aus. Liegt es an dem Einbruch? Oder an den Gesprächen mit Carol Younson? Oder an Folgate Street 1 selbst, diesen wuchtigen, leeren Räumen, in denen einem alles plötzlich so viel klarer erscheint?

Edward Monkford überlegt. Technisch betrachtet wäre es ein Vertragsbruch, entgegnet er. Allerdings denke ich, dass Sie eine Vertragsänderung unterzeichnen könnten, in der Sie die Verantwortung übernehmen. Ein fähiger Anwalt könnte so etwas in zehn Minuten aufsetzen. Wären Sie in der Lage, allein für die Miete aufzukommen?

Ich weiß nicht, erwidere ich wahrheitsgemäß. Auch wenn Folgate Street 1 für ein derart beeindruckendes Haus erstaunlich günstig ist, übersteigt die Miete doch das, was ich mir von meinem winzigen Gehalt leisten kann.

Nun, ich bin sicher, dass wir zu einer Einigung kommen können.

Das ist wirklich nett von Ihnen, sage ich. Und nun fühle ich mich noch mehr wie eine Betrügerin, denn Simon, hätte er dieses Gespräch mitgehört, würde behaupten, ich hätte Edward Monkford und nicht den Makler angerufen, weil ich genau auf dieses Ergebnis gehofft habe.

Simon kommt etwa eine Stunde nach mir nach Hause. Was machst du da?, fragt er.

Ich koche, antworte ich und schenke ihm ein Lächeln. Dein Lieblingsessen. Beef Wellington.

Wow, sagt er erstaunt und schaut sich in der Küche um. Zugegeben, es sieht hier ein wenig chaotisch aus, aber zumindest merkt er so, welche Mühe ich mir gegeben habe. Wie lange hast du dazu gebraucht?, erkundigt er sich.

Ich habe in der Mittagspause eingekauft und bin pünktlich von der Arbeit weg, damit alles rechtzeitig fertig wird, sage ich stolz.

Sobald ich nach dem Gespräch mit Edward Monkford den Hörer aufgelegt hatte, hatte ich ein schlechtes Gewissen. Was habe ich mir bloß dabei gedacht? Simon hat sich solche Mühe gegeben, während ich mich, offen gestanden, in den letzten Wochen schrecklich aufgeführt habe. Deshalb habe ich beschlossen, alles wiedergutzumachen, und zwar noch heute Abend.

Ich habe auch Wein da, teile ich ihm mit. Simons Augen weiten sich, als er feststellt, dass ich ein Drittel der Flasche bereits geleert habe, aber er verkneift sich eine Bemerkung. Oh, und Oliven und Chips und andere Knabbersachen, füge ich hinzu.

Ich gehe jetzt duschen, verkündet er.

Als er, geduscht und umgezogen, wieder nach unten kommt, ist das Rindfleisch im Backrohr, und ich bin ein wenig beschwipst. Er reicht mir ein eingewickeltes Päckchen. Ich weiß, dass es erst morgen ist, sagt er, doch ich möchte es dir jetzt schon geben. Alles Gute zum Geburtstag, Em.

An der Form erkenne ich, dass es eine Teekanne ist. Aber erst als ich das Geschenkpapier entferne, bemerke ich, dass es sich nicht um irgendeine Teekanne handelt, sondern um eine wunderschöne im Art-déco-Stil mit einem Pfauenfedermuster, sie sieht aus wie von einem Kreuzfahrtschiff aus den Dreißigern. Ich schnappe nach Luft. Sie ist traumhaft, sage ich.

Ich habe sie auf Etsy entdeckt, erwidert er stolz. Erkennst du sie? Das ist die, die Audrey Hepburn in *Frühstück bei Tiffany* benutzt. Deinem Lieblingsfilm. Ich habe sie mir von einem Antiquitätenladen aus Amerika schicken lassen.

Du bist unglaublich, antworte ich, stelle die Kanne zur Seite und setze mich auf seinen Schoß. Ich liebe dich, murmle ich und knabbere an seinem Ohr.

Das habe ich schon viel zu lange nicht mehr gesagt. Wir beide nicht. Meine Hand gleitet zwischen seine Schenkel.

Was ist denn in dich gefahren?, fragt er amüsiert.

Nichts, erwidere ich. Vielleicht musst du ja in mich reinfahren, oder wenigstens ein Teil von dir.

Als ich mich auf seinem Schoß rekele, spüre ich, wie er hart wird. Du warst so geduldig, flüstere ich ihm ins Ohr und gleite nach unten, bis ich zwischen seinen Beinen knie. Eigentlich hatte ich das für später, nach dem Abendessen, eingeplant, doch jetzt ist der geeignete Moment, und der Wein hilft. Ich öffne seinen Reißverschluss und hole seinen Schwanz heraus. Dann blicke ich auf, schenke ihm ein hoffentlich aufreizendes und anzügliches Lächeln und nehme seine Eichel zwischen die Lippen.

Eine Weile lässt er mich gewähren. Allerdings spüre ich, dass er schlaffer, nicht härter wird. Ich lege mich noch mehr ins Zeug, doch das macht die Sache nur schlimmer. Als ich wieder den Kopf hebe, stelle ich fest, dass er die Augen zugekniffen und die Fäuste geballt hat, wie um sich verzweifelt zu einer Erektion zu zwingen.

Mhm, murmle ich, um ihn zu erregen. Mhm.

Beim Klang meiner Stimme reißt er die Augen auf und schubst mich weg. Herrgott, Emma, sagt er. Er steht auf und verstaut seinen Schwanz wieder in der Hose. Herrgott, wiederholt er.

Was ist los?, frage ich bedrückt.

Einen seltsamen Ausdruck auf dem Gesicht, schaut er auf mich herunter. Deon Nelson, erwidert er.

Was ist mit ihm?

Wie kannst du mit mir das Gleiche machen wie mit diesem … diesem *Schwein*?, herrscht er mich an.

Jetzt bin ich es, die ihn entgeistert anstarrt. Sei doch nicht albern. Mein Mund gehört nicht ihm.

Mir wird klar, dass ich die ganze Zeit geglaubt habe, ich würde Sex mit Simon aus dem Weg gehen. Und in Wirklichkeit war es genau umgekehrt.

Du hast ihn in deinem Mund kommen lassen, sagt er.

Ich zucke zusammen, als hätte er mich geschlagen. Ich habe ihn nicht *gelassen*, protestiere ich. Er hat mich dazu *gezwungen*. Wie kannst du es wagen, so etwas zu behaupten?

Meine Stimmung ist von Euphorie zu tiefster Bedrückung umgeschlagen. Wir sollten jetzt das Rindfleisch essen, schlage ich vor.

Moment, unterbricht er mich. Ich muss dir etwas sagen.

Er sieht so bedrückt aus, denke ich. *Das war's. Er trennt sich von mir.*

Heute war die Polizei bei mir, fährt er fort. Wegen eines … Widerspruchs in meiner Aussage.

Was meinst du mit Widerspruch?

Er geht zum Fenster. Es ist dunkel geworden, doch er blickt hinaus, als könnte er etwas sehen. In Sachen Einbruch, spricht er weiter. Ich habe bei der Polizei ausgesagt, ich wäre in einem Pub gewesen.

Ich weiß, entgegne ich. Im Portland, richtig?

Wie sich herausgestellt hat, war es nicht das Portland, antwortet er. Die haben das überprüft. Das Portland hat nicht so lange geöffnet. Also haben sie sich meine Kreditkartenbelege angeschaut.

Das scheint mir eine Menge Aufwand zu sein, um rauszukriegen, in welcher Bar Simon gewesen ist. Warum?, hake ich nach.

Sie sagten, andernfalls könnte Nelsons Anwalt ihnen unterstellen, sie hätten ihre Arbeit nicht richtig gemacht. Er hält inne. Ich war in dieser Nacht nicht in einem Pub, Emma, sondern in einem Club. Einem Stripclub.

Willst du damit sagen, dass du die ganze Zeit, während ich … von diesem Ungeheuer *vergewaltigt* wurde, nackte Frauen angegafft hast?

Wir waren zu mehreren, Em. Saul und ein paar andere Jungs. Es war nicht meine Idee. Ich hatte nicht einmal Spaß daran.

Wie viel hast du ausgegeben?

Er sieht mich verdattert an. Was hat das denn damit zu tun?

Wie viel hast du ausgegeben? Meine Stimme hallt von den Steinwänden wider. Bis jetzt habe ich noch nicht einmal bemerkt, dass es in Folgate Street 1 ein Echo gibt. Es ist, als stimme das Haus mit ein und brülle ihn ebenfalls an.

Er seufzt. Keine Ahnung. Dreihundert Pfund.

Unfassbar, sage ich.

Die Polizei geht davon aus, dass vor Gericht alles herauskommen wird, ergänzt er.

Erst jetzt begreife ich, was das bedeutet. Nicht nur, dass Simon Geld, das er nicht hat, dafür verschleudert, nackte Frauen anzuglotzen, die er nicht vögeln kann, und zwar nur, weil seine Freunde ihn mitgeschleppt haben. Nicht nur, dass er mich nach dem, was dieser Mann mir angetan hat, für beschmutzt hält. Sondern auch, was das für den Prozess gegen Deon Nelson bedeutet. Die Verteidigung wird vortragen, unsere Beziehung wäre ohnehin am Ende, denn schließlich belögen wir einander und die Polizei.

Sie werden behaupten, ich wäre in jener Nacht einverstanden gewesen und hätte es deshalb nicht angezeigt.

Ich versuche, es bis zur Spüle zu schaffen, doch das Erbrochene – der viele Rotwein, die schwarzen Oliven und die anderen leckeren Sachen für unseren ganz besonderen Abend – schießt mir wie ein glühend heißer Schwall aus dem Mund.

Hau ab, sage ich hinterher. Hau einfach ab. Pack deine Sachen und geh.

Ich bin durchs Leben geschlafwandelt und habe zugelassen, dass dieser schwache, wankelmütige Mann mir Liebe vorgaukelt. Es ist Zeit, einen Schlussstrich zu ziehen. Geh, wiederhole ich.

Em, fleht er. Em, hör dich doch nur reden. Das bist nicht du. Du sagst nur wegen dem, was passiert ist, solche Sachen. Wir lieben uns. Wir werden das überstehen. Sag jetzt nichts, was du morgen bereuen wirst.

Ich werde morgen gar nichts bereuen, entgegne ich. Ich werde das niemals bereuen. Wir trennen uns, Simon. Es klappt schon seit Ewigkeiten nicht mehr zwischen uns. Ich möchte nicht mehr mit dir zusammen sein und habe endlich den Mut gefunden, reinen Tisch zu machen.

Heute: Jane

»*Was* hat er gesagt?«

»Er sagte, einer unverbindlichen Beziehung wohne eine berauschende Klarheit inne. Also ich habe das jetzt ein wenig anders ausgedrückt, aber darauf wollte er hinaus.«

Mia starrt mich entgeistert an. »Meint der Kerl das etwa ernst?«

»Nun, darum geht es ja gerade. Er ist so … anders als die Typen, mit denen ich bis jetzt zu tun hatte.«

»Und du bist sicher, dass du nicht das Stockholm-Syndrom hast oder wie das heißt?« Mia blickt sich in den hellen, kahlen Räumlichkeiten von Folgate Street 1 um. »Hier zu wohnen … das könnte doch ein bisschen so sein, als wärst du Geisel seines Verstandes. Vielleicht hat er dich ja einer Gehirnwäsche unterzogen.«

Ich lache auf. »Ich glaube, ich würde Edward auch dann spannend finden, wenn ich nicht in einem seiner Häuser wohnen würde.«

»Und du? Was sieht er in dir, mein Schatz? Abgesehen von dem unverbindlichen Fick oder wie er es nennt.«

»Keine Ahnung.« Ich seufze auf. »Jedenfalls denke ich nicht, dass ich die Möglichkeit haben werde, das jetzt noch herauszufinden.«

Als ich ihr erzähle, wie abrupt Edward mein Bett verlassen hat, verzieht sie das Gesicht. »Für mich klingt das, als hätte er ernsthafte Probleme, Jane. Ob du diesem Burschen nicht besser aus dem Weg gehst?«

»Jeder hat Probleme«, erwidere ich leichthin. »Sogar ich.«

»Zwei angeschlagene Menschen ergeben kein Ganzes. Was du im Moment brauchst, ist ein netter und zuverlässiger Mann. Einer, der sich um dich kümmert.«

»Leider ist nett und zuverlässig nicht mein Typ.«

Mia verkneift sich eine Bemerkung. »Und seitdem hattet ihr keinen Kontakt mehr?«

Ich schüttle den Kopf. »Ich habe ihn nicht angerufen.« Die bewusst lässig formulierte E-Mail, die ich ihm am nächsten Tag geschickt und auf die ich keine Antwort erhalten habe, erwähne ich nicht.

»Tja, das ist tatsächlich unverbindlich.« Sie schweigt einen Moment. »Und der Blumenmann? Ist von dem noch was gekommen?«

»Nein. Doch Edward hat gesagt, der Tod sei ein Unfall gewesen. Offenbar ist das arme Mädchen die Treppe runtergefallen. Die Polizei hat Fremdverschulden nicht ausgeschlossen, konnte jedoch nichts nachweisen.«

Mia starrt mich an. »*Diese* Treppe?«

»Ja.«

»Und was ist das mit dem Fremdverschulden? Macht dir das keine Angst, am Schauplatz eines Verbrechens zu wohnen?«

»Eigentlich nicht«, antworte ich. »Ja, natürlich ist es eine Tragödie. Aber, wie ich schon sagte, das hier ist kein Tatort. Außerdem sind schon in vielen Häusern Menschen gestorben.«

»Aber doch nicht so. Und du lebst hier ganz allein …«

»Ich habe keine Angst. Es ist ein sehr ruhiges Haus.« Und ich habe ein totes Baby in den Armen gehalten, denke ich. Also sollte mich der Tod einer wildfremden Frau, der auch noch Jahre zurückliegt, eigentlich nicht beunruhigen.

»Wie hieß sie denn?« Mia fördert ihr iPad zutage.

»Die Frau, die gestorben ist? Emma Matthews. Warum?«

»Bist du denn nicht neugierig?« Sie tippt auf dem Bildschirm herum. »Oh, mein Gott.«

»Was ist?«

Wortlos zeigt sie es mir. Auf dem Bildschirm ist eine Frau von Mitte zwanzig zu sehen. Ziemlich hübsch, schlank und dunkelhaarig. Irgendwie kommt sie mir vertraut vor. »Und?«, sage ich.

»Fällt dir denn gar nichts auf?«, fragt Mia.

Wieder mustere ich das Foto. »Was soll mir den auffallen?«

»Jane, sie sieht genauso aus wie du. Oder besser: Du siehst genauso aus wie *sie*.«

Sie hat recht. Die junge Frau und ich haben die gleiche seltene Kombination aus braunem Haar, blauen Augen und sehr heller Haut. Sie ist schlanker als ich, jünger und, wenn ich ehrlich bin, attraktiver. Außerdem schminkt sie sich stärker – viel schwarze Wimperntusche –, doch ich kann die Ähnlichkeit nicht leugnen.

»Nicht nur dein Gesicht«, fügt Mia hinzu. »Siehst du, wie sie dasteht? Kerzengerade Haltung. Genau wie du.«

»Wirklich?«

»Das weißt du doch längst selbst. Glaubst du immer noch, dass der Typ keine Probleme hat?«

»Es könnte Zufall sein«, antworte ich schließlich. »Immerhin gibt es keine Hinweise darauf, dass Edward mit diesem Mädchen eine Beziehung hatte. Wie viele Millionen von Frauen auf der Welt haben braune Haare und blaue Augen?«

»Wusste er vor deinem Einzug, wie du aussiehst?«

»Ja«, räume ich ein. »Es gab ein Vorstellungsgespräch.« Und davor noch die Forderung nach drei Fotos. Damals bin ich nicht auf den Gedanken gekommen, aber warum sollte sich ein Vermieter für Fotos von seinen Mietern interessieren?

Mias Augen weiten sich, als ihr noch etwas einfällt. »Und die Ehefrau? Wie hat die geheißen?«

»Mia, nein …«, protestiere ich schwach. Ich bin ziemlich sicher, dass wir schon zu weit gegangen sind. Doch sie tippt bereits auf ihrem Bildschirm herum. »Elizabeth Monkford, früher Elizabeth Mancari«, verkündet sie nach einer Weile. »Und jetzt suchen wir mal Fotos …« Rasch schaut sie einige durch. »Das kann sie nicht sein … Falsche Nationalität … Ja!« Sie stößt einen leisen Pfiff aus.

»Was ist?«

Sie dreht den Bildschirm in meine Richtung. »Doch nicht so bindungsscheu«, stellt sie leise fest.

Das Bild zeigt eine dunkelhaarige junge Frau, die vor einer Art Zeichenbrett sitzt und in die Kamera lächelt. Obwohl das Foto recht verschwommen ist, wird mir klar, dass die Frau darauf Emma Matthews stark ähnelt. Also vermutlich auch mir.

Damals: Emma

Simon und der Polizei zu beichten, dass ich gelogen hatte, als ich vorgab, mich nicht an die Vergewaltigung zu erinnern, war schlimm. Es Carol Younson zu erzählen, ist fast noch schlimmer. Zu meiner Erleichterung reagiert sie sehr Anteil nehmend.

Sie trifft keine Schuld an dieser Sache, Emma, sagt sie. Manchmal sind wir einfach noch nicht bereit, uns der Wahrheit zu stellen.

Zu meiner Überraschung ist nicht Deon Nelson mit seinen schrecklichen Drohungen Thema dieser Sitzung, sondern Simon. Sie möchte wissen, wie er auf die Trennung reagiert, ob er seitdem Kontakt zu mir aufgenommen hat – was er natürlich ständig tut, obwohl ich seine Nachrichten nicht mehr beantworte.

Und wie wollen Sie weitermachen, Emma?, fragt sie. Was soll Ihrer Meinung nach jetzt geschehen?

Keine Ahnung, erwidere ich achselzuckend.

Nun, lassen Sie es mich mal so ausdrücken: Ist die Trennung endgültig?

Simon geht nicht davon aus, gebe ich zu. Wir haben uns auch schon früher getrennt, doch er bittet und bettelt immer so lange, bis es mir einfacher erscheint, ihn zurückzunehmen. Diesmal ist es aber anders. Ich habe alle meine alten Sachen weggeworfen – den ganzen nutzlosen Kram. Ich glaube, das hat mir die Kraft gegeben, ihn ebenfalls loszuwerden.

Nur, dass zwischenmenschliche Beziehungen etwas anderes sind als alter Kram, stellt sie fest.

Ich bedenke sie mit einem zweifelnden Blick. Sie glauben doch nicht, dass ich einen Fehler gemacht habe, oder?

Sie überlegt eine Weile. Ein seltsamer Nebeneffekt einer traumatischen Erfahrung, wie Sie sie durchgemacht haben, sagt sie, ist, dass es oft zu einer Aufweichung der Ich-Grenzen kommt. Manchmal sind diese Veränderungen vorübergehend. Aber gelegentlich bemerkt die betroffene Person, dass ihr dieser neue Aspekt ihrer Persönlichkeit gefällt, und er wird ein Teil von ihr. Ob das gut oder schlecht ist, kann ich nicht beurteilen, Emma. Die Entscheidung liegt ganz allein bei Ihnen.

Nach der Therapiesitzung habe ich einen Termin mit dem Anwalt, der die Änderung des Mietvertrags aufgesetzt hat. Edward Monkford hatte recht: Ich habe mich an eine Kanzlei vor Ort gewandt, und es stellte sich heraus, dass die das für fünfzig Pfund erledigen konnten. Der einzige Haken daran sei, sagte der Anwalt, dass Simon möglicherweise auch unterschreiben müsse. Für weitere fünfzig Pfund erbot er sich, die Mietunterlagen zu sichten und sich kundig zu machen.

Heute verkündet derselbe Anwalt, so ein Vertrag sei ihm noch nie untergekommen. Wer immer ihn auch entworfen hat, wollte, dass alles absolut wasserdicht ist, teilt er mir mit. Um auf Nummer sicher zu gehen, sollten Sie Simon Wakefield bitten, die Papiere ebenfalls zu unterzeichnen.

Ich bezweifle, dass Simon irgendetwas unterschreiben wird, das unsere Trennung offiziell macht. Dennoch nehme ich die Unterlagen mit. Während der Anwalt einen Umschlag für mich sucht, sagt er im Plauderton: Ich habe das Haus im Grundbuchregister nachgeschlagen. Es ist ziemlich faszinierend.

Oh?, erwidere ich. Warum das?

Offenbar hat Folgate Street 1 eine recht tragische Geschichte. Das Originalgebäude wurde im Krieg von deutschen Bomben zerstört – sämtliche Bewohner kamen ums Leben, eine ganze Familie. Da es keine überlebenden Verwandten gab, hat der Stadtrat das Grundstück zwangsenteignet, um die Ruine abreißen zu können. Danach blieb es eine Brachfläche, bis dieser Architekt es gekauft hat. Ursprünglich schwebte ihm ein konventionelleres Haus vor – einige Nachbarn haben sich anschließend bei der Stadt beschwert, sie seien hinters Licht geführt worden. Die Wellen sind ziemlich hochgeschlagen.

Aber er hat es dennoch gebaut, ermuntere ich ihn zum Weitersprechen, obwohl mich die Vergangenheit des Hauses nicht wirklich interessiert.

Hat er. Und um das Maß vollzumachen, hat er beantragt, jemanden dort beerdigen zu dürfen. Zwei Personen, genau genommen.

Jemanden beerdigen?, wiederhole ich verdattert. Ist das überhaupt erlaubt?

Der Anwalt nickt. Eigentlich ein erstaunlich einfacher Vorgang. Solange das Umweltamt keine Einsprüche erhebt und keine lokalen Vorschriften dagegenstehen, ist die Stadt mehr oder weniger verpflichtet, die Genehmigung zu erteilen. Die einzige Auflage ist, dass die Namen der Verstorbenen und ihr genauer Liegeplatz in den Plänen vermerkt werden müssen. Hier sind sie.

Er fördert eine zusammengeheftete Fotokopie zutage und entfaltet einen an der Rückseite befestigten Plan. *Letzte Ruhestätte von Mrs. Elizabeth Georgina Monkford und Maximilian Monkford*, liest er mir vor.

Er steckt die Papiere in den Umschlag zu den übrigen Unterlagen und reicht ihn mir. Hier. Sie können es behalten, wenn Sie möchten.

Heute: Jane

Als Mia weg ist, setze ich mich an meinen Laptop und tippe »Elizabeth Mancari« ein, um noch einen Blick auf sie zu werfen, ohne dass Mia mir über die Schulter späht. Doch *Housekeeper* fördert keines der Bilder zutage, die sie gefunden hat.

Was ich zu Mia gesagt habe, stimmt: In der kurzen Zeit, die ich jetzt hier wohne, habe ich Folgate Street 1 nie als beängstigend empfunden. Nun aber wirken das Schweigen und die Leere plötzlich unheimlich auf mich. Natürlich ist das lächerlich, ein wenig, als fürchte man sich, nachdem man eine Gruselgeschichte gehört hat. Dennoch wähle ich das hellste Licht aus und gehe umher. Auf der Suche wonach? Selbstverständlich nicht nach Einbrechern. Aber das Haus fühlt sich plötzlich nicht mehr so sicher an.

Sondern eher, als würde ich beobachtet.

Ich versuche, dieses Gefühl loszuwerden. Selbst bei meinem Einzug, halte ich mir vor Augen, hatte ich den Eindruck, mich in einer Filmkulisse zu befinden. Damals gefiel mir das. Seitdem ist nichts weiter passiert als ein albernes sexuelles Techtelmechtel mit Edward Monkford und die Erkenntnis, dass er einen bestimmten Frauentyp bevorzugt.

Sie lag mit zerschmettertem Schädel am Fuße der Treppe. Unwillkürlich gehe ich hin und betrachte die Stelle. Sind das die leichten Umrisse einer längst weggeschrubbten Blutlache? Aber ich weiß ja gar nicht, ob da überhaupt Blut war, versuche ich mich zu beschwichtigen.

Ich blicke auf. Über mir, oben auf der Treppe, sehe ich etwas. Einen Lichtschein, der zuvor nicht da gewesen ist.

Vorsichtig steige ich die Treppe hinauf, ohne den Blick davon abzuwenden. Als ich näher komme, verwandelt sich der Lichtschein in die Silhouette einer kleinen Tür, nicht höher als eins fünfzig – ein in der Wand verborgenes Paneel von ähnlicher Bauart wie die in Schlafzimmer und Küche eingelassenen Schränke. Bis jetzt ist sie mir noch gar nicht aufgefallen.

»Hallo?«, rufe ich. Keine Antwort.

Ich strecke die Hand aus und schiebe die Tür ganz auf. Dahinter befindet sich ein tiefer, hoher Wandschrank voller Putzmaterial: Mopps, Gummiabstreifer, ein Staubsauger, eine Bohnermaschine, ja, sogar eine ausziehbare Leiter. Beinahe lache ich laut auf. Ich hätte mir denken müssen, dass es in Folgate Street 1 so etwas gibt. Die Reinigungskraft – eine Japanerin mittleren Alters, die fast kein Englisch spricht und die all meine Kontaktangebote während ihrer wöchentlichen Besuche abwehrt – muss sie offen gelassen haben.

Im Schrank sieht es aus, als habe man von hier aus auch Zugriff auf die anderen Funktionen des Hauses. Eine Wand ist mit Drähten bedeckt. Durch eine Luke in der Decke erstrecken sie sich in die Gedärme von Folgate Street 1.

Ich taste mich zwischen den Putzutensilien hindurch und stecke den Kopf in die Luke. Im Licht meines Telefons erkenne ich eine Art Schacht, der das gesamte Haus entlang verläuft. Auf seinem Boden befindet sich eine weitere dicke Schicht Kabel. Der Schacht mündet in einem etwas größeren speicherartigen Raum über dem Schlafzimmer. An seinem Ende kann ich gerade noch einige Wasserleitungen ausmachen.

Mir dämmert, dass ich vielleicht gerade eine Lösung für etwas gefunden habe, das mich belastet. Ich habe es nicht über mich gebracht, Isabels ungetragene Kleidung oder meine Bücher wohltätigen Zwecken zu spenden. Doch sie auszupacken und ordentlich in den Schränken von Folgate Street 1 zu verstauen, erschien mir ebenfalls falsch. Der Koffer steht seit meinem Einzug im Schlafzimmer und wartet auf ein Zuhause. Ich gehe ihn holen und schiebe ihn durch den Schacht, bis ich im Speicher bin. Dort soll er bleiben und mir nicht mehr im Wege sein.

Mein Telefon verbreitet nicht viel Licht, und erst als ich etwas Weiches unter meinen Füßen spüre, schaue ich nach unten und entdecke einen zwischen zwei Balken geklemmten Schlafsack. Er ist staubig und schmutzig und liegt wohl schon lange hier oben. Als ich ihn aufhebe, fällt etwas heraus. Die Hose eines Pyjamas, bedruckt mit winzigen Äpfeln. Ich krame weiter in dem Schlafsack, finde jedoch nichts als ein Paar zusammengeknüllter Socken ganz unten. Und eine ziemlich zerknitterte Visitenkarte. CAROL YOUNSON, PSYCHOTHERAPEUTIN. Dazu eine E-Mail-Adresse und eine Telefonnummer.

Als ich mich weiter umschaue, entdecke ich noch andere Dinge: leere Thunfischdosen aus dem Supermarkt, Kerzenstummel, einen ebenfalls leeren Parfümflakon, eine Plastikflasche mit einem Energy-Drink.

Seltsam. Seltsam und unerklärlich. Ich habe keine Möglichkeit zu ermitteln, ob dieser Schlafsack Emma Matthews gehört hat – ich weiß ja nicht einmal, wie viele Mieter bereits in Folgate Street 1 gewohnt haben. Und wenn es wirklich Emmas war, werde ich mit Sicherheit niemals erfahren, welche namenlose Angst sie dazu bewogen hat, ihr wunderschönes, elegantes Schlafzimmer zu verlassen und stattdessen hier oben zu schlafen.

Das Läuten des Telefons hallt laut in dem beengten Raum wider.

»Jane, ich bin es, Edward«, sagt eine vertraute Stimme.

Damals: Emma

Ich versuche, Simon zu einem Treffen an einem neutralen Ort, einem Pub zum Beispiel, zu überreden. Doch obwohl er verspricht, die Papiere zu unterzeichnen, besteht er darauf, es einzig und allein in der Folgate Street 1 zu tun.

Ich muss sowieso vorbeikommen, sagt er. Ich habe ein paar Sachen vergessen.

Widerstrebend stimme ich zu. Dann schalte ich das Licht auf höchste Stufe und ziehe vergammelte Jeans und mein abgetragenstes Shirt an. Gerade räume ich die Küche auf – erstaunlich, wie sich selbst bei so wenigen Besitztümern das Chaos ausbreiten kann –, als ich hinter mir ein Geräusch höre. Ich schnappe nach Luft.

Hallo, Em, sagt er.

Herrje, hast du mich erschreckt, schimpfe ich. Wie bist du überhaupt reingekommen?

Ich behalte den Schlüsselcode nur so lange, bis ich meine Sachen habe, antwortet er. Keine Sorge, danach lösche ich ihn.

Tja, okay, erwidere ich zögernd. Ich nehme mir vor, Mark Howarth, den Makler, zu fragen, wie ich den Code selbst blockieren kann.

Wie geht es dir?, erkundigt sich Simon.

Gut, entgegne ich. Ich weiß, dass ich ihn das Gleiche fragen sollte, doch ich sehe ihm an, dass es ihm gar nicht gut geht. Seine Haut ist bleich und fleckig wie immer, wenn er zu viel trinkt. Außerdem war er bei einem miserablen Friseur.

Hier ist der Vertrag, verkünde ich und reiche ihn ihm. Und ein Stift. Ich habe bereits unterschrieben.

Hey! Hey! Wollen wir nicht zuerst zusammen was trinken?

Am liebsten würde ich antworten, dass ich das für keine gute Idee halte. Aber ich erkenne an seinem selbstzufriedenen Grinsen, dass er bereits einen intus hat.

Das stimmt alles nicht, protestiert er, nachdem er den Vertrag gelesen hat.

Er wurde von einem Anwalt aufgesetzt, gebe ich zurück.

Ich meine, dass das, was wir hier machen, nicht stimmt. Wir lieben uns, Em. Wir hatten zwar unsere Probleme, doch tief in unserem Innersten lieben wir uns.

Bitte, mach jetzt keinen Ärger, Simon.

Ärger?, ereifert er sich. Das ist doch wohl ein bisschen übertrieben. Immerhin bin ich derjenige, der rausgeschmissen wird und keine Wohnung mehr hat. Wenn ich nicht wüsste, dass du mich zurücknehmen wirst, würde ich jetzt wirklich sauer werden.

Ich nehme dich nicht zurück, sage ich.

Doch, das wirst du.

Nein, beharre ich.

Aber ich bin wieder hier, oder? Hier bin ich.

Nur, um deine Sachen zu holen.

Oder, um dorthin zurückzukehren, wo meine Sachen sind.

Simon, du musst jetzt gehen, fordere ich ihn, inzwischen ziemlich wütend, auf.

Er lehnt sich an den Küchentresen. Erst wenn wir einen getrunken und ein richtiges Gespräch geführt haben, beharrt er.

Verdammte Scheiße, brülle ich. Kannst du dich nicht einmal wie ein Erwachsener benehmen?

Em, Em, bettelt er. Reg dich nicht auf. Ich sage doch nur, dass ich dich liebe und dich nicht verlieren will.

Als ob das die richtige Methode wäre, schleudere ich ihm entgegen.

Ah!, erwidert er. Also gibt es eine Methode?

Ich bin hin- und hergerissen. Wenn ich ihm jetzt vorschwindle, wir könnten irgendwann wieder zusammenkommen, verschwindet er vielleicht, ohne Stress zu machen. Die alte Emma hätte so gehandelt. Aber die neue Emma ist stärker.

Nein, entgegne ich mit Nachdruck. Es besteht keinerlei Möglichkeit, dass wir beide wieder ein Paar werden, Simon.

Er kommt auf mich zu und legt mir die Hände auf die Schultern. Ich rieche seine Alkoholfahne. Ich liebe dich, Em, wiederholt er.

Nicht, protestiere ich und will mich befreien.

Ich kann nicht aufhören, dich zu lieben, beharrt er. Sein Blick ist unstet.

Ein Telefon läutet. Ich schaue mich um. Mein Telefon blinkt und piepst und rutscht vibrierend in Richtung der Kante der Arbeitsplatte.

Lass mich los, zische ich und versetze Simon einen Stoß vor die Brust.

Diesmal tut er es, und ich greife nach dem Telefon. Ja?, melde ich mich.

Emma, hier spricht Edward. Ich wollte nur sichergehen, dass Sie die Vertragsangelegenheiten geregelt haben. Edward Monkfords Stimme klingt formell und höflich.

Ja, danke. Simon ist gerade hier, um die Papiere zu unterschreiben. Wenigstens hoffe ich das, kann ich mir nicht verkneifen hinzuzufügen.

Kurz entsteht Schweigen. Könnten Sie ihn mir bitte mal geben?

Ich beobachte, wie Simons Miene sich verfinstert, während Edward mit ihm spricht. Das Telefonat dauert etwa eine Minute, und Simon sagt kaum ein Wort und brummelt nur hin und wieder »aha« oder »hm«.

Hier, sagt er schmollend und reicht mir das Telefon.

Hallo?, sage ich.

Simon wird die Papiere jetzt unterschreiben, Emma, verkündet Edwards Stimme. Und dann wird er gehen. Ich komme vorbei, um zu schauen, ob er wirklich weg ist, aber auch, weil ich mit Ihnen ins Bett will. Das brauchen Sie Simon natürlich nicht zu erzählen.

Er legt auf, während ich verdattert auf das Telefon starre. Habe ich das gerade richtig verstanden? Aber das habe ich eindeutig.

Was hat er zu dir gesagt?, erkundige ich mich bei Simon.

Ich hätte dir nichts getan, erwidert er bedrückt, ohne meine Frage zu beantworten. Niemals würde ich dir wehtun. Nicht absichtlich. Ich bin machtlos dagegen, dass ich dich liebe, Em. Und ich werde dich zurückerobern. Wart's nur ab.

Wie lange wird Edward Monkford brauchen? Habe ich überhaupt noch Zeit zu duschen? Als ich den Blick durch die Räumlichkeiten von Folgate Street 1 schweifen lasse, wird mir klar, dass etwa ein Dutzend Regelverletzungen unübersehbar sind. Sachen auf dem Boden, Krimskrams auf der Arbeitsfläche, eine Zeitschrift auf dem Steintisch, ein überquellender Mülleimer. Ganz zu schweigen davon, dass es im Schlafzimmer aussieht, als hätte eine Bombe eingeschlagen. Ich habe die Weinflecken nach der Party nie richtig weggeputzt. Nachdem ich rasch geduscht habe, starte ich eine hastige Aufräumaktion und suche mir dabei ein paar Kleider zusammen. Einen schlichten Rock und eine Bluse. Ich überlege, ob ich Parfüm auflegen soll, halte das dann aber für ein wenig übertrieben. Im Grunde genommen glaube ich noch immer, dass Edward einen Scherz gemacht hat oder dass ich ihn missverstanden habe.

Obwohl ich das Gegenteil hoffe.

Wieder läutet mein Telefon. Es ist *Housekeeper*, das mir mitteilt, jemand sei an der Tür. Als ich auf *Video* drücke, erkenne ich Edward. Er hat einen Blumenstrauß und eine Weinflasche dabei.

Also doch kein Missverständnis. Ich drücke auf annehmen, um ihn reinzulassen.

Als ich die Treppe erreiche, steht er schon unten und zieht mich mit Blicken aus. Diese Treppe kann man nicht hinuntereilen. Sie zwingt einen, elegant und vorsichtig einen Fuß vor den anderen zu setzen. Noch ehe ich unten bin, ist mir schon schwindelig vor Vorfreude.

Hallo, sage ich nervös.

Er sieht mich einfach nur an, streckt die Hand aus und schiebt mir eine störrische Haarlocke hinter das linke Ohr. Mein Haar ist noch nass vom Duschen und fühlt sich an meinem Hals kalt an. Als seine Finger mein Ohrläppchen streifen, zucke ich zusammen.

Alles ist gut, sagt er leise. Alles ist gut. Seine Finger wandern unter mein Kinn und heben sanft meinen Kopf.

Emma, fährt er fort. Ich kann nicht aufhören, an dich zu denken. Aber wenn es zu früh ist, sag es nur, und ich verschwinde.

Er öffnet die beiden obersten Knöpfe meiner Bluse. Ich habe keinen BH an.

Du zitterst ja, stellt er fest.

Ich wurde vergewaltigt.

Ich wollte nicht so damit herausplatzen, sondern ihm nur begreiflich machen, dass mir das hier etwas bedeutet. Dass er etwas Besonderes ist.

Sofort verdüstert sich seine Miene. Von Simon?, fragt er zornig.

Nein. So etwas würde er nie … Von einem der Einbrecher. Die, von denen ich dir erzählt habe.

Dann ist es wirklich noch zu früh, erwidert er.

Er nimmt die Hand aus meiner Bluse und knöpft sie wieder zu. Ich fühle mich wie ein Kind, das für die Schule angekleidet wird.

Ich wollte nur, dass du es weißt. Für den Fall … Wir können trotzdem miteinander ins Bett gehen, wenn du möchtest, sage ich schüchtern.

Nein, können wir nicht, entgegnet er. Nicht heute. Du kommst jetzt mit mir mit.

5 a) Du hast die Wahl, Michelangelos Statue des David oder ein verhungerndes Straßenkind zu retten. Für wen entscheidest du dich?

- ☐ Die Statue
- ☐ Das Kind

Heute: Jane

»Halten Sie hier«, weist Edward den Taxifahrer an. Wir sind mitten im Bankenviertel. Zu allen Seiten ragen dramatische moderne Gebäude aus Glas und Stahl über uns auf. Die Spitzen von The Shard and The Cheesegrater darüber sind gerade noch auszumachen. Während Edward den Fahrer bezahlt, bemerkt er, dass ich hinaufstarre. »Angebergebäude«, sagt er wegwerfend. »Wir gehen hier hinein.«

Er lotst mich zu einer Kirche. Es ist nur eine kleine, schlichte Pfarrkirche, die ich kaum bemerkt hätte, so gut ist sie zwischen all diesen aufdringlichen modernistischen Kolossen verborgen. Von innen ist sie wunderschön: ziemlich schmucklos, fast quadratisch, doch wegen der riesigen Fenster hoch oben an den Wänden lichtdurchflutet. Die Wände sind ebenso hell cremefarben wie in Folgate Street 1. Die Sonne malt das Gittermuster der Fensterscheiben auf den Boden. Außer uns beiden ist niemand hier.

»Das ist mein Lieblingsgebäude in London«, sagt er. »Schau.«

Als ich seinem Blick folge, verschlägt es mir den Atem. Über unseren Köpfen erhebt sich eine gewaltige Kuppel. Ihre bleiche Leere beherrscht die winzige Kirche. Sie schwebt auf unbeschreiblich schlanken Säulen über dem gesamten Mittelschiff. Der Altar – oder das, was ich dafür halte – befindet sich unmittelbar darunter: ein massiver runder Steinquader von etwa einem Meter fünfzig Durchmesser, der direkt im Zentrum der Kirche steht.

»Vor dem großen Feuer von London gab es zwei Sorten von Kirchen.« Mir fällt auf, dass er nicht flüstert. »Düstere gotische, die auf ein und dieselbe Art und Weise gebaut wurden, seit England katholisch gewesen ist, vollgestopft mit Bögen, Kunstgegenständen und Buntglas. Und die kargen, schmucklosen Gebetshäuser der Puritaner. Nach dem Feuer haben die Männer, die London wiederaufgebaut haben, ihre Chance gesehen, eine neue Form von Architektur zu schaffen: Orte, an denen jeder, ganz gleich welcher Glaubensrichtung, beten konnte. Also haben sie sich absichtlich diesem kargen, schmucklosen Stil zugewandt. Allerdings wussten sie, dass sie einen Ersatz für die gotische Düsternis finden mussten.«

Er weist auf den Boden und auf das Gitterwerk aus Sonnenlicht, das den Stein schimmern lässt wie von innen erleuchtet. »Bei der Aufklärung ging es buchstäblich um Licht.«

»Wer war der Architekt?«

»Christopher Wren. Die Touristen strömen zwar zur St. Paul's, doch das hier ist sein Meisterwerk.«

»Es ist wunderschön«, antworte ich wahrheitsgemäß.

Als Edward mich vorhin anrief, wurde mit keinem Wort erwähnt, wie plötzlich er vor einer Woche aus meinem Bett aufgesprungen war, und es gab auch keinen Small Talk. Nur: »Ich würde dir gern einige Gebäude zeigen, Jane. Möchtest du mitkommen?«

»Ja«, antwortete ich, ohne zu zögern. Das hieß nicht, dass ich beschlossen hätte, Mias Warnungen völlig in den Wind zu schlagen. Ganz im Gegenteil: Sie haben meine Neugier auf diesen Mann nur noch verstärkt.

Und dass er heute mit mir hierher gekommen ist, beruhigt mich. Warum sollte er so etwas tun, wenn ihn nur eine flüchtige Ähnlichkeit mit seiner verstorbenen Frau an mir reizt? Ich habe entschieden, die Bedingungen zu akzeptieren, die er für uns gesetzt hat: jeden Moment nehmen, wie er kommt, und unsere Beziehung nicht mit Grübeleien oder Erwartungen belasten.

Von St. Stephen's aus fahren wir zu John Soanes Haus in Lincoln's Inn Fields. Auf einem Schild steht, dass heute geschlossen ist, doch Edward läutet und begrüßt den Kurator beim Namen. Nach ein wenig freundlichem Geplauder werden wir hineingebeten und dürfen uns nach Belieben umschauen. Das winzige Haus ist mit Kunstgegenständen und Artefakten vollgestopft. Hier gibt es alles, hat es den Anschein, von Scherben griechischer Skulpturen bis hin zu mumifizierten Katzen. Es wundert mich, dass es Edward hier gefällt. Doch er sagt nur nachsichtig: »Dass ich in einem bestimmten Stil baue, bedeutet nicht, dass ich andere nicht zu schätzen wüsste. Die Qualität ist es, die zählt. Die Qualität und die Originalität.«

Aus einer Kommode in der Bibliothek fördert er die Zeichnung eines kleinen neoklassischen Tempels zutage. »Die ist gut.«

»Was ist das?«

»Das Mausoleum, das er für seine verstorbene Frau gebaut hat.«

Ich nehme die Zeichnung und gebe vor, sie zu betrachten. Doch in Wahrheit will mir das Wort *Mausoleum* nicht aus dem Kopf.

Ich denke immer noch über seine Bedeutung nach, als wir im Taxi zurück in die Folgate Street 1 fahren. Während wir näher kommen, sehe ich das Haus mit anderen Augen und stelle Verbindungen zu den Gebäuden her, die wir heute besichtigt haben.

An der Tür hält er inne. »Möchtest du, dass ich mit reinkomme?«

»Natürlich.«

»Du sollst nicht den Eindruck haben, dass ich diesen Teil

für selbstverständlich halte. Dir ist doch klar, dass wir hier gleichberechtigt sind?«

»Wie lieb von dir. Aber ich möchte wirklich, dass du mit reinkommst.«

Damals: Emma

Wo fahren wir hin?, frage ich, als Edward ein Taxi anhält.

Walbrook, sagt er dem Fahrer ebenso wie mir. Dann: Ich möchte dir einige Gebäude zeigen.

Auf meine neugierigen Fragen schweigt er hartnäckig, bis wir mitten im Bankenviertel stoppen. Wir sind von modernen Gebäuden umzingelt, und ich überlege, in welches wir wohl gehen. Doch stattdessen lotst er mich zu einer Kirche, die inmitten all dieser funkelnden Bankentürme deplatziert wirkt.

Von innen sieht sie hübsch, wenn auch wenig spektakulär aus. Über unseren Köpfen erhebt sich eine gewaltige Kuppel. Der Altar steht direkt darunter, eine riesige Steinplatte, einfach mitten auf den Boden geknallt. Ich muss an heidnische Riten und Opfergaben denken.

Vor dem großen Feuer gab es zwei Sorten von Kirchen, sagt er. Düstere gotische und die schlichten Gebetshäuser, in denen sich die Puritaner versammelten. Nach dem Brand erkannten die Männer, die London wiederaufgebaut haben, die Chance, einen neuen, hybriden Stil zu schaffen. Allerdings wussten sie, dass sie die gotische Düsternis durch etwas ersetzen mussten.

Er weist auf den Boden, auf den das große, klare Glasfenster ein Gitterwerk aus Schatten und Sonnenlicht wirft. Licht, sagt er, bei der Aufklärung ging es buchstäblich um Licht.

Während er umherschlendert und alles betrachtet, klettere ich auf den Altarfelsen. Ich schlage die Beine unter und biege den Rücken nach hinten, bis mein Nacken den Stein berührt. Dann vollführe ich noch einige weitere Übungen: die Brücke, den Bogen aufwärts, den liegenden Helden. Ich habe mal sechs Monate Yoga gemacht und beherrsche die Bewegungen noch immer.

Was tust du da?, fragt Edwards Stimme.

Ich biete mich zum Opfer dar.

Der Altar ist von Henry Moore, tadelt er. Den Stein hat er aus demselben Steinbruch, den auch Michelangelo genutzt hat.

Ich wette, er hatte Sex darauf.

Ich glaube, wir gehen jetzt besser, sagt Edward. Ich hätte es nicht gerne, wenn man mir in Zukunft den Zutritt zu ausgerechnet dieser Kirche verbietet.

Wir nehmen ein Taxi zum British Museum. Nachdem er ein paar Worte mit jemandem an der Pforte gewechselt hat, hebt sich ein rotes Absperrseil, und wir befinden uns in einem Wissenschaftlern vorbehaltenen Teil des Museums. Ein Mitarbeiter schließt einen Schrank auf und lässt uns allein. Zieh die an, sagt Edward, reicht mir weiße Baumwollhandschuhe und streift sich selbst welche über. Dann greift er in den Schrank und holt einen Gegenstand aus Stein heraus.

Das ist eine rituelle Maske, angefertigt vom Volk der Olmeken. Die erste Zivilisation, die in Amerika Städte gebaut hat. Sie wurden vor dreitausend Jahren ausgerottet.

Er gibt mir die Maske. Ich nehme sie, voller Angst, dass ich sie fallen lassen könnte. Die Augen scheinen fast lebendig.

Ein Wunderwerk, sage ich. Obwohl dieser Ort und dieses Objekt mich nicht viel mehr interessieren als die Kirche. Doch ich freue mich, mit ihm hier zu sein.

Er nickt zufrieden. Ich habe es mir zur Regel gemacht, stets nur einen einzigen Gegenstand in diesem Museum zu betrachten, sagt er, als wir zum Ausgang zurückkehren. Bei mehreren Dingen kann man nicht mehr wirklich wertschätzen, was man sieht.

Wahrscheinlich der Grund, warum ich Museen nicht mag, antworte ich. Ich hab das bis jetzt einfach nicht richtig gemacht da drin. Er lacht.

Inzwischen habe ich Hunger, und wir gehen in ein japanisches Restaurant, das er kennt. Ich bestelle für uns beide, verkündet er. Etwas Einfaches wie *katsu*. Engländer fühlen sich von echtem japanischen Essen eingeschüchtert.

Ich nicht, entgegne ich. Ich esse alles.

Er zieht die Augenbrauen hoch. Willst du mich herausfordern, Miss Matthews?

Wenn du möchtest.

Er fängt mit rohem Sushi an – Oktopus, Seeigel, verschiedenen Shrimps.

Ich fühle mich überhaupt nicht eingeschüchtert, teile ich ihm mit.

Hm, macht er. Er lässt einen japanischen Wortschwall auf den Küchenchef los. Offenbar erzählt er ihm den Scherz weiter. Der Küchenchef grinst bei der Aussicht, der kleinen *gaijin* etwas zu servieren, das sie nicht runterkriegt. Bald steht ein Teller mit einem Haufen weißer Krümel vor mir.

Versuch es, fordert Edward mich auf.

Was ist das?

Man nennt es *shirako*.

Ich wage es, ein bisschen davon in den Mund zu stecken. Die Krümel zerplatzen zwischen meinen Zähnen und sondern einen salzigen, cremigen Brei ab.

Nicht schlecht, sage ich und schlucke, obwohl ich es ziemlich fies finde.

Das sind Fischhoden, erklärt er. In Japan gelten sie als Delikatesse.

Spitze. Obwohl ich die menschliche Version bevorzuge. Und was kommt jetzt?

Die Spezialität des Hauses.

Die Kellnerin serviert eine Platte mit einem ganzen Fisch darauf. Zu meinem Entsetzen stelle ich fest, dass er noch lebt. Zugebenermaßen nur knapp. Er liegt auf der Seite und bewegt schwach seinen Schwanz auf und nieder, und sein Maul zuckt, als wolle er uns etwas mitteilen. Seine Oberseite ist in dünne Scheiben geschnitten. Einen Moment lang würde ich am liebsten einen Rückzieher machen. Doch dann schließe ich einfach die Augen und greife zu.

Beim zweiten Bissen lasse ich sie offen.

Du hast beim Essen wirklich keine Angst vor Abenteuern, räumt er widerwillig ein.

Nicht nur beim Essen, gebe ich zurück.

Da ist etwas, das du wissen solltest, Emma.

Weil er so ein ernstes Gesicht macht, lege ich die Stäbchen weg und höre aufmerksam zu.

Ich stehe nicht auf konventionelle Beziehungen, sagt er, ebenso wenig wie auf konventionelle Häuser.

Okay, und worauf stehst du dann?

Zwischenmenschliche Beziehungen neigen dazu, Überflüssiges anzuhäufen. Valentinskarten, romantische Gesten, ganz besondere Verabredungen, bedeutungslose Kosenamen. Was, wenn wir uns all dessen entledigen? Eine Beziehung, unbelastet von Konventionen und erfüllt von Schlichtheit und Freiheit, hat etwas Reines an sich. Doch das funktioniert nur, wenn beide Parteien sich ihrer Sache absolut sicher sind.

Ich nehme mir vor, keine Valentinskarte zu erwarten, sage ich.

Und wenn es nicht mehr perfekt ist, ziehen wir beide ohne Bedauern weiter. Einverstanden?

Wie lange dauert das?

Spielt das eine Rolle?

Nicht wirklich.

Manchmal glaube ich, dass alle Ehen besser laufen würden, wenn nach einer gewissen Weile die Scheidung vorgeschrieben wäre, überlegt er laut. Sagen wir mal, drei Jahre. Die Menschen wüssten einander viel mehr zu schätzen.

Edward, erwidere ich. Gehen wir miteinander ins Bett, wenn ich einverstanden bin?

Wir müssen überhaupt nicht miteinander ins Bett gehen. Das heißt, falls das schwierig für dich ist.

Du hältst mich doch nicht etwa für verdorbene Ware, oder?

Was soll das heißen?

Manche Männer … Meine Stimme erstirbt. Aber es muss auf den Tisch. Mühsam hole ich Luft. Nachdem Simon von der Vergewaltigung erfahren hatte, haben wir nicht mehr miteinander geschlafen. Er konnte es nicht.

Mein Gott, antwortet Edward. Und du? Bist du sicher, dass es nicht zu früh ist?

Spontan greife ich unter dem Tisch nach seiner Hand und schiebe sie unter meinen Rock. Er wirkt zwar überrascht, macht aber mit. Ich ziehe seine Hand tiefer zwischen meine Beine und spüre, wie seine Knöchel über mein Höschen gleiten.

Es ist *eindeutig* nicht zu früh, sage ich.

Ich halte sein Handgelenk fest, presse mich dagegen und reibe mich an ihm. Er zögert nicht, zieht mein Höschen beiseite und schiebt einen Finger in mich hinein. Meine Knie fahren hoch und bringen den Tisch zum Erbeben. Ich starre ihm in die Augen. Er sieht mich an – und wirkt fasziniert.

Besser, wir gehen jetzt, sagt er. Doch er nimmt seine Hand nicht weg.

Heute: Jane

Nachdem wir uns geliebt haben, bin ich benommen und befriedigt. Edward stützt sich auf einen Ellenbogen, mustert mich eindringlich und erkundet mit der freien Hand meine Haut. Als er die Schwangerschaftsstreifen von Isabel berührt, werde ich verlegen und will mich wegdrehen. Doch er hält mich zurück.

»Nicht. Du bist wunderschön, Jane. Alles an dir ist so schön.«

Seine suchenden Finger ertasten eine Narbe unter meiner linken Brust. »Was ist das?«

»Ein Unfall in der Kindheit. Ich bin vom Rad gefallen.«

Er nickt, als sei das ganz normal, und wandert weiter zu meinem Nabel. »Wie das Ende eines verknoteten Ballons«, stellt er fest und zieht ihn auseinander. Seine Finger folgen dem weichen Pfad aus Härchen nach unten. »Du enthaarst dich nicht«, merkt er an.

»Nein. Sollte ich? Mein letzter … Vittorio mochte es so. Das findet man nur noch selten, sagte er.«

Edward überlegt. »Du solltest es symmetrisch machen.«

Plötzlich finde ich das urkomisch. »Verlangst du von mir, dass ich mein Geschlecht von Überflüssigem befreie, Edward?«, pruste ich.

Er lehnt den Kopf zur Seite. »Ja, vermutlich schon. Was ist so lustig daran?«

»Nichts. Ich werde mir Mühe geben, meine Körperbehaarung dir zuliebe einzuschränken.«

»Danke.« Er pflanzt mir einen Kuss auf den Bauch wie eine winzige Flagge. »Ich gehe jetzt duschen.«

Ich höre hinter der Abtrennung zum Bad das Wasser rauschen. Anhand der sich ändernden Geräusche kann ich mir vorstellen, wie sein Körper sich unter dem Wasserstrahl bewegt. So ganz nebenbei frage ich mich, woran der Sensor ihn erkennt und ob er besondere Privilegien im System besitzt. Vielleicht gibt es ja auch nur eine allgemeine Einstellung für Besucher.

Das Wasser stoppt. Als er nach einigen Minuten nicht wieder erscheint, richte ich mich auf. Aus dem Bad ist ein Scheuern zu hören.

Ich folge dem Geräusch auf die andere Seite der Abtrennung. Edward, ein weißes Handtuch um die Hüften, kauert in der Dusche und poliert die Steinwände mit einem Lappen.

»Das Wasser in dieser Gegend ist ziemlich hart, Jane«, verkündet er, ohne aufzublicken. »Wenn du nicht aufpasst, lagert sich Kalk an den Wänden ab. Man bemerkt es bereits. Wirklich, du solltest nach jedem Duschen die Dusche auswischen.«

»Edward …«

»Was?«

»Ist das nicht ein wenig … nun, *zwanghaft*?«

»Nein«, entgegnet er. »Nur das Gegenteil von faul.« Er überlegt. »Ordnungsliebend vielleicht.«

»Ist das Leben nicht zu kurz, um nach dem Duschen die Dusche zu putzen?«

»Oder«, entgegnet er ruhig, »ist es zu kurz, um es weniger perfekt zu leben, als es möglich wäre?« Er steht auf. »Du hast noch keine Beurteilung durchgeführt, richtig?«

»Beurteilung?«

»Mit *Housekeeper*. Derzeit ist es auf monatliche Intervalle geschaltet. Ich stelle es so ein, dass du morgen eine machst.« Er hält inne. »Ich bin sicher, dass du dich wacker geschlagen hast, Jane. Aber die Daten werden dir helfen, dich weiter zu verbessern.«

Am nächsten Morgen wache ich glücklich und ein wenig steif auf. Edward ist bereits fort. Ich gehe nach unten, um vor dem Duschen einen Kaffee zu trinken, und finde eine Nachricht von *Housekeeper* auf meinem Laptop vor.

Jane, bitte bewerten Sie die folgenden Aussagen auf einer Skala von 1 bis 5. 1 steht für starke Zustimmung, 5 für heftige Ablehnung.

1. *Ich mache manchmal Fehler.*
2. *Ich bin schnell enttäuscht.*
3. *Ich mache mir Sorgen wegen unwichtiger Dinge.*

Es gibt noch Dutzende weiterer Fragen. Ich spare sie mir für später auf, koche mir einen Kaffee und nehme ihn mit nach oben. Dann trete ich unter die Dusche und warte auf den köstlich warmen Wasserstrahl. Nichts passiert.

Ich wedele mit dem Arm, dem mit dem Armband, aber immer noch nichts. Ein Stromausfall? Ich versuche, mich zu erinnern, ob es in dem Putzschrank einen Sicherungskasten gab. Doch daran kann es nicht liegen. Unten hatte ich ja Strom. Sonst hätte *Housekeeper* nicht funktioniert.

Im nächsten Moment fällt der Groschen. »Zum Teufel mit dir, Edward«, sage ich laut. »Ich wollte duschen, verdammt.«

Und natürlich – als ich einen gründlicheren Blick auf *Housekeeper* werfe, sehe ich den Zusatz: *Einige Funktionen des Hauses wurden deaktiviert, bis die Aufgabe erledigt ist.*

Wenigstens durfte ich noch Kaffee trinken. Ich setze mich hin und beantworte die Fragen.

Damals: Emma

Der Sex ist gut.

Gut, aber nicht weltbewegend.

Ich habe das Gefühl, dass er sich zurückhält und ein Gentleman sein will. Obwohl ein Gentleman der letzte Mensch ist, mit dem ich das Bett teilen möchte. Ich will, dass er das egoistische Alphatier ist, das ihm so offensichtlich im Blut liegt.

Da ist garantiert jede Menge Potenzial.

Danach sitze ich im Morgenmantel am Steintisch und schaue zu, wie er ein Wok-Gericht für uns kocht. Zuvor hat er sich eine Schürze umgebunden, eine seltsam weibliche Geste für einen so maskulinen Mann. Doch sobald er alle Zutaten vorbereitet hat und loslegt, besteht er nur noch aus Konzentration, Präzision, Feuer und Leidenschaft. Er schleudert die Zutaten in die Luft und fängt sie wieder auf wie einen großen, losen Pfannkuchen. Kurz darauf ist das Essen fertig. Ich bin am Verhungern.

Hattest du schon öfter solche Beziehungen?, frage ich beim Essen.

Was meinst du?

Wie immer du das auch nennst. Unverbindlich. Locker.

Für lange Zeit, ja. Es ist nicht, dass ich etwas gegen konventionelle Beziehungen hätte, verstehst du? Doch bei meiner Art zu leben ist kein Platz dafür. Also habe ich bewusst entschieden, mich an kurzfristigere zu gewöhnen. Ich habe festgestellt, dass solche Beziehungen tatsächlich besser sind, ein Sprint anstelle eines Marathons.

Man weiß das Gegenüber besser zu schätzen, wenn einem klar ist, dass es nicht ewig zur Verfügung steht.

Wie lange dauern sie für gewöhnlich?

Bis einer von uns beiden entscheidet, einen Schlussstrich zu ziehen, erwidert er, ohne zu lächeln. Es funktioniert nur, wenn beide Parteien dasselbe wollen. Außerdem glaube ich nicht, dass ich mit *unverbindlich* ohne Zuwendung und Bemühen meine. Es ist nur eine andere Art von Zuwendung, eine andere Art von Bemühen. Einige der besten Beziehungen, die ich hatte, haben gerade mal eine Woche gehalten, andere einige Jahre. Der Zeitraum spielt keine Rolle. Nur die Qualität.

Erzähl mir von der, die einige Jahre gedauert hat, sage ich.

Ich spreche niemals über meine früheren Geliebten, entgegnet er mit Nachdruck. Genauso wenig werde ich je mit jemandem über dich sprechen. Jedenfalls bin ich jetzt dran. Wie räumst du deine Gewürze ein?

Meine Gewürze?

Ja. Das frage ich mich, seit ich gerade vergeblich den Kreuzkümmel gesucht habe. Offenbar sind sie weder alphabetisch noch nach Verfallsdatum sortiert. Nach dem Geschmack vielleicht? Oder dem Herkunftskontinent?

Das soll wohl ein Scherz sein.

Er starrt mich an. Heißt das, nach dem *Zufallsprinzip*?

Absolut zufällig.

Wow, sagt er, und ich glaube, er will mich veräppeln. Nur, dass das bei Edward manchmal schwer festzustellen ist.

Als er geht, sagt er noch, es sei ein wundervoller Abend gewesen.

5 b) Du hast die Wahl, eine kleine Summe einem örtlichen Museum zu spenden, das Künstler fördert, oder das Geld für die Bekämpfung des Hungers in Afrika einzusetzen. Wofür entscheidest du dich?

- ☐ Das Museum
- ☐ Den Hunger

Heute: Jane

»Ich bewundere es, wie seine Arbeiten sich schonungslos entfalten und eine Vielzahl diverser Typologien eröffnen«, verkündet ein Mann in einem Cordsakko und beschreibt mit seiner Champagnerflöte große, ausladende Gesten in Richtung des Daches aus Glas und Stahl.

»… eine Fusion von nicht-kartesianischer Infrastruktur und sozialer Funktionalität …«, fügt eine Frau ernst hinzu.

»Linien von impliziertem und zurückgewiesenem Begehren …«

Abgesehen vom Jargon unterscheiden sich Gebäudeeinweihungen anscheinend nicht sehr von den Vernissagen, die ich während meiner Zeit in der Welt der Kunst zur Genüge besucht habe: jede Menge schwarz gekleideter Leute, viel Champagner, unzählige hippe Bärte und teure skandinavische Brillen. Der Anlass des heutigen Abends ist die Einweihung eines neuen Konzertsaals von David Chipperfield. Die Namen der bekanntesten britischen Architekten werden mir zunehmend vertraut: Norman Foster, Zaha Hadid, die leider schon verstorben ist, John Pawson, Richard Rogers. Edward hat mir erzählt, dass viele von ihnen heute Abend anwesend sein werden. Später wird es ein Feuerwerk, kombiniert mit einer Lasershow, geben. Zu betrachten durch das Glasdach und bis nach Kent sichtbar.

Das Champagnerglas in der Hand, schlendere ich durch die Menge und spitze die Ohren. Ich laufe herum, weil Edward mich zwar eingeladen hat, ihn zu begleiten, ich aber fest entschlossen bin, ihm kein Klotz am Bein zu sein. Außerdem wird es kein Problem sein, mit jemandem ins Gespräch zu kommen, wenn ich Lust dazu habe. Die Anwesenden sind zum Großteil männlich, leicht angetrunken und strotzen vor Selbstbewusstsein. Mehr als einmal wurde ich mit »Kenne ich Sie?«, »Wo arbeiten Sie?« oder einfach nur »Hallo« angehalten.

Als ich bemerke, dass Edward in meine Richtung schaut, gehe ich zu ihm hinüber. Er wendet sich von der Gruppe ab, bei der er steht. »Gott sei Dank«, sagt er leise. »Wenn ich mir noch einen Vortrag zum Thema Bedeutung programmatischer Anforderungen anhören muss, drehe ich durch.« Er mustert mich genüsslich. »Hat dir schon jemand gesagt, dass du die schönste Frau in diesem Raum bist?«

»Sogar schon einige Leute.« Ich trage ein rückenfreies Kleid von Helmut Lang, schenkellang und hinten so locker geschnitten, dass es bei meinen Bewegungen mitschwingt. Kombiniert habe ich es mit schlichten, vorne abgerundeten flachen Schuhen von Chloé. »Allerdings nicht wortwörtlich.«

Er lacht auf. »Komm mit hier rüber.«

Ich folge ihm hinter eine niedrige Mauer. Er stellt sein Champagnerglas darauf ab und gleitet dann mit der Hand meine Hüfte hinauf.

»Du hast ein Höschen an«, stellt er fest.

»Ja.«

»Ich finde, du solltest es ausziehen. Es verdirbt die Linie. Keine Sorge, das sieht keiner.«

Im ersten Moment erstarre ich. Ich schaue mich um. Niemand blickt in unsere Richtung. So unauffällig wie möglich schlüpfe ich aus dem Höschen. Als ich mich bücke, um es aufzuheben, legt er mir die Hand auf den Arm.

»Warte.« Seine rechte Hand lüpft den Saum meines Kleides. »Niemand wird es sehen«, wiederholt er.

Die Hand wandert meinen Schenkel hinauf, und er greift mir zwischen die Beine. Ich bin schockiert. »Edward, ich …«

»Nicht bewegen«, flüstert er.

Seine Finger gleiten vor und zurück, streifen mich jedoch nur sanft. Ich bemerke, dass ich mich ihm entgegenlehne und mich nach mehr Druck sehne. *Das bin nicht ich*, denke ich. *So etwas mache ich nicht*. Er umkreist zwei- oder dreimal meine Klitoris und schiebt dann ohne Vorwarnung einen Finger sacht in mich hinein.

Er hält inne, um mir mein Glas abzunehmen, und stellt es neben seines. Dann hat er plötzlich beide Hände an mir – eine von hinten, zwei Finger rutschen hinein und hinaus. Der vordere taucht immer wieder ein und umkreist mich. Der Partylärm scheint zu verstummen. Atemlos überlasse ich das Problem, ob jemand uns entdecken könnte, einfach ihm. Er hat jetzt das Kommando. Trotz der eigenartigen Situation werde ich von Wellen der Lust durchflutet.

»Wollen wir nicht irgendwo hingehen, wo wir unter uns sind?«, keuche ich.

»Nein«, entgegnet er nur. Seine Finger werden schneller. Ohne die geringste Scheu. Ich spüre, wie sich mein Höhepunkt aufbaut. Mir geben die Knie nach, und seine Finger stützen mich. Und dann kommt der Orgasmus, ich winde mich erschaudernd um ihn. Ein Feuerwerk blitzt und funkt – ein echtes Feuerwerk und die Lasershow, die man bis nach Kent sehen kann, wie mir klar wird, als ich in die Wirklichkeit zurückkehre. Deshalb applaudieren alle. Nicht meinetwegen, Gott sei Dank.

Mir zittern noch die Beine, als er seine Hand zurückzieht und sagt: »Entschuldige mich, Jane. Da sind ein paar Leute, mit denen ich reden muss.«

Er schreitet auf einen Mann zu, der, wie ich glaube, sicher einer der bedeutendsten Archtitekten Großbritanniens und außerdem Mitglied des Oberhauses ist, und hält ihm mit einem lässigen Lächeln die Hand hin. Dieselbe Hand, mit der er noch vor wenigen Sekunden in mir war.

Als die Anwesenden sich zerstreuen, schwindelt mir immer noch. Haben wir das wirklich gerade gemacht? Hatte ich tatsächlich einen Orgasmus in einem Raum voller Leute? Ist das jetzt aus mir geworden? Er geht mit mir in ein japanisches Restaurant ganz in der Nähe, eines von der Sorte, in dessen Mitte eine Sushi-Bar prangt. Der Küchenchef steht dahinter. Die anderen Gäste sind allesamt Asiaten, Geschäftsmänner in dunklen Anzügen. Der Küchenchef begrüßt Edward wie einen alten Bekannten, verbeugt sich und spricht ihn auf Japanisch an. Edward antwortet in derselben Sprache.

»Ich habe ihm gesagt, er soll die Gerichte für uns aussuchen«, erklärt er, als wir uns an einen Tisch setzen. »Es ist ein Zeichen des Respekts, dem Urteil des *itamae* zu vertrauen.«

»Dein Japanisch ist fließend.«

»Ich habe vor Kurzem ein Gebäude in Tokio gebaut.«

»Ich weiß.« Sein japanischer Wolkenkratzer ist eine elegante, sinnliche Säule, ein gewaltiger Bohrer, der die Wolken durchdringt. »Warst du zum ersten Mal dort?«

Natürlich ist mir bekannt, dass er schon früher dort war. Ich beobachte, wie er seine Essstäbchen so arrangiert, dass sie genau parallel zueinander liegen.

»Nach dem Tod meiner Frau und meines Kindes habe ich ein Jahr dort verbracht«, antwortet er leise, und ich bin aufgeregt, weil er mir zum ersten Mal einen winzigen Einblick in sein Innenleben gewährt und eine gewisse Vertrautheit. »Ich habe mich nicht nur in dem Land zu Hause gefühlt, sondern auch in der Kultur: die Betonung auf Selbstdisziplin und Beschränkung. In unserer Gesellschaft gilt Bescheidenheit als Zeichen von Benachteiligung und Armut. In Japan betrachtet man sie als die höchste Form der Schönheit – das, was man *shibui* nennt.«

Eine Kellnerin serviert zwei Schalen mit Suppe. Die Schalen bestehen aus bemaltem Bambus und sind so leicht und klein, dass sie in eine Hand passen. »Diese Schalen zum Beispiel«, sagt er und greift nach einer. »Sie sind alt und passen nicht ganz zusammen. Das ist *shibui*.«

Ich nehme einen Löffel Suppe. Etwas zappelt an meiner Zunge, ein seltsam zuckendes Gefühl.

»Übrigens leben sie noch«, teilt er mir mit.

»Was ist das?«, entgegne ich erschrocken.

»Die Brühe enthält winzige Shrimps. *Shirouo* – die Neugeborenen. Der Koch wirft sie in letzter Minute hinein. Das gilt als große Delikatesse.« Er weist auf den Sushi-Tresen, an dem sich der Koch wieder verbeugt. »Küchenchef Ataras besondere Spezialität ist *ikizukuri*, lebende Meeresfrüchte. Ich hoffe, das ist in Ordnung.«

Die Kellnerin bringt eine Platte mit einem weiteren Gericht und stellt es zwischen uns auf den Tisch. Ein Red Snapper liegt darauf, die leuchtend kupferroten Schuppen heben sich von weißen Rettichscheiben ab. Eine Seite des Fisches ist bis zur Rückengräte ordentlich zu Sashimi geschnitten. Doch das Tier selbst lebt noch. Sein Schwanz rollt sich auf wie der eines Skorpions, bevor er schlaff zurücksinkt. Das Maul schnappt nach Luft, die Augen verdrehen sich panisch.

»Oh, mein Gott«, entsetze ich mich.

»Probier mal. Es schmeckt köstlich. Das versichere ich dir.« Er nimmt eine Scheibe helles Fleisch zwischen seine Essstäbchen.«

»Edward, ich kann das nicht essen.«

»Kein Problem. Dann bestelle ich etwas anderes.« Er winkt die Kellnerin heran, die sofort neben uns steht. Doch die Brühe in meinem Magen droht, mir in die Kehle aufzusteigen. *Neugeborene*. Das Wort vibriert in meinem Kopf.

»Jane, hast du etwas?« Er mustert mich besorgt.

»Ich kann nicht … ich kann nicht …«

Das Seltsame an der Trauer ist, dass sie einen überfällt, wenn man am wenigsten damit rechnet. Plötzlich bin ich wieder auf der Entbindungsstation, halte Isabel in den Armen und lege ihr das Wickeltuch um den Kopf, um ihren kostbaren Körper warm zu halten – meinen Körper warm zu halten. Ich muss verhindern, dass sie mir entgleitet, und versuche, den Moment hinauszuzögern, in dem ihre kleinen Gliedmaßen erkalten. Ich betrachte ihre Augen, die winzigen geschlossenen Augen mit den niedlichen verschwollenen Lidern, und frage mich, welche Farbe sie wohl haben. Blau wie meine oder dunkel wie die ihres Vaters.

Ich blinzle, und die Erinnerung ist fort. Doch das stumpfe, bleierne Gefühl, versagt zu haben, hat mich wieder überkommen, und ich schluchze gegen mein Handgelenk.

»Oh, mein Gott.« Edward schlägt sich gegen die Stirn. »Das *shirouo*. Wie konnte ich nur so dämlich sein.« Er lässt einen drängenden Schwall Japanisch auf die Kellnerin los, zeigt auf mich und bestellt neues Essen. Doch dafür ist jetzt keine Zeit mehr. Für gar nichts ist mehr Zeit. Ich stürze bereits zur Tür.

Damals: Emma

Danke, dass Sie gekommen sind, sagt DI Clarke. Ein Würfel Zucker, ja?

Das Büro des Detective Inspector ist ein winziger Verschlag, vollgestopft mit Unterlagen und Akten. Es gibt auch ein gerahmtes Foto, ein ziemlich altes, das ihn in der ersten Reihe einer Rugby-Mannschaft zeigt. Er schwenkt einen lächerlich großen Pokal. Auf dem Kaffeebecher, den er mir reicht, ist Garfield aufgedruckt. Eigentlich zu fröhlich für ein Polizeirevier.

Schon gut, sage ich nervös. Worum geht es denn?

DI Clarke nimmt einen großen Schluck von seinem Kaffee und stellt die Tasse auf den Schreibtisch. Daneben steht ein Teller mit Keksen, den er zu mir herschiebt.

Die beiden Männer, die im Zusammenhang mit Ihrem Fall angeklagt sind, haben auf nicht schuldig plädiert und Kautionsantrag gestellt, verkündet er. Was den Komplizen, Grant Lewis, betrifft, können wir nicht viel tun. Doch bei dem anderen, der Sie vergewaltigt hat, Deon Nelson, könnte die Sache anders aussehen.

Gut, erwidere ich, obwohl ich nicht ganz verstehe, warum er mich einbestellt hat, um mir das zu erklären. Dass die beiden sich nicht schuldig bekennen, sind natürlich schlechte Nachrichten. Aber hätte er mir das nicht auch am Telefon erzählen können?

Als Opfer, fährt DI Clarke fort, haben Sie das Recht, eine persönliche Opferaussage zu machen – das, was die Presse manchmal als Betroffenheitserklärung bezeichnet. Sie können bei der Kautionsanhörung bestätigen, wie das Verbrechen Sie beeinträchtigt und wie Sie sich bei dem Gedanken fühlen, dass Nelson sich bis zum Beginn seines Prozesses auf freiem Fuß befindet.

Ich nicke. Wie ich mich dabei fühle? Eigentlich fühle ich gar nichts. Für mich ist nur wichtig, dass er letztendlich ins Gefängnis wandert.

DI Clarke, der meine mangelnde Begeisterung spürt, sagt freundlich: Die Sache ist, Emma, dass es sich bei Nelson um einen gerissenen und gewalttätigen Mann handelt. Ich persönlich würde es bevorzugen, wenn er hinter Gittern bleibt.

Er würde so etwas doch nicht noch mal riskieren, wenn er auf Kaution draußen ist, oder?, hake ich nach. Dann ahne ich, worauf der DI hinauswill.

Sie meinen, ich könnte in Gefahr sein, sage ich und starre ihn an. Dass er meine Aussage verhindern wolle.

Ich möchte Ihnen keine Angst machen, Emma. Zum Glück kommt Zeugeneinschüchterung nur selten vor. Aber in einem Fall wie diesem, in dem alles im Grunde genommen nur von der Aussage einer einzigen Zeugin abhängt, ist Vorsicht die Mutter der Porzellankiste.

Was soll ich Ihrer Ansicht nach tun?

Schreiben Sie eine Betroffenheitserklärung für die Kautionsanhörung. Wir können Ihnen ein paar Tipps geben, doch je persönlicher es klingt, desto besser.

Er hält inne. Ich muss Sie darauf hinweisen, dass Ihre Aussage, sobald sie vor Gericht verlesen wurde, zu einem juristischen Dokument wird. Die Verteidigung hat dann das Recht, Sie bei einem Prozess ins Kreuzverhör zu nehmen.

Wer würde sie verlesen?

Nun, das könnte der Staatsanwalt oder ein Polizeibeamter sein. Allerdings sind derartige Dinge wirksamer, wenn sie direkt vom Opfer kommen. Auch Richter sind nur Menschen. Und ich glaube, dass Sie einen sehr starken Eindruck hinterlassen werden.

Für einen kurzen Moment wird DI Clarkes Miene weicher, und er scheint Tränen in den Augen zu haben. Dann räuspert er sich. Wir werden einen Antrag auf besondere Maßnahmen stellen. Das heißt, dass Sie während der Anhörung optisch von Nelson abgeschirmt sind. Sie werden ihn nicht anschauen müssen, während Sie Ihre Aussage verlesen, und er kann Sie auch nicht sehen.

Aber er wird dort sein, wende ich ein.

DI Clarke nickt.

Und was passiert, wenn der Richter nicht einverstanden ist und ihn freilässt? Besteht dann nicht die Möglichkeit, dass ich damit alles nur noch schlimmer gemacht habe?

Wir werden für Ihren Schutz sorgen, sagt DI Clarke beschwichtigend. Ein Glück, dass Sie umgezogen sind. Er weiß nicht, wo Sie wohnen. DI Clarke bedenkt mich mit einem gütigen und forschenden Blick. Also, Emma, werden Sie eine Betroffenheitserklärung schreiben und sie vor Gericht verlesen?

Deshalb bin ich hier, wird mir klar. Er wusste, dass ich am Telefon womöglich abgelehnt hätte.

Nun, wenn Sie glauben, dass das etwas nützt, sage ich.

Braves Mädchen, antwortet er.

Bei jedem anderen hätte es herablassend geklungen, doch seine Erleichterung ist so offensichtlich, dass es mich nicht stört.

Die Anhörung findet am Donnerstag statt, fügt er hinzu.

So bald?

Leider hat der Mann einen sehr beharrlichen Anwalt. Natürlich alles auf Kosten des Steuerzahlers.

DI Clarke steht auf. Ich hole Ihnen jemanden, der Ihnen ein freies Verhörzimmer zeigt. Sie können gleich mit dem Schreiben anfangen.

Heute: Jane

Mir ist eine scheußliche und beschämende Unterstellung in den Sinn gekommen: Edward könnte mir lebendige Shrimps vorgesetzt haben, um mich dafür zu bestrafen, dass ich ihn dazu gebracht habe, über seine Frau zu sprechen. Ich weiß, dass das Unsinn ist. Allerdings verschließt er sich emotional derart, dass es leicht ist, meine eigenen Zweifel und Ängste in diese Lücke zu projizieren.

Einige Tage nach dem Vorfall im Restaurant treffen zwei Pakete ein. Das eine ist groß, der Karton trägt das unverwechselbare W von Wanderer in der Bond Street. Das zweite ist kleiner und hat etwa den Umfang eines Taschenbuchs. Ich stelle das größere auf den Steintisch. Trotz seines Volumens wiegt es fast nichts.

Darin, eingehüllt in Seidenpapier, liegt ein Kleid. Es schmiegt sich an meinen Arm. Der schwarze Stoff hängt seidig zu beiden Seiten hinunter. Ich spüre sofort, wie sinnlich und liebkosend es sich auf meiner Haut anfühlen wird.

Ich gehe damit nach oben, um es anzuprobieren. Ich muss kaum mehr tun, als die Arme zu heben, und schon umschmeichelt der Stoff meinen Körper. Als ich mich umdrehe, bewegt er sich spielerisch mit. Ich untersuche das Webmuster und stelle fest, dass es diagonal geschnitten ist.

Dazu brauche ich eine Halskette, denke ich. Und ich weiß schon, was sich in dem zweiten Päckchen befindet.

Es liegt eine Karte dabei, verfasst in einer wunderschönen, beinahe kalligrafischen Handschrift. *Verzeih mir, dass ich so unsensibel war. Edward.* Eine Perlmuttschatulle öffnet sich und gibt, auf einem Samtbett ruhend, eine Perlenkette mit drei Strängen frei. Die Perlen sind zwar nicht groß, haben jedoch eine ungewöhnliche Form und Farbe. Sie sind cremefarben, nicht völlig rund und haben einen opaken, perlmuttartigen Schimmer.

Dieselbe Farbe wie die Wände in Folgate Street 1.

Die Kette sieht eng aus – zu eng, als ich sie anlege. Sie schnürt mir die Kehle ein, und kurz fühle ich mich wie erwürgt, weil sie nicht nachgibt, ganz im Gegensatz zu dem sinnlich fließenden Kleid. Doch als ich mich im Spiegel betrachte, ist die Kombination atemberaubend.

Mit einer Hand hebe ich mein Haar an, um die Wirkung zu begutachten. Ja, genau so. Auf einer Seite herunterhängend. Ich schicke Mia ein Selfie.

Edward sollte das auch sehen, denke ich, und sende das Foto auch an ihn. *Kein Grund, um Verzeihung zu bitten. Trotzdem danke.*

Er antwortet nach knapp einer Minute. *Gut. Denn ich bin nur zwei Minuten entfernt und komme näher.*

Ich gehe nach unten, stelle mich an die Glasscheibe vor der Tür und nehme eine möglichst effektvolle Haltung ein. Ich warte auf meinen Lover.

Er nimmt mich auf dem Steintisch, noch immer mit Kleid und Perlenkette: drängend, sofort, ohne Vorspiel oder Small Talk.

Noch nie zuvor hatte ich so eine Beziehung. Bis jetzt hatte ich immer nur in Betten Sex. Man hat mir vorgeworfen, ich wäre verklemmt und arrogant. Ein Mann meinte sogar, sexuell langweilig. Und trotzdem bin ich jetzt hier. Und mache es.

Danach ist es, als würde er aus einer Art Trance erwachen. Der weltgewandte, kluge Edward hat wieder das Kommando übernommen. Er kocht uns Spaghetti. Die Soße besteht nur aus grünem Olivenöl aus einer Flasche ohne Etikett, etwas Ziegenkäse und jeder Menge frisch gemahlenen Pfeffers. Das Öl heiße *lacrima*, sagt er mir, die ersten kostbaren Tränen, die an die Oberfläche stiegen, wenn die Oliven vor dem Pressen gewaschen würden. Zu jeder Ernte, erzählt er, lässt er sich einige Flaschen aus der Toskana schicken. Der Pfeffer stamme aus Tellicherry an der Küste von Malabar. »Obwohl ich manchmal auch Kampot-Pfeffer aus Kambodscha verwende. Der ist milder, aber aromatischer.«

Sex und köstliches, schlichtes Essen. Irgendwie fühlt es sich an wie der Gipfel der Kultiviertheit.

Nachdem die Spaghetti verschlungen sind, räumt er die Spülmaschine ein und säubert die Pfannen. Erst dann nimmt er ein Dokument aus einer Ledermappe. »Ich habe deine Ergebnisse mitgebracht. Ich dachte, dich würde interessieren, wie du dich schlägst.«

»Habe ich bestanden?«

Er lächelt nicht. »Nun, du bist in der Bewertung bei achtzig.«

»Wie hoch sollte ich sein?«

»Es gibt keine wirkliche Grenze. Allerdings hatten wir gehofft, dass du mit der Zeit auf fünfzig oder sogar noch niedriger kommst.«

Ich bin machtlos dagegen, dass ich mich kritisiert fühle. »Und was mache ich falsch?«

Er mustert das Dokument, das, wie ich sehe, eine Tabelle aus Zahlenkolonnen ist. »Du könntest ein wenig mehr Sport treiben. Zweimal pro Woche müsste genügen. Seit du hier wohnst, hast du ein wenig abgenommen, aber du könntest ruhig noch ein paar Kilo verlieren. Dein Stressniveau bewegt sich im Allgemeinen im akzeptablen Rahmen. Am Telefon fängst du an, schneller zu sprechen, doch das ist nicht ungewöhnlich. Du trinkst kaum Alkohol, was gut ist. Temperatur, Atmung und Nierenfunktion sind in Ordnung. Dein REM-Schlaf ist normal, und du verbringst einen gesunden Zeitraum im Bett. Aber das Wichtigste ist, dass du eine positivere Lebenseinstellung gewonnen hast. Dein Niveau an persönlicher Integrität steigt, du bist disziplinierter, und du schaffst es, die Dusche nicht verkalken zu lassen.« Er lächelt, um mir zu zeigen, dass zumindest der letzte Satz ein Scherz war. Dennoch verschlägt es mir vor Empörung den Atem.

»Du weißt alles über mich!«

»Natürlich. Wenn du die Vertragsbedingungen gründlich gelesen hättest, würde dich das nicht überraschen.«

Mein Zorn verraucht, als mir klar wird, dass ich mich schließlich auf dieses Arrangement eingelassen habe, das der Grund dafür ist, dass ich mir Folgate Street 1 leisten kann.

»Das ist die Zukunft, Jane«, fügt er hinzu. »Gesundheit und Wohlbefinden werden vom häuslichen Umfeld überwacht. Falls es ernsthafte Probleme geben sollte, wird *Housekeeper* sie bemerken, bevor du überhaupt auf den Gedanken kommst, zum Arzt zu gehen. Diese Statistiken ermöglichen es dir, die Kontrolle über dein Leben zu übernehmen.«

»Was, wenn Menschen nicht ausspioniert werden wollen?«

»Das wird nicht passieren. Wir haben diese detaillierten Daten über dich lediglich, weil wir uns noch in der Beta-Phase befinden. Für zukünftige Nutzer sind nur allgemeine Trends von Belang, keine individuellen Daten.« Er steht auf. »Arbeite daran«, sagt er freundlich. »Schau, ob du dich daran gewöhnen kannst. Wenn nicht – tja, das wäre auch ein nützliches Feedback, damit wir das System ändern und es akzeptabler gestalten können. Allerdings hat mir alles, was ich bis jetzt erfahren habe, gezeigt, dass du dich bald damit anfreunden wirst.«

Damals: Emma

Ich starre auf die Notizen, die ich mir für meine Betroffenheitserklärung gemacht habe, als mein Telefon läutet. Ich schaue auf den Bildschirm. *Edward*.

Hallo, Emma. Hast du meine Nachricht erhalten? Er klingt amüsiert, ja, sogar vergnügt.

Welche Nachricht?

Die ich bei dir im Büro hinterlassen habe.

Ich bin nicht im Büro, erwidere ich, sondern bei der Polizei.

Ist alles in Ordnung?

Eigentlich nicht, antworte ich. Ich werfe einen Blick auf meine Notizen. DI Clarke hat mir geraten, die wichtigsten Punkte unter Überschriften zusammenzufassen. WAS ER GETAN HAT. WIE ES SICH DAMALS ANGEFÜHLT HAT. DIE FOLGEN FÜR MEINE BEZIEHUNG. WIE ICH MICH JETZT FÜHLE. Ich lese, was ich geschrieben habe. *Angewidert. Verängstigt. Beschämt. Beschmutzt.* Nur Wörter. Ich hätte mir nie vorstellen können, dass ich einmal in diese Lage kommen würde.

Nein, es ist gar nichts in Ordnung, sage ich.

Welches Revier?

West Hampstead.

Ich bin in zehn Minuten da.

Das Telefon schweigt. Und ich fühle mich plötzlich viel, viel besser, weil ich im Moment nichts nötiger brauche als einen starken, durchsetzungsfähigen Menschen. Jemanden wie Edward, der kommt, mein Leben in die Hand nimmt, alle Scherben für mich zusammensucht und es schafft, sie wieder zusammenzusetzen.

Emma, oh, Emma, sagt er.

Wir sitzen in einem Café in der West End Lane. Ich habe geweint. Hin und wieder werfen uns die Leute argwöhnische Blicke zu. Wer ist diese junge Frau? Was hat der Mann getan, um sie so zum Weinen zu bringen? Doch Edward achtet nicht auf sie. Sanft und beschwichtigend legt er die Hand auf meine.

Es ist schrecklich, so etwas über eine derart tragische Situation zu sagen, aber ich fühle mich wie etwas Besonderes. Edwards Besorgnis ist so anders als Simons hilflose Wut.

Er nimmt den Entwurf meiner Aussage. Darf ich?, fragt er sanft. Als ich nicke, liest er sie durch und runzelt immer wieder die Stirn.

Was war das für eine Nachricht?, erkundige ich mich.

Ach, das. Nur ein kleines Geschenk. Nun, eigentlich zwei Geschenke.

Er greift nach der Tüte, die neben ihm steht und auf die ein großes, dickes W aufgedruckt ist.

Für mich?, frage ich überrascht.

Ich wollte dich bitten, mich zu einer ziemlich langweiligen Veranstaltung zu begleiten. Also dachte ich, ich könnte dir zumindest etwas zum Anziehen besorgen. Aber jetzt bist du sicher nicht in der richtigen Stimmung.

Ich fasse in die Tüte und hole ein Perlmuttetui heraus. Wenn du möchtest, kannst du es aufmachen, sagt er freundlich.

In dem Etui befindet sich eine Kette. Und nicht irgendeine Kette. Schon immer habe ich mir einen Choker aus Perlen gewünscht, wie Audrey Hepburn in *Frühstück bei Tiffany* einen hat. Und da ist er. Nicht identisch, er besteht aus drei

Strängen, nicht aus fünf, und hat auch vorne keine Schließe. Doch ich sehe bereits, dass er hoch und eng an meinem Hals sitzen wird.

Wunderschön, sage ich.

Als ich nach der größeren Schachtel greife, hält er mich zurück. Vielleicht nicht hier.

Was ist das für eine Veranstaltung? Zu der du mich mitnehmen wolltest?

Eine Architekturpreisverleihung. Sehr öde.

Hast du gewonnen?

Ja, ich glaube schon.

Plötzlich glücklich, lächle ich ihn an. Ich fahre nach Hause und ziehe mich um, sage ich.

Ich komme mit. Er steht auf und flüstert mir ins Ohr: Weil ich weiß, dass ich dich in diesem Kleid vögeln will, sobald ich dich darin sehe.

Heute: Jane

Als ich aufwache, stelle ich fest, dass Edward fort ist. So muss es sein, wenn man eine Affäre mit einem verheirateten Mann hat, sage ich mir. Dieser Gedanke tröstet mich ein wenig. In Frankreich zum Beispiel, wo die Leute solche Dinge etwas lockerer sehen, wäre unsere Beziehung absolut normal.

Mia ist natürlich überzeugt davon, dass die Sache wieder einmal in einem Desaster enden wird. Er wird sich nie ändern. Jemand, der sich schon so lange selbst genügt, wird auch immer so bleiben. Als ich protestiere, schnalzt sie entnervt mit der Zunge. »Jane, du bist gefangen in der Schulmädchenfantasie, dass du diejenige sein wirst, die sein eiskaltes Herz zum Schmelzen bringt. Doch die Wahrheit lautet, dass er dir deins brechen wird.«

Isabels Tod hat mein Herz bereits gebrochen, denke ich. Und dass Edward sich nur gelegentlich in meinem Leben blicken lässt, erleichtert es mir, Mia weiszumachen, dass es mit ihm eigentlich gar nichts Ernstes ist.

Außerdem stellt sich heraus, dass Edward recht hat: Dass zwei Menschen so ganz ohne Erwartungen und Forderungen zusammenkommen, hat etwas von Perfektion. Ich brauche mir keine Anekdoten aus seinem Alltag anzuhören oder mich mit ihm zu kabbeln, wer jetzt den Müll rausbringt. Es gibt keine Zeitpläne, die aufeinander abgestimmt werden wollen, keine Häuslichkeit, die unmerklich zur Gewohnheit wird. Wir verbringen nie genug Zeit miteinander, um uns zu langweilen.

Gestern hat er mir zu meinem ersten Orgasmus verholfen, bevor er sich überhaupt ausgezogen hatte. Ich habe festgestellt, dass ihm das gefällt. Voll bekleidet zu bleiben, während er mir die Kleider auszieht, alles bis auf die Halskette, und mich mit Fingern und Zunge in ein bibberndes Bündel zu verwandeln. Als ob es nicht genug für ihn wäre, die Kontrolle zu behalten: Ich muss sie verlieren. Erst dann fühlt er sich wohl genug, um locker zu lassen.

Das scheint eine spannende Erkenntnis über ihn zu sein, und ich grüble noch darüber nach, als ich nach unten gehe. Auf der Türschwelle liegt ein feuchter Stapel Post. Ich habe Edward gefragt, warum es hier keinen Briefkasten gibt – ein seltsames Versäumnis bei einem so gut durchdachten Haus. Seine Antwort lautete, dass sein Partner damals, als Folgate Street 1 gebaut wurde, vorausgesagt habe, innerhalb von zehn Jahren würden Briefe gänzlich durch E-Mails abgelöst worden sein.

Ich blättere sie durch. Da in Kürze Stadtratswahlen bevorstehen, handelt es sich hauptsächlich um Flugblätter von Parteien. Ich bezweifle, dass ich mich jemals in die Wählerliste werde eintragen lassen. Debatten über die Stadtbibliothek oder die Häufigkeit der Müllabfuhr interessieren mich schlichtweg nicht. Einige Briefe sind an Emma Matthews adressiert. Offenbar Werbung. Doch ich schreibe dennoch Camillas Adresse darauf und lege sie beiseite.

Der letzte Brief ist für mich. Von außen sieht er so nichtssagend aus, dass ich ihn zunächst auch für Werbung halte. Dann sehe ich das Emblem der Krankenhausstiftung, und mein Herz setzt einen Schlag aus.

Sehr geehrte Ms. Cavendish

Obduktionsergebnisse: Isabel Margaret Cavendish (verstorben).

Ich war mit einer Obduktion einverstanden, weil ich Antworten gewollt hatte. Bei der Nachuntersuchung teilte mir Dr. Gifford mit, sie habe nichts ergeben, doch ich werde dennoch eine Auflistung der Befunde erhalten. Das war vor einem Monat. Offenbar ist der Brief bis jetzt im System hängen geblieben.

Mir schwindelt, als ich mich setze, das Schreiben zweimal lese und versuche, die medizinische Fachsprache zu verstehen. Der Text beginnt mit einer kurzen Schilderung meiner Schwangerschaft. Es wird erwähnt, dass ich, eine Woche bevor man Probleme feststellte, Rückenschmerzen hatte und deshalb in der Wöchnerinnenstation war, um nach dem Rechten sehen zu lassen. Sie führten einige Untersuchungen durch, horchten die Herztöne des Babys ab und schickten mich mit der Empfehlung, ein heißes Bad zu nehmen, nach Hause. Dass ich Isabel anschließend strampeln fühlte, beruhigte mich. Der Brief stellt klar, dass in dieser Situation nach den vorgeschriebenen Abläufen vorgegangen worden sei, einschließlich einer *Symphysen-Fundus-Messung in Übereinstimmung mit den Richtlinien des National Institute for Health and Clinical Excellence*. Darauf folgt eine Beschreibung meines nächsten Besuchs, bei dem erkannt wurde, dass Isabels Herz aufgehört hatte zu schlagen. Und zu guter Letzt die Autopsie selbst. Viele Zahlen, die mir nichts sagen – Thrombozytenzahl und weitere Blutwerte, gefolgt von den Anmerkungen:

Leber: normal.

Bei der Vorstellung, dass ein Pathologe geduldig ihre winzige Leber entfernt hat, schnürt es mir die Kehle zu. Doch es kommt noch mehr.

Nieren: normal.
Lunge: normal.
Herz: normal.

Ich überspringe den Rest bis zur Zusammenfassung.

Obwohl eine exakte Diagnose in diesem Stadium nicht möglich ist, könnten Anzeichen einer Thrombose der Plazenta mit der Folge einer teilweisen Placenta abruptio vorliegen, die zu einem Tod durch Ersticken geführt hat.

Placenta abruptio. Das klingt wie aus einem Harry-Potter-Roman, nicht nach etwas, das mein Baby umgebracht haben könnte. Dr. Giffords Name unten auf der Seite verschwimmt, als mir die Tränen in die Augen schießen. Wieder fange ich an, bitterlich zu weinen und zu schluchzen. Tessa, mit der ich im Büro den Schreibtisch teile, ist ausgebildete Hebamme. Ich beschließe, den Brief mit zur Arbeit zu nehmen, damit sie ihn mir erklären kann.

Tessa liest den Brief gründlich durch und wirft mir immer wieder einen besorgten Blick zu. Natürlich weiß sie, dass ich eine Totgeburt hatte. Viele Frauen, die sich bei *Hoffnungsvoll* engagieren, haben persönliche Gründe dafür.

»Weißt du, was das alles bedeutet?«, fragt sie schließlich. Ich schüttle den Kopf.

»Nun, Placenta abruptio heißt eingerissene Plazenta. Im Großen und Ganzen schreiben die, dein Baby hätte vor der Geburt zu wenig Nährstoffe und Sauerstoff bekommen.«

»Wie nett, dass die sich so klar ausdrücken.«

»Ja. Und dafür könnte es einen Grund geben.«

Etwas an ihrem Tonfall lässt mich aufblicken.

»Was genau ist passiert, als du wegen der Rückenschmerzen dort warst?«, fragt sie.

»Nun.« Ich überlege. »Die fanden, dass ich überbesorgt sei. Zum ersten Mal Mutter und so. Aber sie waren sehr nett. Ich erinnere mich nicht an all die Untersuchungen, die hier aufgeführt sind …«

»Eine Symphysen-Fundus-Messung ist nur Medizinerjargon dafür, dass man den Bauchumfang mit einem Maßband abmisst«, unterbricht sie mich. »Es stimmt zwar, dass National Institute for Health and Clinical Excellence das für jeden Arztbesuch vor der Geburt vorschreibt, aber einen Riss in der Plazenta erkennt man so ganz bestimmt nicht. Haben sie ein Kardiotokogramm durchgeführt?«

»Die Sache mit dem Herzmonitor? Ja, das hat die Krankenschwester gemacht.«

»Und wem hat sie es gezeigt?«

Ich überlege. »Ich glaube, sie hat Dr. Gifford angerufen und ihm die Befunde vorgelesen. Jedenfalls hat sie ihm gesagt, sie seien normal.«

»Weitere Untersuchungen? Ein normaler Ultraschall? Doppler-Ultraschall?« Inzwischen klingt Tessa ärgerlich.

Ich schüttle den Kopf. »Nichts. Die haben mir gesagt, ich soll nach Hause gehen, ein heißes Bad nehmen und versuchen, mir keine Sorgen zu machen. Und da Isabel später gestrampelt hat, war ich sicher, dass die recht hatten.«

»Wer sind *die*?«

»Nun, die Krankenschwester, glaube ich.«

»Hat sie sonst mit jemandem gesprochen? Einer vorgesetzten Hebamme? Einem Arzt?«

»Nicht, dass ich wüsste. Tessa, was ist da los?«

»Nur, dass sich dieser Brief für mich wie ein sorgfältig formulierter Versuch liest, dir den Eindruck zu vermitteln, Isabels Tod könne nicht die Folge eines Kunstfehlers gewesen sein«, entgegnet sie schonungslos.

Ich starre sie entgeistert an. »Kunstfehler? Wie?«

»Wenn man davon ausgeht, dass der Tod eines lebensfähigen Babys einer ist, der hätte verhindert werden müssen, stößt man normalerweise auf zwei Ursachen. Erstens ein Fehler bei der Geburtshilfe, was hier offenbar nicht der Fall war. Doch der zweithäufigste Grund für eine Totgeburt ist, dass eine überarbeitete Hebamme oder ein Assistenzarzt den Befund nicht richtig liest. In deinem Fall hätte der diensthabende Oberarzt die Befunde selbst überprüfen sollen. Und angesichts deiner Rückenschmerzen – die auf Probleme mit der Plazenta hinweisen können – einen Doppler-Ultraschall anordnen müssen.« Ich weiß, was ein Doppler-Ultraschall ist. Eines der Ziele von *Hoffnungsvoll* ist, dass bei jeder werdenden Mutter routinemäßig einer durchgeführt wird. Das kostet etwa fünfzehn Pfund pro Baby, und dass unser Gesundheitssystem ihn derzeit nicht genehmigt, sofern er nicht von einem leitenden Arzt eigens beantragt wird, ist einer der Gründe, warum die Totgeburtenrate in Großbritannien zu den höchsten in ganz Europa gehört. »Ich fürchte, das Strampeln, das du zu Hause noch gespürt hast, war ein Zeichen von Todesnot, nicht dafür, dass alles in Ordnung war. Mit diesem Krankenhaus haben wir schon einiges mitgemacht. Dort herrscht permanenter Personalmangel, insbesondere, was die leitenden Ärzte anbelangt. Dr. Giffords Name fällt immer wieder. Er hat einfach zu viel um die Ohren.«

Ich kann kaum fassen, was ich da höre. *Aber er war doch so nett*, denke ich.

»Natürlich könnte man einwenden, dass es nicht seine Schuld war«, fügt sie hinzu. »Aber nur, wenn wir uns an die leitenden Ärzte halten und nachweisen, dass sie dem Patienten Schaden zugefügt haben, werden wir das Krankenhaus dazu bringen, mehr Personal einzustellen.«

Ich erinnere mich daran, dass Dr. Gifford, als er mir mitteilte, Isabel sei tot, hinzufügte, in der Mehrheit aller Fälle ließen sich keine Gründe finden. Hat er damals schon versucht, die Fehler seines Teams unter den Teppich zu kehren? »Was soll ich tun?«

Sie gibt mir den Brief zurück. »Schreib ihnen und verlange Kopien sämtlicher ärztlicher Unterlagen. Wir lassen sie von einem Experten überprüfen. Und falls sich herausstellt, dass das Krankenhaus einen Kunstfehler vertuscht, sollten wir eine Klage ins Auge fassen.«

Damals: Emma

Und der diesjährige Preis des *Architectural Journal* geht an … Der Moderator legt eine dramatische Pause ein und öffnet den Umschlag. Monkford Partnership, verkündet er.

An unserem Tisch, besetzt von Mitarbeitern der Firma, wird gejubelt. Fotos von Häusern sind auf dem Bildschirm zu sehen. Edward geht zur Bühne und begrüßt unterwegs höflich einige Gratulanten.

Ein himmelweiter Unterschied zu den Partys, auf denen ich bei Simons Zeitschrift gewesen bin, denke ich.

Als Edward die Trophäe in Händen hält, tritt er ans Mikrofon. Das Ding muss ich vermutlich in einen Schrank räumen, sagt er, während er die Plexiglaskugel zweifelnd beäugt. Gelächter. Der Minimalist hat Selbstironie bewiesen! Doch dann wird er ernst.

Jemand hat einmal gesagt, der Unterschied zwischen einem guten und einem ausgezeichneten Architekten bestünde darin, dass der gute Architekt jeder Versuchung nachgibt und der ausgezeichnete nicht.

Er hält inne. In dem gewaltigen Raum herrscht Schweigen. Die anwesenden Architekten scheinen sich wirklich dafür zu interessieren, was er ihnen mitzuteilen hat.

Als Architekten sind wir besessen von Ästhetik. Davon, Gebäude zu schaffen, die dem Auge schmeicheln. Doch wenn wir annehmen, dass die wahre Funktion von Architektur ist, Menschen dabei zu helfen, der Versuchung zu widerstehen, dann könnte die Architektur vielleicht … Seine

Stimme erstirbt, fast als würde er laut überlegen. Vielleicht geht es bei der Architektur nicht wirklich um Gebäude. Immerhin akzeptieren wir, dass Städteplanung auch eine Form von Architektur ist. Straßennetze, Flughäfen, auch die, wenn man den Bogen weiter spannt. Doch was ist mit der Technologie? Was ist mit der Architektur der unsichtbaren Stadt, in der wir alle umherschlendern, herumlungern oder spielen: dem Internet? Was ist mit den Rahmenbedingungen unseres Lebens, den Einschränkungen, die uns fesseln, den Regeln und Gesetzen, die uns beherrschen, unseren Hoffnungen und unseren niedrigen Bedürfnissen? Handelt es sich dabei nicht auch in gewisser Weise um Gebäude? Wieder entsteht eine Pause, bevor er fortfährt. Vorhin habe ich mit jemandem gesprochen. Einer jungen Frau, die in ihrem eigenen Zuhause überfallen wurde. Ihre Privatsphäre wurde verletzt. Ihr Hab und Gut wurde gestohlen. Und dieses einfache und tragische Ereignis hat ihr gesamtes Verhältnis zu ihrer Umgebung beeinflusst, wenn nicht gar verzerrt.

Obwohl er mich nicht ansieht, habe ich das Gefühl, dass alle Anwesenden im Raum wissen, wen er meint.

Ist es nicht der wahre Zweck von Architektur, derartige Vorfälle unmöglich zu machen?, fragt er. Den Verbrecher zu bestrafen, dem Opfer auf die Beine zu helfen, die Zukunft zu verändern? Warum sollten wir als Architekten an den Mauern unserer Gebäude haltmachen?

Schweigen. Inzwischen wirkt das Publikum ein wenig überfordert.

Monkford Partnership ist als Unternehmen bekannt, das in kleinem Rahmen mit wohlhabenden Auftraggebern zusammenarbeitet, fährt er fort. Inzwischen jedoch sehe ich, dass unsere Zukunft nicht darin besteht, schöne Rückzugsorte vor den Hässlichkeiten dieser Gesellschaft zu bauen. Sondern eine andere Gesellschaft.

Er hebt die Trophäe. Danke für diese Ehre.

Der Applaus fällt höflich aus. Doch als ich mich umschaue, stelle ich fest, dass die Leute grinsen und die Augen verdrehen.

Ich klatsche auch, heftiger als alle anderen. Denn der Mann da oben, mein Lover, interessiert sich einen Dreck dafür, ob sie über ihn lachen.

In dieser Nacht erkundige ich mich nach seiner Frau.

Während wir uns lieben, behalte ich das Kleid an, doch danach hänge ich es ordentlich in den Schrank hinter der Wandvertäfelung, bevor ich mich, nackt bis auf die Kette, neben ihn ins warme Bett kuschle.

Der Anwalt hat gesagt, deine Familie sei hier begraben, beginne ich zögernd.

Wie … oh, erwidert er. Die Grundbucheintragungen.

Er schweigt so lange, dass ich schon glaube, ich würde keine weitere Antwort erhalten.

Es war ihre Idee, sagt er schließlich. Sie hatte von *hitobashira* gelesen und meinte, das wolle sie auch. Unter der Schwelle eines unserer eigenen Häuser. Natürlich haben wir nicht im Traum daran gedacht …

Hitobashira?

Das bedeutet auf Japanisch »menschliche Säule«. Es soll dem Haus Glück bringen.

Stört es dich, wenn ich über sie spreche?

Sieh mich an, sagt er plötzlich ernst. Ich wende den Kopf, um ihm in die Augen zu schauen. Elizabeth war auf ihre Weise perfekt, sagt er leise. Doch nun ist sie Vergangenheit. Und das hier ist ebenfalls perfekt. Was jetzt im Moment mit uns passiert. Du bist perfekt, Emma. Wir brauchen nicht mehr über sie zu reden.

Nachdem er am nächsten Morgen fort ist, suche ich seine Frau im Internet. Aber *Housekeeper* kann nichts finden.

Wie hieß das japanische Wort? *Hitobashira*. Ich recherchiere es.

Und verziehe erschrocken das Gesicht. Laut Internet bezieht sich *hitobashira* nicht darauf, Verstorbene unter Gebäuden zu begraben. Sondern die Lebenden.

Der Brauch, beim Bau eines neuen Hauses oder einer Festung einen Menschen zu opfern, ist sehr alt. Grundsteine und Balken wurden auf der ganzen Welt in menschliches Blut eingebettet. Diese abscheuliche Sitte wurde bis vor wenigen Jahrhunderten auch in Europa praktiziert. Die Legende über den Maori Taraia besagt, er habe sein eigenes Kind lebendig unter einem Pfosten seines neuen Hauses begraben lassen.

Ich klicke den nächsten Artikel an.

Das Opfer muss in seiner Bedeutung der des zu erbauenden Hauses entsprechen. Ein gewöhnliches Zelt oder Haus kann mit einem Tier erkauft werden, das eines reichen Mannes mit einem Sklaven. Doch ein heiliges Bauwerk wie ein Tempel oder eine Brücke erfordert ein Opfer von besonderem Wert und Wichtigkeit, vielleicht eines, das dem Opfernden schweren Schmerz und Leid zufügt.

Einen verrückten Moment lang frage ich mich, ob Edward das gemeint und seine eigene Frau und seinen Sohn geopfert hat. Und dann stoße ich auf einen Artikel, der mehr Sinn ergibt.

Heute lebt der Nachhall dieser Bräuche überall auf der Welt in unzähligen Ritualen fort: ein Schiff mit einer Flasche Champagner zu taufen, ein Stück Silber unter einem Türpfosten zu vergraben oder einen Wolkenkratzer mit einem Zweig Immergrün zu krönen. In anderen Teilen der Welt werden Teile eines Tierherzens vergraben, während Henry Purcell verlangte, in der Westminster

Abbey unter der Orgel bestattet zu werden. In vielen Gesellschaften, insbesondere im Fernen Osten, werden die Toten mit einem ihnen zu Ehren errichteten Gebäude geehrt – eine Sitte, die sich vielleicht nicht so sehr davon unterscheidet, die Carnegie Hall oder das Rockefeller Center nach einem anerkannten Menschenfreund zu benennen.

Uff. Ich lege mich wieder ins Bett und vergrabe die Nase in den Kissen, um Spuren von ihm aufzufangen: seinen Geruch, den Abdruck seines Körpers auf dem Laken. Seine Worte fallen mir wieder ein. Das ist perfekt. Ein Lächeln auf den Lippen, schlafe ich wieder ein.

Heute: Jane

»Die Erfahrung, die Sie soeben beim Eintreten gemacht haben – eine winzige, beinahe klaustrophobische Vorhalle, ehe sich die fließenden Formen des Hauses selbst erschließen –, ist ein klassisches architektonisches Konzept. Es handelt sich um ein typisches Beispiel für Edward Monkfords Häuser, die, wenngleich revolutionär, auf traditionellen Mustern basieren. Doch was noch wichtiger ist, sie zeichnen Monkford als Architekten aus, dessen höchstes Ziel es ist, die Gefühle der Bewohner zu beeinflussen.«

Der Führer geht voran in die Küche, gehorsam gefolgt von einem etwa sechsköpfigen Besuchergrüppchen. »Beispielsweise haben Bewohner berichtet, dass sie in einem Refektorium wie diesem, dessen optische Betonung auf Strenge und Kasteiung liegt, weniger essen als zuvor.«

Camilla hat mir vor meinem Einzug mitgeteilt, dass ich Folgate Street 1 gelegentlich der Öffentlichkeit zugänglich machen müsse. Damals ist mir das nicht als große Belastung erschienen, doch je näher der erste Besichtigungstag rückte, desto mehr graute mir davor. Ich hatte das Gefühl, dass nicht nur das Haus vorgezeigt werden sollte, sondern ich. Seit Tagen putze ich nun bereits und räume auf, um auch nicht gegen die kleinste Regel zu verstoßen.

»Architekten und ihre Auftraggeber sind daran interessiert, Gebäude zu schaffen, die Ziel und Zweck haben«, fährt der Führer fort. »Banken sehen zum Teil deshalb Ehrfurcht gebietend und solide aus, weil die Männer, die sie erbauen ließen, zukünftigen Anlegern Vertrauen einflößen wollten. Gerichtssäle wollen Respekt vor Gesetz und Ordnung vermitteln. Paläste wurden angelegt, um diejenigen, die sie betraten, zu beeindrucken und mit Ehrfurcht zu erfüllen. Heute jedoch setzen einige Architekten in ihren Bauwerken neue Entwicklungen in der Technologie und der Psychologie um, die weit darüber hinausreichen.«

Der Führer ist sehr jung und trägt einen übertrieben modischen Bart. Allerdings schließe ich aus seiner selbstbewussten Art, dass er vermutlich eine Art Dozent ist. Auch wenn nicht alle Besucher wie Studenten aussehen. Einige könnten auch neugierige Nachbarn oder Touristen sein.

»Vermutlich ist es Ihnen nicht bewusst, doch Sie schwimmen im Moment in einer komplexen Suppe von Ultraschallwellen – Wellen, die die Stimmung beeinflussen … Diese Technologie steckt noch in den Kinderschuhen, bietet jedoch ein weitreichendes Potenzial. Stellen Sie sich ein Krankenhaus vor, in dem das Gebäude selbst zum Teil des Heilungsprozesses wird. Oder ein Heim für Demente, das ihnen tatsächlich hilft, sich zu erinnern. Dieses Haus mag schlicht sein, doch seine Zukunftsperspektiven sind vielfältig.«

Er dreht sich um und marschiert voraus zur Treppe. »Bitte folgen Sie mir einer nach dem anderen, und achten Sie besonders auf die Stufen.«

Ich bleibe unten. Ich höre die Stimme des Führers, der erläutert, wie die Beleuchtung im Schlafzimmer den Schlaf-Wach-Rhythmus des Bewohners beeinflusst. Erst als alle wieder unten sind, schleiche ich mich nach oben, um meine Ruhe zu haben.

Zu meinem Entsetzen befindet sich ein Mitglied der Gruppe noch im Schlafzimmer. Er hat den Schrank geöffnet, und obwohl er mir den Rücken zukehrt, bin ich sicher, dass er meine Kleider durchwühlt.

»Was zum Teufel machen Sie da?«, herrsche ich ihn an.

Er dreht sich um. Es ist einer von denen, die ich als Touristen eingestuft habe. Seine Augen hinter den randlosen Brillengläsern sind hell und ruhig.

»Ich schaue mir an, wie Sie Ihre Sachen falten.« Er hat einen leichten Akzent. Dänisch vielleicht oder norwegisch. Er ist um die dreißig und mit einem militärisch wirkenden Anorak bekleidet. Helles Haar, zurückweichender Haaransatz.

»So eine Unverschämtheit!«, schimpfe ich. »Das sind meine Privatsachen.«

»Wer in diesem Haus wohnt, sollte nicht mit Privatsphäre rechnen. Die haben Sie doch per Unterschrift abgegeben. Schon vergessen?«

»Wer sind Sie?« Für einen Touristen klingt er viel zu gut informiert.

»Ich habe mich beworben«, erwidert er. »Ich habe mich darum beworben, hier zu wohnen. Sieben Mal. Ich wäre optimal geeignet gewesen. Doch stattdessen hat er sich für Sie entschieden.« Er wendet sich wieder dem Kleiderschrank zu und fängt an, meine T-Shirts so schnell und ordentlich auszuschütteln und zusammenzufalten wie ein Verkäufer. »Was findet Edward an Ihnen? Sex vermutlich. Frauen sind seine Schwäche.« Vor Wut verschlägt es mir den Atem. Doch die Erkenntnis, dass der Mann, der hier in meinem Schlafzimmer steht, ziemlich eindeutig verrückt ist, lähmt mich. »Er lässt sich von Klöstern und religiösen Gemeinschaften inspirieren, vergisst jedoch, dass Frauen aus einem ganz bestimmten Grund davon ausgeschlossen waren.« Er greift nach einem Rock und faltet ihn mit drei geschickten Bewegungen. »Sie sollten wirklich von hier verschwinden. Es wäre viel besser für Edward, wenn Sie gingen. So wie die anderen.«

»Welche anderen? Wovon reden Sie?«

Sein Lächeln ist beinahe reizend kindlich. »Ach, hat er es Ihnen nicht erzählt? Die, die vor Ihnen da waren. Keine hat sich lange gehalten, verstehen Sie? Genau darum geht es ja.«

»Der Typ spinnt«, sage ich. »Er hat mir Angst gemacht. Und wie er geredet hat – so, als würde er dich kennen.«

Edward seufzt auf. »Wahrscheinlich tut er das in gewisser Weise. Oder er glaubt es zumindest. Denn er kennt meine Arbeiten.«

Wir sitzen im Refektorium. Edward hat Wein mitgebracht, etwas Teures aus Italien. Allerdings fühle ich mich noch immer zittrig, und außerdem trinke ich seit meinem Einzug in die Folgate Street 1 fast nichts mehr. »Wer ist er?«

»Im Büro nennen sie ihn meinen Stalker.« Er lächelt. »Natürlich ist das nur ein Scherz. Eigentlich ist er harmlos. Jorgen irgendwas. Er hat wegen psychischer Probleme sein Architekturstudium abgebrochen und sich ein wenig auf meine Gebäude eingeschossen. Das ist nicht wirklich ungewöhnlich. Barragán, Corbusier, Foster – sie alle wurden von gestörten Menschen verfolgt, die glaubten, eine besondere Verbindung zu ihnen zu haben.«

»Hast du mit der Polizei gesprochen?«

Er zuckt mit den Achseln. »Was würde das bringen?«

»Aber Edward, begreifst du nicht, was das bedeutet? Hat sich bei Emma Matthews' Tod irgendjemand nach diesem Jorgen umgeschaut?«

Er wirft mir einen zweifelnden Blick zu. »Du grübelst doch nicht immer noch darüber nach, oder?«

»Es ist genau hier passiert. Natürlich denke ich daran.«

»Hast du noch mal mit dem Freund geredet?« Etwas an seinem Tonfall verrät mir, dass ihm das gar nicht gefallen würde.

Ich schüttle den Kopf. »Er war nicht mehr hier.«

»Gut. Und glaube mir, Jorgen würde keiner Fliege etwas zuleide tun.« Er trinkt noch einen Schluck Wein und beugt sich vor, um mich zu küssen. Seine Lippen sind süß und blutig vom Rebensaft.

»Edward …«, sage ich und mache mich los.

»Ja?«

»Wart du und Emma ein Paar?«

»Spielt das eine Rolle?«

»Nein«, erwidere ich. Aber eigentlich meine ich Ja.

»Wir hatten eine kurze Affäre«, antwortet er schließlich. »Sie war lange vor ihrem Tod vorbei.«

»War sie …« Ich weiß nicht, wie ich das ausdrücken soll. »War sie wie das hier?«

Er beugt sich ganz nah zu mir heran, umfasst meinen Kopf mit beiden Händen und schaut mir in die Augen. »Hör mir zu, Jane. Emma war ein faszinierender Mensch«, sagt er sanft. »Doch jetzt ist sie Vergangenheit. Was heute mit uns beiden geschieht, ist perfekt. Wir sollten nicht mehr über sie sprechen.«

Trotz seiner Worte plagt mich weiter eine Neugier, die ich nicht unterdrücken kann.

Denn ich weiß, dass ich ihn besser verstehen werde, wenn ich mehr über die Frauen erfahre, die er geliebt hat.

Ich werde die Mauern unterminieren, die er um sich herum errichtet hat, dieses seltsame, unverständliche Labyrinth, das mich auf Abstand hält.

Am nächsten Morgen, nachdem er fort ist, krame ich die Karte heraus, die ich in Emmas Schlafsack gefunden habe. CAROL YOUNSON. PSYCHOTHERAPEUTIN. Es sind eine Website und eine Telefonnummer angegeben. Gerade will ich sie auf meinem Laptop aufrufen, als ich mich an die Worte des Mannes in meinem Schlafzimmer erinnere. *Wer in diesem Haus wohnt, sollte nicht mit Privatsphäre rechnen. Die haben Sie doch per Unterschrift abgegeben. Schon vergessen?*

Ich nehme mein Telefon und gehe in die äußerste Ecke des Wohnzimmers, in der ich schwach das ungesicherte WLAN meines Nachbarn empfangen kann. Gerade genug, um Carol Younsons Website anzuklicken. Sie hat ein

Diplom in etwas, das integrative Psychotherapie heißt. Ihre Fachgebiete sind posttraumatischer Stress, Beratung für Vergewaltigungsopfer und Trauernde.

Ich wähle die Nummer.

»Hallo«, sage ich, als sich eine Frau meldet. »Ich hatte vor Kurzem einen Trauerfall und würde Sie gern deswegen aufsuchen.«

6. Eine dir nahestehende Person beichtet dir im Vertrauen, sie habe im betrunkenen Zustand jemanden überfahren, deshalb habe sie endgültig mit dem Trinken aufgehört. Fühlst du dich verpflichtet, das bei der Polizei anzuzeigen?

- ☐ Anzeigen
- ☐ Nicht anzeigen

Damals: Emma

Wenn man Edward bei seinen Kochvorbereitungen zusieht, ist es, als beobachte man einen Chirurgen vor der Operation. Bevor er überhaupt anfängt, muss alles genau am richtigen Platz liegen. Heute hat er zwei Hummer mitgebracht. Sie leben noch, ihre riesigen, boxhandschuhähnlichen Klauen sind mit Kabelbinder gesichert. Als ich frage, ob ich helfen kann, gibt er mir einen Daikon, einen dicken japanischen Rettich, denn ich hobeln soll.

Heute hat er gute Laune. Ich hoffe, dass es an mir liegt, doch dann sagt er, er habe positive Nachrichten erhalten.

Meine Rede bei der Architekturpreisverleihung, Emma. Jemand hat sie gehört und uns gebeten, Entwürfe für einen Wettbewerb einzureichen.

Ist es ein wichtiger?

Sehr sogar. Wenn wir gewinnen, werden wir eine komplett neue Stadt bauen. Das ist die Chance, nicht einfach nur ein Gebäude zu planen. Sondern eine neue Art des Zusammenlebens.

Eine ganze Stadt, die so aussieht? Ich betrachte das karge minimalistische Design von Folgate Street 1.

Warum nicht?

Ich kann mir einfach nicht vorstellen, dass die meisten Leute so leben wollen, erwidere ich. Ich verrate ihm nicht, dass ich vor jedem seiner Besuche hektisch durchs Haus hetze, schmutzige Kleider in Schränke stopfe, halbvolle Teller über dem Mülleimer abkratze und Zeitschriften und Zeitungen unter den Sofapolstern verstecke.

Du bist der Beweis dafür, dass es funktionieren kann, antwortet er. Ein normaler Mensch, den die Architektur verändert hat.

Du bist es, der mich verändert hat, entgegne ich. Und ich glaube, nicht einmal du schaffst es, Sex mit einer ganzen Stadt zu haben.

Er hat zum Hummer japanischen Tee mitgebracht. Die Teeblätter befinden sich in einer winzigen Papierverpackung, die an ein Origami erinnert. Aus der Region Uji, sagt er. Der Tee heißt Gyokuro, was Juwelentau bedeutet. Als ich versuche, das Wort auszusprechen, verbessert er mich einige Male, bevor er, gespielt entnervt, aufgibt.

Als ich meine Art-déco-Teekanne zutage fördere, ist seine Reaktion jedoch alles andere als gespielt. Was zum Teufel ist *das*?, fragt er und beäugt sie skeptisch.

Mein Geburtstagsgeschenk von Simon. Gefällt sie dir?

Sie wird ihren Zweck schon erfüllen.

Er lässt den Tee ziehen, während er sich mit den Hummern beschäftigt. Er nimmt ein Messer und schiebt die Klinge unter ihre bepanzerten Helme. Kurz darauf ertönt ein Knacken, als er die Köpfe abdreht. Die Beine zucken weiter, während er sich an die Schwänze macht und jeden seitlich aufschlitzt. Das Fleisch gleitet mühelos heraus, eine dicke Säule bleiches Gewebe. Noch ein paar Handgriffe, und er hat die braune Haut entfernt. Nachdem er die Schwänze unter kaltem Wasser abgespült hat, schneidet er sie zu Sashimi. Ein Schälchen mit Dip, zusammengestellt aus Zitronensaft, Sojasoße und Reisessig, rundet alles ab. Die ganze Zubereitung hat nur wenige Minuten gedauert.

Wir essen mit Stäbchen. Dann führt eins zum anderen, und wir landen im Bett. Ich komme fast immer vor ihm, und heute Nacht stellt keine Ausnahme dar. Alles geplant, wie ich vermute. Wenn wir uns lieben, ist es genauso sorgfältig durchdacht wie alles andere, was er tut.

Ich frage mich, was wohl geschehen würde, wenn ich es schaffte, dass er die Kontrolle verliert. Welche Enthüllungen mögen sich hinter seiner starren Selbstbeherrschung verbergen? Ich beschließe, dass ich es eines Tages herausfinden werde.

Danach, als ich wegdämmere, höre ich ihn murmeln: Du gehörst jetzt mir, Emma. Das weißt du doch? Mir.

Mhm, murmle ich schläfrig. Dir.

Als ich aufwache, stelle ich fest, dass er nicht mehr neben mir liegt. Ich trotte zur Treppe und sehe, dass er im Refektorium aufräumt.

Da ich immer noch Hunger habe, will ich zu ihm hinuntergehen und bin schon auf halber Höhe der Treppe, als ich beobachte, wie er Simons Teekanne nimmt und die Teereste ordentlich in die Spüle gießt. Dann kracht es, und die Teekanne liegt, zu Scherben zerschmettert, auf dem Fußboden.

Offenbar habe ich ein Geräusch gemacht, denn er blickt auf. Es tut mir so leid, Emma, sagt er ruhig und hebt die Hände. Ich hätte sie zuerst abtrocknen sollen.

Ich will ihm helfen, doch er hält mich zurück. Nicht barfuß. Sonst schneidest du dich noch.

Natürlich werde ich sie ersetzen, fährt er fort. Es gibt eine gute von Marimekko Hennika. Auch die von Bauhaus ist immer noch sehr annehmbar.

Dennoch gehe ich in die Küche, kauere mich hin und fange an, die Scherben aufzuklauben. Kein Problem, sage ich. Es ist ja nur eine Teekanne.

Ja, genau, erwidert er sachlich. Nur eine Teekanne.

Und in mir findet ein kleines Beben der Zufriedenheit statt, weil ich sein Besitz bin. *Du gehörst mir.*

Heute: Jane

Carol Younson residiert in einer ruhigen, von Bäumen gesäumten Straße in Queen's Park. Als sie die Tür öffnet, ist ihr Blick merkwürdig, ja, beinahe erschrocken. Rasch fasst sie sich wieder und führt mich in ein Wohnzimmer. Sie lotst mich zum Sofa und erklärt mir, es handle sich nur um eine bewertende Sitzung, um festzustellen, ob sie mir helfen kann. Falls wir die Therapie angehen wollen, würden wir uns jede Woche um die gleiche Zeit treffen.

»Also«, sagt sie nach diesen einleitenden Worten. »Warum haben Sie sich jetzt für eine Therapie entschieden?«

»Nun, aus verschiedenen Gründen«, erwidere ich. »Hauptsächlich die Totgeburt, die ich am Telefon erwähnt habe.«

Carol Younson nickt. »Über unsere Trauer zu sprechen, eröffnet uns einen Weg, sie zu verarbeiten und die hilfreichen Gefühle von den zerstörerischen zu trennen. Sonst noch etwas?«

»Ja. Ich glaube, Sie haben eine Frau behandelt, mit der mich etwas verbindet. Ich würde gerne wissen, was sie belastet hat.«

Carol Younson schüttelt nachdrücklich den Kopf. »Ich darf auf keinen Fall über meine Klienten sprechen.«

»Diesmal könnte es anders sein. Wissen Sie, sie ist tot. Ihr Name war Emma Matthews.«

Ich bilde es mir nicht ein. Carol Younsons Augen verraten kurz, dass sie schockiert ist. Doch sie hat sich rasch wieder im Griff. »Dennoch kann ich Ihnen nicht anvertrauen, worüber Emma und ich geredet haben. Die ärztliche Schweigepflicht endet nicht mit dem Tod der Patientin, sie bleibt auch danach bestehen.«

»Stimmt es, dass ich ihr ein wenig ähnlich sehe?«

Nach kurzem Zögern nickt sie. »Ja, das ist mir aufgefallen, sobald ich die Tür aufgemacht habe. Sind Sie vielleicht eine Verwandte? Ihre Schwester? Es tut mir leid.«

Ich schüttle den Kopf. »Wir sind uns nie begegnet.«

Nun wirkt sie verwirrt. »Und worin besteht dann die Verbindung, wenn ich mir die Frage erlauben darf?«

»Ich wohne in demselben Haus wie sie – dem Haus, in dem sie gestorben ist.« Jetzt zögere ich. »Und ich habe eine Beziehung mit demselben Mann.«

»Simon Wakefield?«, hakt sie vorsichtig nach. »Ihrem Freund?«

»Nein, obwohl ich ihm begegnet bin, als er kam, um Blumen abzugeben. Ich spreche von dem Architekten, der das Haus gebaut hat.«

Carol Younson starrt mich an. »Nur, damit ich Sie richtig verstehe. Sie wohnen wie Emma in der Folgate Street 1 und haben eine Beziehung mit Edward Monkford. So wie Emma.«

»Genau.« Laut Edward war sein Verhältnis mit Emma nicht mehr als eine kurze Affäre. Doch ich beschließe, der Zeugin keine Fangfragen zu stellen.

»Also gut – in diesem Fall erzähle ich Ihnen, was Emma und ich in den Therapiesitzungen besprochen haben«, sagt sie leise.

»Trotz Ihrer Äußerung von vorhin?«, erwidere ich, erstaunt über diesen raschen Sieg.

»Ja. Wissen Sie, unter besonderen Umständen ist es uns gestattet, die Schweigepflicht zu brechen.«

Sie hält inne. »Dann nämlich, wenn es dem Patienten nicht mehr schaden und andere vor Gefahr schützen kann.«

»Ich verstehe nicht ganz«, antworte ich.

»Ich meine Sie, Jane«, entgegnet sie. »Ich glaube, dass Sie in Gefahr schweben könnten.«

Damals: Emma

Deon Nelson hat mir mein Glück gestohlen. Er hat mein Leben zerstört und dafür gesorgt, dass ich mich vor jedem Mann fürchte, dem ich begegne. Seinetwegen schäme ich mich meines eigenen Körpers.

Ich halte inne und trinke einen Schluck aus dem Wasserglas. Es ist totenstill im Gerichtssaal. Auf der Richterbank sitzen zwei Amtsrichter, ein Mann und eine Frau, und mustern mich unverwandt. Es ist sehr heiß, der Raum ist fensterlos und beige gestrichen. Die Anwälte schwitzen ein wenig unter ihren Perücken.

Zwei Wandschirme wurden so aufgestellt, dass ich von der Anklagebank aus nicht zu sehen bin. Dennoch spüre ich Deon Nelsons Gegenwart. Doch ich habe keine Angst. Ganz im Gegenteil. Dieses Schwein wird ins Gefängnis wandern.

Beim Verlesen meiner Betroffenendarstellung habe ich geweint, aber nun erhebe ich die Stimme. Ich musste umziehen, weil ich befürchten musste, dass er zurückkommt, sage ich. Ich habe unter Albträumen und Gedächtnislücken gelitten und eine Psychotherapie begonnen. Die Beziehung zu meinem Freund ist gescheitert.

Nelsons Anwältin, eine kleine, durchtrainierte Frau, die unter ihrer schwarzen Robe ein elegantes Bürokostüm trägt, blickt plötzlich nachdenklich auf und notiert sich etwas.

Wie ich mich bei der Vorstellung fühle, dass Deon Nelson auf Kaution entlassen wird?, fahre ich fort. Mir wird übel. Ich bin von ihm mit einem Messer bedroht, beraubt und auf die erniedrigendste Weise, die möglich ist, vergewaltigt worden. Ich weiß, wozu er fähig ist. Der Gedanke, dass er frei auf der Straße herumlaufen könnte, versetzt mich in Todesangst. Allein das Wissen, dass er irgendwo da draußen ist, ängstigt mich.

DI Clarke hat mich darauf hingewiesen, dass ich diesen letzten Punkt hinzufügen sollte. Da kann Nelsons Anwältin beteuern, so viel sie will, dass ihr Mandant nicht die Absicht hat, sich mir zu nähern. Falls ich mich von der Tatsache, dass er auf freiem Fuß ist, bedroht fühle, bestünde das Risiko, ich könnte meine Aussage zurückziehen. Und dann bräche der ganze Prozess in sich zusammen. Im Moment bin ich die wichtigste Person in diesem Gerichtssaal.

Die beiden Amtsrichter beobachten mich immer noch. Auch in den Zuschauerrängen herrscht Schweigen. Anfangs hatte ich Lampenfieber, doch nun fühle ich mich mächtig und als hätte ich alles im Griff.

Deon Nelson hat mich nicht nur vergewaltigt, ergänze ich. Er hat mich mit der Angst leben lassen, er werde ein Video seiner Tat an jeden mailen, den ich kenne. Er arbeitet mit Drohung und Einschüchterung. Ich hoffe nur, dass unser Rechtssystem seinen Kautionsantrag dementsprechend behandeln wird.

Bravo, raunt eine leise Stimme in meinem Kopf.

Danke, Miss Matthews. Wir werden Ihre Schilderung selbstverständlich gründlich überdenken, sagt der männliche Amtsrichter freundlich. Wenn Sie möchten, können Sie einen Moment im Zeugenstand Platz nehmen. Wenn es Ihnen dann besser geht, sind Sie entlassen.

Im Gerichtssaal ist es still, als ich meine Sachen einsammle. Nelsons Anwältin ist bereits aufgesprungen und steuert auf die Richterbank zu.

Heute: Jane

»Was meinen Sie mit Gefahr?« Ihre abstruse Äußerung bringt mich zum Lächeln. Aber ich merke Carol Younson an, dass sie es todernst meint. »Doch nicht etwa von Edward?«

»Emma hat mir erzählt …« Sie hält stirnrunzelnd inne, als fiele es ihr nicht leicht, ein Tabu zu brechen. »Als Therapeutin verbringe ich viel Zeit damit, unbewusste Verhaltensmuster zu beleuchten. Wenn mich jemand fragt: Warum sind die Männer so?, antworte ich: Warum sind alle Männer, die Sie sich aussuchen, so? Bei Freud gibt es einen Ausdruck nahmens Wiederholungszwang. Das bedeutet, ein Muster, nach dem jemand immer wieder das gleiche sexuelle Psychodrama inszeniert, mit verschiedenen Menschen, doch stets mit derselben, sich niemals ändernden Rollenverteilung. Auf einer unbewussten oder sogar bewussten Ebene hoffen die Menschen, das Ende umschreiben zu können. Zu perfektionieren, was zuvor falsch gelaufen ist. Unvermeidlich, und zwar aufgrund der Schwierigkeiten und Probleme, die sie in die Beziehung einbringen, wird diese auf die identische Weise zerstört.«

»Und was hat das mit Emma und mir zu tun?«, frage ich, obwohl ich schon meine Vermutungen habe.

»In jeder Beziehung wirken zwei Wiederholungszwänge – seiner und ihrer. Sie können gütig miteinander umgehen. Oder zerstörerisch – schrecklich zerstörerisch. Emma hatte ein geringes Selbstwertgefühl, das nach dem sexuellen Übergriff noch mehr gesunken ist. Wie viele Vergewaltigungsopfer gab sie sich selbst die Schuld – natürlich völlig grundlos. In Edward Monkford hat sie jemanden gefunden, von dem sie den Missbrauch bekam, nach dem sie sich in gewisser Weise gesehnt hat.«

»Moment mal«, entgegne ich erschrocken. »Edward *missbraucht* Frauen? Haben Sie ihn je kennengelernt?«

Carol Younson schüttelt den Kopf. »Ich richte mich nur nach dem, was ich von Emma erfahren habe. Was, wie ich hinzufügen muss, nicht leicht war. Sie hat stets gezögert, sich mir zu öffnen – ein klassisches Zeichen für niedriges Selbstwertgefühl.«

»Das ist einfach unmöglich«, protestiere ich. »Ich kenne Edward. Er hat noch nie jemanden geschlagen.«

»Missbrauch muss nicht immer körperlicher Natur sein«, erwidert Carol ruhig. »Das Bedürfnis nach absoluter Kontrolle ist auch eine Art, jemanden schlecht zu behandeln.«

Absolute Kontrolle. Die Worte treffen mich wie eine Ohrfeige. Denn ich kann erkennen, dass sie in gewisser Weise passen.

»Edwards Verhalten erschien Emma einigermaßen vernünftig, solange sie mitspielte – das heißt, solange sie ihm gestattet hat, sie zu kontrollieren«, fährt Carol Younson fort. »Es gab Dinge, die man eigentlich als Warnsignale hätte deuten müssen. Das eigenartige Arrangement mit dem Haus, dass er selbst die kleinsten Entscheidungen für sie gefällt und sie von ihren Freunden und ihrer Familie isoliert hat – alles klassische Verhaltensweisen eines narzisstischen Soziopathen. Doch die wirklichen Probleme fingen erst dann wirklich an, als sie versucht hat, sich von ihm zu trennen.«

Soziopath. Ich weiß, dass Profis diesen Begriff anders verwenden als der Normalbürger. Dennoch will mir nicht aus dem Kopf, was Emmas Exfreund – Carol Younson hat ihn

Simon Wakefield genannt – damals vor dem Haus gesagt hat. *Zuerst hat er ihr Gift ins Hirn geträufelt, und dann hat er sie umgebracht ...*

»Kommt Ihnen etwas von dem, was ich Ihnen erzählt habe, bekannt vor, Jane?«, hakt sie nach.

Ich weiche der Frage aus. »Was ist mit Emma passiert? Ich meine, nach all den anderen Sachen.«

»Irgendwann ist ihr mit meiner Hilfe klar geworden, wie destruktiv ihre Beziehung mit Edward Monkford geworden ist. Sie hat Schluss mit ihm gemacht. Doch danach wurde sie depressiv, zurückgezogen, ja, sogar paranoid.« Sie hält inne. »Damals hat sie auch den Kontakt zu mir abgebrochen.«

»Moment mal«, meine ich perplex. »Woher wissen Sie dann, dass er sie umgebracht hat?«

Carol Younson verzieht das Gesicht. »Ich habe nicht gesagt, dass er sie *umgebracht* hat, Jane.«

»Oh«, erwidere ich erleichtert. »Was genau haben Sie also gesagt?«

»Ihre aus dieser Beziehung resultierende Depression, ihre Paranoia, ihre negativen Gefühle und das geringe Selbstwertgefühl haben meiner Ansicht nach eindeutig dazu beigetragen.«

»Gehen Sie also von *Selbstmord* aus?«

»Das war meine professionelle Einschätzung, ja. Ich glaube, Emma hat sich die Treppe hinuntergestürzt, als sie an schweren Depressionen litt.«

Ich schweige und denke nach.

»Erzählen Sie mir von Ihrer Beziehung mit Edward«, schlägt Carol Younson vor.

»Nun, das ist eine seltsame Sache. Auf den ersten Blick gibt es nicht viele Übereinstimmungen. Es fing kurz nach meinem Einzug an. Er hat keine Zweifel daran gelassen, dass er mich wollte. Allerdings auch, dass er mir keine konventionelle Beziehung bieten würde. Er sagte ...«

»Augenblick«, unterbricht Carol Younson. »Ich gehe rasch etwas holen.«

Sie kehrt kurz darauf mit einem roten Notizbuch zurück. »Meine Aufzeichnungen von meinen Sitzungen mit Emma«, erklärt sie und blättert die Seiten um. »Was wollten Sie noch sagen?«

»Er meinte, eine unverbindliche Beziehung hat etwas …«

»Reines an sich«, beendet sie den Satz für mich.

»Ja.« Ich starre sie an. »Das waren genau seine Worte.« Worte, die er offenbar auch schon gegenüber einer anderen geäußert hat.

»Nach Emmas Schilderungen ist Edward ein extremer, ja, beinahe zwanghafter Perfektionist. Würden Sie dem zustimmen?«

Ich nicke widerwillig.

»Nur, dass unsere früheren Beziehungen niemals perfektioniert werden können, ganz gleich, wie oft wir sie auch wiederholen. Jedes Scheitern verstärkt die Anpassungsstörung nur noch. In anderen Worten, das Muster intensiviert sich mit der Zeit. Und wird noch verzweifelter.«

»Kann sich ein Mensch nicht ändern?«

»Interessanterweise hat Emma dieselbe Frage gestellt.« Sie überlegt einen Moment. »Manchmal ja, obwohl es, selbst mit der Hilfe eines guten Therapeuten, ein langwieriger und schmerzhafter Prozess ist. Außerdem ist es narzisstisch zu glauben, dass wir in der Lage sind, einen Menschen von Grund auf umzukrempeln. Wir können uns nur selbst verändern.«

»Sie behaupten, ich sei gefährdet, das gleiche Schicksal zu erleiden wie sie«, widerspreche ich. »Doch nach Ihren Schilderungen war sie doch so ganz anders als ich.«

»Mag sein. Aber Sie haben mir mitgeteilt, Sie hätten eine Totgeburt erlitten. Ist es nicht interessant, dass Sie beide in einer Krisensituation steckten, als Sie ihm begegnet sind?

Soziopathen fühlen sich von verletzlichen Menschen angezogen.«

»Warum ist Emma nicht mehr zu Ihnen gekommen?«

Bedauern zeichnet sich auf Carol Younsons Gesicht ab. »Offen gestanden weiß ich das nicht. Wenn sie nur in Therapie geblieben wäre, könnte sie heute vielleicht noch leben.«

»Sie hatte Ihre Karte«, sage ich. »Ich habe auf dem Speicher von Folgate Street 1 ihren Schlafsack gefunden. Außerdem einige Konservendosen. Es sah danach aus, als hätte sie da oben gewohnt. Offenbar hatte sie vor, Sie anzurufen.«

Sie nickt langsam. »Vermutlich ist das ein Hinweis. Danke.«

»Doch ich denke nicht, dass Sie in den anderen Dingen recht haben. Falls Emma depressiv war, dann wegen des Endes ihrer Affäre mit Edward, nicht weil er sie kontrolliert hat. Und wenn sie sich umgebracht hat – nun, es klingt schrecklich, aber das ist sicher nicht seine Schuld. Sie sagten doch selbst, wir sind für unser Handeln verantwortlich.«

Carol Younson lächelt nur traurig und schüttelt den Kopf. Ich habe den Eindruck, sie hat etwas Ähnliches bereits gehört, vielleicht von Emma.

Plötzlich habe ich genug von diesem Zimmer, den Polstermöbeln, dem Nippes, den Sofakissen und dem Psychosprech. Ich stehe auf. »Danke, dass Sie Zeit für mich hatten. Es war interessant. Aber ich glaube, ich möchte trotzdem nicht über meine Tochter reden. Auch nicht über Edward. Ich komme nicht wieder.«

Damals: Emma

Nach meiner Opferaussage darf ich wegen der Sondermaßnahmen nicht in die Zuschauergalerie zurückkehren. Also drücke ich mich vor dem Gerichtssaal herum. Kurz darauf kommen DI Clarke und Sergeant Willan mit besorgten Gesichtern herausgeeilt. Mr. Broome, der Staatsanwalt, ist auch dabei.

Emma, kommen Sie mit, sagt Sergeant Willan.

Warum? Was ist los?, frage ich, während sie mich in einen anderen Teil der Vorhalle scheuchen. Gerade drehe ich mich um, als Nelsons Anwältin erscheint. In ihrer Begleitung ist ein dunkelhäutiger Jugendlicher im Anzug. Als er sich zu mir umwendet, blitzt Erkennen in seinen Augen auf. Die Anwältin sagt etwas zu ihm, und er dreht sich wieder in ihre Richtung.

Emma, die Richter haben die Kaution genehmigt, verkündet Sergeant Willan. Es tut mir leid.

Was?, entsetze ich mich. Warum?

Die Richter waren sich mit Mrs. Fields, der Verteidigerin, einig, dass es bei unserem Fall Schwierigkeiten gibt.

Schwierigkeiten? Was soll das heißen?, protestiere ich. Aus einer anderen Tür, der, die zur Zuschauergalerie führt, erscheint Simon und steuert direkt auf mich zu.

Verfahrensprobleme, erwidert DI Clarke mit finsterer Miene. Hauptsächlich, was das Theme Identifikation anbelangt.

Wegen der fehlenden DNA?

Und der fehlenden Fingerabdrücke, ergänzt der Staatsanwalt.

DI Clarke weicht seinem Blick aus. Damals lagen natürlich noch keine Vergewaltigungsvorwürfe vor. Das Delikt wurde als Einbruch eingestuft. Der diensthabende Beamte hat entschieden, nicht nach Fingerabdrücken zu suchen.

Er seufzt auf. Und später hätten wir vermutlich mit Nelson eine Gegenüberstellung einberufen sollen. Doch da Sie sagten, er hätte eine Sturmhaube getragen, haben wir uns davon nicht viel versprochen. Leider kann jeder gerissene Anwalt das als Argument nutzen, die Polizei hätte voreilige Schlussfolgerungen gezogen.

Wenn das das Problem ist, warum machen wir nicht jetzt gleich eine Gegenüberstellung?, entgegne ich.

DI Clarke und der Anwalt wechseln Blicke. Es könnte etwas nützen, wenn es zu einem Prozess kommt, meint er nachdenklich.

Das ist nun sehr wichtig, Emma, sagt Clarke. Haben Sie während der heutigen Verhandlung den Angeklagten irgendwann gesehen?

Ich schüttle den Kopf. Schließlich kann ich nicht wissen, ob das vorhin *wirklich* Nelson gewesen ist. Und selbst wenn? Warum sollte er ungeschoren davonkommen, nur weil die Polizei so inkompetent ist?

Ich denke, wir sollten es in Erwägung ziehen, sagt der Anwalt nickend.

Emma?, ruft Simon zu mir her. Emma, ich weiß, dass es dein Ernst war.

Was war mein Ernst?, gebe ich zurück.

Dass wir uns nur wegen diesem Mistkerl getrennt haben.

Was? Nein, erwidere ich kopfschüttelnd. Das war nur für das Gericht, Si. Ich habe nicht … Ich komme nicht zurück.

Emma, erklingt Edwards ruhige und befehlsgewohnte Stimme hinter uns. Erleichtert drehe ich mich zu ihm um.

Gut gemacht, sagt er. Du warst fantastisch. Er nimmt mich in die Arme, und ich bemerke Simons Entsetzen, als ihm klar wird, was das bedeutet.

Herrgott, flüstert er. Herrgott, Emma, du kannst doch nicht …

Was kann ich nicht, Simon?, entgegne ich trotzig. Mir nicht aussuchen, mit wem ich eine Beziehung führe?

Die Polizisten und John Broome ahnen, dass sie gerade Zeugen eines persönlichen Dramas werden, blicken zu Boden und scharren mit den Füßen. Wie immer übernimmt Edward das Kommando.

Komm mit, sagt er, legt den Arm um mich und führt mich weg. Als ich mich umschaue, sehe ich, dass Simon uns hinterherstarrt, stumm vor Trauer und Wut.

Heute: Jane

Am Wochenende geht Edward mit mir ins British Museum, wo ein Mitarbeiter einen Schrank aufschließt und uns allein lässt, damit wir eine kleine prähistorische Skulptur betrachten können. Obwohl die Zeit die Konturen abgeschliffen hat, ist noch erkennbar, dass sie zwei ineinander verschlungene Liebende darstellt.

»Sie ist elftausend Jahre alt – die weltweit älteste Darstellung von Sex«, erklärt Edward. »Sie stammt aus einer Zivilisation namens Natufien, das erste Volk, das Gemeinschaften gegründet hat.«

Ich habe Mühe, mich zu konzentrieren. Ständig denke ich daran, dass er Emma wortwörtlich das Gleiche gesagt hat. Einige von Carol Younsons Anmerkungen kann ich abtun, denn immerhin ist sie Edward nie begegnet. Doch ihr Notizbuch ist ein unwiderlegbarer Beweis, den ich unmöglich verwerfen kann.

Allerdings benutzen wir doch alle dieselben abgedroschenen Phrasen und sprachlichen Verkürzungen. Wir erzählen verschiedenen Leuten dieselben Anekdoten, manchmal sogar denselben Leuten, oft in denselben Worten. Wer wiederholt sich nicht hin und wieder? Sind *Wiederholungszwang* und *Ausagieren* nicht nur Modewörter dafür, dass wir alle Gewohnheitstiere sind?

Dann gibt mir Edward den Gegenstand in die Hand, und plötzlich gilt diesem meine gesamte Aufmerksamkeit. Ich ertappe mich bei dem Gedanken, wie unglaublich es ist, dass Menschen sich seit so vielen Jahrtausenden lieben. Aber natürlich handelt es sich nur um eine der wenigen Konstanten in der Menschheitsgeschichte. Der gleiche Akt, über Generationen wiederholt.

Danach frage ich, ob wir uns noch die Elgin-Marmore anschauen können, doch Edward will nicht. »In den öffentlich zugänglichen Räumen wird es von Touristen wimmeln. Außerdem habe ich es mir zur Regel gemacht, immer nur ein einziges Exponat zu betrachten. Ansonsten wird das Gehirn überfrachtet.« Er steuert auf den Ausgang zu.

Mir fallen Carol Younsons Worte ein. Edwards Verhalten sei Emma mehr oder weniger vernünftig erschienen, solange sie mitgemacht habe – das heißt, solange sie ihm gestattet habe, sie zu kontrollieren …

Ich bleibe ruckartig stehen. »Edward, ich will sie aber sehen.«

Er blickt mich verdattert an. »Meinetwegen, aber nicht jetzt. Ich werde mit dem Direktor eine Absprache treffen – wir können wiederkommen, wenn das Museum geschlossen ist …«

»Jetzt«, protestiere ich. »Es muss jetzt sein.« Mir ist bewusst, dass ich kindisch und aufgebracht klinge. Eine Mitarbeiterin blickt missbilligend von ihrem Schreibtisch auf.

Edward zuckt die Achseln. »Also gut.«

Er führt mich durch eine Tür in den öffentlichen Teil des Museums. Menschen schwärmen um die Exponate herum wie Fische um eine Koralle. Edward pflügt zwischen ihnen hindurch, ohne nach links und rechts zu schauen.

»Da drin«, sagt er.

In diesem Raum ist es noch voller als in den anderen. Es wimmelt von auf Französisch schnatternden Schulkindern mit Clipboards in den Händen. Dann sind da auch noch die Kulturzombies, die nickend ihrem Audio-Guide lauschen. Und Paare, die sich bei den Händen halten und den Raum abfischen. Dazu noch die Kinderwagenschieber, die Selfie-Knipser. Und schließlich, hinter einem Metallgeländer, einige Pfosten, auf denen ein paar Fragmente der zerbrochenen Statue und des berühmten Frieses stehen.

Es ist aussichtslos. So sehr ich auch versuche, alles richtig zu betrachten, lässt sich die Magie, die ich empfunden habe, als ich die winzige jahrtausendealte Schnitzerei in Händen hielt, nicht heraufbeschwören.

»Du hattest recht«, sage ich bedrückt. »Das ist ja grauenhaft.«

Er lächelt. »Die Dinger sind langweilig. Wenn das Theater wegen der Besitzansprüche nicht wäre, würde niemand sie eines Blickes würdigen. Selbst das Gebäude, aus dem sie stammen – das Parthenon –, ist so öde wie Spülwasser. Ironischerweise wurde es als Machtsymbol des griechischen Imperiums erbaut. Also ist es doch nur passend, dass ein anderes habgieriges Imperium Stücke davon gestohlen hat. Wollen wir gehen?«

Wir machen Halt bei seinem Büro, um eine lederne Reisetasche zu holen, und anschließend bei einer Fischhandlung, bei der Edward die Zutaten für einen Eintopf bestellt hat. Der Mann entschuldigt sich: Einer der Fische auf Edwards Liste war Seehecht, doch er war gezwungen, ihn durch Seeteufel zu ersetzen. »Natürlich zum gleichen Preis, Sir, obwohl wir für Seeteufel normalerweise mehr verlangen.«

Edward schüttelt den Kopf. »Bei diesem Rezept ist Seehecht vorgesehen.«

»Was soll ich tun, Sir?« Der Fischhändler breitet die Hände aus. »Wenn die keinen fangen, kann ich ihn nicht verkaufen.«

»Wollen Sie behaupten«, entgegnet Edward gedehnt, »dass es heute Morgen in Billingsgate keinen einzigen Seehecht gab?«

»Nur für absurde Preise.«

»Und warum haben Sie die dann nicht bezahlt?«

Das Lächeln des Mannes fällt in sich zusammen. »Seeteufel ist besser, Sir.«

»Ich habe Seehecht bestellt«, entgegnet Edward. »Sie haben mich enttäuscht. Mich sehen Sie hier nicht wieder.« Er macht auf dem Absatz kehrt und stolziert hinaus. Der Fischhändler macht sich achselzuckend wieder daran, einen Fisch zu filetieren. Allerdings wirft er mir zuvor einen zweifelnden Blick zu. Ich spüre, wie meine Wangen glühen.

Edward wartet auf der Straße. »Gehen wir«, sagt er und hebt den Arm, um ein Taxi anzuhalten. Sofort macht eines eine Kehrtwende und stoppt vor uns. Mir ist schon aufgefallen, dass er diese besondere Gabe besitzt. Taxifahrer scheinen buchstäblich Ausschau nach ihm zu halten.

Ich habe ihn noch nie zornig erlebt und habe keine Ahnung, wie lange diese Stimmung andauern wird. Doch er schneidet ganz ruhig ein anderes Thema an, als hätte die Auseinandersetzung nie stattgefunden.

Wenn Carol Younson recht hat und er wirklich ein Soziopath ist, würde er dann nicht wüten und toben? Ein weiterer Beweis, beschließe ich, dass sie sich in ihm geirrt hat.

Er wirft einen Blick auf mich. »Ich habe das Gefühl, dass du mir nicht zuhörst, Jane. Ist alles in Ordnung?«

»Oh, entschuldige, ich war in Gedanken woanders.« Ich muss mir Mühe geben, mein Gespräch mit der Therapeutin nicht das Hier und Jetzt beeinflussen zu lassen. Ich deute auf die Reisetasche. »Wohin verreist du?«

»Ich dachte, ich könnte bei dir einziehen.«

Im ersten Moment traue ich meinen Ohren nicht. »Einziehen?«

»Natürlich nur, wenn du mich lässt.«

Ich bin wie vor den Kopf geschlagen. »Edward …«

»Ist es zu früh?«

»Ich habe noch nie mit jemandem zusammengelebt.«

»Weil du noch nie dem Richtigen begegnet bist«, erwidert er sachlich. »Ich verstehe das, Jane, denn ich denke, wir sind uns in gewisser Hinsicht recht ähnlich. Du bist zurückhaltend, ein wenig überheblich und genügst dir selbst. Das gehört zu den vielen Dingen, die ich an dir liebe.«

»Wirklich?«, antworte ich, obwohl ich eigentlich *Ich bin überheblich*? denke. *Und hat Edward wirklich gerade von Liebe gesprochen*?

»Verstehst du? Wir sind perfekt füreinander.« Er berührt meine Hand. »Du machst mich glücklich. Und ich glaube, ich kann dich auch glücklich machen.«

»Ich bin gerade glücklich«, sage ich. »Edward, du hast mich bereits sehr glücklich gemacht.« Dabei lächle ich ihn an, weil es stimmt.

Damals: Emma

Als Edward das nächste Mal vorbeikommt, bringt er eine lederne Reisetasche und Fisch für einen Eintopf mit.

Das Geheimnis liegt in der Rouille, teilt er mir mit, während er alles auf der Arbeitsfläche arrangiert. So viele Leute sind geizig mit dem Safran.

Ich habe keine Ahnung, was Rouille oder Safran überhaupt ist. Willst du verreisen?, frage ich mit einem Blick auf die Tasche.

In gewisser Weise. Oder eher, ankommen. Natürlich nur, wenn du nichts dagegen hast.

Du willst ein paar Sachen hier aufbewahren?, erwidere ich überrascht.

Nein, antwortet er belustigt. Das ist alles, was ich besitze.

Die Tasche ist schön, wie alle seine Sachen; das Leder ist weich und poliert wie ein Reitsattel. Unter dem Henkel befindet sich ein diskretes Emblem, in das die Worte SWAINE ADENEY, LUGGAGE MAKERS. BY ROYAL APPOINTMENT eingeprägt sind. Ich mache die Tasche auf. Darin ist alles so stimmig angeordnet wie in einem Automotor. Ich nehme alles nacheinander heraus und zähle es dabei auf.

Ein halbes Dutzend Hemden von Comme des Garçons, alle weiß, frisch gebügelt und gefaltet, wie ich hinzufügen muss. Zwei Seidenkrawatten von Maison Charvet. Ein MacBook Air. Ein in Leder gebundenes Notizbuch von Fiorentina. Ein Drehbleistift aus Stahl. Eine Digitalkamera von

Hasselblad. Ein zusammengerolltes Baumwolltuch, das, schauen wir mal, drei japanische Messer enthält.

Fass die nicht an, warnt er mich. Sie sind scharf.

Ich wickle die Messer wieder ein und lege sie weg. Ein Kulturbeutel. Zwei schwarze Kaschmirpullover. Zwei schwarze Hosen. Acht Paar schwarze Socken. Acht schwarze Boxershorts. Hat er wirklich nicht mehr?

Gut, ich bewahre noch einige Dinge im Büro auf. Einen Anzug und so.

Wie kommst du mit so wenig zurecht?

Was brauche ich sonst noch? Du hast meine Frage nicht beantwortet, Emma?

Es ist so plötzlich, erwidere ich, obwohl ich innerlich vor Freude Luftsprünge mache.

Du kannst mich jederzeit wieder rausschmeißen, wenn du möchtest.

Warum sollte ich das? Du bist es, der genug von mir kriegen wird.

Ich könnte nie genug von dir kriegen, Emma, sagt er ernst. In dir habe ich endlich die perfekte Frau gefunden.

Aber warum?, frage ich, weil ich das alles noch nicht begreife. Ich dachte, wir hätten nur eine unverbindliche Affäre, oder wie immer er das auch genannt hat.

Weil du nie Fragen stellst, entgegnet er ruhig. Er wendet sich wieder dem Fisch zu. Wärst du bitte so gut, mir die Messer zu geben?

Edward!

Er seufzt theatralisch.

Ach, wenn du unbedingt willst: Weil du etwas Vibrierendes und Lebendiges an dir hast, das dafür sorgt, dass ich mich auch lebendig fühle. Weil du impulsiv und extrovertiert bist, ganz im Gegensatz zu mir. Weil du dich von all den Frauen unterscheidest, die ich je kennengelernt habe. Weil du meine Lebenslust wiedererweckt hast. Weil du alles bist, was ich brauche. Genügt dir das als Erklärung?

Für den Moment schon, sage ich, kann mir ein Lächeln jedoch nicht verkneifen.

7. Eine Freundin zeigt dir eines ihrer Kunstwerke. Sie ist offenbar sehr stolz darauf, doch es ist nicht gut. Was tust du?

a) Ich kritisiere es offen und sachlich.
b) Ich schlage ihr eine kleine Verbesserung vor, um festzustellen, wie sie es aufnimmt.
c) Ich wechsle das Thema.
d) Ich murmle etwas Nichtssagendes und Ermutigendes.
e) Ich sage ihr, sie hätte das großartig gemacht.

Heute: Jane

»Ich habe das Gefühl, dass Sie sich eigentlich eine Entschuldigung wünschen«, sagt die Krankenhaus-Mediatorin. Sie ist eine Frau mittleren Alters in grauer Strickjacke, die eine aufgesetzt Anteil nehmende Miene zur Schau stellt. »Ist das richtig, Jane? Würde ein Anerkennen all dessen, was Sie durchgemacht haben, Ihnen helfen, einen Schlussstrich unter Ihren Verlust zu ziehen?«

Am anderen Ende des Tisches sitzt ein erschüttert wirkender Dr. Gifford, flankiert von einem Verwaltungsmitarbeiter des Krankenhauses und einem Anwalt. Linda, die Mediatorin, thront am Kopf des Tisches, als wolle sie ihre Neutralität betonen. Tessa sitzt neben mir.

Nur vage nehme ich wahr, dass Linda es in nur einem einzigen Satz irgendwie geschafft hat, die angebotene Entschuldigung in eine Abwertung meines Leids zu verwandeln. Es ist ein wenig wie die Behauptung gerissener Politiker, sie bedauerten, dass die Menschen aufgebracht seien.

Tessa legt mir warnend die Hand auf den Arm, um mir mitzuteilen, dass sie die Anwort übernehmen wird. »Ein Geständnis«, entgegnet sie sehr betont, »dass das Krankenhaus vermeidbare Fehler begangen hat, die zu Isabels Tod beigetragen haben, wäre natürlich willkommen. Als erster Schritt.«

Linda seufzt auf, ob aus professioneller Empathie oder aus der Erkenntnis heraus, dass sie es mit einem schwierigen

Fall zu tun hat, ist nicht klar. »Die Haltung des Krankenhauses ist – verbessern Sie mich, wenn ich mich irre, Derek –, dass es die sehr knappen öffentlichen Gelder lieber in die Versorgung von Patienten anstatt in Prozesse und Anwaltskosten investieren würde.« Sie wendet sich an den Verwaltungsmenschen, der gehorsam nickt.

»Interessant«, erwidert Tessa sachlich. »Wenn Sie nämlich bei jeder werdenden Mutter einen Doppler-Ultraschall anordnen würden, müssten wir heute nicht hier sitzen. Stattdessen hat sich jemand die Zahlen angeschaut und durchgerechnet, dass es billiger ist, Anwaltsgebühren und Entschädigungen in den wenigen, allerdings statistisch bedeutsamen, Fällen zu zahlen, in denen es etwas genützt hätte. Und bis es Organisationen wie *Hoffnungsvoll* gelingt, diesen gnadenlosen und unmenschlichen Ansatz so teuer und so zeitaufwendig zu gestalten, dass die Zahlen nicht mehr aufgehen, wird diese Situation andauern.«

Runde eins an Tessa, denke ich.

Der Verwaltungsmensch ergreift das Wort. »Wenn wir Mr. Gifford entlassen müssen, wozu wir gezwungen sein werden, sofern sich die Sache zu einem offiziellen Kunstfehlerverfahren entwickelt, wird seine Stelle von einer vorübergehenden Vertretung übernommen, was heißt, dass noch mehr Patientinnen die Versorgung durch einen erfahrenen und angesehenen Facharzt versagt bleibt.«

Kunstfehlerverfahren. Langsam und schmerzhaft arbeite ich mich in den Jargon ein. Wehenschreiber. Partogramme. Das Personalverhältnis in der Wöchnerinnenstation, wo ich war, und dem richtigen Kreißsaal, wo ich hingehört hätte.

Das Krankenhaus hat diese Sitzung einberufen, sobald Tessa offiziell meine Krankenakten angefordert hat. Offenbar haben die nur abgewartet, ob ihr nichtssagender Beschwichtigungsbrief Erfolg hatte. Allein das – die Erkenntnis, dass ich abgewimmelt werden sollte und dass sie es ohne Tessa sogar geschafft hätten – macht mich beinahe so wütend wie Isabels vergeudetes Leben.

»Die Sache ist«, hat Tessa mir auf dem Weg zu der Besprechung erklärt, »dass es, falls es zu einer Entschädigung kommt, eine teure Angelegenheit für die werden könnte.«

»Warum?« Ich weiß, dass die Entschädigungen für Babys, die nicht hätten sterben sollen, lächerlich gering sind.

»Die eigentliche Entschädigung mag nicht hoch sein. Aber dann ist da noch der Verdienstverlust. Du hattest einen gut bezahlten Job. Wenn Isabel nicht gestorben wäre, hättest du dort weitergearbeitet, richtig?«

»Wahrscheinlich schon. Aber …«

»Und jetzt arbeitest du für den Mindestlohn bei einem Verein, der sich für totgeborene Kinder einsetzt. Wenn wir das Gehalt dazurechnen, kommt eine ordentliche Summe dabei heraus.«

»Doch das war meine Entscheidung.«

»Eine Entscheidung, die du unter anderen Umständen nicht getroffen hättest. Hab keine Nachsicht mit dem Krankenhaus, Jane. Je teurer du die kommst, desto höher die Wahrscheinlichkeit, dass sie etwas ändern.«

Mir wird klar, dass sie eine Wucht ist. Seltsam, dass man glaubt, jemanden zu kennen, und ihn eigentlich gar nicht kennt. Im Büro von *Hoffnungsvoll* bin ich einer humorvollen und lebensfrohen Frau begegnet, die gerne lacht und eine Schwäche für Büroklatsch hat. Hier, in diesem schäbigen Besprechungszimmer, sehe ich eine erfahrene Kriegerin, die die Seitenhiebe der Krankenhausmanager erfahren abwehrt.

»Für mich hört es sich so an«, sagt sie nun, »als versuchten Sie, Ms. Cavendish emotional zu erpressen, indem Sie ihr drohen, dass weitere Babys sterben werden, wenn sie ihren Fall weiterverfolgt. Das haben wir zur Kenntnis genommen. Allerdings wäre es eine verantwortungsvollere Herangehensweise, Ihren Personalspiegel zu erhöhen, anstatt ihn zu reduzieren. Zumindest so lange, bis das Ergebnis des Kunstfehlerverfahrens feststeht.«

Wir sehen uns versteinerten Gesichtern gegenüber.

Schließlich ergreift Dr. Gifford das Wort. »Ms. Cavendish … Jane. Zuerst möchte ich sagen, dass ich Ihren Verlust wirklich bedauere. Und zweitens möchte ich mich für die begangenen Fehler entschuldigen. Gelegenheiten, einzugreifen, wurden verpasst. Ich weiß nicht, ob Isabel heute leben würde, wenn wir die Probleme früher erkannt hätten. Doch sie hätte sicherlich eine bessere Chance gehabt.« Er spricht mit der Tischplatte und legt sich seine Worte zurecht. Doch dann blickt er auf und mir in die Augen. Seine sind blutunterlaufen. »Ich war der diensthabende Chefarzt. Ich übernehme die volle Verantwortung.«

Ein langes Schweigen entsteht. Derek, der Verwaltungsmensch, verzieht das Gesicht und ringt die Hände, was wohl *Jetzt ist alles verloren* besagen soll. Linda sagt beschwichtigend: »Nun, ich finde, wir brauchen alle ein wenig Zeit, um darüber nachzudenken. Wie auch über all die anderen wichtigen Einwände, die heute vorgebracht worden sind.«

»Es war erschreckend«, erzähle ich Edward später. »Doch anders, als ich erwartet hatte. Plötzlich ist mir klar geworden, dass ich die Karriere dieses Mannes zerstöre, wenn ich weitermache. Obwohl das, was passiert ist, nicht im Geringsten seine Schuld war. Ich halte ihn für einen wirklich netten Menschen.«

»Wenn er vielleicht nicht so nett gewesen wäre und seine Mitarbeiter mehr Angst vor ihm gehabt hätten, hätte die Hebamme in der Aufnahme sich vielleicht doppelt abgesichert.«

»Ich kann ihn doch nicht dafür fertigmachen, dass er ein freundlicher Chef ist.«

»Warum nicht? Wenn er mittelmäßig ist, hat er es verdient.«

Ich weiß, dass eine gewisse Gnadenlosigkeit nötig ist, um so perfekte Gebäude zu schaffen, wie Edward es tut. Er hat mir einmal erzählt, er habe sechs Monate lang mit der Baubehörde gekämpft, um keinen Rauchmelder an einer Küchendecke installieren zu müssen. Der Beamte erlitt einen Nervenzusammenbruch, und Edward kam ohne Rauchmelder durch. Allerdings denke ich nicht gerne daran, dass er auch diese Seite hat.

Ohne es zu wollen, habe ich plötzlich Carol Younsons Stimme im Ohr. *Eigenschaften eines narzisstischen Soziopathen …*

»Erzähl mir von Tessa«, schlägt Edward vor und schenkt sich etwas Wein ein. Mir ist aufgefallen, dass er sein Glas nie weiter als bis zur Hälfte füllt. Als er mir welchen anbietet, schüttle ich den Kopf.

»Sie klingt leidenschaftlich«, merkt er an, als ich mit meinem verbalen Porträt fertig bin.

»Ist sie auch. Das heißt, sie lässt sich von niemandem ein X für ein U vormachen. Aber sie hat auch Sinn für Humor.«

»Und was hält *sie* von deinem Dr. Gifford?«

»Sie denkt, seine kleine Rede war im Voraus abgesprochen«, räume ich ein. *Es geht um den Unterschied zwischen Verantwortung und einklagbarem Verschulden, Jane*, hat sie mir anschließend bei Gebäck und Milchkaffee im Starbucks erklärt. *Den Unterschied zwischen dem Fehler eines einzelnen Arztes und dem Versagen einer Institution. Die werden alles tun, um die Krankenhausverwaltung da rauszuhalten.*

»Und jetzt musst du entscheiden, ob du deine tote Tochter zum Teil des Kreuzzugs dieser Frau machen willst«, sagt Edward nachdenklich.

Ich blicke ihn erstaunt an. »Findest du, ich sollte die Sache auf sich beruhen lassen?«

»Tja, das liegt ganz bei dir. Doch deine Freundin scheint fest entschlossen, diesen Kampf auszufechten, koste es, was es wolle.«

Ich überlege. Es stimmt. Ich bin ziemlich sicher, dass ich in Tessa eine Freundin gefunden habe. Ich bin gern mit ihr zusammen, und vor allem bewundere ich ihr Durchsetzungsvermögen. Ich will, dass sie mich auch mag, und wenn ich mich aus dem Fall zurückziehe, könnte ich das natürlich gefährden.

… Emma von ihren Freunden und ihrer Familie isoliert hat …

»Du hast doch kein Problem damit, oder?«, frage ich.

»Natürlich nicht«, erwidert er lässig. »Ich möchte einfach nur, dass du glücklich bist. Ach, übrigens werde ich dieses Sofa austauschen.«

»Warum?« Das Sofa ist wunderschön: eine lange, niedrige Fläche aus schwerem cremefarbenem Leinen.

»Seit ich hier wohne, sind mir einfach noch einige Dinge aufgefallen, die verbessert werden könnten. Das Besteck zum Beispiel. Keine Ahnung, was ich mir dabei gedacht habe, Jean Nouvel zu kaufen. Außerdem lädt das Sofa zum Herumhängen ein. Wirklich, zwei Lehnsessel wären besser. Vielleicht LC3 von Le Corbusier. Oder der Ghost Chair von Philippe Starck. Ich werde noch darüber nachdenken.«

In der kurzen Zeit seit Edwards Einzug habe ich bereits eine Veränderung bemerkt – nicht so sehr in meiner Beziehung zu ihm, sondern in der zu Folgate Street 1. Das Gefühl, vor einem unsichtbaren Publikum aufzutreten, ist von dem abgelöst worden, von Edwards ständig kritischem Blick beobachtet zu werden; ein Eindruck, dass das Haus und ich nun Teil eines Tableaus sind. Ich weiß, dass mein Leben bewusster und schöner geworden ist und auch, dass er sich Gedanken darüber macht. Doch aus genau diesem Grund fällt es mir immer schwerer, mich mit der Welt außerhalb dieser vier Wände zu befassen, in der Chaos und Hässlichkeit herrschen. Wenn schon die Auswahl von Besteck so schwierig ist, wie kann ich dann jemals entscheiden, ob ich ein Krankenhaus verklagen soll?

»Sonst noch was?«, frage ich.

Edward überlegt. »Wir müssen, was das Wegräumen von Kosmetika angeht, gewissenhafter werden. Heute Morgen ist mir zum Beispiel aufgefallen, dass du dein Shampoo stehen gelassen hast.«

»Ich weiß. Hab ich vergessen.«

»Nun, mach dir keine Vorwürfe. Es braucht Disziplin, so zu leben. Aber ich denke, du hast bereits bemerkt, dass der Lohn es wert ist.«

Damals: Emma

Mir hat es vor der Gegenüberstellungsparade gegraut. Ich habe mir vorgestellt, wie Deon Nelson und ich uns von Angesicht zu Angesicht gegenüberstehen, während ich, wie im Film, in einem kleinen, grell erleuchteten Raum eine Reihe von Männern abschreite. Aber natürlich läuft das heutzutage ganz anders.

Das ist unser System VIPER, teilt DI Clarke mir leutselig mit, während er zwei Kaffeetassen neben seinem Laptop deponiert. Abkürzung für *Video Identification Parade Electronic Recording*. Wenn Sie mich fragen, hat sich irgendein Witzbold beim Innenministerium gedacht, ein sexy Akronym würde die Sache schneller populär machen. Es funktioniert im Grunde genommen so, dass wir den Verdächtigen auf Video aufnehmen, und dann sucht das System mithilfe einer Gesichtserkennungssoftware acht weitere Personen aus seiner Datenbank aus, die ihm ähnlich sehen. Bevor wir das hatten, hat es Wochen gedauert, eine Gegenüberstellung zu organisieren. Lassen Sie uns anfangen, einverstanden?

Er holt einige Unterlagen aus einer Plastikhülle. Bevor wir beginnen, sagt er entschuldigend, müssen Sie ein paar Formulare unterschreiben, um zu bestätigen, dass Sie den Angeklagten einzig und allein zum Zeitpunkt der Straftat gesehen haben.

Natürlich, erwidere ich leichthin. Haben Sie einen Stift da?

Die Sache ist, Emma, fügt er ein wenig verlegen hinzu. Es

ist sehr wichtig, dass Sie uns mit hundertprozentiger Sicherheit garantieren müssen, dass sie ihn bei der Kautionsanhörung nicht zu Gesicht bekommen haben.

Nicht, dass ich wüsste, antworte ich und könnte mich im nächsten Moment ohrfeigen. Wenn ich behaupte, mich wegen des Überfalls gut genug an Nelson erinnern zu können, um ihn identifizieren zu können, müsste ich natürlich wissen, ob er mir schon anderswo untergekommen ist. Allerdings scheint DI Clarke meinen Lapsus nicht bemerkt zu haben.

Natürlich glaube ich Ihnen. Doch Sie sollten bedenken, dass der Angeklagte darauf beharrt, Sie und er hätten vor dem Gerichtssaal einen Blick gewechselt, denn das könnte im Prozess zur Sprache kommen.

Tja, das ist Unsinn, entgegne ich.

Weiterhin gibt seine Anwältin an, er habe deshalb damals eine Bemerkung gemacht. Sie sagt, sie habe aufgeschaut und gesehen, wie Sie in drei Metern Entfernung an ihrem Mandanten vorbeigegangen seien.

Ich runzle die Stirn. Das glaube ich nicht, antworte ich.

Nun denn, die Anwältin ist jedenfalls ziemlich aufgebracht deswegen. Eine offizielle Beschwerde plus eine Eingabe, dass die … äh … Glaubwürdigkeit der Zeugin beim Prozess eine Rolle spielen wird.

Glaubwürdigkeit der Zeugin … wiederhole ich. Meinen Sie, ob ich die Wahrheit sage?

Ich fürchte, ja. Sie könnte das mit dieser Gedächtnisschwund-Sache verknüpfen. Ich möchte ganz offen mit Ihnen sein, Emma. Es ist keine sehr schöne Erfahrung, wenn ein gerissener Verteidiger versucht, einen auseinanderzunehmen. Doch das ist ihr Job. Und Vorsicht ist die Mutter der Porzellankiste, richtig? Bleiben Sie einfach genau bei dem, was passiert ist, dann klappt das schon.

Ich unterschreibe die Formulare, identifiziere Nelson und gehe, schäumend vor Wut, nach Hause. Also werde ich vor Gericht von einer Verteidigerin zerlegt werden, die alles daran setzt, meine Glaubwürdigkeit zu unterminieren. Ich habe den schrecklichen Verdacht, dass ich durch meine Versuche, das Versagen der Polizei zu decken, die Angelegenheit noch viel schlimmer gemacht habe.

So sehr bin ich in Gedanken versunken, dass ich den Jugendlichen auf dem BMX-Rad gar nicht bemerke, der neben mir in Schritttempo verfallen ist. Als ich ihn wahrnehme, stelle ich fest, dass es ein Teenager von etwa vierzehn oder fünfzehn Jahren ist. Instinktiv weiche ich so weit wie möglich an die Mauer zurück.

Mühelos steuert er sein Rad über den Randstein. Ich versuche, den Rückzug anzutreten, aber er ist genau hinter mir und versperrt mir den Weg. Er beugt sich vor. Ich mache mich auf einen Schlag gefasst, doch stattdessen zischt er mich nur an. Fick dich, du verlogene Schlampe. Das ist eine Botschaft, Fotze. Du weißt, von wem.

Beinahe lässig brettert er wieder über den Randstein, macht eine Kehrtwende und fährt davon. Allerdings nicht, ohne mir den Stinkefinger zu zeigen. Fotze, brüllt er noch einmal, um das Maß vollzumachen.

Edward findet mich zusammengekauert und schluchzend im Schlafzimmer vor. Wortlos nimmt er mich in die Arme, bis ich zu zittern aufhöre und ihm sagen kann, was passiert ist.

Der wollte dich wahrscheinlich nur einschüchtern, meint er, als ich fertig bin. Hast du es der Polizei gemeldet?

Ich nicke unter Tränen. Gleich nach meiner Rückkehr habe ich DI Clarke angerufen und nur unter den Tisch fallen lassen, dass ich als Lügnerin bezeichnet worden bin. Er sagte, er werde mir einige Fotos von Nelsons Kumpeln besorgen, die ich mir ansehen solle. Allerdings sei er ziemlich sicher, dass sie jemanden eingesetzt haben, der der Polizei nicht bekannt ist.

Bis dahin, Emma, fügte der DI hinzu, gebe ich Ihnen meine Privatnummer. Schreiben Sie mir eine SMS, sobald Sie sich bedroht fühlen. Wir schicken Ihnen dann sofort einen Einsatzwagen.

Edward hört mir aufmerksam zu. Also hält die Polizei es nur für einen Versuch, dich einzuschüchtern? Was heißt, dass Schluss damit wäre, wenn du deine Aussage zurückziehst.

Ich starre ihn fassungslos an. Willst du vorschlagen, dass ich Nelson ungeschoren davonkommen lasse?

Ich möchte dir nicht unbedingt vorschlagen, das zu tun. Es wäre nur eine Möglichkeit. Wenn du diesen Druck loswerden willst. Du könntest alles vergessen und nie wieder an Deon Nelson denken.

Zärtlich streicht er mir übers Haar und schiebt mir eine widerspenstige Locke hinters Ohr. Ich koche uns etwas, sagt er.

Heute: Jane

Ich sitze regungslos da, den Körper zum Fenster gedreht, damit das Licht auf ihn fällt.

Das einzige Geräusch ist das leise Kratzen von Edwards Bleistift, als er mich zeichnet. Er hat ein in Leder gebundenes Notizbuch, das er immer bei sich trägt, und dazu einen Drehbleistift von Rotring. Zeichnen ist seine Methode, sich zu entspannen. Manchmal zeigt er mir die Zeichnungen. Doch meistens reißt er die Seite nur seufzend heraus und wirft sie in den in die Arbeitsfläche des Refektoriums eingebauten Mülleimer.

»Was war falsch an der?«, habe ich einmal gefragt.

»Nichts. Es ist gut für die Disziplin, Dinge wegzuwerfen, die einem zwar gefallen, aber die man nicht unbedingt braucht. Ein Bild – jedes Bild –, das offen daliegt, wird für das Auge innerhalb von Minuten unsichtbar.«

Früher einmal wäre mir so ein Ausspruch seltsam, ja, sogar ein wenig amüsant erschienen. Doch inzwischen verstehe ich ihn besser. Und in gewisser Hinsicht stimme ich ihm zu. So vieles an dieser Lebensweise, das mir einmal lästig erschienen ist, ist nun zur Gewohnheit geworden. Inzwischen ziehe ich die Schuhe aus, wenn ich den kleinen Vorraum von Folgate Street 1 betrete, ohne mir Gedanken darüber zu machen. Ich räume meine Gewürze in alphabetischer Reihenfolge ein, wie es ihm gefällt, und es stört mich nicht, jedes nach dem Gebrauch wieder an seinen angestammten Platz zu stellen. Ich falte meine Blusen und Hosen nach den präzisen Methoden eines japanischen Gurus, der einige Bücher zu diesem Thema verfasst hat. Wohl wissend, dass Edward Probleme beim Einschlafen hat, wenn ich nach ihm das Bad benutze, denn es könnte ja ein Handtuch unordentlich auf dem Boden herumliegen, breite ich sie nach jedem Duschen aus und verräume sie, wenn sie trocken sind. Tassen und Teller werden Minuten nach der Benutzung gespült, abgetrocknet und weggeräumt. Alles hat seinen festen Platz, und jeder Gegenstand, der keinen solchen Platz findet, ist offenbar überflüssig und sollte entsorgt werden. Unser gemeinsames Leben hat eine effiziente, ruhige Gelassenheit entwickelt, besteht aus einer Reihe stiller häuslicher Rituale, die beschwichtigend wirken.

Auch er hat Kompromisse gemacht. Es gibt zwar keine Bücherregale im Haus, aber er duldet einen ordentlichen Stapel Hardcover im Schlafzimmer, solange die Kanten, präzise ausgerichtet, ein perfektes Quadrat ergeben. Erst wenn der Stapel kippelig wird, reagiert er beim Anziehen unwillig.

»Zu hoch?«

»Vielleicht ein wenig, ja.«

Ich bringe es noch immer nicht über mich, Bücher wegzuwerfen. Doch das Sozialkaufhaus in der Hendon Street ist dankbar für diese makellosen, kaum durchgeblätterten Spenden.

Edward liest nur selten zum Vergnügen. Als ich ihn nach dem Grund gefragt habe, erwiderte er, es liege daran, dass die Wörter auf den Seiten nicht symmetrisch seien.

»Ist das ein Scherz? Ich erkenne nie, ob du gerade einen Witz gemacht hast.«

»Vielleicht war es zu zehn Prozent ein Witz.«

Wenn er zeichnet und dabei redet – oder eher laut denkt –, sind das die schönsten Momente. Er möchte zwar nicht über seine Vergangenheit ausgefragt werden, drückt sich jedoch auch nicht, wenn sie zur Sprache kommt. Seine Mutter sei eine chaotische, schlampige Frau gewesen, erfahre ich. Nicht unbedingt Alkoholikerin und auch nicht tablettensüchtig. Ein anderer Mensch mit Edwards Kindheit hätte sich völlig normal entwickeln können. Doch seine Empfindsamkeit oder eine Art Protesthaltung hat ihn auf einen völlig entgegengesetzten Weg geführt. Ich erzähle auch von meinen Eltern, ihren gnadenlos hohen Ansprüchen, meinem nur schwer zu beeindruckenden Vater, der mich mit E-Mails bombardierte, ich müsse mich mehr ins Zeug legen, mehr leisten, mehr Preise gewinnen. Die anerzogene Gewissenhaftigkeit und Tüchtigkeit, die mich mein Leben lang begleitet haben. Wir kommen zu dem Schluss, dass wir einander ergänzen. Mit einem Partner, der sich mit dem Durchschnitt zufrieden gibt, wären wir nie glücklich geworden.

Nun ist er mit seiner Zeichnung fertig, betrachtet sie einen Moment und blättert die Seite um, ohne sie herauszureißen.

»Werde ich diesmal behalten?«

»Für den Moment.«

»Edward …«, beginne ich.

»Jane?«

»Bei einigen Dingen, die wir letzte Nacht im Bett getan haben, habe ich mich nicht wohl gefühlt.«

Er beginnt eine neue Zeichnung und späht über den Bleistift hinweg auf meine Beine. »Dir schien es Spaß zu machen«, sagt er schließlich.

»Im Eifer des Gefechts, ja. Doch danach … Ich möchte nicht, dass so etwas regelmäßig vorkommt, mehr nicht.«

Er fängt an zu zeichnen. Der Stift gleitet mühelos über die Seite. »Warum verweigerst du dir etwas, das dir Vergnügen bereitet?«

»Man kann etwas nicht mögen, selbst wenn es im Moment ein Spaß ist. Wenn es sich falsch anfühlt. Gerade du solltest das verstehen.«

Das sachte Hin-und-her-Streichen seines Stiftes hält nicht inne, wie die Nadel eines Seismografen an einem ruhigen, erdbebenfreien Tag. »Du musst dich genauer ausdrücken, Jane.«

»Brutale Sachen.«

»Weiter.«

»Insbesondere alles, wovon man blaue Flecken kriegt. Gewalt, Fesseln, Spuren auf der Haut, an den Haaren ziehen und so weiter. Und wenn wir schon dabei sind: Ich mag den Geschmack von Sperma nicht, und anal kommt absolut nicht infrage.«

Der Stift stoppt. »Willst du etwa *Regeln* für mich aufstellen?«

»Wahrscheinlich schon. Zumindest Grenzen setzen. Natürlich ist das beiderseitig«, füge ich hinzu. »Falls du mir etwas mitzuteilen hast, tu dir keinen Zwang an.«

»Nur, dass du eine bemerkenswerte Frau bist.« Er wendet sich wieder seiner Zeichnung zu. »Obwohl dein eines Ohr ein wenig größer ist als das andere.«

»Hat *sie* das alles mitgemacht?«

»Wer?«

»Emma.« Obwohl ich weiß, dass ich gefährliches Terrain betrete, kann ich einfach nicht anders.

»*Mitgemacht*«, wiederholt er. »Eine interessante Formulierung. Aber ich erörtere meine früheren Partnerinnen nicht, das weißt du doch.«

»Dann verstehe ich das mal als Ja.«

»Du kannst es verstehen, wie du willst. Solange du aufhörst, ständig mit dem Fuß zu wippen.«

Im Kunstgeschichtsstudium haben wir auch Palimpseste durchgenommen – mittelalterliche Pergamentbögen, so kostbar, dass man sie, sobald der Text nicht mehr gebraucht wurde, einfach sauber geschrubbt und neu verwendet hat, sodass die alte Schrift schwach durch die neue hindurchschimmerte. Später haben die Künstler der Renaissance das Wort *pentimenti*, Bußen, verwendet, um die Fehler und Veränderungen zu beschreiben, die mit neuer Farbe überdeckt und erst Jahre oder gar Jahrhunderte später sichtbar wurden, als die Farbe im Laufe der Zeit verblasste und sowohl das Original als auch die Überschreibung ans Licht kamen.

Manchmal habe ich das Gefühl, dieses Haus – unsere Beziehung dazu und zueinander – ist wie ein Palimpsest oder ein *pentimento*. Ganz gleich, was wir auch tun, um Emma Matthews zu übermalen, sie schleicht sich immer wieder ein. Ein verblasstes Bild, ein geheimnisvolles Lächeln, das am Bildrand erscheint.

Damals: Emma

Oh, mein Gott.

Der Steinboden ist mit Glasscherben bedeckt. Meine Kleider sind zerrissen. Die Laken wurden vom Bett gezerrt und in eine Zimmerecke getreten. Ich habe einen Blutschmierer auf dem Oberschenkel, keine Ahnung woher. In einer anderen Zimmerecke liegen eine zerbrochene Flasche und einige zertretene Essensreste.

Ich habe Schmerzen an Körperstellen, an die ich nicht zu denken wage.

Wir starren einander an wie zwei Überlebende eines Erdbebens oder einer Explosion. So, als wären wir ohnmächtig gewesen und kämen gerade wieder zu uns.

Er mustert mein Gesicht und wirkt schockiert. Emma … sagt er. Seine Stimme erstirbt. Ich habe die Kontrolle verloren, fügt er leise hinzu.

Schon gut, antworte ich. Schon gut. Ich wiederhole es immer wieder, als wolle ich ein durchgegangenes Pferd beruhigen.

Erschöpft klammern wir uns aneinander, als wäre das Bett ein Rettungsboot und wir hätten uns gerade nach einer Havarie wiedergefunden.

Es war nicht nur deine Schuld, ergänze ich.

Eine unbedeutende Kleinigkeit war der Anlass. Seit Edwards Einzug versuche ich, Ordnung zu halten. Manchmal heißt das jedoch nur, dass ich die Sachen in Schränke stopfe, kurz bevor er zurückkommt. Er hat eine Schublade geöffnet und festgestellt, dass sie voller, ich weiß nicht, schmutziger Teller oder solcher Sachen war. Ich habe ihm gesagt, das sei doch egal, und wollte ihn ins Bett locken.

Und dann … Peng.

Er wurde wütend.

Und ich habe den besten Sex meines Lebens gekriegt.

Ich kuschle mich in die warme Höhle zwischen seinem Arm und seiner Brust und wiederhole die Worte, die ich ihm kurz zuvor entgegengeschleudert habe.

Ja, Daddy, ja.

8. Ich bemühe mich, alles richtig zu machen, auch wenn niemand da ist, der es bemerken könnte.

- ☐ Stimme zu
- ☐ Stimme nicht zu

Heute: Jane

»Ich muss weg.«

»So bald?« Edward ist erst vor ein paar Wochen eingezogen. Wir waren glücklich zusammen. Das weiß ich in meinem Herzen, aber auch anhand der metrischen Tests, die Edward mit mir durchgeführt hat. Er liegt in der Bewertung bei achtundfünfzig, ich ein wenig höher bei fünfundsechzig. Allerdings ein großer Fortschritt verglichen mit dem Anfang.

»Ich werde auf der Baustelle gebraucht. Die Planer machen Schwierigkeiten. Offenbar begreifen sie nicht, dass sie unsere Gebäude nicht einfach irgendwelchen Leuten übergeben können, die damit machen können, was sie wollen. Hier geht es nicht um Stein und Mörtel, sondern darum, eine neue Gemeinschaft zu errichten. Eine, in der Menschen Verantwortung haben und nicht nur Rechte.«

Er meint die Ökostadt, die die Gruppe in Cornwall baut. Edward spricht nur selten über seine Arbeit, aber aus seinen wenigen Worten habe ich geschlossen, dass New Austell ein Gewaltakt ist. Nicht nur wegen des riesigen Auftragsvolumens, sondern auch wegen all der Umständlichkeiten und Mauscheleien, die ihm die Immobilienentwickler während des laufenden Projekts unterjubeln wollten. Er hat den Verdacht, sie hätten ihn nur genommen, weil seine Prominenz einem kontroversen Bauvorhaben Glanz verleihen würde. Und außerdem vermutet er, dass es genau dieselben Leute sind, die nun eine PR-Kampagne gegen ihn starten und ihn zwingen wollen, mehr Wohneinheiten hineinzustopfen, die Regeln zu verwässern und die ganze Sache dadurch profitabler zu machen. In der Presse ist das Konzept von *Monktowns* – Mönchsstädte –, also Siedlungen von klösterlicher Strenge, inzwischen zum geflügelten Wort geworden.

»Weißt du noch, was du bei unserem Bewerbungsgespräch gesagt hast? Dass ich mit deinen Kunden darüber sprechen sollte, wie es ist, so zu leben? Ich würde es gern tun, falls dir das hilft.«

»Danke. Aber deine Daten habe ich schon.« Er schwenkt ein Papierbündel. »Zufälligerweise, Jane, hat mir *Housekeeper* verraten, dass du nach Informationen über Emma Matthews suchst.«

»Oh. Vielleicht ein- oder zweimal.« Der Großteil meiner Spionagetätigkeit hat im Büro oder über das WLAN-Netz der Nachbarn stattgefunden. Doch manchmal, spätnachts, bin ich nachlässig gewesen und habe das Internet von Folgate Street 1 benutzt. »Ist das ein Problem?«

»Ich glaube nur, dass nichts Gutes dabei herauskommen kann. Die Vergangenheit ist vorbei, deshalb nennt man sie auch Vergangenheit. Lass es einfach, ja?«

»Wenn du das möchtest.«

»Ich will, dass du es mir versprichst.« Trotz seines sanften Tonfalls blicken seine Augen stahlhart.

»Ich verspreche es.«

»Danke.« Er küsst mich auf die Stirn. »Ich werde einige Wochen, vielleicht ein wenig länger, weg sein. Aber ich entschädige dich dafür, sobald ich zurück bin.«

Damals: Emma

Im Büro recherchiere ich »Elizabeth Monkford« und speichere die Bilder auf meinem Desktop. Es wundert mich nicht, dass seine Frau mir ein wenig ähnlich sah. Männer stehen häufig auf denselben Frauentyp. Frauen natürlich umgekehrt auch. Nur, dass es in meinem Fall nicht die übliche optische Ähnlichkeit ist, sondern eher eine, die die Persönlichkeit betrifft.

Simon war ein Fehlgriff, das ist mir inzwischen klar. In Wahrheit fühle ich mich von Männern wie Edward angezogen. Alphamännern.

Ich mustere die Fotos gründlich. Elizabeth Monkford hatte kürzeres Haar als ich. Sie wirkt dadurch ein wenig französisch und jungenhaft.

Ich gehe ins Bad, stelle mich vor den Spiegel, halte mit der einen Hand meine Ponyfransen hoch und raffe die restlichen Haare mit der anderen hinter dem Hals zusammen, damit sie außer Sicht sind. Ich komme zu dem Schluss, dass mir das gefällt. Ein Touch Audrey Hepburn. Und die Kette käme dann auch besser zur Geltung.

Die Frage, ob Edward das auch mögen wird, lässt mir die Knie ein wenig weich werden.

Wenn er es verabscheut – wenn er wütend wird –, habe ich zumindest eine Reaktion hervorgerufen.

Und was, wenn er so richtig wütend wird?, raunt eine Stimme in meinem Kopf.

Ja, bitte, Daddy.

Ich drehe meinen Kopf in verschiedene Richtungen. Ich mag es, dass mein Hals so zarter aussieht. Edward kann ihn mit einer Hand umschließen. Ich kann die Abdrücke seiner Finger von letzter Nacht noch erkennen.

Ich betrachte mich noch immer, als Amanda hereinkommt. Sie lächelt mir zwar zu, wirkt aber müde und erschöpft. Ich lasse meine Haare wieder los. »Alles in Ordnung?«, frage ich.

Eigentlich nicht, antwortet sie. Sie spritzt sich Wasser ins Gesicht. Das Problem, wenn man in derselben Firma arbeitet wie der eigene Ehemann, fügt sie seufzend hinzu, besteht darin, dass es kein Entkommen gibt, sobald die Kacke am Dampfen ist.

Was ist passiert?

Ach, das Übliche. Er vögelt rum. Wieder einmal.

Sie bricht in Tränen aus und fängt an, Papierhandtücher aus dem Spender zu reißen, um sich die Augen abzuwischen.

Hat er es zugegeben?

Das ist überflüssig, erwidert sie. Als ich zum ersten Mal mit ihm geschlafen habe, war er noch mit Paula verheiratet. Ich hätte ahnen müssen, dass er nicht treu sein kann.

Sie mustert sich im Spiegel und betupft sich die Augen. Er geht mit Simon in Clubs, sagt sie. Aber das weißt du ja wahrscheinlich. Seit ihr beide euch getrennt habt, sehnt sich Saul nach der Freiheit des Junggesellenlebens. Komisch eigentlich, denn Simon redet ununterbrochen davon, dass er wieder mit *dir* zusammen sein will. Unsere Blicke treffen sich im Spiegel. Ich denke nicht, dass es dazu kommen wird, oder?

Ich schüttle den Kopf.

Ein Jammer. Er vergöttert dich, das weißt du doch.

Das Problem war, antworte ich, dass ich es satt hatte, vergöttert zu werden. Zumindest von einem Waschlappen wie Simon. Und was machst du jetzt mit Saul?

Bedrückt zuckt sie die Achseln. Wahrscheinlich gar nichts. Zumindest noch nicht. Es ist ja nicht so, dass er eine richtige Affäre hätte. Bestimmt sind es nur One-Night-Stands, wenn er ein paar Gläser intus hat. Sicher will er Simon beweisen, dass er es noch draufhat.

Bei der Vorstellung, Simon könnte mit einer anderen schlafen, werde ich kurz von Eifersucht ergriffen. Ich schiebe sie beiseite. Er war nicht der Richtige für mich.

Wann lernen wir eigentlich Edward kennen?, fährt sie fort. Ich sterbe vor Neugier, weil ich unbedingt wissen muss, ob er wirklich so toll ist, wie du sagst.

Das dauert noch eine Weile. Morgen verreist er. Das Riesenprojekt, das er gerade in Cornwall laufen hat. Heute ist unser letzter Abend.

Irgendwelche besonderen Pläne?

Irgendwie schon. Ich gehe jetzt zum Friseur.

Heute: Jane

Eigentlich sollte ich mich anders fühlen, weil Edward nicht da ist. Doch in Wahrheit ist dieses Haus so sehr ein Teil von ihm, dass ich selbst während seiner Abwesenheit seine Gegenwart spüre.

Allerdings ist es schön, ein Buch wegzulegen, wenn ich etwas koche, und es beim Essen einfach wieder zur Hand zu nehmen und weiterzulesen. Schön, auf der Arbeitsfläche im Refektorium eine Obstschale stehen zu haben, aus der ich mich ab und zu bedienen kann. Auch schön, in einem T-Shirt ohne BH abzuhängen, ohne den Druck, mich oder Folgate Street 1 jede Sekunde perfekt in Schuss zu halten.

Er hat mir drei Bestecksets zum Ausprobieren hinterlassen – Piano 98, entworfen von Renzo Piano, Citterio 98 von Antonio Citterio und Caccia von Luigi Caccia Dominioni und den Brüdern Castiglioni. Es schmeichelt mir, dass er mich so in seine Entscheidungen einbezieht. Allerdings habe ich den Verdacht, dass es sich um eine Art Test handelt, um festzustellen, ob mein Urteil mit seinem übereinstimmt.

Zunehmend mehr beschäftigt mich etwas. So, wie Edward keinen liegen gebliebenen Teelöffel oder keinen nicht makellos ausgerichteten Bücherstapel erträgt, weigert sich mein geordneter und gewissenhafter Verstand, das Geheimnis um den Tod von Emma Matthews loszulassen.

Ich wehre mich nach Kräften gegen die Versuchung. Immerhin habe ich es ja versprochen. Doch was dieses erzwungene Versprechen nicht in Betracht gezogen hat, ist die Tatsache, dass dieses Geheimnis unsere Vertrautheit blockiert, die ruhige Perfektion unseres Lebens. Wirklich, warum ist es so wichtig, genau die richtige Gabel auszuwählen – im Moment bevorzuge ich die schweren, sinnlichen Kurven von Piano –, wenn dieser gewaltige und bedrohliche Schatten aus der Vergangenheit über uns liegt.

Das Haus will, dass ich es erfahre, da bin ich sicher. Wenn Wände sprechen könnten, dann würde Folgate Street 1 mir verraten, was hier vorgefallen ist.

Ich werde meine Neugier befriedigen, beschließe ich. Allerdings heimlich. Und sobald ich diese Geister zur Ruhe gebettet habe, werde ich sie nie wieder aufwecken. Ich werde ihm gegenüber niemals erwähnen, was ich erfahren habe.

Carol Younson hat Edward als narzisstischen Soziopathen bezeichnet. Deshalb besteht mein erster Schritt darin zu ermitteln, was das tatsächlich bedeutet. Laut verschiedener Psychologie-Websites hat ein Soziopath die folgenden Eigenschaften:

Oberflächlicher Charme
Anspruchsdenken
Pathologisches Lügen

Er oder sie ist:

Rasch gelangweilt
Manipulativ
Gnadenlos
Emotional eingeschränkt

Personen mit einer narzisstischen Persönlichkeitsstörung:

Empfinden sich als ihren Mitmenschen überlegen
Beharren darauf, immer nur das Beste zu bekommen
Sind egozentrisch und prahlen gern
Verlieben sich leicht, heben das Objekt ihrer Begierde auf ein Podest und stoßen es ebenso rasch wieder hinunter

Das stimmt doch alles nicht, denke ich. Ja, Edward unterscheidet sich von anderen Menschen, aber nur deshalb, weil er ein Ziel hat, nicht weil er sich überlegen fühlt. Sein Selbstbewusstsein ist niemals prahlerisch oder drängt sich in den Vordergrund. Auch glaube ich nicht, dass er jemals lügt. Integrität ist ihm sehr wichtig.

Die erste Liste könnte der Wahrheit näher kommen, trifft jedoch trotzdem nicht ganz zu. Edwards Reserviertheit, seine Zurückgezogenheit könnten natürlich als Anzeichen dafür gedeutet werden, dass er emotional eingeschränkt ist. Allerdings denke ich das nicht. Nachdem ich, wenn auch nur für kurze Zeit, mit ihm zusammengelebt habe, habe ich eher den Eindruck, dass er …

Ich suche nach der treffenden Beschreibung.

Es ist eher, dass er sich abschottet. Dass er in der Vergangenheit verletzt wurde und sich deshalb hinter diesen selbst errichteten Barrieren in eine perfekt geordnete, selbst geschaffene Welt zurückgezogen hat.

Liegt es an seiner Kindheit?

Oder am Tod seiner Frau und seines Kindes?

Womöglich sogar am Tod von Emma Matthews?

Oder könnte der Grund etwas anderes sein, etwas, worauf ich noch nicht gekommen bin?

Was immer auch der Anlass sein mag, erscheint es mir seltsam, dass Carol Younson ihn so falsch eingeschätzt hat.

Natürlich ist sie ihm nie begegnet und musste sich auf Emmas Schilderungen verlassen.

Was wiederum darauf hinweist, dass Emma sich auch in ihm geirrt hat. Oder – ein weiterer Gedanke, der sich aufdrängt –, dass Emma ihre Therapeutin absichtlich hinters Licht führen wollte. Doch warum sollte sie das tun?

Ich hole mein Telefon heraus.

»Hampstead Immobilien«, meldet sich Camillas Stimme.

»Camilla, ich bin es, Jane Cavendish.«

Sie braucht einen Moment, um mich einzuordnen. »Hallo, Jane. Ist alles in Ordnung?«

»Alles bestens«, versichere ich ihr. »Ich habe auf dem Speicher Sachen gefunden, die vielleicht Emma Matthews gehört haben. Haben Sie eventuell die Kontaktdaten des Mannes, mit dem sie hier eingezogen ist, Simon Wakefield?«

»Ah.« Camilla klingt zögerlich. »Also haben Sie inzwischen offenbar von Emmas … Unfall erfahren. Damals haben wir das Projekt übernommen. Der vorherige Makler hat den Auftrag nach der Obduktion verloren. Deshalb habe ich keine Daten über die früheren Mieter.«

»Wie hieß der ehemalige Makler?«

»Mark Howarth bei Howarth und Stubbs. Ich kann Ihnen seine Nummer simsen.«

»Danke.« Etwas verleitet mich dazu hinzuzufügen: »Camilla, Sie sagten, Ihre Agentur habe Folgate Street 1 vor drei Jahren übernommen. Wie viele Mieter gab es seitdem dort?«

»Außer Ihnen? Zwei.«

»Sie meinten doch, das Haus habe ein knappes Jahr leer gestanden.«

»Stimmt. Die erste Mieterin war Krankenschwester. Sie hat zwei Wochen durchgehalten. Die zweite hat es drei Monate lang geschafft. Eines Morgens habe ich einen unter der Tür durchgeschobenen Umschlag mit der Miete gefunden.

Dabei lag ein Brief, sie würde verrückt werden, wenn sie noch einen Tag länger in dem Haus bliebe.«

»Und es waren alles Frauen?«

»Ja. Warum?«

»Kommt Ihnen das nicht eigenartig vor?«

»Eigentlich nicht. Das heißt, nicht mehr als alles andere, was mit dem Haus zu tun hat. Aber ich freue mich, dass es *Ihnen* gut geht.« Sie lässt die Worte in der Luft schweben, als wolle sie mich herausfordern, ihr zu widersprechen. Ich schweige. »Also, dann, tschüss, Jane.«

Damals: Emma

Er geht nur widerwillig. Die Tasche von Swaine Adeney wartet auf dem Tisch, während wir zum letzten Mal zusammen frühstücken.

Es dauert nicht lange, sagt er. Und wenn ich kann, komme ich für ein oder zwei Nächte zurück.

Er lässt einen letzten Blick durch das Haus und die offenen, bleichen Räume gleiten. Ich denke an dich, sagt er. Dann zeigt er auf mich. Sich so zu kleiden. So zu leben. Genau so, wie das Haus bewohnt werden will.

Ich trage eines seiner weißen Hemden von Commes des Garçons und schwarze Boxershorts von ihm, während ich meinen Toast esse. Schwierig, sage ich mir, aber es klappt. Minimalistisches Haus, minimalistische Kleidung.

Ich werde, was dich angeht, ein wenig obsessiv, Emma, fügt er hinzu.

Nur ein wenig?

Vielleicht tut der Abstand uns ja gut.

Warum? Willst du nicht obsessiv werden?

Sein Blick wandert zu meinem Hals und meiner neuen Kurzhaarfrisur, fast zu kurz, um sie mit den Händen zu packen, während er mich vögelt.

Meine Obsessionen sind nie gesund, erwidert er ruhig.

Nachdem er fort ist, fahre ich meinen Computer hoch.

Zeit, mehr über den mysteriösen Mr. Monkford herauszufinden.

Die Sache ist, dass seine Reaktion beim Anblick meiner Frisur gestern Abend in mir einen Verdacht geweckt hat. Einen so verrückten Verdacht, dass ich es selbst kaum glauben kann.

Mr. Ellis?, rufe ich. Tom Ellis?

Beim Klang meiner Stimme dreht sich ein Mann zu mir um. Er trägt einen Anzug und einen gelben Schutzhelm. Missbilligung liegt auf seinem Gesicht.

Das ist eine Baustelle, sagt er. Sie können nicht einfach so hereinspazieren.

Ich heiße Emma Matthews. Ihr Büro hat mir mitgeteilt, dass ich Sie hier finde. Ich möchte nur kurz mit Ihnen reden.

Worüber? Barry, wir machen später weiter, wendet er sich an den Mann, mit dem er gerade gesprochen hat. Mit einem Nicken kehrt der Mann in eines der halb fertigen Gebäude zurück.

Edward Monkford.

Er zuckt zusammen. Was soll mit ihm sein?

Ich möchte herausfinden, was mit seiner Frau passiert ist, entgegne ich. Wissen Sie, ich glaube, mir könnte das Gleiche zustoßen.

Damit habe ich seine Aufmerksamkeit. Er geht mit mir in ein Café in der Nähe der Baustelle. Es ist ein altmodischer Imbiss, in dem Bauarbeiter in Sicherheitsjacken sich mit Spiegeleiern und Bohnen vollstopfen.

Es war nicht leicht, den vierten Partner der ursprünglichen Monkford Gruppe aufzuspüren. Irgendwann bin ich auf einen alten Ausschnitt des *Architects' Journal* gestoßen, in dem die Gründung der Firma angekündigt wurde. Vier jungenhafte Uniabsolventen blickten mir von der verschwommenen Schwarz-Weiß-Fotografie entgegen. Selbst damals war schon klar, dass Edward der geborene Anführer ist. Die Arme verschränkt und mit undurchdringlicher Miene, wurde er von Elizabeth und einem um einiges schlankeren David Thiel mit Pferdeschwanz flankiert. Tom Ellis stand rechts im Bild, ein wenig abseits von den anderen, der Einzige, der in die Kamera lächelte.

Er holt uns Teetassen von der Theke und löffelt Zucker in seine. Obwohl das Foto im *Architects' Journal* meines Wissens vor weniger als zehn Jahren entstanden ist, hat er sich sehr verändert. Er ist viel dicker, und sein Haar ist schütter.

Normalerweise rede ich nicht über Edward Monkford, sagt er. Und auch nicht über den Rest der Firma.

Ich weiß, antworte ich. Ich konnte online fast nichts finden. Deshalb habe ich ja Ihr Büro angerufen. Obwohl ich zugegebenermaßen nicht damit gerechnet habe, dass Sie jetzt für ein Unternehmen wie Townside Construction tätig sind.

Tom Ellis' Arbeitgeber ist ein Großkonzern, der Siedlungen nahezu identischer Häuser für Pendler errichtet.

Wie ich sehe, hat Edward Sie gut abgerichtet, spöttelt er.

Was soll das heißen?

Townside baut erschwingliche Häuser für Leute, die eine Familie gründen wollen. Sie legen sie unweit von öffentlichem Nahverkehr, Schulen, Arztpraxen und Pubs an. Die Häuser verfügen über Gärten, in denen die Kinder spielen können, und sind gut isoliert, um die Energiekosten gering zu halten. Auch wenn sie vermutlich keine Architekturpreise gewinnen, sind die Leute glücklich darin. Was soll daran falsch sein?

Also hatten Sie mit Edward Meinungsverschiedenheiten, stelle ich fest. Haben Sie die Firma deshalb verlassen?

Nach einer Weile schüttelt Tom Ellis den Kopf. Die haben mich rausgemobbt, sagt er.

Wie?

Die haben ihre Methoden. Alle meine Vorschläge wurden abgebügelt, meine Ideen lächerlich gemacht. Schon vor Elizabeths Tod war es schlimm genug. Doch nachdem er von seinem Sabbatical zurück und sie nicht mehr da war, um ihn zu bändigen, hat er sich in ein Ungeheuer verwandelt.

Ihm wurde das Herz gebrochen, wende ich ein.

Das Herz gebrochen, wiederholt er. Natürlich. Das ist der große Mythos, den Edward Monkford für sich entwickelt hat, richtig? Das am Boden zerstörte Genie, das die Liebe seines Lebens verloren hat und deshalb minimalistischer Architekt wurde.

Und Sie halten das nicht für korrekt?

Ich weiß, dass es nicht stimmt.

Tom Ellis mustert mich, als überlege er, ob er weitersprechen soll. Edward hätte schon von Anfang an seine kleinen, kargen Zellen geplant, wenn wir ihn gelassen hätten. Elizabeth hat ihn daran gehindert. Und da sie und ich einer Meinung waren, wurde er überstimmt. David interessierte sich nur für die Techniksparte. Elizabeth und ich … wir standen uns sehr nah. Wir hatten die gleiche Sicht der Dinge. Das lässt sich an den frühen Entwürfen der Firma erkennen.

Was meinen Sie mit *nah*?

Ziemlich nah. Wahrscheinlich war ich in sie verliebt. Tom Ellis betrachtet mich. Sie sehen ihr sogar ein wenig ähnlich. Doch vermutlich wissen Sie das bereits.

Ich nicke.

Ich habe es ihr nie gesagt. Zumindest nicht, bis es zu spät war. Ich dachte, es könnte Schwierigkeiten geben, wenn sie meine Gefühle nicht erwidert, denn schließlich arbeiteten wir eng zusammen. Natürlich war das für Edward kein Hinderungsgrund.

Wenn Edward sie wollte, hätte er ihr das gesagt, erwidere ich.

Er hat sich einzig und allein deshalb an Elizabeth rangemacht, um sie mir wegzunehmen, entgegnet Tom Ellis ausdruckslos. Es ging nur um Macht und Kontrolle. So wie immer bei Edward. Indem er dafür sorgte, dass sie sich in ihn verliebt hat, hat er eine Verbündete gewonnen, und ich habe eine verloren.

Ich runzle die Stirn. Glauben Sie, dass es um die *Häuser* ging? Dass er sie nur geheiratet hat, damit die Firma die Häuser genau nach seinem Wunsch baute?

Ich weiß, es klingt verrückt, antwortet Tom Ellis. Aber Edward Monkford ist in gewisser Weise verrückt.

Niemand kann so gnadenlos sein.

Er lacht trocken auf. Sie haben ja keine Ahnung.

Doch das erste Haus, Folgate Street 1, sollte ursprünglich ja ganz anders werden, wende ich ein.

Schon, aber nur, weil Elizabeth schwanger wurde. Das passte überhaupt nicht in Edwards Pläne. Plötzlich wollte sie ein Familienhaus mit zwei Schlafzimmern und einem Garten. Türen, die man zumachen kann, um Privatsphäre zu haben, anstelle eines offenen, fließenden Grundrisses. Sie haben viel gestritten deshalb. Mein Gott, wie die sich gestritten haben. Da Sie Elizabeth nicht kannten, halten Sie sie vermutlich für einen reizenden, sanften Menschen. Doch sie konnte auf ihre Weise genauso stur sein wie er. Eine außergewöhnliche Frau.

Er zögert.

Eines Abends, vor Max' Geburt, traf ich sie weinend im Büro an. Sie sagte mir, sie könne es nicht ertragen, zu ihm nach Hause zu gehen. Sie seien miteinander zu unglücklich. Er sei nicht in der Lage, auch nur den kleinsten Kompromiss zu schließen, meinte sie.

Tom Ellis' Blick geht ins Leere. Ich habe sie in die Arme genommen, fügt er hinzu. Und sie geküsst. Sie hat mich daran gehindert. Sie war absolut ehrbar und hätte nie etwas hinter Edwards Rücken getan. Doch sie hat mir gesagt, sie müsse eine Entscheidung fällen.

Ob sie ihn verlässt, meinen Sie?

Am nächsten Tag hat sie mir mitgeteilt, ich solle vergessen, was passiert war. Es seien nur die Hormone, die sie aus dem Gleichgewicht brächten. Edward sei zwar schwierig, aber sie sei fest entschlossen, ihre Ehe zu retten. Offenbar ist es ihr gelungen, ihn zu einem gewissen Kompromiss zu bewegen, denn die endgültigen Pläne waren wirklich recht gut. Nein, mehr als gut. Das Haus war ein Traum. Es nutzte den vorhandenen Platz bestmöglich aus. Es hätte keine Preise gewonnen. Es hätte uns niemals international bekannt gemacht. Gemütliche, ordentlich durchdachte Architektur tut das nie. Doch die drei hätten darin glücklich werden können.

Er hält inne. Allerdings hatte Edward andere Vorstellungen.

In welcher Hinsicht?

Wissen Sie, wie sie gestorben ist?, fragt er leise.

Ich schüttle den Kopf.

Elizabeth und Max starben, als ein geparkter Bagger in einen Stapel Betonbausteine rollte, und zwar genau dort, wo sie standen. Bei der Ermittlung ging man davon aus, die Bausteine seien nicht ordentlich gestapelt gewesen, sodass der Haufen instabil gewesen sei. Außerdem habe der Bagger mit nicht angezogener Handbremse an einer abschüssigen Stelle gestanden. Ich habe mit dem Polier gesprochen. Er hat mir bestätigt, der Stapel sei stabil und der Bagger korrekt geparkt gewesen, als er am Freitagnachmittag die Baustelle verlassen habe. Der Unfall geschah am nächsten Tag.

Wo war Edward?

Auf der anderen Seite der Baustelle, um die Fortschritte zu begutachten. Das hat er zumindest ausgesagt.

Und der Polier? Hat der auch ausgesagt?

Der hat sich aus der Affäre gezogen. Meinte, Obdachlose hätten auf der Baustelle übernachtet und sich vielleicht an dem Bagger vergriffen. Immerhin bezog er weiterhin sein Gehalt von Edward.

Erinnern Sie sich noch an den Namen des Mannes?

John Watts von der Firma Watts und Söhne. Es ist ein Familienunternehmen.

Lassen Sie mich eines klarstellen, sage ich. Sie glauben also, Edward habe seine Familie getötet, nur weil sie ihm beim Bau seines Traumhauses im Wege stand?

Ich sage das, als hielte ich Tom Ellis für einen Spinner, als wäre die Vorstellung so wahnwitzig, dass ich sie nicht glauben kann. Doch ich weiß, dass man Edward alles zutrauen kann.

Sie haben gerade *nur* gesagt, merkt Ellis trocken an. Bloß, dass es bei Edward Monkford kein *nur* gibt. Ihm ist nichts wichtiger, als seinen Willen durchzusetzen. Oh, ich bezweifle nicht, dass er Elizabeth auf seine Weise geliebt hat. Aber ich glaube nicht, dass sie ihm wichtig war, wenn Sie verstehen, was ich meine. Wussten Sie, dass es eine Sorte von Haien gibt, die so grausam ist, dass ihre Embryonen einander im Mutterleib auffressen? Sobald ihnen die ersten Zähne wachsen, stürzen sie sich aufeinander, bis nur noch der größte übrig ist, und der wird dann geboren. Genauso ist Edward. Er ist machtlos dagegen. Wer ihn herausfordert, wird von ihm zerstört.

Haben Sie der Polizei davon erzählt?

Bedrücktheit liegt in Tom Ellis' Blick. Nein, gibt er zu.

Warum nicht?

Nach Abschluss der Ermittlungen ist Edward verreist. Später hörten wir, dass er in Japan lebt. Er arbeitete nicht einmal als Architekt, sondern schlug sich mit Gelegenheitsjobs durch. David und ich dachten, wir würden ihn nicht mehr wiedersehen.

Aber er ist zurückgekommen, stelle ich fest.

Ja, irgendwann. Eines Tages kam er ins Büro spaziert, als wäre nichts geschehen, und verkündete, von nun an werde die Firma eine neue Richtung einschlagen. Er hat es David schlau als Fusion optischer Schlichtheit und neuer Technologie untergejubelt und ihm eingeredet, ich würde nur im Weg stehen. Das war seine Rache dafür, dass ich Elizabeth auf meine Seite gezogen hatte.

Und während er weg war, sage ich, wollten Sie keinen Skandal, weil Sie glaubten, die Firma gehöre nun allein Ihnen. Deshalb haben Sie den Mund gehalten.

Tom Ellis zuckt die Achseln. So könnte man es auch deuten.

Für mich klingt es so, als hätten Sie von Edwards Talent profitieren wollen.

Denken Sie, was Sie möchten. Allerdings war ich bereit, mit Ihnen zu sprechen, weil Sie sagten, dass Sie Angst haben.

Ich habe nie gesagt, dass ich Angst habe. Ich bin nur neugierig auf ihn, mehr nicht.

Herrgott, Sie sind auch in ihn verliebt, richtig?, sagt Tom Ellis wütend und starrt mich an. Wie macht der das bloß – wie wickelt er Frauen wie Sie um den Finger? Obwohl ich Ihnen erzählt habe, er hat seine eigene Frau und sein Kind auf dem Gewissen, widert er Sie nicht an. Es ist beinahe so, als fänden Sie das erregend. Als sorgte es dafür, dass Sie ihn für eine Art Genie halten. Und trotzdem ist er nichts weiter als ein Babyhai im Mutterleib.

Heute: Jane

Simon Wakefield aufzuspüren erfordert ein wenig mehr Detektivarbeit. Ich schaffe es, mit Mark Howarth zu sprechen, dem Makler, der vor Camilla für die Folgate Street 1 zuständig war, doch auch er weiß nicht, wie ich Emmas Exfreund kontaktieren könnte.

»Falls Sie ihn erreichen«, sagt er, »richten Sie ihm viele Grüße von mir aus. Er hat Schlimmes durchgemacht.«

»Meinen Sie damit Emmas Tod?«

»Das auch. Aber schon zuvor. Der Einbruch in ihre alte Wohnung und so weiter.«

»Bei ihnen wurde eingebrochen? Das wusste ich gar nicht.«

»Deshalb wollten sie ja überhaupt in die Folgate Street 1 ziehen. Wegen der Sicherheitsvorkehrungen.« Er hält inne. »Ironie des Schicksals, wenn man es sich überlegt. Doch Simon hätte alles für Emma getan. Eigentlich war er nicht besonders scharf darauf, dort zu wohnen, aber sobald sie sagte, dass es ihr dort gefällt, war die Sache entschieden. Die Polizei hat mich gefragt, ob ich Anzeichen dafür bemerkt hätte, er könnte ihr gegenüber gewalttätig gewesen sein. Auf gar keinen Fall, habe ich geantwortet. Er hat sie vergöttert.«

Ich brauche einen Moment, um zu begreifen. »Moment mal. Dachte die Polizei, *Simon* habe sie umgebracht?«

»Tja, so deutlich haben sie sich nicht ausgedrückt. Doch ich musste mich nach ihrem Tod mit denen in Verbindung setzen. Die Spurensicherung ins Haus lassen und so. Also habe ich den ermittelnden Detective ziemlich gut kennengelernt. Er war es, der sich nach Simon erkundigt hat. Offenbar hatte Emma behauptet, er habe sie tätlich angegriffen.« Er senkt die Stimme. »Offen gestanden kam mir Emma die ganze Zeit ein wenig merkwürdig vor. Es ging immer nur um sie, wenn Sie verstehen, was ich meine. Neigte ein bisschen zum Dramatisieren. Anscheinend hatte Simon nicht viel mitzureden.«

Obwohl Mark Simons Kontaktdaten nicht hat, erinnert er sich an seinen letzten Arbeitsplatz, und das reicht mir, um ihn über LinkedIn zu finden. Die Zeitschrift, für die Simon geschrieben hat, gibt es nicht mehr, und wie die meisten Freiberufler macht er sein Profil und seinen Lebenslauf öffentlich zugänglich. Dennoch zögere ich, ihn zu kontaktieren. Ja, er könnte Blumen für Emma vor Folgate Street 1 abgelegt haben. Doch nach Marks Äußerung galt er als Verdächtiger in ihrem Todesfall. Ist es also vernünftig, ihn zu fragen, was damals geschehen ist? Ich beschließe, vorsichtig zu sein und ihn auf keinen Fall unter Druck zu setzen. Er braucht nicht mehr zu erfahren, als dass ich mich entschuldigen möchte, weil ich mir seine Blumenspenden angeeignet habe.

Deshalb schicke ich ihm eine höfliche E-Mail und frage ihn, ob wir uns mal unterhalten könnten. Wenige Minuten später erhalte ich die Antwort. *Sehr gerne*. Er schlägt Costa Coffee in Hendon vor.

Ich bin zu früh dran, er jedoch auch. Angezogen ist er wie bei unserer Begegnung vor Folgate Street 1: Polohemd, Chinos, schicke Schuhe. Die gleichzeitig modische und lässige Uniform der Londoner Kreativen. Er hat zwar ein sympathisches und offenes Gesicht, doch seine Augen blicken besorgt drein, während er mir gegenüber Platz nimmt. So, als wisse er, dass es nicht leicht werden wird.

»Also sind Sie neugierig geworden«, beginnt er, nachdem wir uns richtig vorgestellt haben. »Das wundert mich nicht.«

»Eher verwirrt, würde ich sagen. Jeder, mit dem ich spreche, erzählt mir eine andere Version von Emmas Tod. Ihre Therapeutin zum Beispiel glaubt, Emma habe sich umgebracht, weil sie an Depressionen litt.« Ich beschließe, kein Blatt vor den Mund zu nehmen. »Und ich habe auch eine Geschichte aufgeschnappt, die Polizei habe Sie wegen einer Behauptung von Emma verhört. Worum ging es da eigentlich?«

»Keine Ahnung. Das heißt, ich habe keine Ahnung, warum sie das gesagt oder ob es sich überhaupt so abgespielt hat. Ich hätte sie niemals geschlagen.« Er schaut mir in die Augen und betont jedes Wort. »Ich habe den Boden unter Emmas Füßen angebetet.«

Als ich heute herkam, habe ich mir fest vorgenommen, vorsichtig zu sein und nicht jedes Wort dieses Mannes für bare Münze zu nehmen. Dennoch glaube ich ihm. »Erzählen Sie mir von ihr«, fordere ich ihn auf.

Simon pustet langsam Luft aus. »Was kann man über jemanden erzählen, den man geliebt hat? Ich hatte Glück, sie abzukriegen. Das war mir schon immer klar. Sie hat erst eine private Mädchenschule und dann ein richtiges College besucht. Und sie war schön, wirklich schön. Dauernd wurde sie von Talentscouts von Modellagenturen angesprochen.« Er blickt mich ein wenig verlegen an. »Sie sehen ihr übrigens ein wenig ähnlich.«

»Das habe ich schon öfter gehört.«

»Allerdings haben Sie nicht ihr …« Stirnrunzelnd sucht er nach dem richtigen Wort, und ich ahne, dass er vermutlich taktvoll sein will. »Ihre lebendige Ausstrahlung. Offen gestanden hat sie deshalb häufig Probleme gehabt. Sie war so offen, dass Männer glaubten, sie ansprechen zu dürfen. Ich habe der Polizei gesagt, wenn ich je jemandem Gewalt angedroht habe, dann war das, weil so ein Idiot sie einfach nicht in Ruhe lassen wollte. In diesen Fällen hat sie mir einen Blick zugeworfen, für mich das Signal, den Kerl zu verscheuchen.«

»Warum sollte sie also behaupten, Sie hätten sie geschlagen?«

»Ich weiß es wirklich nicht. Damals dachte ich, die Polizei habe das nur erfunden, um mich aus dem Konzept zu bringen. Damit ich glaube, sie hätten mehr gegen mich in der Hand, als tatsächlich der Fall war. Und der Fairness halber muss ich hinzufügen, dass sie sich entschuldigt und mich recht schnell wieder laufen gelassen haben. Wahrscheinlich haben sie nur ihre Routine abgearbeitet. Die meisten Morde wurden von jemandem begangen, der dem Opfer nahestand, richtig? Also laden sie natürlich den Exfreund vor.« Er schweigt einen Moment. »Nur, dass sie den falschen Ex erwischt haben. Immer wieder habe ich darauf beharrt, sie sollten sich besser mal Edward Monkford vorknöpfen.«

Ich spüre, wie sich mir die Nackenhaare aufstellen, als Edwards Name fällt. »Warum?«

»Praktischerweise hat sich Monkford nach Emmas Tod rar gemacht – er war verreist, arbeitete an irgendeinem Großauftrag. Doch ich werde niemals davon abweichen, dass er sie auf dem Gewissen hat.«

»Weshalb hätte er das tun sollen?«

»Weil sie sich von ihm getrennt hat.« Mit eindringlichem Blick beugt er sich vor. »Etwa eine Woche vor ihrem Tod hat sie mir erzählt, sie habe einen schrecklichen Fehler gemacht. Ihr sei klar geworden, dass er nichts weiter als ein manipulativer Tyrann und ein Zwangsneurotiker sei. Sie sagte, dass er sie wie ein Besitztum behandle, nur wie einen weiteren Gegenstand, um sein Haus zu schmücken. Er konnte es nicht ertragen, dass sie eigene Gedanken entwickelte und Selbstständigkeit forderte.«

»Aber man bringt doch niemanden um, weil er selbstständig denkt«, protestiere ich.

»Emma meinte, er habe sich im Laufe der Zeit völlig verändert. Als sie Schluss machte, sei er total ausgerastet.«

Ich versuche, mir einen ausrastenden Edward vorzustellen. Ja, es gab Momente, in denen ich hinter seiner unnatürlichen Ruhe Leidenschaft gespürt habe, einen Strudel gnadenlos in Schach gehaltener Gefühle. Sein Wutausbruch beim Fischhändler zum Beispiel. Doch das dauerte immer nur wenige Momente. Ich erkenne ihn in dem Bild, das Simon entwirft, einfach nicht wieder.

»Und da wäre noch etwas«, fährt Simon fort. »Ein anderer Grund, warum er sich Emmas Tod gewünscht haben könnte.«

Ich wende ihm wieder meine Aufmerksamkeit zu. »Schießen Sie los.«

»Emma hatte herausgefunden, dass er seine Frau und seinen kleinen Sohn ermordet hat.«

»Was?«, entgegne ich verdattert. »Wie?«

»Seine Frau hat sich ihm widersetzt – sie hat ihm Kompromisse bei seinen Plänen für Folgate Street 1 abgerungen. Widerstand und selbstständiges Denken. Edward Monkford ist absolut unfähig, diese beiden Dinge zu akzeptieren.«

»Haben Sie das der Polizei gesagt?«

»Natürlich. Die meinten, das genüge nicht, um die Ermittlungen wieder aufzunehmen. Außerdem haben sie mich gewarnt, meine Anschuldigungen könne man mir als üble Nachrede auslegen. In anderen Worten, sie haben entschieden, die Sache zu ignorieren.« Er fährt sich mit der Hand durchs Haar. »Seitdem habe ich auf eigene Faust ein wenig recherchiert und so viele Beweise wie möglich gesammelt. Doch selbst als Journalist kommt man nicht sehr weit, wenn man nicht die Machtbefugnisse der Polizei hat.«

Kurz habe ich Mitleid mit Simon. Ein absolut netter, solider, nicht sehr spannender Mann, der sein Glück kaum fassen konnte, ein Mädchen abzukriegen, das ein wenig oberhalb seiner Liga spielte. Dann kam es zu einer Reihe unvorhergesehener Ereignisse, und sie musste sich plötzlich zwischen ihm und Edward Monkford entscheiden. In diesem Wettbewerb hatte er nicht die geringste Chance. Kein Wunder, dass er nicht loslassen kann. Kein Wunder, dass er glaubt, hinter ihrem Tod müsse eine Verschwörung oder ein Geheimnis stecken.

»Wenn sie nicht gestorben wäre, wären wir wieder zusammengekommen«, fügt er hinzu. »Da bin ich völlig sicher. Klar, unsere Trennung war ziemlich unschön. Einmal wollte sie, dass ich ein paar Papiere unterschreibe. Ich bin zu ihr nach Hause, um sie zurückzuerobern. Aber ich war ein bisschen betrunken und habe es ganz falsch angepackt. Also wusste ich, dass ich mich mächtig ins Zeug legen musste, um mich wieder mit ihr zu versöhnen. Der erste Schritt war, sie zu überreden, aus diesem schrecklichen Haus auszuziehen. Und sie war einverstanden – im Prinzip zumindest. Es gab noch einige Probleme mit dem Mietvertrag, eine Art Entschädigungszahlung. Wenn sie es nur geschafft hätte zu gehen, könnte sie heute sicher noch leben.«

»Das Haus ist nicht schrecklich. Es tut mir leid, dass Sie Emma verloren haben, aber das können Sie Folgate Street 1 nicht zum Vorwurf machen.«

»Eines Tages werden Sie merken, dass ich recht habe.« Simon sieht mich unverwandt an. »Hat er *Sie* etwa auch schon angebaggert?«

»Was soll das heißen?«, empöre ich mich.

»Monkford. Früher oder später wird er sich an Sie ranmachen. Falls es nicht schon geschehen ist. Und dann ist auch bei Ihnen die Gehirnwäsche dran. Das ist nämlich seine Methode.«

Etwas – vielleicht das Wissen, mein Eingeständnis, dass wir ein Paar sind, könnte Simon nur in seiner Haltung bestätigen, die Frauen lägen Edward zu Füßen, lässt mich antworten: »Wie kommen Sie darauf, dass ich Ja gesagt habe?«

Er nickt. »Gut. Nun, wenn mein Reden über Emmas Tod nur eine andere Frau vor diesem Schwein rettet, war es die Sache wert.«

Das Café füllt sich. Ein Mann, Toast mit Würstchen und Zwiebeln auf seinem Teller, setzt sich an den Nachbartisch. Ein durchdringender Geruch nach billigem, fadem Teig und angebrannten Zwiebeln weht zu uns her.

»Du liebe Güte, dieses Sandwich stinkt ja abscheulich«, sage ich.

Simon verzieht das Gesicht. »Ich rieche nichts. Und was machen Sie jetzt?«

»Glauben Sie, Emma könnte vielleicht übertrieben haben? Ich finde es immer noch seltsam, dass sie Ihnen gegenüber solche bizarren Vorwürfe gegen Edward Monkford und bei der Polizei gleichermaßen absurde Anschuldigungen gegen *Sie* erhoben hat.« Ich zögere. »Jemand, mit dem ich gesprochen habe, beschreibt sie als Menschen, der gern im Mittelpunkt stand. Manchmal wollen sich Leute wichtig fühlen. Selbst wenn sie dazu etwas erfinden müssen.«

Er schüttelt den Kopf. »Es stimmt, dass Emma gern etwas Besonderes war. Doch das war sie wirklich. Ich glaube, deshalb hat ihr Folgate Street 1 auch so gut gefallen – es ging nicht nur um die Sicherheit, sondern auch darum, dass das Haus so anders war. Aber wenn Sie damit meinen, sie könnte eine Fantastin gewesen sein … Auf gar keinen Fall.« Er klingt verärgert.

»Okay«, erwidere ich rasch. »Vergessen Sie das.«

»Ist hier noch frei?« Eine Frau mit einem Baguette-Sandwich weist auf den leeren Stuhl neben uns. Simon nickt widerstrebend – ich habe den Eindruck, dass er am liebsten den ganzen Tag weiter über Emma reden würde. Als die Frau sich setzt, steigt mir der Gestank von frittierten Pilzen in die Nase. Sie riechen nach nassem Hund und schmutzigen Bettlaken.

»Das Essen hier ist wirklich schlimm«, raune ich. »Wie kriegt man nur sowas runter?«

Er wirft mir einen gereizten Blick zu. »Wahrscheinlich wäre Ihnen ein teurerer Schuppen lieber gewesen. Das ist eher Ihr Stil.«

»Daran liegt es nicht.« Ich habe den Eindruck, dass Simon ein kleines bisschen zu Arroganz neigen könnte. »Normalerweise mag ich Costas. Nur in dieser Filiale scheint es seltsam zu riechen, mehr nicht.«

»Mich stört es nicht.«

Von Brechreiz ergriffen, stehe ich auf, ich muss unbedingt an die frische Luft. »Vielen Dank für das Treffen, Simon.«

Er erhebt sich ebenfalls. »Sehr gern. Hier ist meine Karte. Melden Sie sich, wenn Sie noch etwas in Erfahrung bringen? Und geben Sie mir Ihre Nummer? Nur für den Fall der Fälle?«

»Welchen Fall?«

»Für den Fall, ich könnte endlich rauskriegen, dass Edward Monkford tatsächlich ein Killer ist«, erwidert er ruhig. »Denn dann würde ich Sie das gerne wissen lassen.«

Als ich wieder in der Folgate Street 1 bin, gehe ich ins Bad und ziehe mich vor dem Spiegel aus. Meine Brüste schmerzen und fühlen sich geschwollen an. Meine Brustwarzen sind eindeutig dunkler geworden und von kleinen Erhebungen wie Gänsehaut umgeben.

Eigentlich sollte ich erst in einer Woche meine Tage kriegen, weshalb ein Test nicht zuverlässig wäre. Aber ich brauche wohl keinen. Die erhöhte Geruchsempfindlichkeit, die Übelkeit, die dunklen Brustwarzen und die kleinen Erhebungen, die laut meiner Hebamme Montgomery-Drüsen heißen – genauso war es bei meiner letzten Schwangerschaft auch.

9. Du wirst wütend, wenn die Dinge anders laufen als geplant.

- ☐ Stimme zu
- ☐ Stimme nicht zu

Damals: Emma

Wir haben uns eine Weile nicht gesehen, Emma, sagt Carol Younson.

Stimmt, ich war sehr beschäftigt, erwidere ich und mache es mir auf ihrem Sofa bequem.

Bei Ihrem letzten Besuch hatten Sie Simon gebeten, aus Ihrem gemeinsamen Haus auszuziehen. Und wir haben darüber gesprochen, dass Überlebende sexueller Gewalt als Teil ihres Heilungsprozesses oft große Veränderungen planen. Welche Auswirkungen haben diese Veränderungen auf Sie gehabt?

Sie meint natürlich: *Haben Sie Ihre Meinung in Sachen Simon schon geändert?* Allmählich wird mir klar, dass Carol, so sehr sie auch beteuern mag, dass es nicht ihr Job ist, Urteile zu fällen oder unsere Sitzungen in eine bestimmte Richtung zu lenken, häufig genau das tut.

Tja, erwidere ich. Ich habe jetzt eine neue Beziehung.

Schweigen. Und die entwickelt sich gut?

Ich bin mit dem Mann zusammen, der das Haus entworfen hat – Folgate Street 1. Offen gestanden ist er nach Simon wirklich erfrischend.

Carol zieht die Augenbrauen hoch. Und woran mag das Ihrer Ansicht nach liegen?

Simon ist ein Junge. Edward ist ein Mann.

Und Sie haben keines der sexuellen Probleme, die Sie mit Simon hatten?

Eindeutig nicht.

Etwas lässt mich hinzufügen: Allerdings würde ich gern etwas mit Ihnen besprechen. Etwas Besonderes.

Gern, sagt sie. Offenbar zögere ich, denn sie ergänzt: Sie können mir nichts erzählen, was ich nicht schon oft gehört habe, Emma.

Ich denke darüber nach, überwältigt zu werden, antworte ich.

Ich verstehe, entgegnet sie vorsichtig. Und das erregt Sie?

Vermutlich schon, ja.

Aber es belastet Sie auch?

Ich finde es einfach nur – seltsam. Sollte es nicht umgekehrt sein?

Nun, zunächst ist zu sagen, dass es kein Richtig oder Falsch gibt, setzt sie an. Etwa ein Drittel aller Frauen gibt an, regelmäßig Fantasien nachzuhängen, die mit Machtübertragung zu tun haben. Außerdem ist da auch noch eine körperliche Komponente, spricht sie weiter. Das, was man manchmal Erregungsübertragung nennt. Wenn man in einer sexuellen Situation einen Adrenalinstoß erlebt hat, könnte das Gehirn unbewusst mehr davon wollen. Die Sache ist, dass man sich dessen nicht schämen muss. Das heißt nicht, dass Sie im wahren Leben Spaß daran hätten. Weit gefehlt.

Ich schäme mich nicht, erwidere ich. Und ich genieße es im wahren Leben.

Carol zuckt zusammen. Sie haben diese Fantasien ausagiert?

Ich nicke.

Mit Edward?

Wieder ein Nicken.

Möchten Sie mir davon erzählen?

Obwohl Carol Younson ständig beteuert, sie fälle keine Urteile, wirkt sie derart verlegen, dass ich alles ein wenig ausschmücke, nur um sie zu schockieren.

Es ist seltsam, schließe ich, doch wenn ich ihn wütend mache, fühle ich mich irgendwie mächtig.

Sie sind heute eindeutig durchsetzungskräftiger als sonst, Emma. Selbstbewusster, was Ihre Entscheidungen angeht. Ich frage mich nur, ob diese Entscheidungen für Sie zum jetzigen Zeitpunkt gesund sind.

Ich tue so, als dächte ich darüber nach. Vermutlich sind sie es, beschließe ich.

Offenbar ist das nicht die Antwort, die Carol auf ihre sorgfältig formulierte Frage erwartet hat.

Wenn man experimentiert, ist sehr wichtig, dass man es mit einem geeigneten Partner tut.

Eigentlich würde ich es nicht als Experimentieren bezeichnen, entgegne ich. Eher als Entdeckungsreisen.

Aber wenn alles so wundervoll ist, Emma, gibt sie ruhig zurück, warum sind Sie dann hier?

Gute Frage, denke ich.

Wir haben bereits darüber gesprochen, dass Vergewaltigungsopfer sich fälschlicherweise selbst die Schuld geben, fährt sie fort. Wie sie das Gefühl entwickeln können, dass sie Strafe verdient haben oder dass sie weniger wert sind als andere. Ich kann mich des Gedankens nicht erwehren, dass genau das hier gerade passiert.

Sie klingt dabei so aufrichtig, dass ich kurz davor bin nachzugeben.

Wie würden Sie reagieren, wenn ich nie vergewaltigt wurde, wenn ich das alles bloß erfunden hätte?

Sie verzieht das Gesicht. Ich kann Ihnen nicht ganz folgen, Emma.

Ach, vergessen wir das. Aber stellen Sie sich vor, ich hätte etwas über jemanden herausgefunden – über ein Verbrechen, das derjenige begangen hat. Wenn ich es Ihnen erzählen würde. Müssten Sie es dann der Polizei melden?

Wenn die Straftat noch nicht angezeigt wurde oder wenn

eine Anzeige vorliegt, auf die Ihre Aussage einen Einfluss hätte, wäre die Lage kompliziert, antwortet sie. Wie Sie wissen, sind Therapeuten einem Standesrecht unterworfen, zu dem die ärztliche Schweigepflicht gehört. Allerdings müssen wir auch das Gesetz schützen. Sollte dabei ein Interessenkonflikt entstehen, siegt das Gesetz.

Schweigend grüble ich über die Konsequenzen nach.

Was belastet Sie, Emma?, hakt sie sanft nach.

Ach, eigentlich gar nichts, sage ich und schenke ihr ein strahlendes Lächeln.

Heute: Jane

Der Test beim Hausarzt bestätigt es. Ich erzähle es niemandem außer Mia, Beth und Tessa. »War es geplant?«, lautet natürlich Mias erste Frage.

Ich schüttle den Kopf. »Mit Edward sind irgendwann nachts … die Pferde durchgegangen.«

»Mr. Kontrollfreak sind die Pferde durchgegangen? Ich weiß nicht, ob ich mir Sorgen machen oder erleichtert sein soll, dass er doch nur ein Mensch ist.«

»Es war nur einmal. Offen gestanden haben wir uns anschließend gestritten.« Ich weiß, Mia wird glauben, dass es um das Verhütungsthema ging. Ich verrate ihr keine Einzelheiten.

»Weiß er es schon?«

»Noch nicht.« Ich bin nicht sicher, wie Edward darauf reagieren wird.

Mia kommt mir zuvor. »Verbessere mich, falls ich mich irre, aber gehört *keine Kinder* nicht zu den Regeln?«

»Den Hausregeln, ja. Aber das hier ist doch etwas völlig anderes.«

»Wirklich?« Sie zieht eine Augenbraue hoch. »Immerhin wissen wir doch alle, wie sehr Männer auf ungeplante Schwangerschaften stehen.«

Ich schweige.

»Und du?«, fügt sie hinzu. »Wie geht es *dir* damit, Jane?«

»Ich habe Angst«, gebe ich zu. »Furchtbare Angst.« Denn trotz des Strudels der Gefühle – Ungläubigkeit, Freude,

Furcht, Euphorie, Staunen, der wieder erwachenden Trauer um Isabel, Glückseligkeit – empfinde ich, wenn der Aufruhr sich legt, nichts als nackte Angst. »Ich könnte so etwas nicht noch einmal durchmachen. Wenn diesem Baby auch etwas passiert. Dieses … Elend. Das würde ich nicht mehr ertragen. Ich würde daran zerbrechen.«

»Damals haben sie dir gesagt, es gebe keinen Grund, warum dein nächstes Baby nicht kerngesund sein sollte«, erinnert sie mich.

»Beim letzten Mal gab es auch keinen Grund. Und es ist trotzdem geschehen.«

»Aber du wirst es doch behalten, oder?«

Es gibt nur wenige Menschen auf der Welt, die mir diese Frage stellen dürfen, und noch weniger, die eine ehrliche Antwort erhalten: nämlich, dass etwas in mir Nein ruft. Nach so langer Zeit im Finstern und in der Einsamkeit stehst du endlich wieder im Licht. Warum das Glück noch einmal herausfordern? Der gleiche Teil meines Verstandes lässt den Blick durch Folgate Street 1 schweifen und fragt sich: Warum das alles aufs Spiel setzen?

Allerdings gibt es noch einen anderen Teil von mir, den, der ein totes Baby in den Armen gehalten, sein makelloses Gesicht betrachtet und dennoch die ekstatische Freude der Mutterschaft empfunden hat. Und der brächte es nicht über sich, aus purer Feigheit einen völlig gesunden Fötus abzutreiben.

»Ja, ich werde es behalten«, erwidere ich. »Ich werde dieses Baby kriegen. Edwards Baby. Natürlich wird er anfangs nicht begeistert sein, aber ich hoffe, er wird sich daran gewöhnen.«

Damals: Emma

Nachdem ich zwei Wochen lang nichts von Edward gehört habe, schicke ich ihm ein Selfie.

Ich habe mir ein Tattoo machen lassen, Daddy. Gefällt es dir?

Er antwortet sofort: *WAS HAST DU GETAN?*

Ich weiß, ich hätte dich erst um Erlaubnis fragen sollen. Aber ich wollte wissen, was passiert, wenn ich sehr, sehr böse war …

Das Tattoo ist klein, ziemlich hübsch und unsichtbar, wenn ich angezogen bin – die stilisierte Darstellung eines Möwenflügels, dicht über dem Ansatz der rechten Pobacke. Nur, dass ich weiß, wie sehr Edward Tattoos hasst.

PS: Tut noch ziemlich weh.

Die Reaktion erfolgt wenige Minuten später.

Und es wird noch viel mehr wehtun. Komme heute Abend zurück nach London. Wütend.

Das ist die längste SMS, die er mir je geschickt hat. Lächelnd erwidere ich: *Dann mache ich mich besser bereit.*

Ich dusche, trockne mich sorgfältig ab und tupfe mir eine winzige Menge Parfüm auf die Haut. Dann ziehe ich das Kleid über und lege die Perlen an, bleibe aber barfuß. Meine Haut prickelt bereits. Die Vorfreude ist wundervoll, mischt sich allerdings mit banger Erwartung. Habe ich es zu weit getrieben? Werde ich aushalten, was er mir antun wird?

Ich drapiere mich aufs Sofa. Lange muss ich nicht warten. Ich höre das leise Piepsen von *Housekeeper*, das jemanden an der Tür wahrnimmt, und danach ein Pling, als es ihm Einlass gewährt. Mit finsterer Miene marschiert er auf mich zu.

Zeig es mir, herrscht er mich an.

Ich habe kaum Zeit, mich umzudrehen, als er schon mit einer Hand meine beiden Handgelenke packt, mich über das Sofa beugt und beinahe das Kleid zerreißt, während er es mit der anderen hochzieht.

Er erstarrt. Was zum Teufel …

Ich bekomme einen Lachkrampf.

Zornig schüttelt er meine Handgelenke. Was treibst du hier für Spielchen?

Es war Amandas Idee, keuche ich mühsam. Sie hat sich ein Tattoo machen lassen, um die Trennung von ihrem Mann zu feiern. Ich war mit ihr beim Tätowierer.

Du hast mir ein Foto von einem fremden Arsch geschickt?, entgegnet er drohend.

Ich nicke, weil ich vor lauter Lachen noch immer keinen Ton herausbringe.

Ich habe ein Abendessen mit dem Bürgermeister und dem Planungskomitee abgesagt, um heute Abend hier zu sein, zischt er.

Tja, was von beidem macht wohl mehr Spaß?, antworte ich und wackle aufreizend mit dem Po.

Er lässt meine Handgelenke nicht los. Ich bin sehr wütend auf dich, sagt er erstaunt. Du hast mich absichtlich provoziert. Also hast du alles verdient, was du jetzt kriegst.

Ich weiche zurück, um zu testen, wie fest er mich hält, doch er lässt nicht locker.

Willkommen zu Hause, Daddy, seufze ich glücklich.

Später, viel später, bevor er geht, gebe ich ihm einen Brief.

Lies ihn nicht jetzt, sage ich, sondern erst, wenn du allein bist. Denk daran, wenn du in langweiligen Planungsmeetings sitzt. Du brauchst nicht zu antworten. Ich wollte dir nur erklären, wer ich bin.

Heute: Jane

Meine erste Schwangerschaftsuntersuchung. Dr. Gifford sitzt mir an einem hässlichen Behördenschreibtisch gegenüber.

Vor einigen Tagen habe ich ein maschinell erstelltes Schreiben erhalten, das mir erklärte, es gebe zwar keinen Grund zur Sorge, doch wegen meiner medizinischen Vorgeschichte würde ich automatisch als Risikoschwangerschaft eingestuft und deshalb von einem Spezialisten betreut werden. Dr. Gifford.

Offenbar ist jemandem der Fehler aufgefallen, denn später am selben Tag erhielt ich einen Anruf, in dem es hieß, man habe absolutes Verständnis dafür, wenn ich lieber einen anderen Arzt wolle. Man wolle mich auch darauf hinweisen, dass Dr. Gifford angeboten habe, seine Position zu räumen.

Es heißt ja, dass eine Schwangerschaft einem das Hirn vernebelt. Bis jetzt habe ich das Gegenteil festgestellt. Vielleicht fällt es einem einfach nur leichter, Entscheidungen zu treffen. Endlich weiß ich, wie die richtige Vorgehensweise aussieht.

»Die Sache ist«, sage ich zu ihm, »dass Sie meiner Ansicht nach nicht wegen eines Fehlers, der nicht Ihrer war, zur Kündigung gezwungen werden sollten. Außerdem wissen wir beide, dass Ihr Nachfolger genauso überlastet sein wird wie Sie.«

Er nickt argwöhnisch.

»Also schlage ich vor, dass wir gemeinsam Druck auf das Krankenhaus ausüben. Ich werde denen schreiben, dass ich wegen Isabels Tod keinen offiziellen Kunstfehlerprozess einleiten werde. Als Gegenleistung verlange ich, dass die Personaldecke erhöht und mehr Doppler-Ultraschalluntersuchungen durchgeführt werden. Wenn Sie denen nun mitteilen, das seien auch die Bedingungen, unter denen Sie bleiben würden, stehen die Chancen gut, dass der Deal zustande kommt.«

Für Tessa hat sich das gar nicht gut angehört, denn die war eher auf eine offizielle Untersuchung und die Maximallösung aus. Doch ich bin beharrlich geblieben und konnte sie schließlich überzeugen.

»Ist sie immer so?«, fragte sie Mia bedrückt.

»Vor Isabels Tod schon«, erwiderte Mia und lächelte mich an. »Der organisierteste, starrköpfigste und analytischste Mensch, den ich kenne. Ich glaube, wir haben endlich die alte Jane wieder.«

Anfangs ist Dr. Gifford nicht überzeugt. »In einer Zeit der beschränkten Mittel …«, beginnt er zögerlich.

»In einer Zeit der beschränkten Mittel ist es umso wichtiger, für seine Rechte zu kämpfen«, unterbreche ich ihn. »Und Sie wissen so gut wie ich, dass Untersuchungen und zusätzliche Ärzte mehr Leben retten werden als irgendein teures neues Krebsmedikament. Ich will nichts weiter, als dass Ihre Abteilung sich Gehör verschafft.«

Nach einer Weile nickt er. »Vielen Dank.«

»Und jetzt untersuchen Sie mich am besten«, füge ich hinzu. »Wenn ich schon bei Ihnen in Behandlung bin, möchte ich auch was davon haben.«

Die Untersuchung verläuft sehr gründlich. Viel gründlicher als bei Isabel in diesem Stadium. Ich weiß, dass ich bevorzugt behandelt werde, weil Dr. Gifford und ich so viel zusammen durchgemacht haben, aber das ist in Ordnung so. Ich betrachte mich nicht mehr als Schaf in der Herde, als Durchschnittsmensch.

Größe und Stellung des Uterus sind in Ordnung. Ein Abstrich wird genommen, um mich auf Gebärmutterhalskrebs zu überprüfen. Außerdem noch eine Gewebeprobe wegen sexuell übertragbarer Krankheiten. Ich bin nicht in Sorge. Es ist absolut ausgeschlossen, dass der kontrollsüchtige Edward eine unbehandelte sexuell übertragbare Krankheit mit sich herumschleppt. Mein Blutdruck stimmt. Alles ist bestens. Dr. Gifford sagt, er sei zufrieden.

Ich war schon immer gut in Prüfungen, witzele ich.

Während ich daliege, schildere ich ihm die Geburt, die ich mir bei Isabel gewünscht habe. Eine Wassergeburt mit Duftkerzen und Musik. Er antwortet, es bestehe kein Grund, weshalb das diesmal nicht möglich sein könne. Dann sprechen wir über Nahrungsergänzungsmittel. Folsäure natürlich. Er schlägt achthundert Mikrogramm vor. Vitamin D ist außerdem empfohlen. Vermeiden Sie Multivitaminprodukte, die Vitamin A enthalten könnten. Doch denken Sie an Vitamin C, Kalzium und Eisen.

Selbstverständlich werde ich das alles einnehmen. Ich bin kein Mensch, der Anweisungen ignoriert oder irgendetwas außer Acht lässt. Auf dem Nachhauseweg besorge ich mir die nötigen Pillen und lese das Etikett zweimal, um sicherzugehen, dass sich nicht versehentlich doch Vitamin A eingeschlichen hat. Nachdem ich meinen Mantel aufgehängt habe, setze ich mich zuerst an den Laptop, um zu ermitteln, was ich sonst noch an meiner Ernährung umstellen sollte.

Jane, bitte bewerten Sie die folgenden Aussagen auf einer Skala von 1 bis 5, 1 steht für starke Zustimmung, 5 für starke Ablehnung.

Einige Funktionen des Hauses wurden deaktiviert, bis die Aufgabe erledigt ist.

Ich erstarre. Offenbar sind diese metrischen Tests seit Edwards Abreise häufiger geworden. Fast, als wolle er mich kontrollieren. Sichergehen, dass ich noch immer ruhig und entspannt bin und nach den Regeln lebe. Und das von seinem Baustellenbüro aus.

Und noch schlimmer: Ich hätte völlig gedankenlos »empfohlene Ernährung in der Schwangerschaft« in *Housekeeper* eingetippt, wenn es noch funktionieren würde. Von nun an muss ich darauf achten, stets das WLAN der Nachbarn zu benutzen. Zumindest bis ich es Edward erzählt habe.

Und bis ich wirklich weiß, was Emma zugestoßen ist. Denn diese beiden Dinge – Edward mein Geheimnis zu enthüllen und ihm seines zu entreißen – hängen inzwischen miteinander zusammen und sind noch drängender geworden als zuvor. Um meines Babys willen muss ich die Wahrheit erfahren.

Damals: Emma

Detective Inspector Clarke bestellt mich wieder einmal zu einem Plauderstündchen ins Revier. Offenbar mahlen die Mühlen der Justiz nun schneller, denn ich werde nicht in seinen winzigen Büroverschlag, sondern in einen großen, hell erleuchteten Konferenzraum geführt. An der einen Seite des Tisches haben sich fünf Personen aufgereiht. Einer trägt Uniform – vermutlich ein Vorgesetzter. Neben ihm sitzt eine zierliche Frau in einem dunklen Hosenanzug. Der Nächste ist John Broome, der Staatsanwalt von der Kautionsanhörung. Und Sergeant Willan, meine Unterstützungsbeamtin, die Abstand zu den anderen hält, wie um mitzuteilen, ihr Rang sei nicht hoch genug, um hier mitreden zu dürfen.

DI Clarke, bis jetzt die typische Frohnatur, bedeutet mir, gegenüber der zierlichen Frau Platz zu nehmen, und setzt sich auf die andere Seite von Sergeant Willan. Vor mir stehen zwar ein Wasserkrug und ein Glas, doch wie ich feststelle weder Kekse noch Kaffee. Heute gibt es keine Garfield-Tassen.

Danke, dass Sie gekommen sind, Emma, beginnt die Frau. Ich bin Sonderstaatsanwältin Patricia Shapton, und das ist Chief Superintendent Peter Robertson.

Die hohen Tiere also. Hallo, erwidere ich und winke ihnen zu. Ich bin Emma.

Patricia Shapton fährt mit einem höflichen Lächeln fort. Wir sind hier, um über Deon Nelsons Verteidigung und Ihre Vorwürfe der angeblichen Vergewaltigung und des Einbruchs unter Anwendung von Gewalt zu sprechen. Wie Sie vermutlich wissen, ist es heutzutage Vorschrift, dass Staatsanwaltschaft und Verteidigung vor dem Prozess ihre Informationen austauschen, um unnötige Gerichtsverfahren zu vermeiden.

Das habe ich zwar nicht gewusst, nicke aber trotzdem.

Deon Nelson gibt an, falsch identifiziert worden zu sein, spricht sie weiter. Sie nimmt ein Papier von dem Stapel, der vor ihr liegt, und setzt eine Lesebrille auf. Dann blickt sie mich über den Rand der Brille hinweg an, als erwarte sie eine Antwort von mir.

Ich habe ihn bei der Kautionsanhörung nicht gesehen, erwidere ich rasch.

Einige Zeugen sagen aber aus, dass Sie es doch getan haben. Allerdings ist das nicht das Thema, das wir heute erörtern wollen.

Aus irgendeinem Grund erleichtert mich das gar nicht. Etwas an ihrem Tonfall und den reglosen, aufmerksamen Mienen der anderen macht mich beklommen. Die Stimmung ist bedrohlich geworden. Ja, sogar aggressiv.

Deon Nelson hat medizinische – *intime* medizinische – Indizien dafür vorgelegt, dass er nicht der Mann sein kann, der Sie zum Oralsex gezwungen hat, verkündet Shapton. Die Beweise sind wasserdicht. Ich würde sogar behaupten, dass sie unwiderlegbar sind.

Ich werde von einem Schwindelgefühl ergriffen, das sich rasch in Übelkeit verwandelt. Ich begreife das nicht, protestiere ich.

Juristisch betrachtet braucht die Verteidigung natürlich nicht mehr, um eine Einstellung des Verfahrens zu erwirken. Sie spricht weiter, als hätte ich gar nichts gesagt, und greift nach anderen Dokumenten. Offenbar haben sie noch viel tiefer nachgegraben. Das hier sind eidesstattliche Erklärungen von einigen Ihrer Kollegen bei Flow Wasserzubehör. Für Sie ist die wichtigste die von Saul Aksoy, in der er eine sexuelle Beziehung mit Ihnen schildert. Während der Sie beide, seiner Aussage nach, auf Ihren Wunsch hin das Video gedreht haben, auf das die Beschreibung passt und das Detective Inspector Clarke auf Ihrem Telefon gefunden hat.

Der Ausdruck *Ich möchte im Erdboden versinken* kommt mir in den Sinn. Nicht einmal im Entferntesten kann er beschreiben, was geschieht, wenn deine ganze Welt implodiert. Wenn alle Lügen, die du erzählt hast, dir plötzlich um die Ohren fliegen. Eine lange, quälende Pause entsteht. Ich spüre, wie mir Tränen in die Augen treten. Ich dränge sie zurück. Ich weiß, dass Patricia Shapton sie nur als mitleidheischenden Trick deuten würde.

Was ist mit den anderen sichergestellten Telefonen?, stoße ich hervor. Sie haben gesagt, Deon Nelson habe so etwas schon öfter getan. Ein Unschuldsknabe kann er also nicht sein.

Chief Superintendent Robertson ergreift das Wort. Damals gab es die Theorie, dass ein Zusammenhang zwischen Einbruch und dem Konsum von Hardcore-Pornos besteht, sagt er. Da Einbrecher häufig eine ungewöhnlich große Sammlung von einschlägigen DVDs besaßen. Irgendwann ist jemand auf den Gedanken gekommen, dass die Einbrecher einfach nur die in den Häusern anderer Leute gefundenen Pornos behalten haben. Nelson hat das Gleiche mit Telefonen gemacht. Er hat diejenigen mit sexuellen Darstellungen darauf eingesteckt. Mehr nicht.

Patricia Shapton nimmt die Lesebrille ab und klappt sie zusammen. Hat Deon Nelson Sie zum Oralsex gezwungen, Emma?

Langes Schweigen entsteht. *Nein*, flüstere ich.

Und warum haben Sie das der Polizei gegenüber behauptet?

Sie haben mich in Gegenwart von Simon gefragt!, gehe ich in die Luft. Nun strömen die Tränen, Tränen des Selbstmitleids und der Wut. Dennoch rede ich weiter, damit sie begreifen, dass sie ebenso viel Schuld trifft wie mich. Ich zeige auf Sergeant Willan und DI Clarke. Sie sagten, sie hätten das Video entdeckt, und es sehe aus, als habe Nelson mich unter Druck gesetzt. Sie sagten, man könne sein Gesicht und das Messer nicht sehen. Was sollte ich tun? Simon erzählen, ich hätte mit einem anderen Sex gehabt?

Sie haben einen Mann beschuldigt, Sie mit vorgehaltenem Messer vergewaltigt zu haben. Und auch angegeben, er habe gedroht, die obszönen Bilder dieses Übergriffs an Ihre Familie und Freunde zu schicken. Als Ihre Geschichte angezweifelt wurde, haben Sie die Täuschung aufrechterhalten. Sie haben sogar eine Opferaussage vor Gericht verlesen.

Das hat DI Clarke verlangt. Ich wollte einen Rückzieher machen, doch er hat mich nicht gelassen. Jedenfalls hat Nelson es verdient. Er hat mich bestohlen.

Diese so kläglich rechtfertigenden Worte hängen in der Luft. Ich werfe einen Blick auf DI Clarkes Gesicht. Eine ganze Bibliothek von Gefühlen ist da zu lesen. Verachtung. Mitleid. Und Wut – Wut deshalb, weil er sich von mir hat täuschen lassen. Dass ich sein Bedürfnis, mich zu beschützen, missbraucht habe, indem ich Lüge auf Lüge häufte.

Wieder entsteht ein schreckliches Schweigen. Patricia Shapton sieht Chief Superintendent Robertson an. Anscheinend ein abgesprochenes Signal, denn er sagt: Haben Sie einen Anwalt, Emma?

Ich schüttle den Kopf. Ich kenne nur den Mann, der bei Simons Auszug die Änderung des Mietvertrags aufgesetzt hat, doch ich glaube nicht, dass er mir in dieser Situation viel nützen wird.

Emma, ich werde Sie jetzt festnehmen. Das heißt, dass Sie später einen Pflichtverteidiger bekommen können, wenn wir Sie in dieser Sache offiziell verhören.

Ich starre ihn entgeistert an. Was soll das heißen?

Wir nehmen Fälle von Vergewaltigung sehr ernst. Das bedeutet, wir gehen davon aus, dass jede Frau, die eine Vergewaltigung meldet, auch die Wahrheit sagt. Die Kehrseite der Medaille ist, dass wir falsche Anschuldigungen ebenso ernst nehmen. Auf der Grundlage dessen, was wir heute gehört haben, haben wir genug in der Hand, um Sie wegen des Verdachts der Vortäuschung einer Straftat und der Strafvereitelung festzunehmen.

Sie wollen *mich* festnehmen?, entgegne ich ungläubig. Was ist mit Nelson? Er ist der Verbrecher.

Wir werden das Verfahren gegen Deon Nelson einstellen müssen, entgegnet Patricia Shapton. In allen Punkten. Ihre Aussage ist nun absolut unglaubwürdig.

Aber er hat mich bestohlen. Daran gibt es doch nichts zu rütteln, oder?

Doch, gibt es, erwidert Chief Superintendent Robertson. Deon Nelson behauptet, er habe die Telefone einem Mann in einem Pub abgekauft. Auch wenn wir ihm möglicherweise nicht glauben, liegen absolut keine Indizien vor, die ihn mit Ihnen in Verbindung bringen.

Aber Sie können doch nicht denken … setze ich an.

Emma Matthews, ich verhafte Sie wegen Strafvereitelung und Vortäuschung einer Straftat nach Paragraf 5.2 des Strafgesetzbuches von 1967. Sie brauchen sich nicht zu äußern, könnten sich jedoch schaden, falls Sie etwas verschweigen, was Sie später vor Gericht aussagen werden. Alles, was Sie sagen, wird zu Protokoll genommen. Haben Sie mich verstanden?

Mir hat es die Sprache verschlagen.

Emma, ich brauche Ihre Antwort. Verstehen Sie, was Ihnen vorgeworfen wird?

Ja, flüstere ich.

Danach fühle ich mich benommen, so als wäre ich durch einen Spiegel getreten. Plötzlich bin ich nicht mehr das Opfer, das mit Glacéhandschuhen angefasst und mit Kaffee versorgt wird. Stattdessen befinde ich mich in einem völlig anderen Teil des Reviers, in dem die Lampen mit Metallgittern abgesichert sind und die Fußböden nach Erbrochenem und Bleiche stinken. Ein Justizvollzugsbeamter schaut von einem auf einem Podest stehenden Schreibtisch auf mich herab und erklärt mir meine Rechte. Ich leere meine Taschen. Dann wird mir eine Ausgabe der Justizvollzugsordnung ausgehändigt, und man teilt mir mit, ich würde eine warme Mahlzeit erhalten, wenn ich zur Abendessenszeit noch hier sei. Man nimmt mir die Schuhe weg und führt mich zu einer Zelle. In die eine Wand ist ein Bett eingebaut, in die gegenüberliegende ein kurzes Regal. Ansonsten ist hier alles absolut leer. Die Wände sind weiß, der Teppichboden ist grau, das Licht gedämpft. Mir schießt durch den Kopf, dass Edward sich hier zu Hause fühlen würde, aber natürlich würde er das nicht. Alles ist schmuddelig, stinkt und ist unbequem und billig.

Drei Stunden warte ich auf den Pflichtverteidiger. Irgendwann bringt mir der Justizvollzugsbeamte eine Kopie meiner Anklageschrift. Auf Papier sieht sie noch düsterer aus, als sie oben klang.

Ich versuche, nicht an DI Clarkes Gesichtsausdruck zu denken, als ich den Raum verließ. Der Ärger war verflogen, seine Miene war nur noch angewidert. Er hat mir geglaubt, und ich habe ihn enttäuscht.

Schließlich wird ein pummeliger junger Mann mit Gelfrisur und einem überdimensionalen Windsorknoten hereingeführt. Er steht auf der Schwelle und schüttelt mir über einen Aktenstapel hinweg die Hand.

Äh, Graham Keating, sagt er. Ich fürchte, die Anwaltszimmer sind alle belegt. Wir werden uns hier unterhalten müssen.

Nebeneinander sitzen wir auf dem harten Bett wie zwei Studenten, die den rechten Mut nicht aufbringen. Er fordert mich auf, die Ereignisse in eigenen Worten zu schildern. Selbst für mich klingt es ziemlich schwach.

Und was passiert jetzt mit mir?, erkundige ich mich, nachdem ich fertig bin.

Das hängt im Grunde davon ab, ob die sich auf die Vortäuschung einer Straftat oder Behinderung der Justiz einschießen, erwidert er. Im ersten Fall bekennen Sie sich schuldig, müssen Sozialstunden ableisten oder kriegen eine Bewährungsstrafe. Im zweiten Fall … nun, da gibt es für die Strafe, die ein Richter verhängen kann, keine Obergrenze. Höchststrafe ist lebenslänglich. Natürlich gilt das nur für besonders schwere Fälle. Doch ich sollte Sie warnen. Richter nehmen diese Straftat häufig sehr ernst.

Ich breche wieder in Tränen aus. Graham kramt ein Päckchen Taschentücher aus seinem Aktenkoffer. Diese Geste lässt mich an Carol Younson denken, was mich wiederum an ein anderes Problem erinnert.

Die dürfen doch nicht meine Therapeutin befragen, oder?

Was für eine Therapeutin meinen Sie?

Nach dem Einbruch habe ich eine Therapie angefangen. Sie wurde mir von der Polizei empfohlen.

Und Sie haben dieser Therapeutin die Wahrheit gesagt?

Nein, gebe ich bedrückt zu.

Ich verstehe, entgegnet er, obwohl er offenbar verwirrt ist. Nun, solange wir Ihren Geisteszustand nicht ins Spiel bringen, gibt es keinen Grund, sie hinzuzuziehen. Er schweigt einen Moment. Was uns wiederum zu dem Punkt führt, wie wir unsere Verteidigung anlegen wollen. Sie haben der Polizei bereits gesagt, was passiert ist, aber den Grund verschwiegen, warum.

Was soll das heißen?

Bei Vergewaltigung und schweren sexuellen Übergriffen kommt es vor allem auf den Kontext an. Und da die Vorwürfe mit einer angeblichen Vergewaltigung in Zusammenhang stehen, werden sie gemäß dieser Richtlinien behandelt. Manchmal habe ich Frauen vertreten, die sich zum Beispiel gedrängt und unter Druck gesetzt fühlten, die Vorwürfe zurückzuziehen. Das ist eine große Hilfe.

Das ist nicht … beginne ich, halte aber dann inne. Sie meinen, wenn ich Angst vor jemandem hätte, könnte ich freikommen?

Nicht ganz, erwidert er. Doch es könnte das Strafmaß drastisch verringern.

Aber ich hatte Angst, sage ich. Ich hatte Angst, es Simon zu erzählen. Er kann manchmal handgreiflich werden.

Gut, antwortet Graham. Er erwidert nicht *Jetzt sind wir im Geschäft*, obwohl seine Körpersprache es verrät, als er einen gelben Block aufschlägt und anfängt, sich Notizen zu machen. Um was für Handgreiflichkeiten ging es denn?

Heute: Jane

»DI Clarke?«

Der Mann mit Windjacke, der ein kleines Bier vor sich hat, blickt auf. »Das bin ich. Obwohl ich kein DI mehr bin, sondern einfach nur irgendein Typ. James, wenn Sie mögen.« Er steht auf, um mir die Hand zu schütteln. Zu seinen Füßen befindet sich eine Einkaufstüte mit Obst und Gemüse. Er weist auf den Tresen. »Darf ich Ihnen etwas bestellen?«

»Danke, ich kümmere mich selbst. Ich freue mich, dass Sie bereit waren, sich mit mir zu treffen.«

»Kein Problem. Ich fahre mittwochs sowieso immer in die Stadt zum Markt.«

Ich bestelle ein Ginger Ale und kehre wieder zum Tisch zurück. Es wundert mich, wie einfach es heutzutage ist, Leute aufzuspüren. Ein Telefonat mit Scotland Yard und ich weiß, dass Detective Inspector Clarke im Ruhestand ist. Die Frage »Wie finde ich einen pensionierten Polizeibeamten?« in eine Suchmaschine – natürlich nicht *Housekeeper* – einzutippen, hat mich zu einer Organisation namens NARPO geführt, der National Association of Retired Police Officers. Da es ein Kontaktformular gab, habe ich ihnen eine Anfrage geschickt. Noch am selben Tag erhielt ich eine Antwort. Man könne keine Daten von Mitgliedern herausgeben, werde mein Anliegen jedoch weiterleiten.

Der Mann, der mir gegenübersitzt, sieht für einen Pensionär nicht alt genug aus. Offenbar hat er meinen Gedanken erraten, denn er sagt: »Ich habe fünfundzwanzig Jahre lang bei der Polizei mitgemischt. Lange genug, um in Pension zu gehen. Auch wenn ich nicht ganz aufgehört habe zu arbeiten. Ein ehemaliger Kollege und ich haben einen kleinen Laden, der Alarmanlagen einbaut. Nicht viel Stress, aber finanziell lohnt es sich. Sie wollten doch über Emma Matthews reden.«

Ich nicke. »Ja, das stimmt.«

»Sind Sie eine Verwandte?«

Offenbar ist ihm die Ähnlichkeit auch aufgefallen. »Nein, ich bin die derzeitige Mieterin von Folgate Street 1, dem Haus, in dem sie gestorben ist.«

»Hm.« Auf den ersten Blick wirkt James Clarke wie ein solider Durchschnittsmensch, ein Mann aus der Arbeiterschicht, der es geschafft hat und vielleicht sogar ein Häuschen in Portugal neben einem Golfplatz besitzt. Doch ich erkenne seinen aufmerksamen und selbstbewussten Ausdruck. »Was genau wollen Sie denn wissen?«

»Mir ist bekannt, dass Emma gewisse Anschuldigungen gegen ihren Exfreund erhoben hat. Simon Wakefield. Kurz darauf war sie tot. Ich habe verschiedene Erklärungen dazu gehört, durch wen oder was sie zu Tode gekommen sein könnte – Depressionen, Simon, ja, sogar der Mann, mit dem sie danach eine Beziehung hatte.« Ich erwähne Edward absichtlich nicht, nur für den Fall, dass Clarke auf mein Interesse an ihm anspringen könnte. »Ich möchte einfach nur mehr über die Ereignisse erfahren. Wenn man dort wohnt, ist es schwierig, nicht neugierig zu werden.«

»Emma Matthews hat mich über den Tisch gezogen«, entgegnet DI Clarke bitter. »Das ist mir als Detective nicht oft passiert. Eigentlich fast nie. Doch da saß ich vor einer glaubwürdigen jungen Frau, die sagte, sie hätte zu große Angst gehabt, um einen wirklich unschönen sexuellen Übergriff anzuzeigen. Ich wollte etwas für sie tun. Außerdem standen wir damals unter Druck, die Verurteilungen wegen Vergewaltigung in die Höhe zu treiben. Angesichts der Beweise dachte ich, ich würde meinen Vorgesetzten eine Freude machen, Emma Gerechtigkeit verschaffen und außerdem einen wirklich miesen Typen namens Deon Nelson für lange Zeit hinter Gitter schicken können. Drei Fliegen mit einer Klappe. Wie sich herausstellte, lag ich in allen drei Fällen falsch. Sie hat uns von Anfang an nach Strich und Faden belogen.«

»Also war sie eine gute Lügnerin?«

»Oder ich war ein Idiot mittleren Alters.« Bedauernd zuckt er die Achseln. »Ein Jahr zuvor war meine Sue gestorben. Und dieses Mädchen, das meine Tochter hätte sein können … möglicherweise war ich zu vertrauensselig. So hat es zumindest unsere interne Ermittlungsabteilung anschließend ganz klar gesehen. Ein Polizist kurz vor der Pensionierung, eine hübsche junge Frau, und aus ist es mit seinem Urteilsvermögen. Und es steckt schon ein Körnchen Wahrheit darin. Genug, um ein bisschen früher in Pension zu gehen, da sie es mir ohnehin vorgeschlagen haben.«

Er trinkt einen großen Schluck Bier. Ich nippe an meinem Ginger Ale. Für mich schreit die Limonade buchstäblich *Ich bin schwanger* heraus, doch falls DI Clarke das bemerkt hat, spricht er es nicht an. »Rückblickend betrachtet hätte ich einige Dinge bemerken müssen. Sie hat Nelson viel zu eindeutig auf VIPER identifiziert, wenn man ihre Aussage bedenkt, er habe während des Überfalls eine Sturmhaube getragen. Und was die Vorwürfe gegen ihren Exfreund betrifft …« Er zuckt die Achseln.

»Die glauben Sie im Nachhinein auch nicht?«

»Wir haben sie schon damals nicht geglaubt. Ihr Anwalt hat das nur vorgebracht, um ihr aus der Patsche zu helfen. ›Ich hatte Angst und kann deshalb nicht für das verantwortlich gemacht werden, was ich gesagt habe.‹ Und es hat funktioniert. Außerdem hatte die Staatsanwaltschaft keine allzu große Lust, aller Welt mitzuteilen, wie sie uns zum Narren gehalten hat. Sie hat eine offizielle Verwarnung wegen Vortäuschung einer Straftat gekriegt, doch das war nur eine Formalie.«

»Und dennoch haben Sie nach ihrem Tod Simon Wakefield festgenommen.«

»Ja. Aber das war eher, um unseren Arsch zu retten. Plötzlich gab es da eine Möglichkeit, dass wir die Sache von Anfang an falsch angegangen waren. Eine junge Frau behauptet, vergewaltigt worden zu sein, gibt dann zu, dass sie gelogen hat, doch sagt aus, ihr Freund sei eine Art Jekyll und Hyde, der ihr gegenüber gewalttätig geworden sei. Kurz darauf wird sie tot aufgefunden. Falls sich herausgestellt hätte, dass er wirklich der Täter war, hätten wir ganz schön dumm ausgesehen. Selbst wenn es sich als Selbstmord entpuppt, hat sich die Polizei nicht genug um sie bemüht, richtig? Jedenfalls war es besser, irgendjemanden zu verhaften.«

»Also nur Routinearbeit?«

»Oh, verstehen Sie mich nicht falsch. Aus diesem Grund könnten die in der Chefetage eine Verhaftung gewollt haben. Doch mein Team hat bei der Befragung gründliche Arbeit geleistet. Es gab keinerlei Hinweise darauf, dass Simon Wakefield etwas mit Emmas Tod zu tun hatte. Sein einziger Fehler war, dass er überhaupt etwas mit ihr angefangen hat. Und das kann ich ihm wirklich nicht zum Vorwurf machen. Wie ich schon sagte, sind bereits ältere und klügere Männer als er auf ihre Reize reingefallen.« Er verzieht das Gesicht. »Ich verrate Ihnen jetzt etwas, das wirklich ungewöhnlich war. Die meisten Menschen, die dabei ertappt werden, wie sie die Polizei belügen, knicken ziemlich schnell ein. Emmas Reaktion bestand darin, uns eine weitere Lüge aufzutischen. Vielleicht hat ihr Anwalt es ihr ja eingeredet, doch normal war das nicht.«

»Wie ist sie *Ihrer* Ansicht nach gestorben?«

»Zwei Möglichkeiten. Eins, sie hat sich umgebracht. Wegen einer Depression?« Er schüttelt den Kopf. »Das glaube ich nicht. Eher, dass ihre Lügen sie irgendwann eingeholt haben.«

»Und zwei?«

»Die offensichtliche Anwort.«

Ich verziehe das Gesicht. »Und die wäre?«

»Sie scheinen noch nicht in Erwägung gezogen zu haben, dass Deon Nelson sie umgebracht hat.«

Stimmt – ich hatte mich so auf Edward oder Simon versteift, dass mir die Möglichkeit, es könnte jemand völlig anderer gewesen sein, gar nicht in den Sinn gekommen ist.

»Nelson war – und ist es vermutlich immer noch – ein Mistkerl«, fährt er fort. »Sein Strafregister reicht bis in sein zwölftes Lebensjahr zurück. Als Emma ihn mit ihrer erfundenen Geschichte fast hinter Gitter gebracht hätte, hätte er sich rächen wollen können.« Er schweigt einen Moment. »Emma hat sogar etwas in diese Richtung gesagt. Sie hat uns gesagt, er habe sie bedroht.«

»Sind Sie der Sache nachgegangen?«

»Wir haben sie in die Akten aufgenommen.«

»Ist das dasselbe?«

»Sie war wegen Vortäuschung einer Straftat festgenommen worden. Denken Sie, dass jeder Vorwurf, den sie danach erhoben hat, oben auf der Prioritätenliste stand? Es sah bereits so aus, als hätten wir Nelson viel zu schnell der Vergewaltigung bezichtigt. Und da seine Anwältin auf rassistische Diskriminierung plädiert hat, gab es keine Möglichkeit, die Angelegenheit ohne hieb- und stichfeste Beweise weiterzuverfolgen.«

Ich überlege. »Erzählen Sie mir von diesem Video, dem auf Emmas Telefon. Wie konnten Sie das als Vergewaltigung missdeuten, obwohl es gar keine war?«

»Weil es so brutal war«, erwidert er knapp. »Vielleicht bin

ich ja altmodisch. Ich begreife nur einfach nicht, wie Leute Spaß an sowas haben können. Doch wenn ich eines in fünfundzwanzig Jahren Polizeidienst gelernt habe, dann, dass man das Sexualleben anderer Menschen niemals verstehen wird. Heutzutage schauen sich junge Leute hässliche, aggressive Pornos im Internet an und denken, es könnte ja lustig sein, sowas mit dem eigenen Telefon zu filmen. Männer, die Frauen als Objekte behandeln, und Frauen, die das mitmachen. Warum? Es will mir nicht in den Kopf, wirklich nicht. Aber in Emmas Fall war es so. Und noch dazu mit dem besten Freund ihres Freundes.«

»Wer war das?«

»Ein Mann namens Saul Aksoy, der bei derselben Firma gearbeitet hat wie Emma. Nelsons Anwältin hat einen Privatdetektiv auf ihn angesetzt und ihn überredet, eine Aussage zu machen. Natürlich hatte Aksoy gegen kein Gesetz verstoßen, aber trotzdem. Was für ein Schlamassel.«

»Doch wenn Deon Nelson sie getötet hat« – mein Verstand beschäftigt sich noch immer mit Clarkes Theorie –, »wie ist er dann ins Haus gekommen?«

»Keine Ahnung.« Clarke stellt sein leeres Glas weg. »In zehn Minuten fährt mein Bus. Ich muss los.«

»Folgate Street 1 ist mit einem hochmodernen Sicherheitssystem ausgestattet. Genau das gefiel Emma ja an dem Haus.«

»Hochmodern?« Clarke schnaubt verächtlich. »Vielleicht vor fünfzehn Jahren. Heutzutage betrachten wir nichts mehr als wirklich sicher, das mit dem Internet zu tun hat. Es ist viel zu einfach, sich einzuhacken.«

Plötzlich habe ich Edwards Stimme im Ohr. *Die Dusche lief noch, als sie gefunden wurde. Sie muss mit nassen Füßen die Treppe hinuntergelaufen sein …*

»Und warum war die Dusche noch an?«, frage ich.

Clarke wirkt verwirrt. »Wie bitte?«

»Die Dusche. Sie wird durch ein Armband aktiviert.« Ich zeige ihm das an meinem Handgelenk. »Sie erkennt einen, wenn man sich darunter stellt, und reguliert die Wassertemperatur nach persönlichen Präferenzen. Und wenn man wieder rausgeht, schaltet sie sich ab.«

Er zuckt die Achseln. »Wenn Sie das sagen.«

»Was ist mit den übrigen Daten von Folgate Street 1? Die Überwachungskamera an der Tür und so weiter? Haben Sie das überprüft?«

Er schüttelt den Kopf. »Als sie gefunden wurde, waren schon achtundvierzig Stunden vergangen. Die Festplatte hatte sich gelöscht. Viele Alarmsysteme tun das, um Speicherplatz zu sparen. Ein Jammer, aber so ist es nun mal.«

»Das Haus muss ein Teil der Lösung sein, da bin ich sicher.«

»Vielleicht, doch dieses Geheimnis werden wir wohl nie lüften.« Er steht auf und greift nach seiner Einkaufstüte. Ich erhebe mich ebenfalls. Ich will ihm schon die Hand geben, als er sich zu meiner Überraschung vorbeugt und mich auf die Wange küsst. Seine Kleider riechen ein wenig nach Bier. »Nett, Sie kennengelernt zu haben, Jane. Und viel Glück. Offen gestanden glaube ich nicht, dass Sie mehr herausfinden werden als wir. Aber wenn doch, geben Sie mir bitte Bescheid? Was Emma passiert ist, beschäftigt mich immer noch. Und das ist nicht bei vielen meiner Fälle so.«

Damals: Emma

Es gab einmal eine Zeit, in der mir Folgate Street 1 wie ein ruhiger, sicherer Rückzugsort erschien. Inzwischen ist das nicht mehr so. Es fühlt sich eher klaustrophobisch und bedrohlich an. So, als sei das Haus wütend auf mich.

Aber natürlich übertrage ich nur meine eigenen Gefühle auf diese kahlen Wände. Menschen sind wütend auf mich, nicht das Haus.

Das lässt mich an Edward denken, und ich gerate wegen des Briefs, den ich ihm gegeben habe, in Panik. Welcher Teufel hat mich nur geritten? Ich schicke ihm eine SMS. *Bitte lies ihn nicht. Wirf ihn einfach weg.* Die meisten Leute würde das dazu bringen, ihn erst recht zu lesen, aber Edward ist nicht wie die meisten Leute.

Allerdings schafft es das Problem nicht aus der Welt, dass ich ihm früher oder später von Simon, Saul und der Polizei werde erzählen müssen. Und das ist schlechterdings unmöglich, ohne zuzugeben, dass ich ihn belogen habe. Beim bloßen Gedanken daran würde ich am liebsten losheulen.

Ich habe die Stimme meiner Mutter im Ohr, wenn sie mich als Kind beim Lügen ertappt hatte.

Lügner dürfen nicht weinen.

Und dann gab es da noch das Gedicht über ein kleines Mädchen namens Mathilda, das so oft die Feuerwehr anrief, bis man ihm schließlich nicht mehr glaubte, als es tatsächlich brannte.

Denn immer, wenn sie »Feuer!« schrie,
hieß es, das glauben wir dir nie!
Als kam die Tante angerannt,
waren Haus und Kind schon abgebrannt.

Allerdings habe ich mich an meiner Mutter gerächt. Mit vierzehn habe ich zu essen aufgehört. Die Ärzte stellten eine Anorexie fest, doch ich wusste, dass ich niemals wirklich an einer Essstörung litt. Ich wollte lediglich beweisen, dass mein Wille stärker war als ihrer. Bald drehte sich in unserer Familie alles nur noch um meine Ernährung, mein Gewicht, meine Kalorienaufnahme, ob ich einen guten oder schlechten Tag gehabt hatte, ob meine Periode eingetreten war, ob ich mich schwindelig fühlte oder ob heller Flaum an meinen Armen und Wangen spross. Mahlzeiten schleppten sich eine Ewigkeit hin, während meine Eltern mich durch Versprechungen, Bestechung oder Druck dazu bringen wollten, nur einen Bissen mehr zu mir zu nehmen. Ich durfte immer seltsamere Diäten erfinden, basierend auf der Theorie, dass ich etwas entdecken könnte, das mir schmeckte. Eine Woche lang aßen wir nichts als Avocadosuppe mit darüber gestreuten, gebratenen Apfelscheiben. Dann wieder war es ein Salat aus Birne und Wasserkresse, dreimal am Tag. Vor meiner Krankheit war mein Vater eher abwesend und distanziert gewesen, doch bald stand ich ganz oben auf seiner Prioritätenliste. Ich wurde in verschiedene Privatkliniken gesteckt, in denen man mir Vorträge zum Thema Selbstwertgefühl und die Notwendigkeit von Erfolgserlebnissen hielt. Aber ich war doch erfolgreich: darin nämlich, nichts zu essen. Ich lernte, engelsgleich, aber müde zu lächeln und zu erwidern, sie hätten sicher recht, und von nun an würde ich versuchen, ein positiveres Denken zu entwickeln.

Ich hörte auf, als eine gnadenlose Psychologin mir in die Augen sah und sagte, dass sie a) genau wisse, dass ich meine Mitmenschen manipuliere, und dass b) es zu spät sein werde, wenn ich nicht bald wieder zu essen anfinge. Anorexie verändert offenbar das Denken. Man verstrickt sich in Gedankenmuster, die auftauchen, wenn man am wenigsten damit rechnet. Wenn ich zu lange in diesem Zustand verharrte, würde ich diese Muster für den Rest meines Lebens in mir tragen. Wie in dem alten Sprichwort, dass der Flügelschlag eines Schmetterlings ein Erdbeben auslösen kann.

Also hörte ich auf, Anorektikerin zu sein, blieb aber dünn. Wie ich herausfand, gefiel das den Leuten. Insbesondere bei Männern weckte das den Beschützerinstinkt. Sie hielten mich für zerbrechlich, obwohl ich in Wahrheit einen eisernen Willen habe.

Nur manchmal – wenn die Dinge zu entgleisen drohen, wie jetzt gerade – erinnere ich mich an das wundervolle, befriedigende Gefühl, das mir das Nicht-Essen vermittelt hat. Das Wissen, dass ich meine Geschicke bestimme.

Im Moment gelingt es mir noch, der Versuchung zu widerstehen. Doch ich habe ein übles, hohles Gefühl im Magen, sobald ich an die Ereignisse denke. *Das sind eidesstattliche Erklärungen von einigen Ihrer Kollegen.* Von wie vielen? Wer sonst noch außer Saul? Wahrscheinlich spielt das jetzt keine Rolle mehr. Es hat sich bestimmt schon in der ganzen Firma herumgesprochen.

Und Amanda – eine meiner besten Freundinnen – wird erfahren, dass ihr Mann mit mir geschlafen hat.

Ich schicke der Personalabteilung eine E-Mail, in der steht, dass ich krank bin. Ich darf mich nicht im Büro blicken lassen, bis mir eine Lösung eingefallen ist.

Um mich zu beschäftigen, verpasse ich dem Haus den längst fälligen Frühjahrsputz. Also lasse ich ohne nachzudenken die Haustür offen, als ich den Müll rausbringe. Erst als ich hinter mir ein Geräusch höre, wirble ich in Panik herum.

Ein winziges, ausgemergeltes Gesicht mit großen Augen wie ein Babyaffe starrt mich an. Es ist eine Katze. Eine kleine Siamkatze. Bei meinem Anblick bleibt sie erwartungsvoll auf dem Steinboden sitzen, als wolle sie mir mitteilen, es sei jetzt meine Verantwortung, ihren Besitzer ausfindig zu machen.

Wer bist du denn?, frage ich. Die Katze miaut bloß. Ohne Scheu erlaubt sie mir, sie aufzuheben. Sie ist nur Haut und Knochen und hat ein seidig weiches Fell. Sobald sie in meinen Armen ruht, fängt sie an, laut zu schnurren.

Und was mache ich jetzt mit dir?, sage ich.

Mit dem Kätzchen tingle ich von Haus zu Haus. Bis jetzt habe ich meine Nachbarn nicht kennengelernt. Da gibt es eine indische Familie, die den Laden an der Ecke betreibt und die ich manchmal grüße. Und eine polnische Frau, die im Starbucks an der U-Bahn bedient. Aber das war's auch schon.

Bei den meisten Häusern macht niemand auf. Es ist eine der Straßen, in der beide Ehepartner arbeiten müssen, um sich die Hypothek oder die Miete leisten zu können. Doch bei Nummer 3 kommt eine Frau mit roten Locken und Sommersprossen an die Tür und wischt sich die bemehlten Hände an ihrer Schürze ab. Hinter ihr erkenne ich zwei rothaarige Kinder, einen Jungen und ein Mädchen, ebenfalls mit Schürzen.

Hallo, begrüßt sie mich. Dann sieht sie das Kätzchen, das noch immer genüsslich in meinen Armen schnurrt. Ach, bist du eine Süße, sagte sie.

Dann wissen Sie wohl nicht, wem sie gehört, antworte ich. Sie ist einfach in mein Haus spaziert.

Sie schüttelt den Kopf. Ich habe nicht gehört, dass jemand hier eine Katze hätte. Wo wohnen Sie denn?

Nummer 1, erwidere ich und weise nach nebenan.

In dem Führerbunker? Tja, irgendjemand muss ja dort wohnen. Ich heiße übrigens Maggie Evans. Möchten Sie reinkommen. Ich rufe mal die anderen Mütter an.

Die Kinder drängen sich bereits um uns und wollen unbedingt das Kätzchen streicheln. Ihre Mutter weist sie an, sich zuerst die Hände zu waschen. Ich warte, während sie einige Nachbarn abtelefoniert. Drei Handwerker mit Schutzhelmen stapfen aus dem Keller herauf durch die Küche und schütten höflich ihre Kaffeetassen in der Spüle aus. Willkommen im alltäglichen Wahnsinn, sagt Maggie Evans, als sie zu Ende telefoniert hat, auch wenn mir das Ganze gar nicht so wahnsinnig vorkommt. Kinder und Handwerker haben ausgesprochen gute Manieren.

Ich fürchte, ich habe nichts in Erfahrung bringen können, fügt sie hinzu. Chloe, Tim, möchtet ihr ein paar Plakate machen, auf denen steht: »Katze zugelaufen«?

Die Kinder sind Feuer und Flamme. Chloe möchte wissen, ob sie die Katze behalten können, wenn niemand sie will. Maggie Evans entgegnet streng, dass das Kätzchen bald eine große Katze sein wird, die Hector frisst. Wer Hector ist, erfahre ich nicht. Während die Kinder ihre Plakate malen, kocht Maggie Evans Tee und fragt mich, wie lange ich schon in der Folgate Street 1 wohne.

Wir waren von Anfang an gegen dieses Gebäude, vertraut sie mir an. Es passt so überhaupt nicht ins Viertel. Und der Architekt war derart unhöflich. Es gab eine Bürgerversammlung, damit er sich unsere Bedenken anhören kann, doch er stand nur da und hat kein Wort gesagt. Und dann ist er gegangen und hat überhaupt nichts verändert. Nicht die kleinste Kleinigkeit! Ich wette, es ist die Hölle, in der Bude zu wohnen.

Eigentlich ist es wunderschön, erwidere ich.

Ich habe eine frühere Mieterin kennengelernt, die es nicht ertragen konnte. Sie ist nur wenige Wochen geblieben. Sie hatte das Gefühl, das Haus sei gegen sie. Und da gibt es doch auch noch all diese seltsamen Regeln, oder?

Einige. Aber eigentlich sind sie sehr vernünftig, antworte ich.

Tja, ich könnte dort nicht wohnen. Timmy!, ruft sie. Nimm keine Porzellanteller für die Farbe. Was machen Sie eigentlich beruflich?, fragt sie mich.

Ich arbeite im Marketing. Doch im Moment bin ich krankgeschrieben.

Oh, sagt sie und bedenkt mich mit einem zweifelnden Blick. Offenbar sehe ich nicht sehr krank aus. Dann schaut sie besorgt zu den Kindern hinüber.

Keine Angst, es ist nicht ansteckend. Ich senke die Stimme. Nur eine Chemotherapie. Die macht mich einfach fertig.

Sofort liegt Mitgefühl in ihren Augen. Ach, du meine Güte, das tut mir so leid …

Braucht es nicht. Alles in Ordnung. Ich fühle mich blendend, erwidere ich tapfer.

Als ich gehe, habe ich nicht nur das Kätzchen, sondern einen Stapel selbst gemalter »IST DAS IHRE KATZE?«-Plakate in der Hand. Maggie Evans und ich sind jetzt beste Freundinnen.

Zurück in Folgate Street 1 erkundet das Kätzchen zunehmend selbstbewusster das Terrain und springt wie ein kleiner Tiger die Treppe hinauf ins Schlafzimmer. Als ich es suchen gehe, liegt es auf dem Rücken ausgestreckt auf dem Bett, schläft tief und fest und reckt eine Pfote in die Luft.

Ich beschließe, dass ich in Sachen Arbeit eine Entscheidung gefällt habe, hole mein Telefon heraus und rufe die Zentrale an.

Flow Wasserzubehör, wie kann ich Ihnen helfen?, meldet sich eine Stimme.

Könnten Sie mich bitte mit der Personalabteilung verbinden?

Nach einer Pause meldet sich die Leiterin der Personalabteilung. Hallo?

Helen, ich bin es, Emma Matthews. Ich möchte mich gerne offiziell über Saul Aksoy beschweren.

Heute: Jane

DI Clarke aufzuspüren war schon einfach, Saul Aksoys E-Mail-Adresse zu ermitteln, sogar noch leichter. Als ich seinen Namen und »Flow Wasserzubehör« bei Google eintippe, erfahre ich, dass er die Firma vor drei Jahren verlassen hat. Inzwischen ist er der Gründer und Vorstandsvorsitzende von Volcayneau, einer neuen Mineralwassermarke, die – wie eine durchgestylte Website mir mitteilt – unter einem ruhenden Vulkan auf Fidschi gewonnen wird. Das Foto zeigt einen attraktiven, dunkelhäutigen Mann mit rasiertem Schädel, sehr weißen Zähnen und einem Diamantstecker im Ohr. Ich schicke ihm die E-Mail, die bei mir inzwischen zum Standard geworden ist. *Lieber Saul, ich hoffe, Sie fühlen sich von meiner Mail nicht überfahren. Ich führe einige Recherchen wegen einer früheren Mieterin des Hauses durch, in dem ich jetzt lebe. Die Adresse lautet Folgate Street 1 …*

Mittlerweile stehen wir alle miteinander in Verbindung, denke ich, als ich die Nachricht in den Cyberspace schicke. Jeder und alles. Doch zum ersten Mal seit Beginn meiner Nachforschungen erhalte ich eine Abfuhr. Die Antwort erfolgt rasch. Ein klares Nein.

Danke für Ihre E-Mail. Ich spreche nicht über Emma Matthews. Mit niemandem. Saul.

Ich versuche es noch einmal. *Morgen Abend habe ich in der Nähe Ihres Büros zu tun. Vielleicht können wir uns auf einen kurzen Drink treffen?*

Diesmal füge ich meine Kontaktdaten bei. Ich weiß zwar

nur wenig über Saul Aksoy, kann aber ziemlich sicher sein, dass er mich googeln wird. Und nicht sehr bescheiden vermute ich, dass er gegen einen Drink mit mir nichts einzuwenden haben wird.

Diesmal fällt die Antwort positiv aus. *Okay, eine halbe Stunde könnte ich erübrigen. Wir treffen uns um acht Uhr in der Zebra Bar in der Dutton Street.*

Ich bin früher da und bestelle eine Limettenlimo. Inzwischen sind meine Brüste größer, und ich muss öfter pinkeln. Ansonsten merkt man mir die Schwangerschaft kaum an, obwohl Mia findet, dass ich ungewöhnlich gut aussehe. Strahlend, sagt sie. Wenn ich mich morgens übergeben muss, fühlt es sich nicht so an.

Mein erster Eindruck von Saul Aksoy ist: Schmuck. Außer dem Ohrstecker trägt er auch noch ein dünnes Goldkettchen, in den Ausschnitt seines offenen Hemds geschoben. Unter den Ärmeln seines Sakkos blitzen Manschettenknöpfe hervor, rechts prangt ein Siegelring und links eine teuer wirkende Uhr. Es scheint ihn zu stören, dass ich bereits ein Glas, zumal mit etwas Alkoholfreiem, vor mir habe, und er gibt sich alle Mühe, mir ein Glas Champagner aufzudrängen, bevor er das Handtuch wirft und eines für sich selbst bestellt.

Einen größeren Unterschied als zwischen Saul und Simon Wakefield könnte es gar nicht geben. Und Edward Monkford wiederum ist so völlig anders als alle beide. Es will mir nicht in den Kopf, wie Emma mit diesen drei Männern eine Beziehung gehabt haben kann. Während Simon unbedingt gefallen will, aber auch überempfindlich und unsicher zu sein scheint, und Edward gelassen ist und vor Selbstbewusstsein nur so strotzt, ist Saul aufdringlich, schrill und laut. Außerdem hat er die Angewohnheit, seine Sätze mit einem aggressiven »Yeah?« zu beenden, als wolle er mich zwingen, ihm zuzustimmen.

»Danke, dass Sie Zeit für mich hatten«, sage ich nach dem anfänglichen Small Talk. »Ich weiß, dass es merkwürdig auf Sie wirken muss, weil ich Emma ja nicht einmal kannte. Allerdings habe ich den Eindruck, dass niemand sie wirklich gekannt hat. Jeder, mit dem ich spreche, schildert mir eine andere Version von ihr.«

Er zuckt die Achseln. »Ich habe mich eigentlich nicht deshalb mit Ihnen getroffen, yeah? Ich ertrage es noch immer nicht, über sie zu reden.«

»Und warum das?«

»Weil sie komplett verrückt war«, entgegnet er barsch. »Und mich den Job gekostet hat. Nicht, dass ich diesen Job vermissen würde, der war nur Mist. Doch sie hat Lügen über mich verbreitet, und so was lasse ich mir von niemandem bieten.«

»Was hat sie getan?«

»Sie hat mich bei der Personalabteilung angeschwärzt, ich hätte sie betrunken gemacht und zum Sex gezwungen. Unter anderem hat sie behauptet, ich hätte angeboten, ihr eine Stelle in der Marketingabteilung zu beschaffen, wenn sie mit mir schlafen würde. Angeblich habe sie abgelehnt, und ich sei mit der Zurückweisung nicht zurechtgekommen. Zufällig habe ich wirklich mit dem Marketingchef gesprochen, um ihr einen Gefallen zu tun. Aber das war, nachdem wir miteinander geschlafen hatten, nicht davor. Diese Anschuldigungen hat sie erhoben, bevor rauskam, dass sie wegen falscher Vergewaltigungsvorwürfe festgenommen worden war. Leider gab es da noch ein paar Mädchen in der Firma, die mich fertigmachen wollten, als sie voneinander erfuhren, nicht zu vergessen meine Frau – jetzt meine Exfrau. Ich konnte echt einpacken. Wie sich herausstellte, das Beste, was mir je passiert ist. Doch das konnte sie damals ja noch nicht wissen.«

»Sie und Emma hatten *was*? Einen One-Night-Stand, eine

Affäre?« Auf dem Tresen steht ein Schälchen mit gesalzenen Erdnüssen, und ich muss mich beherrschen, um nicht alle zu verschlingen, während er redet. Ich schiebe das Schälchen weg.

»Wir hatten ein paarmal Sex, mehr nicht. Eine Fortbildungsveranstaltung mit Hotelübernachtung. Beim kostenlosen Alkohol sind die Dinge ein wenig außer Kontrolle geraten.« Er verzieht das Gesicht. »Hören Sie, ich bin nicht stolz darauf. Simon ist mein Freund – wenigstens war er das vor dieser Sache. Aber ich war noch nie gut darin, Nein zu sagen, und sie hat sich mir an den Hals geworfen, glauben Sie mir. Sie wollte sogar weitermachen, als ich beschlossen hatte, wir hätten genug Spaß gehabt und es sei an der Zeit, einen Schlussstrich zu ziehen. Ich glaube, das Risiko hat sie am meisten angetörnt. Sie fand es eindeutig geil, dass wir es hinter Simons Rücken trieben. Und auch hinter Amandas. Wenn Sie mich fragen, habe ich Simon letztlich einen Gefallen getan, obwohl er es nie so gesehen hat.«

»Stehen Sie und Simon noch in Kontakt?«

Er schüttelt den Kopf. »Wir haben seit Jahren nicht mehr miteinander gesprochen.«

»Ich muss Sie das fragen ... Jemand, der sich das Video auf Emmas Telefon angeschaut hat, meinte, es sei ziemlich hart zur Sache gegangen.«

Das scheint ihm nicht peinlich zu sein. »Ja. Sie stand darauf. Im Grunde genommen doch die meisten Frauen.« Er wirft mir einen prüfenden Blick zu. »Und ich mag es, wenn eine Frau weiß, was sie will.«

Ich kriege Gänsehaut, versuche jedoch, mir nichts anmerken zu lassen. »Aber warum alles auf Video aufnehmen?«

»Wir haben nur rumgealbert. Das machen heutzutage doch alle, yeah? Später hat sie mir erzählt, sie habe es gelöscht, doch offenbar hat sie es behalten. So war Emma eben – es hat ihr Freude bereitet, etwas zu besitzen, das ihr gesamtes beschissenes Leben und auch meins in den Boden gestampft hätte, wenn es rausgekommen wäre. Ihre kleinen Machtspielchen. Wahrscheinlich hätte ich es nachprüfen sollen. Doch da war ich schon ganz woanders.«

»Ist Ihnen je aufgefallen, dass sie auch in anderen Dingen gelogen hat? Denn das berichten viele Leute über sie. Sie habe nicht immer die Wahrheit gesagt.«

»Wer denn, yeah?« Inzwischen ein wenig entspannter, lehnt er sich zurück. »Obwohl mir aufgefallen ist, dass sie manchmal Unsinn geredet hat. Zum Beispiel hat Simon mir erzählt, sie sei beinahe Model geworden. Irgendeine große Agentur habe sie unbedingt unter Vertrag nehmen wollen, doch sie habe entschieden, dass dieser Job nicht ihre Sache sei. Yeah, richtig, als ob sie sich für eine Karriere als Sekretärin in einer Mineralwasserfirma aufgespart hätte. Jedenfalls hat sie mir gesagt, ein Fotograf habe sie auf der Straße angesprochen, aber da er ihr ein bisschen pervers vorkam, habe sie die Sache nicht weiter verfolgt. Und da bin ich nachdenklich geworden. Welche Geschichte war wahr? Manchmal hat sie ein bisschen übertrieben, um sich wichtig zu machen, und dann wieder kannte sie keine Grenzen mehr und hat sich ihre eigene Traumwelt geschaffen …

Vergessen Sie eins nicht«, fügt er hinzu. »Wenn Sie mich mit Einzelhändlern reden hören, würden Sie vermutlich auch glauben, dass ich bereits eine Million Pfund Umsatz einfahre. Klappern gehört zum Handwerk, richtig?« Er leert sein Champagnerglas. »Hey, wir wollen nicht mehr über sie reden, yeah? Ich bestelle uns noch eine Flasche, und dann sprechen wir über Sie. Hat Ihnen schon mal jemand gesagt, dass Sie wunderschöne Augen haben?«

»Danke«, erwidere ich und rutsche von meinem Barhocker. »Ich habe noch einen Termin, aber ich danke Ihnen für dieses Treffen.«

»Was?« Er spielt den Erstaunten. »Sie wollen schon gehen?

Mit wem sind Sie denn verabredet? Mit Ihrem Freund? Wir haben doch gerade erst angefangen. Kommen Sie, setzen Sie sich. Wir trinken ein paar Cocktails, yeah?«

»Lieber nicht …«

»Das ist doch das Mindeste. Ich habe mir Zeit für Sie genommen, und jetzt sind Sie mir was schuldig. Lassen Sie uns was Ordentliches trinken.« Er lächelt zwar noch, aber in seinen Augen liegen eine gewisse Härte und Verzweiflung. Ein alternder Verführer, der versucht, sein nachlassendes Selbstbewusstsein durch sexuelle Eroberungen aufzumöbeln.

»Lieber nicht«, wiederhole ich mit Nachdruck. Während ich das Lokal verlasse, blickt er sich bereits im Raum um und hält Ausschau nach einer anderen, die er anbaggern kann.

Damals: Emma

Von Alkoholikern heißt es, dass sie irgendwann einmal ganz unten ankommen. Keiner kann einem sagen, dass es Zeit zum Aufhören ist, keiner kann einen überzeugen. Man muss dieses Stadium selbst erreichen und es als solches erkennen. Denn nur dann hat man die Chance, alles zu ändern.

Nun habe ich diesen Punkt erreicht. Saul die Schuld zu geben, war bestenfalls Verzögerungstaktik. Zweifellos hat er es verdient – er sabbert schon seit Jahren hinter Amandas Rücken den Frauen im Büro hinterher. Jeder weiß, was für ein Mensch er ist, und es ist an der Zeit, dass ihn jemand aufhält. Andererseits muss ich der Tatsache ins Auge blicken, dass ich mich von ihm unter Alkohol habe setzen lassen und gestattet habe, was er getan hat. Nachdem Simon so geklammert und mich angebetet hat, war es offen gestanden befreiend, einfach nur für eigennützigen und unkomplizierten Sex gewollt zu werden. Doch das ändert nichts daran, dass ich dumm gewesen bin.

Ich muss mich ändern. Ich muss anfangen, ein Mensch zu sein, der die Dinge klar sieht. Und kein Opfer.

Carol Younson hat mir gesagt, die meisten Menschen investierten all ihre Kraft darin, andere zu ändern, obwohl man eigentlich nur sich selbst ändern könne, und selbst das sei unglaublich schwierig. Inzwischen verstehe ich sie. Ich glaube, ich bin bereit, eine andere zu werden. Nicht die Frau, die zulässt, dass ihr ständig solcher Mist passiert.

Ich suche nach der Karte mit Carols Nummer, um sie anzurufen, kann sie aber nicht finden. Ich begreife nicht, wie in Folgate Street 1 etwas verloren gehen kann. Und dennoch geschieht es immer wieder. Alles, angefangen von Wäsche bis hin zu einem Parfümflakon, von dem ich hätte schwören können, dass er im Bad stand. Mittlerweile fehlt mir die Kraft für die ständige Sucherei.

Das Kätzchen kann ich jedoch nicht ignorieren. Trotz der Plakate der Kinder hat sich niemand wegen des Katerchens gemeldet – inzwischen habe ich festgestellt, dass es ein Männchen ist. Er marschiert durchs Haus, als gehöre es ihm. Er braucht einen Namen. Natürlich habe ich mir überlegt, ihn Cat zu nennen, nach dem Streuner in *Frühstück bei Tiffany*. Doch dann fällt mir etwas Besseres ein. *Ich bin ein bisschen wie Cat, eine namenlose Chaotin. Wir gehören niemandem, und niemand gehört uns. Also heißt er jetzt Chaot*. Ich gehe runter in den Laden, um Katzenfutter und anderes Zubehör zu kaufen.

Als ich zurückkomme, steht jemand vor dem Haus. Ein Jugendlicher auf einem Fahrrad. Zuerst denke ich, er sei wegen Chaot hier. Dann erkenne ich, dass es derselbe Junge ist, der mich nach der Kautionsanhörung beschimpft hat. Bei meinem Anblick grinst er und nimmt einen Eimer vom Lenker. Nein, keinen Eimer, sondern einen Farbkübel, und zwar bereits geöffnet. Er stellt sich breitbeinig über das Fahrrad und kippt den Inhalt direkt gegen die makellos saubere Steinmauer des Hauses. Ein roter Bach, wie eine gewaltige blutende Wunde, breitet sich auf der Fassade von Folgate Street 1 aus und verfehlt mich nur knapp. Der Kübel eiert klappernd über den Boden und rollt, noch immer eine rote Spur hinter sich herziehend, davon.

Jetzt weiß ich, wo du wohnst, Schlampe, brüllt er mich an und radelt davon.

Mit zitternden Händen krame ich mein Telefon heraus

und suche die Nummer, die DI Clarke mir gegeben hat. Ich bin es, Emma, stammle ich. Sie sagten, ich soll anrufen, wenn wieder etwas passiert. Er hat die ganze Vorderseite des Hauses mit Farbe beschüttet …

Emma Matthews, sagt er. Es ist fast, als wiederhole er meinen Namen für die anderen Anwesenden im Raum. Warum rufen Sie diese Nummer an, Miss Matthews?

Sie haben Sie mir gegeben, haben Sie das denn vergessen? Sie haben gesagt, falls es noch Einschüchterungsversuche geben sollte …

Das ist mein Privattelefon. Wenn Sie etwas melden wollen, sollten Sie die Zentrale anrufen. Ich gebe Ihnen die Nummer. Haben Sie etwas zu schreiben?

Sie haben versprochen, mich zu beschützen, erwidere ich zögernd.

Aus offensichtlichen Gründen haben sich die Umstände geändert. Ich simse Ihnen die Nummer, die Sie anrufen müssen. Dann ist die Leitung tot.

Scheißkerl, zische ich. Wieder schluchze ich, Tränen der Ohnmacht und der Scham laufen mir die Wangen hinab. Ich starre auf den riesigen roten Fleck. Keine Ahnung, wie ich den wieder wegkriegen soll. Ich weiß, das bedeutet, dass ich jetzt mit Edward sprechen muss.

10. Eine neue Freundin beichtet dir, sie sei einmal wegen Ladendiebstahls im Gefängnis gewesen. Es ist schon lange her, und seitdem habe sie ihr Leben geändert. Was tust du?

a) Ich finde es unwichtig – jeder hat eine zweite Chance verdient.
b) Ich weiß zu schätzen, dass sie so ehrlich war, mir davon zu erzählen.
c) Ich vertraue ihr meinerseits einen meiner Fehltritte an.
d) Ich bemitleide sie, weil sie überhaupt in diese Situation geraten ist.
e) Ich beschließe, dass ich mit so jemandem nicht befreundet sein will.

Heute: Jane

Nach meinem Treffen mit Saul Aksoy fahre ich mit der U-Bahn nach Hause und wünsche mir, ich könnte mir ein Taxi leisten: Der Dreck und der abendliche Geruch verschwitzter und schmutziger Körper wird mir immer unerträglicher. Niemand bietet mir einen Sitzplatz an, nicht, dass ich das wirklich erwartet hätte. Doch als eine andere Frau, mindestens im achten Monat und mit einem Anstecker mit der Aufschrift BABY AN BORD in King's Cross einsteigt, steht jemand für sie auf. Mit einem hörbaren Seufzer sinkt sie auf die Bank. *In ein paar Monaten wird es mir auch so gehen*, denke ich.

Aber Folgate Street 1 ist mein Rückzugsort, mein Kokon. Ein Grund, warum ich es vor mir herschiebe, Edward von der Schwangerschaft zu erzählen. Mir ist klar geworden, dass ich insgeheim befürchte, Mia könnte recht haben, und er werde mich einfach vor die Tür setzen. Ich rede mir ein, dass er bei seinem eigenen Kind anders reagieren wird, dass unsere Beziehung stärker ist als seine kostbaren Regeln, dass er mit Babyphone, Kinderwagen, Kinderzimmertapeten, Spielteppichen und all dem anderen chaotischen Zubehör der Elternschaft klarkommen kann. Ich habe die Phasen der kindlichen Entwicklung online recherchiert. Angesichts der ausgeprägten Disziplin seiner Eltern könnte unser Kind schon mit drei Monaten durchschlafen, mit einem Jahr laufen und mit anderthalb Jahren aufs Töpfchen gehen. Das ist doch sicher nicht zu lange, um ein bisschen Durcheinander auszuhalten.

Aber bis jetzt hatte ich noch nicht den Mut, ihn anzurufen.

Und natürlich muss ich mich meinem ganz eigenen Grauen stellen. Isabel wurde still und leblos geboren. Bei diesem Baby – bitte, lieber Gott – wird es anders sein. Immer wieder male ich mir den Moment aus: das Warten, der erste Atemzug, das schrille Schreien. Was werde ich empfinden? Triumph? Oder etwas viel Komplizierteres? Manchmal ertappe ich mich dabei, dass ich mich in Gedanken bei Isabel entschuldige. *Ich verspreche, dich nicht zu vergessen. Ich verspreche, dass niemand deinen Platz einnehmen kann. Du wirst immer meine Erstgeborene bleiben, mein geliebtes Mädchen, und ich werde ewig um dich trauern.* Nur, dass es nun ein anderes Wesen geben wird, das ich lieben werde. Habe ich wirklich einen unerschöpflichen Vorrat an Liebe in mir, dass meine Gefühle für Isabel nie nachlassen werden?

Ich versuche, mich auf das aktuelle Thema zu konzentrieren: Edward. Je mehr ich mir vorhalte, dass ich mit ihm reden muss, desto stärker mahnt mich eine kleine Stimme, dass ich diesen Mann, den Vater meines Kindes, eigentlich gar nicht kenne. Ich weiß nur, dass er bemerkenswert ist, ein anderer Ausdruck für ungewöhnlich und zwanghaft. Noch immer habe ich keine Ahnung, was zwischen ihm und Emma vorgefallen ist, welche Verantwortung, moralisch oder anderweitig, er für ihren Tod trägt. Oder ob Simon Wakefield und Carol Younson – jeder auf seine Weise – sich geirrt haben könnten.

Methodisch und systematisch wie immer kaufe ich drei Päckchen grellbunter Post-its und verwandle eine Wand des Refektoriums in eine riesige Landkarte aus Gedanken. Auf die eine Seite klebe ich ein Post-it mit der Aufschrift UNFALL, und dann, in einer Reihe darunter SELBSTMORD, MORD, SIMON WAKEFIELD, ERMORDET VON DEON NELSON und ERMORDET VON UNBEKANNTER PER-

SON. Schließlich und widerstrebend füge ich ERMORDET VON EDWARD MONKFORD hinzu. Unter jedes Post-it kommt ein weiteres mit den darauf hindeutenden Fakten. Wenn ich keine habe, male ich ein Fragezeichen darauf.

Zu meiner Freude erscheinen unter Edwards Namen nur ein paar Zettel. Auch Simon Wakefield hat weniger als die anderen. Doch nach meinem Gespräch mit Saul Aksoy muss ich einen mit der Aufschrift RACHE FÜR SEX MIT BESTER FREUNDIN??? hinzufügen.

Nach einigen Überlegungen hänge ich einen weiteren in der Reihe auf: MORD – DI CLARKE. Denn selbst der Polizist hatte ein Motiv. Dass Emma ihn zum Narren gehalten hat, hat ihn im Grunde genommen den Job gekostet. Natürlich halte ich ihn für ebenso wenig verdächtig wie Edward. Doch er hat offenbar ein wenig für Emma geschwärmt, und ich möchte keine Möglichkeit voreilig ausschließen.

Beim Gedanken an DI Clarke fällt mir ein, dass ich ihn gar nicht gefragt habe, ob die Polizei von Edwards Stalker wusste. Dieser Jorgen soundso. Ich klebe ein weiteres Post-it an die Wand: ERMORDET VON EDWARDS STALKER. Insgesamt acht Alternativen.

Als ich auf die Wand starre, wird mir klar, dass ich absolut gar nichts erreicht habe. Wie DI Clarke sagte, sind Theorien und Beweise zwei Paar Schuhe. Ich habe hier nichts weiter als eine Liste von Vermutungen. Kein Wunder, dass die Ermittler nicht zu einem eindeutigen Urteil gekommen sind.

Die grellen Post-its wirken auf der makellosen Steinwand von Folgate Street 1 wie ein missratenes Werk moderner Kunst. Seufzend nehme ich sie ab und werfe sie in den Müll.

Da der Eimer nun voll ist, schleppe ich ihn nach draußen. Die lange Reihe der Recyclingtonnen erstreckt sich die Seite des Hauses entlang bis zur Grenze von Nummer 3. Als ich alles auskippe, kommt es in umgekehrter Reihenfolge heraus, die neuesten Abfälle zuerst, danach die älteren. Ich sehe die Lebensmittelverpackung von gestern, eine Ausgabe des *Sunday Times Magazine* vom letzten Wochenende und eine leere Shampooflasche von der Vorwoche. Und eine Zeichnung.

Ich greife danach. Es ist die Zeichnung, die Edward vor seiner Abreise von mir gemacht hat. Die, von der er gesagt hat, sie sei in Ordnung, aber er wolle sie nicht behalten. Es ist, als habe er mich nicht nur einmal, sondern zweimal gezeichnet. In der ersten Zeichnung habe ich den Kopf nach rechts gedreht. Sie ist so detailliert, dass man die Anspannung meiner Nackenmuskeln und die Umrisse meines Schlüsselbeins erkennen kann. Darunter jedoch befindet sich eine zweite Zeichnung, nicht mehr als einige hingehuschte, angedeutete Linien, ungewöhnlich leidenschaftlich und gewaltsam ausgeführt: mein Kopf in die andere Richtung gedreht, mein Mund zornig verzerrt. Dass die beiden Köpfe in unterschiedliche Richtungen weisen, verleiht der Zeichnung den verstörenden Eindruck von Bewegung.

Welche ist das *pentimento*, welche das vollendete Werk? Und warum hat Edward behauptet, es sei damit alles in Ordnung? Wollte er mir das Doppelbild aus irgendeinem Grund nicht zeigen?

»Hallo.«

Ich zucke zusammen. Eine etwa vierzigjährige Frau mit roten Locken steht an der Grenze zu Nummer 3 und leert ihren Mülleimer. »Verzeihung, Sie haben mich erschreckt«, erwidere ich. »Hallo.«

Sie weist auf Folgate Street 1. »Sie sind die neue Mieterin, richtig? Ich bin Maggie.«

Ich schüttle ihr über den Zaun hinweg die Hand. »Jane Cavendish.«

»Offen gestanden«, räumt sie ein, »haben Sie *mich* ein wenig erschreckt. Zuerst dachte ich, Sie wären das andere Mädchen. Das arme Ding.«

Ein Schauder läuft mir den Rücken hinunter. »Sie kannten Emma?«

»Nur oberflächlich. Aber sie war reizend. Einmal war sie mit einem zugelaufenen Kätzchen hier, und so sind wir ins Gespräch gekommen.«

»Wann war das?«

Maggie verzieht das Gesicht. »Nur ein paar Wochen, bevor sie … Sie wissen schon.«

Maggie Evans … Jetzt erinnere ich mich. Sie wurde nach Emmas Tod von der Lokalzeitung interviewt und sagte, wie sehr die Nachbarn Folgate Street 1 verabscheut hätten.

»Sie tat mir so leid«, fährt Maggie fort. »Sie hat mir erzählt, Sie sei wegen einer Krebsbehandlung krankgeschrieben. Als man sie fand, habe ich mich gefragt, ob es vielleicht etwas damit zu tun hatte. Ob die Chemotherapie vielleicht nicht gewirkt und sie sich deshalb das Leben genommen hat. Natürlich hat sie es mir im Vertrauen erzählt, aber ich hielt es für meine Pflicht, das der Polizei mitzuteilen. Doch dann hieß es, man habe eine vollständige Autopsie durchgeführt, und sie habe nicht an Krebs gelitten. Ich weiß noch, wie ich mir dachte, wie schrecklich es sein muss, eine derart grausame Krankheit besiegt zu haben und dann so zu sterben.«

»Ja«, erwidere ich, denke aber: *Krebs*? Bestimmt war das wieder eine Lüge. Doch warum?

»Ach, noch etwas«, fügt sie hinzu. »Ich habe ihr geraten, das Kätzchen gut vor dem Vermieter zu verstecken. Jemand, der so ein Haus baut …« Sie versucht, die Worte in der Schwebe zu lassen, doch mehr als einige Momente Schweigen hält sie nicht aus, und bald ist sie wieder bei ihrem Lieblingsthema, dem Haus. Trotz ihrer Äußerungen gefällt es ihr offenbar, neben einem so berüchtigten Gebäude zu wohnen. »Nun, ich muss jetzt wieder an die Arbeit«, sagt sie schließlich. »Die Kinder brauchen ihr Abendessen.«

Ich frage mich, wie ich mit dieser Seite des Mutterseins

klarkommen werde – mein eigenes Leben auf Eis legen, um Kindern Abendessen zu kochen und mit den Nachbarinnen zu plaudern. Aber sicher gibt es Schlimmeres.

Ich betrachte die Zeichnung in meiner Hand. Ein weiteres Detail aus meinem Kunstgeschichtsstudium fällt mir ein. Janus, der doppelköpfige Gott, der Gott der Täuschung.

Stellt die zweite Zeichnung überhaupt mich dar? Oder ist es – denke ich plötzlich – Emma Matthews?

Ich warte, bis Maggie weg ist, und wühle mich dann diskret durch die Müllschichten zu den Post-its durch. Inzwischen kleben sie alle zusammen, eine Collage aus leuchtend grünen, roten und gelben Zetteln. Ich nehme sie wieder mit ins Haus. Noch bin ich nicht mit ihnen fertig.

Damals: Emma

Ich schiebe es so lange wie möglich hinaus, wieder zur Arbeit zu gehen. Aber am Freitag weiß ich, dass ich es hinter mich bringen muss. Also stelle ich Chaot etwas Katzenfutter und ein Katzenklo hin und mache mich auf den Weg.

Im Büro spüre ich, wie Blicke mir folgen, als ich auf meinen Schreibtisch zusteuere. Brian ist der Einzige, der mit mir spricht.

Oh, Emma, legt er los. Geht es Ihnen besser? Sehr gut. Dann können Sie ja um zehn Uhr zur Monatsbesprechung kommen.

Aus seinem Verhalten schließe ich, dass es ihm niemand erzählt hat. Doch mit den Frauen ist es eine andere Sache. Alle weichen meinem Blick aus. Sobald ich mich umschaue, beugen sich Köpfe über Computerbildschirme.

Ich sehe, dass Amanda auf mich zumarschiert. Rasch stehe ich auf und flüchte aufs Klo. Wenn es schon zu einer Auseinandersetzung kommen muss, soll sie wenigstens unter vier Augen stattfinden, nicht hier draußen, wo alle gaffen. Ich schaffe es mit knapper Not – die Tür ist noch nicht ganz zu –, als sie sie schon so heftig aufreißt, dass sie gegen den kleinen Gummistopper knallt.

Was soll diese Scheiße?, brüllt sie.

Amanda, sage ich, Moment mal.

Verschon mich mit diesem Mist, schreit sie. Behaupte jetzt nicht, dieser Dreck täte dir leid. Du warst meine Freundin, und du hast mit meinem Mann gevögelt. Du hast sogar ein Video in deinem Telefon aufbewahrt, auf dem du ihm einen bläst. Und jetzt besitzt du, verdammt noch mal, die Frechheit, dich über *ihn* zu beschweren. Du miese, verlogene *Schlampe*.

Sie fuchtelt mir mit den Händen vor dem Gesicht herum, und kurz glaube ich, dass sie mir eine runterhauen wird.

Und Simon, fährt sie fort. Den hast du angelogen, du hast mich angelogen, du hast die Polizei angelogen …

Was Saul angeht, habe ich nicht gelogen, erwidere ich.

Oh, ich weiß, dass er kein Engel ist, doch wenn Frauen wie du sich ihm an den Hals werfen …

Saul hat mich vergewaltigt, antworte ich.

Das lässt sie innehalten. Was?, sagt sie.

Sicher klingt das jetzt schräg, fahre ich eindringlich fort. Aber ich schwöre dir, dass es diesmal die Wahrheit ist. Und ich weiß, dass ich auch einen Teil der Schuld trage. Saul hat mich so betrunken gemacht, dass ich kaum noch aufrecht stehen konnte. Ich hätte das nicht zulassen dürfen. Ich wusste, warum er das macht, aber mir war nicht klar, wie weit er gehen würde. Ich glaube, er hat mir vielleicht sogar etwas in den Drink getan. Dann hat er mir angeboten, mich zu meinem Zimmer zu begleiten. Und ehe ich wusste, wie mir geschah, hat er sich auf mich gestürzt. Ich hab versucht, Nein zu sagen, aber das hat ihn nicht interessiert …

Sie starrt mich an. Du lügst, erwidert sie.

Nein. Ich gebe ja zu, dass ich öfter gelogen habe. Doch ich schwöre, jetzt lüge ich nicht.

So etwas würde er nie tun, entgegnet sie. Er geht zwar fremd, aber ein Vergewaltiger ist er nicht.

Allerdings scheint sie sich nicht ganz sicher zu sein.

Offenbar hat er es gar nicht als Vergewaltigung gesehen, füge ich hinzu. Anschließend wiederholte er dauernd, wie toll es gewesen sei. Und ich war so durcheinander. Ich habe mich gefragt, ob ich mich vielleicht nicht richtig erinnere.

Aber dann hat er mir das Video geschickt. Ich hatte gar nicht bemerkt, dass er alles aufnimmt – so neben der Spur war ich. Er meinte, es habe ihm solchen Spaß gemacht, es sich noch mal anzuschauen. Und ich habe mir gedacht, er könnte es jederzeit Simon erzählen. Ich wusste nicht, was ich tun soll. Und da habe ich Panik gekriegt.

Warum hast du mit niemandem drüber geredet?, erkundigt sie sich argwöhnisch.

Mit wem denn? Du hast so glücklich gewirkt, und ich wollte nicht diejenige sein, die deine Ehe zerstört. Und du weißt ja, dass Simon einen Heidenrespekt vor Saul hat. Ich war nicht sicher, ob er mir glauben würde. Geschweige denn, wie er mit dem Wissen umgehen würde, dass sein bester Freund mir so etwas angetan hat.

Aber du hast das Video behalten. Warum solltest du so was machen?

Als *Beweis*, erwidere ich. Ich habe versucht, den Mut zu finden, zur Polizei zu gehen. Oder wenigstens zur Personalabteilung. Doch je länger ich gewartet habe, desto schwieriger wurde es. Als ich mir das Video angeschaut habe, war sogar mir klar, wie es ausgelegt werden könnte. Und ich habe mich geschämt, es jemandem zu zeigen. Ich dachte, vielleicht sei alles meine Schuld. Und dann hat die Polizei es gefunden und in Simons Anwesenheit vermutet, es könnte Deon Nelson sein. Danach wurde alles so kompliziert.

Herrgott, antwortet sie ungläubig. Herrgott, das erfindest du doch alles nur, Emma.

Nein, ich schwöre. Saul ist ein Mistkerl, Amanda, füge ich hinzu. Ich denke, tief in deinem Herzen weißt du das auch. Du weißt, dass es da andere Frauen gab – im Büro, in Clubs, überall, wo er sie in die Finger kriegt. Wenn du mich unterstützt, bekommt er, was er verdient, vielleicht nicht alles, aber zumindest verliert er seinen Job.

Was ist mit der Polizei?, fragt sie, und ich weiß, dass sie anfängt, mir zu glauben.

Die Polizei wird sich nicht damit befassen, solange sie keine konkreten Hinweise auf eine Straftat hat. Hier geht es nur darum, dass er gefeuert wird, nicht, ihn hinter Gitter zu bringen. Wäre das nicht nur gerecht, angesichts dessen, was er dir angetan hat?

Schließlich nickt sie. Ich weiß von mindestens zwei Frauen in der Firma, mit denen er geschlafen hat, antwortet sie. Michelle aus der Buchhaltung und Leona aus der Marketingabteilung. Ich gebe der Personalabteilung ihre Namen.

Danke, sage ich.

Hast du Simon davon erzählt?

Ich schüttle den Kopf.

Das solltest du aber.

Beim Gedanken an Simon – den netten, aufopferungsbereiten, vertrauensseligen Simon – geschieht etwas Seltsames. Ich verachte ihn nicht mehr. Früher fand ich abstoßend, dass er Sauls Freund war und über nichts anderes redete als darüber, was für ein toller Typ Saul wäre. Obwohl der nur ein egoistischer, aggressiver Wichser war. Doch jetzt empfinde ich anders. Nun erinnert sich etwas in mir daran, wie schön es ist, wenn einem vergeben wird.

Zu meiner Überraschung breche ich in Tränen aus. Ich wische sie mit einem Papierhandtuch aus dem Spender weg.

Ich kann nicht mehr zurück, sage ich. Die Sache mit Simon ist vorbei. Es gibt eben Dinge, die sich nicht mehr reparieren lassen.

Heute: Jane

»Nur ein bisschen Gel, das könnte sich kalt anfühlen«, sagt die Ultraschall-Assistentin. Ich höre das ketchupartige Schmatzen des Gels, das mit einer Sonde auf meinem Bauch verteilt wird. Das Gefühl erinnert mich an den ersten Ultraschall bei Isabel, das Kleben auf meiner Haut, das den ganzen Tag anhielt wie eine verborgene Schicht unter meinen Kleidern. Den zusammengerollten Ausdruck in meiner Handtasche, der die gespenstische, farnartige Krümmung eines Fötus zeigte.

Von plötzlichen Emotionen überwältigt, hole ich tief Luft.

»Entspannen Sie sich«, murmelt die Assistentin. Sie drückt die Sonde fest auf meinen Bauch und bewegt sie hin und her. »Schauen Sie.«

Ich blicke zum Monitor. Als aus den Schatten ein Umriss erscheint, schnappe ich laut nach Luft. Sie lächelt wegen meiner Reaktion. »Wie viele Kinder haben Sie?«, fragt sie, um Konversation zu betreiben.

Offenbar brauche ich länger als die meisten, um die richtige Antwort herauszubringen, denn sie sieht in meine Unterlagen. »Tut mir leid«, fügt sie leise hinzu. »Sie hatten eine Totgeburt.«

Ich nicke. Dem ist nichts hinzuzufügen.

»Möchten Sie wissen, ob es ein Junge oder ein Mädchen wird?«, fragt sie.

»Ja, bitte.«

»Sie erwarten einen kleinen Jungen.«

Sie erwarten einen kleinen Jungen. Allein diese simple Feststellung, das Vertrauen, dass alles gut gehen wird, überschwemmt mich mit einer Woge aus Freude und Trauer, dass ich – aus beiden Gründen – in Tränen ausbreche.

»Hier, nehmen Sie eins.« Sie reicht mir eine Schachtel mit Papiertüchern, die normalerweise dazu dienen, das Gel abzuwischen. Ich heule hinein, während sie weiterarbeitet. Nach einer Weile sagt sie: »Ich bitte nur noch einen Arzt, kurz hereinzuschauen.«

»Warum? Stimmt etwas nicht?«

»Ich möchte bloß, dass Sie mit ihm die Ergebnisse durchsprechen«, beschwichtigt sie mich. Dann ist sie weg. Ich bin nicht sonderlich besorgt. Das passiert, weil ich offiziell eine Risikoschwangerschaft habe. Angesichts dessen, dass die Probleme bei Isabel erst in der letzten Schwangerschaftswoche auftraten, gibt es keinen Grund, warum jetzt etwas schiefgehen sollte.

Nach einer Ewigkeit öffnet sich die Tür, und Dr. Giffords Gesicht erscheint. »Hallo, Jane.«

»Hallo.« Inzwischen begrüße ich ihn wie einen alten Freund.

»Jane, ich möchte Ihnen nur den Hauptgrund erklären, warum wir diese Untersuchung um die zwölfte Woche herum durchführen. Das liegt daran, dass wir so die häufigsten Abnormalitäten bei Ungeborenen abklären können.«

Oh, nein, denke ich. Das kann nicht sein …

»Der Ultraschall liefert uns zwar keine exakten Ergebnisse, weist uns jedoch auf erhöhte Risiken hin. In Ihrem Fall halten wir natürlich Ausschau nach Abweichungen jeglicher Art, und ich freue mich, Ihnen mitteilen zu können, dass alles normal aussieht.«

Ich klammere mich an die Worte. *Gott sei Dank. Gott sei Dank …*

»Allerdings messen wir auch die sogenannte Nackendichte. Das heißt, die Flüssigkeitskonzentration im Nacken des Babys. In Ihrem Fall weist diese auf ein leicht erhöhtes Risiko für Downsyndrom hin. Alles über einen in hundertfünfzig Fällen stufen wir als vermutliches Hochrisiko ein. Bei Ihnen liegt es derzeit bei eins zu hundert. Das heißt, bei hundert Müttern mit diesem Risikoprofil kommt es zur Geburt eines Babys mit Downsyndrom. Verstehen Sie das?«

»Ja«, antworte ich. Und das stimmt auch – ich kann ihm verstandesmäßig folgen. Nur, dass ich meine Gefühle nicht verarbeitet kriege. So viele überwältigende Emotionen, die einander beinahe auslöschen, sodass ich zwar klar im Kopf, aber wie betäubt bin.

All meine Pläne, meine Hoffnungen lösen sich in Luft auf …

»Die einzige Methode, uns zu vergewissern, ist, eine Nadel in Ihre Gebärmutter einzuführen und ein wenig Flüssigkeit zu entnehmen«, fährt Dr. Gifford fort. »Leider beinhaltet dieser Eingriff das kleine Risiko einer Fehlgeburt.«

»Wie klein?«

»Etwa eins zu hundert.« Er lächelt entschuldigend, als wolle er mir mitteilen, ich sei intelligent genug, die Ironie der Lage zu begreifen. Mein Risiko einer Fehlgeburt nach der Untersuchung ist genau so hoch wie das von Downsyndrom, wenn ich es lasse.

»Es gibt einen neuen, nicht invasiven Test, der ein ziemlich zuverlässiges Ergebnis liefert«, fügt er hinzu. »Er misst winzige Fragmente der DNA des Babys in Ihrem Blut. Leider wird er derzeit von der Krankenkasse nicht bezahlt.«

Ich versuche, ihn zu verstehen. »Das heißt, ich kann es auf eigene Rechnung machen lassen?«

Er nickt. »Es kostet etwa vierhundert Pfund.«

»Das will ich«, sage ich rasch. Irgendwie werde ich schon einen Weg finden, es zu bezahlen.

»Ich stelle Ihnen jetzt eine Überweisung aus. Und wir können Ihnen auch einige Broschüren mitgeben. Heutzutage führen viele Kinder mit Downsyndrom ein langes und ziemlich normales Leben. Allerdings gibt es keine Garantien. Es ist eine Entscheidung, die alle Eltern selbst treffen müssen.«

Mir wird klar, was er mit Entscheidung meint. Abtreibung oder nicht.

Ich bin immer noch wie benommen, als ich das Krankenhaus verlasse. Ich werde ein Baby kriegen. Einen kleinen Jungen. Wieder eine Chance, Mutter zu werden.

Oder nicht.

Würde ich wirklich mit einem behinderten Kind klarkommen? Denn, dass ein Kind mit Downsyndrom behindert ist, da mache ich mir nichts vor. Ja, sie mögen bessere Aussichten haben als früher, sind aber dennoch Kinder, die mehr Betreuung, mehr Hilfe, mehr Hingabe, mehr Liebe und mehr Unterstützung brauchen. Ich habe Mütter mit behinderten Kindern auf der Straße beobachtet, grenzenlos geduldig und erschöpft, und mich gefragt, wie sie das alles schaffen. Kann ich wirklich eine von ihnen sein?

Erst als ich wieder in der Folgate Street 1 bin, wird mir klar, dass ich das Gespräch mit Edward nun nicht mehr länger hinausschieben kann. Es ist schon schwierig genug, den richtigen Moment zu finden, um ihm zu sagen, dass er Vater wird. Aber ihm so etwas zu verheimlichen? All die Broschüren betonen, wie wichtig es ist, die Situation mit dem Partner zu erörtern.

Als Erstes – natürlich – recherchiere ich Downsyndrom im Internet. Schon nach wenigen Minuten ist mir übel.

... Trisomie 21, auch als Downsyndrom bekannt, führt zu Schilddrüsenerkrankungen, Schlafstörungen, Verdauungsbeschwerden,

Sehstörungen, Herzfehlern und Instabilitäten in Wirbelsäule und Hüfte, niedrigem Muskeltonus und Lernschwierigkeiten …

… welche Sicherheitsvorkehrungen können Sie treffen, um zu verhindern, dass sich Ihr Kind verirrt? Bringen Sie gute Schlösser an allen inneren Türen und ein Stopp-Schild an der Haustür an und überlegen Sie sich, Ihren Garten komplett einzuzäunen …

… ein Kind mit niedrigem Muskeltonus dazu zu bringen, aufs Töpfchen zu gehen, ist eine ganz besondere Herausforderung! Wir haben drei Jahre voller Missgeschicke hinter uns, doch zum Glück kann ich sagen, dass es sich langsam bessert …

… wir haben Joghurt vor dem Spiegel gegessen, damit unsere Tochter sehen konnte, warum sie ihn verschüttet – das hat toll geklappt! Die Koordination zwischen Hand und Augen bleibt weiter schwierig …

Dann, noch mehr von Schuldgefühlen geplagt, google ich »Down + Abtreibung«.

Von den Paaren in Großbritannien, die die Diagnose Downsyndrom erhalten, entscheiden sich 92 Prozent für eine Abtreibung. Laut Abtreibungsgesetz ist ein Schwangerschaftsabbruch bei einem Baby mit Downsyndrom bis zum Geburtstermin legal.

… Meinem Partner und mir ist klargworden, dass es besser ist, die Schuldgefühle nach einer Abtreibung zu ertragen, als unsere Tochter ein Leben lang leiden zu lassen …

Oh Gott, oh Gott, oh Gott.

Isabel würde inzwischen nachts durchschlafen. Isabel würde aufrecht sitzen, nach Dingen greifen und sie sich in den

Mund stecken. Sie würde krabbeln, vielleicht sogar laufen. Sie wäre klug, beweglich und leistungsfähig, so wie ihre Mutter. Und stattdessen muss ich mich nun entscheiden, ob ich mich damit belaste …

Ich halte inne. So darf ich nicht darüber denken. Dr. Gifford hat gleich für morgen früh einen Termin im Testlabor für mich vereinbart. Wenige Tage später wird man mir das Ergebnis telefonisch mitteilen, hat er mir versprochen. Bis dahin muss ich versuchen, nicht dauernd darüber nachzugrübeln. Schließlich stehen die Chancen sehr hoch, dass alles in Ordnung ist. Tausende von Müttern haben so eine Schocknachricht erhalten, nur um festzustellen, dass sie völlig unbegründet war.

Ich rufe Mia an und heule ihr gefühlte Stunden die Ohren voll.

Damals: Emma

Ich sitze im Zug und überlege, was ich ihm sagen soll. Kraftwerke und Felder gleiten an mir vorbei. Schlafstädte und Raststätten kommen und gehen.

Jede Ansprache, die ich mir in Gedanken zurechtlege, klingt falsch. Und ich weiß, dass es umso gekünstelter wirken wird, je länger ich es einübe. Besser, ich spreche aus, was ich auf dem Herzen habe, und hoffe, dass er mir zuhört.

Ich schicke ihm erst eine SMS, als ich aus dem Zug gestiegen bin und auf ein Taxi warte. *Komme gleich zu dir. Wir müssen reden.*

Der Taxifahrer weigert sich zu glauben, dass es mein Ziel überhaupt gibt. Da ist nichts, Schätzchen, das nächste Haus steht in Tregerry, etwa sieben Kilometer entfernt. Bis wir in einen Feldweg einbiegen, auf dem in einer Schlammwüste Wohncontainer und Dixie-Klos stehen. Ringsum nichts als Brachflächen und Wälder. Doch auf der anderen Seite fahren Laster auf einer weit entfernten Straße vorbei, und ich kann mir tatsächlich vorstellen, dass hier eines Tages eine völlig neue Stadt entstehen wird.

Mit vor Sorge verfinsterter Miene kommt Edward aus einem der Container marschiert. Emma, sagt er. Was ist los? Warum bist du hier?

Ich hole tief Luft. Ich muss dir etwas erklären, antworte ich. Es ist so kompliziert, dass ich es dir persönlich erzählen muss.

Da es in den Containern von Landvermessern und Bauarbeitern wimmelt, gehen wir ein Stück den Waldweg entlang. Ich schildere ihm, was ich auch Amanda gesagt habe – dass ich von einem von Simons Freunden unter Drogen gesetzt und zum Sex gezwungen wurde. Dass er ein Video davon gemacht und es mir geschickt hat, um Druck auf mich auszuüben, und dass die Polizei von Deon Nelson als Täter ausging. Dass ich offiziell wegen Vortäuschung einer Straftat verwarnt worden bin, aber das alles eigentlich nicht meine Schuld war. Er hört aufmerksam und mit unbewegter Miene zu.

Und dann teilt er mir ganz ruhig mit, dass es aus ist zwischen uns.

Ganz gleich, ob ich ihm jetzt die Wahrheit sagen würde oder nicht, ich hätte ihn in der Vergangenheit belogen.

Er erinnert mich daran, dass wir uns einig waren, es würde nur andauern, solange es perfekt sei.

Er fügt hinzu, eine Beziehung sei wie ein Gebäude. Wenn das Fundament nicht stabil sei, stürze die ganze Sache ein. Er habe gedacht, unsere Beziehung basiere auf Ehrlichkeit, aber es sei alles Lüge gewesen.

Er sagt, all das – er weist auf die Felder – sei nur entstanden, weil ich ihm erzählt habe, ich sei von Deon Nelson in meinem eigenen Zuhause angegriffen worden. Also sei diese Stadt nun auch auf einer Lüge erbaut. Er habe versucht, eine Siedlung zu planen, in der die Menschen aufeinander achten, sich respektieren und sich unterstützen. Allerdings könne so ein Projekt nur auf der Grundlage von Vertrauen funktionieren, und nun sei das Projekt für ihn verdorben.

Als er sich verabschiedet, ist sein Tonfall völlig emotionslos.

Doch ich weiß, dass er mich liebt. Ich weiß, dass er unsere Spielchen braucht und dass sie ein tief in ihm sitzendes Bedürfnis befriedigen.

Ich habe einen Fehler gemacht, beteuere ich verzweifelt. Aber überleg mal, was du gemacht hast. Das war wohl noch viel schlimmer.

Er verzieht das Gesicht. »Was soll das heißen?«

Du hast deine Frau umgebracht, entgegne ich. Und deinen Sohn. Du hast sie getötet, weil du nichts an deinem Gebäude verändern wolltest.

Er starrt mich an und streitet es ab.

Ich habe mit Tom Ellis gesprochen, beharre ich.

Er macht eine wegwerfende Geste. Dieser Mann ist ein verbitterter, neidischer Versager.

Aber begreifst du denn nicht?, fahre ich fort. Mir ist es egal, was du getan hast oder ob du ein böser Mensch bist, Edward. Wir gehören zusammen. Das wissen wir beide. Nun kenne ich deine schrecklichsten Geheimnisse, und du kennst meine. Wolltest du das nicht schon immer? Dass wir absolut ehrlich miteinander sind?

Ich spüre, dass er schwankt und es in Gedanken abwägt. Er will nicht verlieren, was wir haben.

Du bist nicht mehr ganz richtig im Kopf, Emma, sagt er dann. Du fantasierst. All das ist niemals geschehen. Du solltest jetzt zurück nach London fahren.

Heute: Jane

Es gibt verschiedene Gründe, warum ich Carol Younson wieder aufsuche.

»Erstens«, sage ich zu ihr, »sind Sie und Simon Wakefield offenbar die einzigen Menschen, mit denen Emma über ihre Angst vor Edward Monkford gesprochen hat. Dennoch habe ich Beweise dafür, dass sie Sie mindestens einmal belogen hat, Sie, ihre Therapeutin. Zweitens sind Sie der einzige psychologisch ausgebildete Mensch, mit dem sie Kontakt hatte. Ich habe gehofft, Sie könnten mir ihre Persönlichkeit besser erklären.«

Den dritten Grund verrate ich ihr noch nicht.

Sie verzieht das Gesicht. »Was für Lügen?«

Ich schildere ihr, was ich in Erfahrung gebracht habe.

»Wenn Sie nur vorgetäuscht hat, von Deon Nelson vergewaltigt worden zu sein«, füge ich hinzu, »könnte sie Sie dann auch belogen haben, was Edward anging?«

Sie überlegt einen Moment. »Manchmal belügen Menschen ihre Therapeuten. Ob es nun an mangelnder Einsicht liegt oder daran, dass ihnen etwas peinlich ist, jedenfalls kommt es vor. Doch wenn Sie recht haben, hat Emma nicht nur einmal gelogen – nein, sie hat sich eine komplette Fantasiewelt geschaffen, eine zweite Realität.«

»Und das heißt *was*?«

»Tja, das ist nicht unbedingt mein Fachgebiet. Doch der klinische Begriff für pathologisches Lügen lautet Pseudologia phantastica. Es hängt für gewöhnlich mit niedrigem

Selbstwertgefühl, Gier nach Aufmerksamkeit und einem tief sitzenden Wunsch zusammen, sich selbst in besserem Licht darzustellen.«

»Als Vergewaltigungsopfer steht man wohl kaum positiv da.«

»Nein, aber es hebt einen hervor. Männliche krankhafte Lügner behaupten gerne, sie wären adelig oder ehemalige Angehörige einer Spezialeinheit. Weibliche krankhafte Lügner neigen eher dazu, so zu tun, als hätten sie eine schreckliche Krankheit oder eine Katastrophe überlebt. Vor einigen Jahren gab es da ein berühmtes Beispiel. Eine Frau gab an, sie hätte den Anschlag vom 11. September überstanden. Sie wirkte so überzeugend, dass sie schließlich die Selbsthilfegruppe der Überlebenden geleitet hat. Wie sich herausstellte, war sie zum fraglichen Zeitpunkt nicht einmal in New York.« Sie denkt einen Moment nach. »Seltsamerweise erinnere ich mich an einen Satz von Emma, der in etwa lautete: *Wie würden Sie reagieren, wenn ich Ihnen sagen würde, ich hätte das alles bloß erfunden*? Fast so, als spiele sie mit dem Gedanken, mir etwas zu beichten.«

»Könnte sie sich umgebracht haben, weil ihr ihre Lügen über den Kopf gewachsen sind?«

»Schon möglich. Falls ihr kein neues Märchen mehr einfiel, um sich selbst – zumindest in ihren eigenen Augen – als Opfer zu präsentieren, hätte sie eine sogenannte narzisstische Kränkung durchmachen können. Um es einfach auszudrücken: Womöglich hat sie sich so geschämt, dass sie lieber gestorben ist, als sich der Realität zu stellen.«

»Und in diesem Fall«, ergänze ich, »wäre Edward tatsächlich unschuldig.«

»Nun, vielleicht«, erwidert sie zögernd.

»Warum nur vielleicht?«

»Ich kann Emma nicht nach ihrem Tod als krankhafte Lügnerin diagnostizieren, nur um die Fakten einer Theorie anzupassen. Es ist genauso gut möglich, dass sie anderen eine völlig plausible Lüge aufgetischt, die nächste zur Tarnung erfunden und sich dann noch eine ausgedacht hat. Das Gleiche trifft auf Edward Monkford zu. Ja, basierend auf dem, was Sie mir erzählt haben, war Emma die wahre Narzisstin, nicht er. Allerdings besteht kein Zweifel daran, dass er extrem zwanghaft ist. Und was geschieht, wenn ein zwanghafter Mensch auf jemanden trifft, der außer Kontrolle geraten ist? Das könnte eine explosive Mischung sein.«

»Doch es gab andere Menschen als Edward, die viel triftigere Gründe hatten, wütend auf Emma zu sein«, entgegne ich. »Deon Nelson wäre beinahe im Gefängnis gelandet. Saul Aksoy hat seinen Job verloren. Detective Inspector Clarke wurde in die Frühpension gedrängt.«

»Möglich«, erwidert sie, klingt aber nicht ganz überzeugt. »Wenn ich es mir genauer überlege, könnte Emma einen anderen Grund gehabt haben, mich zu belügen.«

»Und der wäre?«

»Vielleicht hat sie mich als eine Art Spiegel benutzt. Für eine Generalprobe sozusagen, bevor sie ihre Geschichte an anderen Leuten getestet hat.«

»An wem?« Doch mir wird klar, wer gemeint ist. »Simon Wakefield war der Einzige, mit dem sie über Edward geredet hat.«

»Aber warum hätte sie das tun sollen, wenn sie in Wirklichkeit mit Edward zusammen sein wollte?«

»Weil Edward sie zurückgewiesen hat.« Ich werde von Zufriedenheit ergriffen – nicht nur, weil ich glaube, endlich ermittelt zu haben, was hinter Emmas bizarren Vorwürfen gegen Edward steckt, sondern auch, da ich spüre, ihr dicht auf den Fersen zu sein. Ihrem ständigen Hakenschlagen. »Nur diese Antwort ergibt Sinn. Emma hatte nur noch Simon. Also hat sie ihm natürlich vorgeschwindelt, sie hätte die Beziehung mit Edward beendet, obwohl es eigentlich umgekehrt war. Darf ich Ihre Toilette benutzen?«

Carol wirkt zwar überrascht, weist mir aber den Weg.

»Der andere Grund, warum ich heute hier bin«, sage ich nach meiner Rückkehr, »ist vermutlich sogar der wichtigste. Ich bin schwanger. Von Edward.«

Sie starrt mich an.

»Und es besteht die Möglichkeit – zugegeben nur eine kleine –, dass das Baby Downsyndrom hat«, füge ich hinzu. »Ich warte auf die Untersuchungsergebnisse.«

Rasch hat sie sich wieder gefasst. »Und wie geht es Ihnen damit, Jane?«

»Ich bin durcheinander«, gebe ich zu. »Einerseits freue ich mich, schwanger zu sein. Andererseits habe ich furchtbare Angst. Und außerdem habe ich keine Ahnung, was ich Edward sagen soll.«

»Nun, lassen Sie uns die Dinge mal sortieren. Sind Sie nur froh, schwanger zu sein? Oder ist Ihre Trauer um Isabel dadurch wieder hochgekommen?«

»Beides. Ein anderes Kind zu bekommen, fühlt sich so … endgültig an. So, als würde ich sie zurücklassen.«

»Sie befürchten, das neue Baby könnte sie in Ihren Gedanken ersetzen«, sagt sie sanft. »Und da Isabel inzwischen nur noch in Ihren Gedanken lebt, fühlen Sie sich, als würden Sie sie noch einmal töten.«

Ich sehe sie an. »Ja. Genau so ist es.« Mir wird klar, dass Carol Younson wirklich eine ausgezeichnete Therapeutin ist.

»Beim letzten Mal haben wir über Wiederholungszwang gesprochen – darüber, dass manche Menschen sich in die Vergangenheit verbeißen und das gleiche Psychodrama immer wieder ausagieren. Aber wir erhalten auch Gelegenheiten, diese Kreisläufe zu durchbrechen und nach vorne zu schauen.« Carol lächelt. »Die Menschen reden gern davon, man müsse die Tafel sauber wischen. Doch die einzig wirklich saubere Tafel ist eine neue. Die anderen sind grau von dem, was zuvor darauf geschrieben wurde. Vielleicht ist das Ihre Chance auf eine nagelneue Tafel, Jane.«

»Ich befürchte, ich könnte dieses Baby nicht so lieben«, gestehe ich.

»Das ist verständlich. Die Toten können uns unglaublich perfekt erscheinen – als Ideal, dem kein wirklicher Mensch je das Wasser reichen kann. Sich davon zu lösen ist nicht leicht. Aber es ist möglich.«

Ich denke über ihre Worte nach. Wie mir klar wird, treffen sie nicht nur auf mich zu, sondern auch auf Edward. Elizabeth war Edwards Isabel: die perfekte, verlorene Vorgängerin, von der er sich nicht mehr befreien kann.

Carol und ich reden noch eine Stunde lang – über die Schwangerschaft, über das Downsyndrom und das schreckliche und nicht zu bewältigende Thema einer Abtreibung. Und zu guter Letzt bin ich mir im Klaren darüber, was ich tun werde.

Falls der Test positiv ausfällt, werde ich abtreiben. Das ist keine Entscheidung, die man einfach so trifft, und ich werde mich für den Rest meines Lebens schuldig fühlen. Doch es ist die einzige Möglichkeit.

Und wenn ich es tue, werde ich Edward nichts davon erzählen. Er wird nie erfahren, dass ich schwanger war. Einige Leute mögen mich als moralischen Feigling betrachten. Aber ich sehe einfach keinen Sinn darin, mit ihm über ein Baby zu sprechen, das es nicht mehr gibt.

Ist der Test jedoch negativ und das Baby gesund – etwas, das, wie Dr. Gifford und Carol betont haben, die wahrscheinlichere Möglichkeit ist –, fahre ich sofort nach Cornwall und eröffne Edward persönlich, dass er Vater wird.

Gerade will ich mich von Carol verabschieden, als mein Telefon läutet.

»Spreche ich mit Jane Cavendish?«

»Ja, am Apparat.«

»Hier ist Karen Powers vom Testzentrum.«

Obwohl mir schwindelig wird, bringe ich noch eine Antwort heraus.

»Ich habe hier die Ergebnisse Ihres DNA-Tests«, fährt sie fort. »Ist der Zeitpunkt günstig, um sie zu besprechen?«

Ich wollte gerade gehen, setze mich jedoch wieder. »Ja. Bitte. Sagen Sie, was los ist.«

»Könnten Sie mir Ihre Adresse nennen?«

Ungeduldig arbeite ich die Datenschutzbestimmungen ab. Inzwischen ist Carol klar, wer da anruft, und sie setzt sich ebenfalls.

»Es freut mich, Ihnen mitteilen zu können …«, beginnt Karen Powers, und mein Herz macht einen Satz. *Gute Nachrichten. Es sind gute Nachrichten.*

Ich breche in Tränen aus, sodass sie die Ergebnisse wiederholen muss. Obwohl nur eine Amniozentese eine absolut sichere Diagnose liefert, ist die zellfreie DNA zu mehr als neunundneunzigprozentig akkurat. Es gibt keinen Grund zu der Annahme, dass mein Baby etwas anderes als gesund sein wird. Jetzt muss ich es nur noch Edward beibringen.

Damals: Emma

Was dann kommt, fühlt sich fast so an, als wäre jemand gestorben. Ich bin vor den Kopf geschlagen, betäubt. Das liegt nicht nur daran, dass ich Edward verloren habe, sondern an der kalten, fast sterilen Art, in der er mit mir Schluss gemacht hat. Letzte Woche war ich noch seine perfekte Frau, und jetzt ist alles vorbei. In einem Wimpernschlag von Bewunderung zu Verachtung. Ein Teil von mir denkt, er könne sich nicht eingestehen, wie wichtig ich ihm bin. Jede Minute wird er anrufen und sagen, er habe einen schrecklichen Fehler begangen. Dann jedoch fällt mir ein, dass Edward nicht Simon ist. Wenn ich die kahlen, makellosen Wände und die kompromisslosen Flächen von Folgate Street 1 betrachte, erkenne ich seine Willenskraft, seine engstirnige Verbissenheit in jedem Zentimeter.

Ich höre auf zu essen. So fühle ich mich besser. Der Hunger ist wie ein willkommener alter Freund, der Schwindel ein Betäubungsmittel gegen den Verlust.

Ich klammere mich an Chaot und benutze ihn als Taschentuch, Teddybären, Kuscheldecke. Verärgert über meine Bedürftigkeit, strampelt er sich frei und marschiert nach oben, doch ich hole ihn aus meinem Bett, wenn ich mich nach seinem warmen, weichen Fell sehne.

Als er verschwindet, bin ich vor Sorge fast außer mir. Dann sehe ich, dass die Tür zum Putzschrank offen steht. Natürlich finde ich ihn dort, zusammengerollt in der Dunkelheit auf einer Dose Bohnerwachs, wo er sich vor mir versteckt.

Am selben Abend beim Duschen gehen auf einmal die Lichter aus, und das Wasser wird kalt. Obwohl es nur ein paar Sekunden dauert, stoße ich vor Schreck und Angst einen Schrei aus. Mein erster Gedanke ist, Chaot könnte irgendwie die Kabel im Putzschrank gelockert haben. Mein zweiter lautet, dass es das Haus selbst war. Folgate Street 1 ist mit gegenüber erkaltet, so wie Edward, und will mir zeigen, dass sein Herr nicht mit mir zufrieden ist.

Dann wird das Wasser wieder warm. Nur ein Stromausfall, ein kurzer Aussetzer, nichts, worüber man sich aufregen müsste.

Ich lehne mich an die glatte Duschwand, meine Tränen strömen mit dem Wasser in den Abfluss.

Heute: Jane

Voller Schwung und glücklich kehre ich von meinem Besuch bei Carol zurück. Eine Hürde ist überwunden. Die Zukunft wird nicht leicht sein, aber zumindest ist sie jetzt geklärt.

Als ich Folgate Street 1 betrete, erstarre ich schlagartig. Neben der Treppe steht eine lederne Reisetasche von Swaine Adeney.

»Edward?«, rufe ich zögernd.

Er ist im Refektorium und mustert meine Gedankenstütze, das Durcheinander aus Post-its. In der Mitte habe ich die Zeichnung aufgehängt, die Doppelansicht von mir und Emma, die ich aus der Mülltonne gerettet habe.

Als er sich zu mir umdreht, zucke ich beim Anblick der eiskalten Wut in seinen Augen zusammen. »Das kann ich dir erklären«, sage ich rasch. »Ich musste Ordnung in die Dinge …«

»*Ermordet – Edward Monkford*«, entgegnet er leise. »Hübsch zu sehen, dass ich auch zu den Verdächtigen gehöre, Jane.«

»Ich weiß, dass du es nicht warst. Ich komme gerade von Emmas Therapeutin. Emma hat sie belogen, und inzwischen glaube ich, den Grund zu verstehen. Und ich denke, ich weiß, warum Emma sich umgebracht hat.« Ich halte inne. »Sie hat es getan, um dich zu bestrafen. Eine endgültige, dramatische Szene, damit du Schuldgefühle bekommst, weil du dich von ihr getrennt hast. Und angesichts dessen, was du bereits durchgemacht hast, nehme ich an, sie hat es geschafft.«

»Ich habe Emma geliebt.« Die Worte, so dürr und endgültig, hallen in der Luft wider. »Doch sie hat mich belogen. Ich habe gehofft, ich könnte Liebe ohne Lügen haben. Mit dir, meine ich. Erinnerst du dich an dein Bewerbungsschreiben? Wie du über Integrität, Ehrlichkeit und Vertrauen gesprochen hast? Deshalb dachte ich, es könnte klappen und diesmal besser werden. Doch ich habe dich nie so geliebt wie sie.«

Entsetzt starre ich ihn an.

»Warum bist du hier?«, stoße ich hervor. Ich weiß, dass das eigentlich keine Rolle spielt, brauche jedoch Zeit, um zu verarbeiten, was er gerade gesagt hat.

»Ich musste nach London, um meine Anwälte zu sehen. Die ersten Mieter in New Austell machen Schwierigkeiten. Anscheinend glauben sie, mich dazu zwingen zu können, die Regeln zu ändern, wenn sie sich miteinander verbünden. Also kriegen sie eine Räumungsklage. Und zwar alle.« Er zuckt die Achseln. »Ich habe uns etwas zu essen mitgebracht.«

Auf der Arbeitsfläche stehen sechs Papiertüten von den altmodischen Lebensmittelhändlern, die Edward bevorzugt.

»Eigentlich ist es gut, dass du hier bist«, sage ich benommen. »Wir müssen reden.«

»Offensichtlich.« Sein Blick wandert wieder zu meiner Collage.

»Edward, ich bin schwanger.« Das teile ich sachlich einem Mann mit, der mir gerade eröffnet hat, dass er mich nicht liebt. So hätte ich es mir in meinen schlimmsten Albträumen nicht vorgestellt. »Du hast ein Recht, das zu erfahren.«

»Ja«, antwortet er schließlich. »Wie lange hast du mir das verschwiegen?«

Die Versuchung zu lügen ist groß, aber ich weigere mich, mich in diese Ausrede zu flüchten. »Ich bin knapp über der zwölften Woche.«

»Hast du vor, es zu behalten?«

»Sie dachten, er könnte das Downsyndrom haben.« Bei diesen Worten fährt Edward sich mit der Hand übers Gesicht. »Aber es hat sich herausgestellt, dass er in Ordnung ist. Ja, ich werde ihn behalten. Ihn. Ich werde *ihn* behalten. Ich weiß, dass du dich anders entscheiden würdest, doch so ist es nun mal.«

Kurz schließt er die Augen, als hätte er Schmerzen.

»Ausgehend von dem, was du gerade gesagt hast, nehme ich an, dass du nicht in irgendeiner praktischen Weise sein Vater sein willst«, fahre ich fort. »Das macht nichts. Ich verlange nichts von dir, Edward. Wenn du mir nur verraten hättest, dass du Emma immer noch liebst …«

»Du verstehst überhaupt nichts«, unterbricht er mich. »Es war wie eine Krankheit. Jede Sekunde, die ich mit ihr verbracht habe, habe ich mich gehasst.«

Dazu fällt mir keine Antwort ein. »Die Therapeutin, bei der ich heute war … Sie sprach davon, wie wir uns in eine Geschichte verbeißen und versuchen, unsere alten Beziehungen zu wiederholen. Ich glaube, irgendwie bist du noch in Emmas Geschichte gefangen. Ich kann dir nicht dabei helfen, dich daraus zu befreien. Aber ich werde mich auch nicht mit dir davon gefangen nehmen lassen.«

Er blickt hinauf zu den Wänden, den makellos sterilen Flächen, die er geschaffen hat. Offenbar verleihen sie ihm Kraft.

Mach's gut, Jane, sagt er, nimmt seine Tasche von Swaine Adeney und geht.

11. Welches Problem fürchtest du in einer Beziehung am meisten?

a) Langeweile
b) Die Erkenntnis, dass es noch jemand Besseren geben könnte
c) Dass mein Partner und ich uns auseinanderentwickeln
d) Dass mein Partner von mir abhängig wird
e) Betrogen zu werden

Damals: Emma

Manchmal ist es, als könnte ich mich in Luft auflösen. Dann wieder fühle ich mich so rein und makellos wie ein Geist. Der Hunger, die Kopfschmerzen, der Schwindel sind das einzig Reale.

Die Leistung, nichts zu essen, ist der Beweis dafür, dass ich noch Macht habe. Manchmal versage ich auch und verschlinge einen ganzen Laib Brot oder einen Behälter Krautsalat. Doch dann stecke ich mir die Finger in den Hals und würge alles wieder heraus. Ich kann von vorne anfangen. Die Kalorienliste auslöschen.

Ich kann nicht schlafen. Genauso war es, als es schlimm um meine Essstörung stand. Nur dass es diesmal noch übler ist. Ich schrecke in der Nacht hoch, überzeugt, dass im Haus die Lichter an und aus gegangen sind oder dass ich jemanden habe herumschleichen hören.

Ich gehe zu Carol und erzähle ihr, Edward sei ein zwanghafter Egoist, der mich bedroht. Ich teile ihr mit, er misshandle, kontrolliere und überwache mich, weshalb ich ihn verlassen habe. Doch obwohl ich glauben möchte, was ich ihr sage, durchdringt die Sehnsucht nach ihm jede Zelle meines Körpers.

Als ich nach Hause komme, bemerke ich etwas im Garten, das wie ein Lumpen oder ein weggeworfenes Stofftier aussieht. Mein Verstand braucht einige Sekunden, um es einzuordnen. Ich haste nach draußen und über den makellosen Kies.

Chaot. Vorne hat er die Füße auf den Boden gestemmt, doch sein Hinterleib ist zur Seite gekippt. Seine linke Körperseite ist eingeschlagen worden und nur noch eine Masse blutigen Fells. Es sieht aus, als habe er sich hierher, weg vom Haus, geschleppt und sei dann zusammengebrochen. Ich schaue mich um. Nichts weist darauf hin, wie er gestorben sein könnte. Von einem Auto überfahren? Totgetrampelt und dann über den Zaun geworfen? Oder sogar gegen die Hauswand gedrängt und mit einem Stein erschlagen?

Du Armer, sage ich und kauere mich hin, um die unverletzte Seite seines Körpers zu streicheln. Meine Tränen fallen auf sein seidiges, nun so regloses Fell. Du armes, armes Ding, sage ich zu ihm, meine aber in Wirklichkeit mich selbst.

Und dann schießt mir durch den Kopf, dass das, genauso wie die an die Hauswand gekippte Farbe, eine Botschaft ist. *Du bist als Nächstes dran*. Der Mensch, der dahintersteckt, will mich nicht nur einschüchtern, sondern töten. Und jetzt bin ich ganz allein und habe keine Chance, ihn aufzuhalten.

Außer Simon. Ich kann es noch immer bei Simon versuchen. Sonst habe ich niemanden mehr.

Heute: Jane

Die Geschichte scheint sich zu wiederholen. Ein Schwangerschaftsbauch und kein Mann. Mia tadelt nicht, *ich habe dich doch gleich gewarnt*. Aber ich weiß, dass sie es denkt.

Eines muss ich allerdings noch erledigen. Auch wenn es Edward offenbar nicht interessiert, was ich über Emma herausgefunden habe, finde ich, dass Simon Wakefield es erfahren sollte. Ich bitte Mia, auch zu kommen, für den Fall, dass er es negativ aufnimmt.

Er erscheint pünktlich und bringt Wein und einen dicken blauen Ordner mit. »Ich war nicht mehr hier, seit es passiert ist«, sagt er und mustert die Räumlichkeiten von Folgate Street 1 mit finsterer Miene. »Mir hat es nie gefallen. Ich habe so getan, als fände ich es gut, aber in Wahrheit wollte *sie* unbedingt hier wohnen. Nicht einmal die Technologie war so beeindruckend wie anfangs gedacht. Ständig klappte etwas nicht.«

»Wirklich?« Ich wundere mich. »Ich hatte nie irgendwelche Probleme.«

Er legt den Ordner auf die Arbeitsfläche. »Ich habe Ihnen das hier mitgebracht. Es ist eine Kopie meiner Recherchen in Sachen Edward Monkford.«

»Danke. Aber die brauche ich gerade nicht.«

Er runzelt die Stirn. »Ich dachte, Sie wollten wissen, wie Emma gestorben ist.«

»Simon …« Ich nehme Blickkontakt mit Mia auf, die taktvoll mit der Weinflasche verschwindet, um sie zu öffnen.

»Emma hat Lügen über Edward verbreitet. Ich bin nicht sicher, warum. Und genauso wenig weiß ich etwas über die genauen Umstände ihres Todes. Allerdings besteht kein Zweifel daran, dass das, was sie Ihnen über ihn erzählt hat, nicht stimmt.« Ich halte inne. »Sie wurde auch noch bei einer weiteren, folgenschweren Lüge ertappt. Auf dem von der Polizei sichergestellten Video war nicht der Einbrecher zu sehen, sondern Saul Aksoy.«

»Das weiß ich«, gibt er zornig zurück. »Das hat nichts damit zu tun.«

Im ersten Moment begreife ich nicht, wie er das erfahren haben will. »Oh, Amanda hat es Ihnen erzählt.«

Er schüttelt den Kopf. »Emma selbst. Nachdem sie sich von Edward getrennt hatte, hat sie mir alles gebeichtet.«

»Hat sie auch gesagt, wie es passiert ist?«

»Ja, Saul hat sie unter Drogen gesetzt und sie vergewaltigt.« Er bemerkt meinen Gesichtsausdruck. »Was? Sie haben Detektivin gespielt und sind nicht dahintergekommen?«

»Ich habe mit Saul gesprochen«, sage ich zögernd. »Er hat mir erzählt, die Initiative sei von Emma ausgegangen.«

Simon schnaubt verächtlich. »Klar, dass der so was behauptet. Früher habe ich Saul gemocht, doch selbst bevor Emma mir alles anvertraut hat, wusste ich, dass er auch eine andere Seite hat. Nach Ems und meiner Trennung sind wir manchmal zusammen einen trinken gegangen. Amanda hat er erzählt, ich bräuchte Gesellschaft. Aber in Wahrheit wollte er nur ein Alibi, um Frauen aufzureißen. Er hat immer dieselbe Strategie angewendet ›Mach sie so betrunken, dass sie nicht mehr aufrecht stehen können‹, waren seine Worte. ›Für das, was du mit ihnen vorhast, müssen sie nicht stehen.‹«

Offenbar mache ich ein erschrockenes Gesicht, denn er nickt. »Netter Witz, oder? Nur, dass ich schon seltsam fand, *wie* betrunken einige Mädchen nach nur ein paar Gläsern waren. Er hat immer ein großes Tamtam darum veranstaltet, ihnen Champagner zu bestellen. Auf diese Weise hat er großzügig gewirkt, aber ich habe gelesen, dass die Bläschen auch den Geschmack von K.-o.-Tropfen überdecken.«

Ich starre ihn entgeistert an. Saul Aksoy hat versucht, auch mir ein Glas Champagner aufzudrängen. Ich hielt ihn zwar für einen Widerling, habe ihm aber dennoch jedes Wort geglaubt.

Gerade hatte ich gedacht, ein System in die Ereignisse gebracht zu haben, und schon fliegt mir wieder alles um die Ohren. Denn wenn Saul wirklich gegen ihren Willen Sex mit Emma hatte, hat sie zwar gelogen, möglicherweise sogar mehrmals, doch im Grunde genommen war ihre Geschichte wahr. Sie hat nur die Namen der Akteure ausgetauscht, aus Gründen, über die ich nur Mutmaßungen anstellen kann.

»Sie hat versucht, mich zu schützen«, sagt Simon, als habe er meine Gedanken gelesen. »Sie dachte, ich würde nicht damit klarkommen, dass mein bester Kumpel sowas mit ihr gemacht hat. Doch selbst vor dem Einbruch hatte ich den Eindruck, dass etwas nicht stimmte – sie wurde ohne Grund sauer auf mich und ging jedes Mal in die Luft, wenn ich nett zu ihr sein wollte. Und ihre Essstörung fing wieder an. Danach ging sie nie wieder richtig weg, auch wenn sie nicht gern darüber geredet hat.«

»Sie haben hier mit ihr gesprochen?«

Er nickt. »Das habe ich Ihnen ja schon erzählt. Ihr war klar geworden, dass sie einen schweren Fehler gemacht hatte, und sie wollte alles wieder in Ordnung bringen. Damals ging es ihr wirklich schlecht. Sie hatte ein Kätzchen, das ihr zugelaufen war. Jemand hat es umgebracht.«

»Sie hatte ein Kätzchen?«, wiederhole ich verdattert. »Hier? In der Folgate Street 1?« Maggie Evans hat eine zugelaufene Katze erwähnt, jedoch nicht, dass Emma vorhatte, sie zu behalten.

»Richtig. Warum?«

Weil es gegen die Regeln verstößt, denke ich. Keine Haustiere. Und übrigens auch keine Kinder.

Simon klappt den Ordner auf und holt ein Dokument heraus. »Ein Anwalt hat ihr das gegeben. Laut dieser Pläne hat Monkford seine Frau und seinen Sohn genau hier unter diesem Haus begraben. Schauen Sie.« Er zeigt es mir. Da ist ein X und eine handschriftliche Notiz. *Letzte Ruhestätte von Mrs. Elizabeth Georgina Monkford und Maximilian Monkford.* »Welcher Spinner tut denn so was?«

»Da bist du ja gerade noch glimpflich davongekommen, Jane.« Mia hat sich langsam angeschlichen und spitzt die Ohren. Ich bemerke, dass Simon mir einen neugierigen Blick zuwirft, aber ich beschließe, mir die Erklärung zu sparen.

»Emma hatte die Theorie, dass es Teil eines abergläubischen Rituals war, sie hier zu begraben«, fährt er fort. »Fast wie ein Opfer. Damals habe ich nicht groß darüber nachgedacht, doch nach ihrem Tod habe ich angefangen, mich mit seinen anderen Gebäuden zu beschäftigen. Wie sich herausstellte, hatte sie recht. Jedes Mal, wenn ein Gebäude der Monkford Gruppe kurz vor der Fertigstellung steht, stirbt jemand.«

Er breitet einige Zeitungsausschnitte auf dem Tisch aus, damit ich sie mir ansehen kann. Jedem liegt eine Karte bei, auf der der Standort des Gebäudes und der Schauplatz des Todesfalls vermerkt sind. In Schottland kam eine junge Frau bei einem Unfall mit Fahrerflucht um, und zwar nur anderthalb Kilometer entfernt von einem Haus, das Edward Monkford in der Nähe von Inverness gebaut hat. Auf Menorca wurde ein Kind entführt, nur drei Kilometer weit weg von dem Strandhaus, an dem Edward arbeitete. In Brügge hat sich eine Frau nur wenige Meter vor seiner Kapelle von einer Eisenbahnbrücke gestürzt. Während der Innenausbauten im Bienenkorb wurde ein Elektrikerlehrling tot in einem Treppenhaus aufgefunden.

»Aber nichts von all dem beweist auch nur im Ansatz, dass er für diese Todesfälle verantwortlich ist«, wende ich ein. »Jedes Jahr kommt es zu Tausenden von tödlichen Unfällen und Vermisstenfällen. Dass sich einige in unmittelbarer Nähe ausgerechnet dieser Gebäude ereignet haben, hat nichts zu bedeuten. Sie deuten hier Muster und Zusammenhänge hinein, die es gar nicht gibt.«

»Vielleicht besteht ja doch ein Zusammenhang, und Sie verschließen die Augen davor.« Simons Miene verfinstert sich.

»Simon, das alles beweist einzig und allein, wie sehr Sie Emma geliebt haben. Und das ist bewundernswert. Doch es trübt Ihr Urteilsvermögen …«

»Emma wurde mir zweimal weggenommen«, unterbricht er mich. »Das erste Mal, als Edward Monkford sich in unsere Beziehung gedrängt hat, als es ihr sehr, sehr schlecht ging. Und zum zweiten Mal, als sie ermordet wurde. Ich bin sicher, das ist passiert, damit ich sie nicht haben kann. Ich fordere Gerechtigkeit für Emma. Und ich werde nicht aufgeben, bis ich das erreicht habe.«

Kurz darauf geht er. Mia nippt an ihrem Weinglas. »Er macht einen sympathischen Eindruck«, stellt sie fest.

»Und ein wenig von einer fixen Idee besessen?«

»Er hat sie geliebt und kann sie erst loslassen, wenn er herausgefunden hat, was ihr zugestoßen ist. Das ist doch schon fast heldenhaft, oder?«

All diese Männer haben Emma geliebt, denke ich. Trotz ihrer vielen Probleme waren die Männer auf sie fixiert. Wird je ein Mann für mich so empfinden?

»Nicht, dass es ihr letztlich viel genützt hätte, geliebt zu werden«, ergänzt Mia. »Aber wie ich das sehe, wärst du mit jemandem wie ihm besser dran als mit deinem durchgeknallten Architekten.«

»Ich und Simon?« Ich schnaube verächtlich. »Wohl kaum.«

»Er ist solide, zuverlässig und treu. Tu es nicht ab, bevor du es nicht ausprobiert hast.«

Ich schweige. Meine Gefühle für Edward sind zu kompliziert, um sie in ein oder zwei ordentliche Sätze zu packen, die Mia dann unter die Lupe nehmen kann. Seine eiskalte Wut hat einen Anflug von Scham in mir ausgelöst, weil ich hinter seinem Rücken Emmas Tod nachgegangen bin. Würde er die Situation mit mir womöglich klarer sehen, wenn es ihm gelingen würde, sich von ihr zu befreien?

Ich schüttle den Kopf, nicht nur, um mir selbst zu widersprechen, sondern um diese Fantasien zu vertreiben. *Wunschdenken*.

Damals: Emma

Mach's gut, Em, sagt er.

Tschüss, Si, antworte ich.

Trotz seines Abschieds bleibt Simon noch eine Weile an der Tür von Folgate Street 1 stehen. Ich bin wirklich froh, dass wir geredet haben, sagt er.

Ich auch, erwidere ich. Und es ist mein Ernst. So viele Dinge habe ich ihm nie anvertraut, sondern sie in meinem Kopf eingeschlossen. Vielleicht hätten wir uns ja nie getrennt, wenn wir während unserer Beziehung mehr miteinander gesprochen hätten. Etwas in mir hatte immer Lust, Simon wehzutun oder ihn wegzustoßen, doch das ist jetzt verschwunden. Nun bin ich nur noch dankbar für einen Menschen, der kein Urteil über mich fällt.

Wenn du möchtest, bleibe ich, schlägt er ruhig vor. Falls du dich dann sicherer fühlst. Sollte dieser Mistkerl Deon oder sonst jemand sich hier blicken lassen, knöpfe ich ihn mir vor.

Das weiß ich. Aber das brauchst du wirklich nicht. Dieses Haus ist wie eine Festung. Außerdem sollten wir nichts überstürzen, nicht wahr?

Okay, sagt er. Er beugt sich vor und küsst mich, ein wenig förmlich, auf die Wange. Dann umarmt er mich. Die Umarmung ist angenehm.

Nachdem er fort ist, ist es wieder still im Haus. Ich habe ihm versprochen, etwas zu essen. Also fülle ich einen Topf mit Wasser, um ein Ei zu kochen, und wedle mit der Hand über den Herd.

Nichts geschieht.

Ich wedle noch einmal. Dasselbe Ergebnis. Ich schaue unter die Arbeitsplatte, um festzustellen, ob es eine Möglichkeit gibt, den Bewegungssensor auszutricksen. Da ist nichts.

Simon würde wissen, was zu tun ist, und fast greife ich zum Telefon, um ihn zurückzuholen. Doch dann halte ich inne. Ein hilfloses Weibchen zu sein, das Männer braucht, um seine Probleme zu lösen, hat mich ja zum Teil in diese Lage gebracht.

Im Kühlschrank sind noch ein paar Äpfel, also hole ich mir stattdessen einen. Gerade will ich hineinbeißen, als ich Gas rieche. Obwohl der Herd nicht angegangen ist, funktioniert der Teil, der das Gas ausstößt, offenbar und verbreitet nun explosive Dämpfe im Haus. Ich suche nach einem Weg, es auszuschalten, und fuchtle mit den Armen panisch über der Arbeitsfläche herum. Plötzlich macht es klick, und ein blaugelber Feuerball schießt in die Luft und hüllt meinen Arm ein. Ich lasse den Apfel fallen. Im ersten Moment verspüre ich nur den Schock, keine Schmerzen, aber ich weiß, dass das noch kommen wird. Rasch halte ich meinen Arm unter den Kaltwasserhahn. Er springt nicht an. Ich haste nach oben ins Bad. Zum Glück funktioniert das Wasser dort und kühlt meine brennende Haut. Ich lasse es ein paar Minuten laufen und untersuche dann meinen Arm. Er ist zwar gerötet und schmerzt, doch es haben sich keine Brandblasen gebildet.

Es ist nicht nur Einbildung. Das kann nicht sein. Es ist, als habe das Haus nicht gewollt, dass Simon auf ein Gespräch vorbeikommt, und jetzt bestraft es mich dafür.

Es ist wie eine Festung, habe ich zu Simon gesagt. Aber was, wenn das Haus selbst beschließt, mich nicht zu beschützen? Wie sicher bin ich dann hier noch?

Plötzlich bekomme ich Angst.

Ich gehe in den Putzschrank und mache die Tür hinter mir zu. Wenn nötig, könnte ich mich hier verbarrikadieren – ich könnte die Mopps und Besen gegen die Tür klemmen, damit sie zu bleibt. Der Raum ist zwar eng und außerdem mit Behältern und Putzmaterial zugestellt, doch ich brauche einen sicheren Ort, und das hier ist er.

12. In einer Gesellschaft müssen Regelverstöße Konsequenzen haben.

- ☐ Stimme zu
- ☐ Stimme nicht zu

Heute: Jane

Ich bin noch im Halbschlaf, als ich es spüre. So zögernd und schüchtern wie ein Pochen an der Tür, nicht viel mehr als ein Flattern in meinem Bauch. Das kenne ich noch von Isabel. Die ersten Bewegungen.

Ich bleibe liegen, genieße es und warte auf weiteres Strampeln. Es kommt noch mehr und dann etwas, das vielleicht ein Purzelbaum war. Mutterliebe und Ehrfurcht ergreifen mich so heftig, dass ich in Tränen ausbreche. Wie habe ich auch nur in Erwägung ziehen können, dieses Kind abzutreiben? Rückblickend betrachtet, erscheint es mir beinahe unwirklich. Trotz meiner Tränen muss ich lächeln.

Inzwischen hellwach, schwinge ich die Beine über die Bettkante und schaue an meinem sich verändernden Körper hinunter. Ich bin noch nicht so weit, als dass Fremde unerwünschte Bemerkungen machen würden. Laut einer Tabelle, die ich im Büro entdeckt habe, ist mein Baby jetzt etwa so groß wie eine Avocado. Doch wenn ich nackt bin, ist nicht zu übersehen, dass ich schwanger bin. Meine Brüste hängen schwer und voll herab, und mein Bauch ist gemütlich rundlich geworden.

Als ich ins Bad gehe, stelle ich belustigt fest, dass ich ein bisschen watschele, obwohl das eindeutig noch nicht nötig ist. Das Muskelgedächtnis der Schwangerschaft hüllt meinen Körper ein wie ein vertrauter Mantel. Irgendwas stimmt mit der Dusche nicht – das warme Wasser wird plötzlich eiskalt –, aber das erfrischt. Kurz überlege ich, ob das Haus nun, da ich einen anderen Menschen in mir trage, Schwierigkeiten hat, mich zu erkennen. Eigentlich glaube ich nicht, dass Technik so funktioniert, doch was verstehe ich schon davon?

Als ich mich abtrockne, verspüre ich einen leichten Brechreiz. Ich setze mich auf den Toilettendeckel und versuche, ihn wegzuatmen. Aber er kehrt mit doppelter Wucht zurück. Die Zeit reicht gerade noch, um einen Satz vorwärts zu machen und mit dem Mund in Richtung Dusche zu zielen. Ich drehe sämtliche Hähne auf, um das Erbrochene wegzuspülen.

Nun ist die Glaswand rings um die Dusche voller Wasserflecken. Also knie ich mich hin, um sie zu polieren, und wende mich anschließend der Duschtasse zu. Als ich die Rille säubere, die entlang der Wand verläuft, bemerke ich etwas Glitzerndes, in dem sich das Licht fängt. Da ich es mit den Fingern nicht erreichen kann, nehme ich ein Wattestäbchen und angle es vorsichtig heraus.

Zunächst glaube ich, ein Schmutzkörnchen oder vielleicht eine Kugel aus einem Kugellager vor mir zu haben. Dann erkenne ich das winzige Loch darin. Es ist eine Perle; ziemlich klein und ungewöhnlich cremefarben. Bestimmt ist sie aus meiner Kette gefallen.

Ich gehe ins Schlafzimmer und hole die Kette aus ihrer Schatulle. Die einzelne Perle sieht eindeutig aus wie all die anderen. Nur, dass an meiner Kette keine fehlt.

Ich verstehe nicht, wie die Perle hat herunterfallen können, ohne dass der Faden gerissen ist. Das ist unmöglich, es ist wie bei einem Ratespielchen, einer Denksportaufgabe.

Gegenüber von *Hoffnungsvoll* gibt es einen Juwelier. Ich beschließe, die Kette dort hinzubringen und zu fragen.

Damals: Emma

Ich schicke eine E-Mail an Monkford Partnership und bitte um Hilfe bei den Problemen mit dem Haus. Keine Antwort. Als ich Mark Howarth, den Makler, anrufe, erwidert er, sämtliche technischen Angelegenheiten müssten direkt mit Monkford Partnership geklärt werden. Schließlich schreie ich ihn am Telefon an, was der Sache vermutlich nicht dienlich ist. Ich schicke sogar Edward eine SMS. Natürlich reagiert er nicht.

Zusätzlich zu all den anderen Schwierigkeiten bin ich überzeugt, dass die Beleuchtung geändert worden ist. Bei unserem Einzug hat Mark Howarth uns erklärt, das Haus füge automatisch Licht gegen Winterdepression hinzu. Wenn das stimmt, kann es dann auch das Gegenteil tun? Ich schlafe nicht nur schlecht, sondern wache erschöpft und mit trockenen, juckenden Augen auf.

Simon ruft an und wiederholt sein Angebot vorbeizukommen. Es wäre so leicht, Ja zu sagen. Ich erwidere, ich würde es mir überlegen, und höre die Begeisterung in seiner Stimme, obwohl er versucht, sie zu verbergen. Der nette, zuverlässige, vertrauenswürdige Simon. Mein Hafen im Sturm.

Und dann erhalte ich eine SMS von Edward Monkford.

Heute: Jane

»Ein sehr ungewöhnliches Stück«, sagt der Juwelier, rollt die Perle zwischen Zeigefinger und Daumen hin und her und begutachtet sie durch eine Lupe. »Wenn es das ist, was ich denke, ist sie wirklich sehr selten.«

Ich fördere die Kette aus ihrer Perlmuttschatulle zutage. »Könnte sie daher stammen?«

Er nimmt die Schatulle und betrachtet anerkennend nickend die japanischen Schriftzeichen. »Kokichi Mikimoto. So etwas sieht man nicht häufig.« Er holt die Kette heraus, hält sie ans Licht und vergleicht sie mit der einzelnen Perle. »Ja, die Übereinstimmung ist eindeutig. Keshi-Perlen, wie ich dachte.«

»Keshi-Perlen? Was ist das?«

»Salzwasser-Keshi sind die seltensten Perlen überhaupt, insbesondere, wenn sie beinahe rund sind, so wie diese. Sie stammen aus einer Auster, in der sich mehr als eine Perle befand – Zwillinge, in anderen Worten. Weil sie keinen Kern haben, entwickeln sie dieses ungewöhnlich strahlende Schimmern. Sie sind extrem selten, wie ich schon sagte. Irgendwann ist die Kette vermutlich gerissen, und die Perlen sind heruntergefallen. Der Besitzer hat sie wieder auffädeln lassen, aber offenbar eine übersehen.«

»Ich verstehe«, antworte ich schließlich. Ja, ich kann dem Mann geistig folgen. Doch die Bedeutung – dass Edward mir eine Kette geschenkt hat, die früher einer anderen gehörte – muss ich erst noch verdauen.

Ich verlasse den Laden und greife zum Telefon.
»Simon«, sage ich, als er sich meldet. »Wissen Sie vielleicht zufällig, ob Edward Monkford Emma eine Halskette geschenkt hat? Und wenn ja, ob die je gerissen ist?«

Damals: Emma

Ich muss dich unbedingt sehen. Edward.

Ich lege mir meine Antwort gut zurecht. *Bist du noch böse auf mich, Daddy?*

Die Reaktion erfolgt rasch. *Nicht mehr, als du es verdienst.*

Gut. Heißt das, du willst mich zurück?

Das sehen wir nach heute Nacht.

Dann sollte ich besser ganz brav sein. Ich habe jetzt schon weiche Knie.

19:00 Uhr. Trag die Perlen. Sonst nicht viel.

Natürlich.

Zwei Stunden, um mich vorzubereiten, um mich zu freuen. Ich ziehe mich aus und mache mich an die Arbeit.

Heute: Jane

»Aber begreifen Sie denn nicht?«, sagt Simon drängend. »Das beweist, dass er da war, als Emma starb.«

Wir sitzen in demselben Café in der Nähe von *Hoffnungsvoll*, in dem Edward Monkford sich um mich bemüht hat. *Zwei Menschen, die zusammenkommen und keine weiteren Pläne haben als die Gegenwart.* Was sich als Lüge von gewaltigen Ausmaßen entpuppt hat. Zweifellos hat er es damals so gemeint – in dem Glauben, er könne sich die Beziehung mit Emma zurückerobern und alles, jedoch ohne das, was ihm nicht gefiel. Doch wie Carol Younson sagte, ist es unmöglich, dieselbe Geschichte zweimal zu erzählen und ein unterschiedliches Ende zu erwarten.

Inzwischen hat Simon weitergeredet. »Verzeihung«, sage ich. »Wie bitte?«

»Sie sagte, sie würde die Kette nur für ihn tragen – sie wusste, dass ich das Ding hasste. Eigentlich waren wir an diesem Tag verabredet. Es war mehr oder weniger abgemacht. Doch dann hat sie abgesagt. Angeblich fühlte sie sich nicht wohl. Aber ich habe mich damals schon gefragt, ob sie sich in Wahrheit mit Monkford traf.«

Ich verziehe das Gesicht. »Das alles können Sie doch nicht in eine einzige Perle hineininterpretieren. Die beweist gar nichts.«

»Überlegen Sie mal«, beharrt er geduldig. »Woher hatte Monkford die Kette, um sie Ihnen zu schenken? Er muss dabei gewesen sein, als sie gerissen ist. Doch er wusste, wenn er Perlen überall auf dem Boden liegen lässt, würde es nach einem Kampf aussehen, nicht nach Selbstmord. Also hat er sie alle eingesammelt, bevor er ging. Bis auf die eine, die Sie gefunden haben.«

»Aber sie ist nicht im Bad gestorben«, wende ich ein. »Sie wurde am Fuße der Treppe gefunden.«

»Vom Bad bis zur Treppe sind es nur ein paar Schritte. Er hätte sie mühelos hinschleppen und runterwerfen können.«

Ich glaube Simons Hirngespinste keine Minute, muss allerdings zugeben, dass es sich bei der Perle um ein Beweisstück handeln könnte. »Gut, ich setze mich mit James Clarke in Verbindung. Ich weiß, dass er jeden Mittwoch in die Stadt kommt. Am besten begleiten Sie mich. Dann können Sie selbst hören, wie er Ihre Theorien entkräftet …«

»Jane … möchten Sie, dass ich für ein paar Tage in der Folgate Street 1 wohne?« Offenbar mache ich ein erstauntes Gesicht, denn er fügt hinzu: »Das habe ich Emma auch angeboten. Sie hat abgelehnt, und ich wollte sie nicht bedrängen. Wenn ich nur da gewesen wäre …« Er beendet den Satz nicht.

»Danke, Simon. Aber wir können ja nicht einmal sicher sein, ob Emma ermordet wurde.«

»Jedes auch noch so kleine Indiz weist auf Edward Monkford hin und sonst auf niemanden. Sie haben offenbar Ihre eigenen Gründe, sich das nicht eingestehen zu wollen. Und ich glaube, uns beiden ist klar, was das für Gründe sind.« Als sein Blick zu meinem Babybauch wandert, erröte ich.

»Sie sind es, der sich aus emotionalen Gründen wünscht, dass er schuldig ist«, entgegne ich. »Und um eines klarzustellen. Edward und ich hatten eine kurze Beziehung, mehr nicht. Wir sind nicht mehr zusammen.«

Sein Lächeln wirkt ein wenig traurig. »Natürlich nicht. Sie haben gegen die wichtigste Regel von allen verstoßen. Vergessen Sie nicht, was aus der Katze geworden ist.«

Damals: Emma

Ich bin gründlich epiliert und gepflegt. Zu guter Letzt lege ich die Perlenkette an, die sich so eng an meinen Hals schmiegt wie die Hand eines Liebhabers. Mein Herz singt. Ich werde von Wellen der Vorfreude durchströmt.

In einer Stunde ist er hier. Ich schenke mir ein großes Glas Wein ein und trinke es beinahe aus. Dann gehe ich, die Kette noch immer um den Hals, zur Dusche.

Von unten höre ich ein Geräusch. Es ist schwierig einzuordnen, doch es könnte das Quietschen einer Schuhsohle sein. Ich bleibe stehen.

Hallo? Ist da jemand?

Keine Antwort. Ich schnappe mir ein Handtuch und steuere auf die Treppe zu. Edward?

Die Stille dauert an, bedrohlich und irgendwie bedeutungsschwer. Mir stellen sich die Nackenhaare auf. Hallo?, rufe ich wieder.

Ich schleiche mich ein Stück die Treppe hinunter. Von hier aus habe ich jeden Winkel des Hauses im Blick. Da ist niemand.

Außer die Person versteckt sich direkt unter mir, unter den Steinplatten. Ich drehe mich um, steige eine Stufe nach der anderen hinunter und spähe durch die Lücken.

Niemand.

Dann höre ich noch ein Geräusch, eine Art Schnauben. Es scheint diesmal von oben zu kommen. Doch als ich mich umwende, nehme ich ein hohes Surren wahr, eine

Frequenz, die das menschliche Ohr gerade noch auffangen kann. Es wird lauter und lauter wie ein Moskito. Obwohl ich mir die Ohren zuhalte, dringt mir das Geräusch bis in den Schädel.

An der Decke zerplatzt eine Glühbirne, die Scherben rieseln klackernd zu Boden. Das Geräusch verstummt. Eine Fehlfunktion des technischen Systems. Im Wohnzimmer fährt mein Laptop hoch. Die Beleuchtung wird langsam dunkler und dann wieder heller. Auf dem Bildschirm meines Laptops erscheint die Homepage von *Housekeeper*. Es ist, als hätte das ganze Haus gerade in den Reset-Modus geschaltet.

Ganz gleich, was das für ein Problem gewesen sein mag, jetzt hat es aufgehört. Und es ist niemand da. Ich gehe wieder nach oben zur Dusche.

Heute: Jane

»Nun, das ist faszinierend«, stellt James Clarke fest und schaut zwischen der Kette und der einzelnen Perle hin und her. »Faszinierend.«

»Wir sind nicht sicher, was das zu bedeuten hat«, erwidere ich. Als Simon mir einen Blick zuwirft, füge ich hinzu: »Das heißt, dass wir in dieser Sache verschiedener Ansicht sind. Simon hält es für einen Beweis, dass Edward sie umgebracht hat. Mir ist nicht klar, was es für eine Rolle spielen könnte.«

»Ich werde Ihnen erklären, in welcher Hinsicht es eine Rolle spielt«, entgegnet der pensionierte Polizist nachdenklich. »Nämlich in der Anklage gegen Deon Nelson. Wenn da eine Perlenkette, selbst eine zerrissene, gewesen wäre, hätte er sie bestimmt nicht liegen lassen. Er hätte sie gestohlen. Und in diesem Fall hätte Mr. Monkford nicht die Möglichkeit gehabt, sie neu auffädeln zu lassen, um sie Ihnen zu schenken. Dies ist also das Ende *meiner* Lieblingstheorie.«

»Bei unserer letzten Begegnung«, merkt Simon an, »nach der Leichenschau, sagten Sie, Monkford habe ein Alibi.«

»Ja. Tja, so eine Art Alibi. Offen gestanden hätte uns nach dem Abschluss sechsmonatiger polizeilicher Ermittlungen ein Exfreund mit gebrochenem Herzen, der versucht, das Urteil anzufechten, gerade noch gefehlt. Deshalb habe ich vielleicht überzeugter geklungen, als ich es eigentlich war. Mr. Monkford gab an, er sei zum Zeitpunkt von Emmas Tod auf seiner Baustelle in Cornwall gewesen. Er wurde am Morgen und dann wieder am frühen Abend in seinem Hotel gesehen. Nichts wies darauf hin, dass er in der Zwischenzeit in London gewesen sein könnte, und so haben wir ihm eben geglaubt.«

Simon starrt ihn an. »Soll das heißen, dass er es doch getan haben könnte?«

»Eine Million Leute *könnten* es getan haben«, wendet Clarke nachsichtig ein. »Aber so arbeiten wir nicht. Wir suchen nach Hinweisen auf den Täter.«

»Monkford ist wahnsinnig«, beharrt Simon. »Herrje, schauen Sie sich doch bloß seine Häuser an. Er ist ein durchgeknallter Perfektionist, und wenn ihm etwas nicht absolut gefällt, belässt er es nicht dabei. Er zerstört es und fängt wieder von vorne an. Das hat er Emma einmal ausdrücklich erklärt. – ›Diese Beziehung wird nur andauern, solange sie absolut perfekt ist.‹ Was für ein Spinner sagt denn sowas?«

Clarke erklärt Simon geduldig, dass Amateurpsychologie und Polizeiarbeit völlig unterschiedlich funktionieren. Doch ich höre nur mit halbem Ohr hin.

Mir wird klar, dass Edward mir das Gleiche gesagt hat. *Einige der besten Beziehungen, die ich hatte, haben gerade mal eine Woche gehalten ... Man weiß das Gegenüber besser zu schätzen, wenn einem klar ist, dass es nicht ewig zur Verfügung steht.*

Mein Baby streckt den Fuß aus und versetzt mir einen Tritt knapp oberhalb des Nabels. Ich erschaudere. *Sind wir in Gefahr*?

»Jane?«

Aus den auffordernden Mienen der beiden schließe ich, dass man mir gerade eine Frage gestellt hat. »Verzeihung?«

James Clarke hält die Kette hoch. »Könnten Sie die bitte für uns umlegen?«

Da der winzige Verschluss hinten schwer zu schließen ist, springt Simon auf, um mir zu helfen. Ich halte das Haar vom Nacken weg, damit er rankommt. Seine Finger werden unbeholfen, als er mich berührt, und ich spüre zu meiner Überraschung, dass er sich von mir angezogen fühlt.

Als ich die Kette trage, mustert Clarke sie gründlich. »Darf ich?«, erkundigt er sich höflich. Ich nicke, und er versucht, einen Finger zwischen die Perlen und meine Haut zu schieben. Der Platz reicht nicht.

»Hm«, brummt er und lehnt sich zurück. »Tja, ich möchte ja eigentlich kein Öl ins Feuer gießen. Doch da gibt es etwas, das wichtig sein könnte.«

»Was?«, fragt Simon aufgeregt.

»Als Emma aufgefunden wurde, meldete der erste Beamte am Tatort, er habe einen leichten Abdruck an ihrem Hals bemerkt. Er hat es sich notiert, aber als der Pathologe erschien, waren nur noch ein paar kleine Kratzer hier vorhanden.« Er zeigt auf die Stelle, wo er versucht hat, den Finger unter die Kette zu stecken. »Es war nichts Großes – eindeutig nicht die Todesursache. Und angesichts ihrer übrigen Verletzungen haben wir gedacht, sie habe vermutlich beim Sturz um sich geschlagen.«

»Doch in Wahrheit hat ihr jemand die Kette vom Hals gerissen«, erwidert Simon sofort.

»Nun, das ist Ihr Verdacht«, entgegnet Clarke.

»Es gibt noch eine weitere Möglichkeit«, höre ich mich sagen.

»Ja?«, hakt Clarke nach.

»Edward …« Ich spüre, wie ich erröte. »Ich habe Grund zu der Annahme, dass er und Emma auf harten Sex standen …«

Simon starrt mich an. Clarke nickt nur. »In der Tat.«

»Falls Edward also am fraglichen Tag bei ihr war – was ich übrigens noch immer nicht ganz glaube –, hätte die Kette auch zufällig zerreißen können.«

»Das werden wir vielleicht nie erfahren«, sagt Clarke.

Mir fällt noch etwas ein. »Bei unserem letzten Treffen

meinten Sie, man könne unmöglich feststellen, wer kurz vor Emmas Tod das Haus betreten hat.«

»Richtig. Warum?«

»Das kommt mir einfach nur seltsam vor, mehr nicht. Das Haus ist darauf programmiert, Daten abzuschöpfen und zu speichern – genau darauf beruht ja das Konzept.«

»Sie könnten ihre Büros durchsuchen«, schlägt Simon vor. »Ihre Computer beschlagnahmen und schauen, was drauf ist.«

Clarke hebt warnend die Hand. »Moment mal. *Ich* kann gar nichts tun. Ich bin pensioniert. Und das, was Sie da vorhaben, ist eine Aktion, die Zehntausende von Pfund kosten würde. Es ist ziemlich unwahrscheinlich, dass man nach so langer Zeit noch einen Durchsuchungsbeschluss kriegt. Nicht, wenn man keine wasserdichten Beweise vorlegen kann.«

Simon schlägt mit der Faust auf den Tisch. »Das ist alles so sinnlos!«

»Mein Rat ist, dass Sie versuchen sollten, die Sache hinter sich zu lassen«, sagt Clarke freundlich. Er sieht mich an. »Und mein Rat an *Sie* ist, sich schleunigst eine neue Wohnung zu suchen. Eine mit Sicherheitsschlössern und Alarmanlage. Nur für alle Fälle.«

Damals: Emma

Ich trete unter die Dusche. Im ersten Moment passiert nichts. Dann strömt Wasser aus dem großen Duschkopf. Genüsslich halte ich mein Gesicht unter den Strahl.

Alles wird gut.

Ich wasche mich für ihn sehr gründlich und seife sämtliche intimen Stellen meines Körpers ein, die er vielleicht erkunden möchte. Dann, ohne Vorwarnung, fängt das Wasser an zu tröpfeln und wird eiskalt. Mit einem Aufschrei mache ich einen Satz rückwärts.

Emma, sagt eine Stimme hinter mir.

Ich wirble herum. Was machst du denn hier?, frage ich, schnappe mir ein Handtuch vom Halter und wickle es mir um. Und wie bist du reingekommen?

Heute: Jane

»Wie hoch ist Ihr Budget?« Camilla fängt zwar nicht gerade an zu lachen, hält mich aber offenbar für eine Träumerin. »Während Sie in der Folgate Street 1 gewohnt haben, ist der Wohnungsmarkt explodiert. Es gibt nicht genug Häuser, und ausländische Investoren drängen nach London. Für eine Dreizimmerwohnung müssten Sie inzwischen das Doppelte hinblättern.« Sie weist auf die Angebote im Schaufenster der Agentur. »Schauen Sie nur.«

Auf dem Rückweg in die Folgate Street 1 habe ich beschlossen, auf James Clarkes Rat zu hören und mich auf die Wohnungssuche zu machen. Inzwischen bereue ich es. »Eine große Zweizimmerwohnung wäre auch in Ordnung. Zumindest für den Übergang.«

»Und nicht einmal *dafür* reicht Ihr Budget. Wenn Sie kein Hausboot in Erwägung ziehen.«

»Ich erwarte ein Baby. Das bald ein Krabbelkind sein wird. Ich glaube nicht, dass ein Hausboot eine gute Lösung wäre, Sie vielleicht?« Ich zögere. »Gibt es andere Vermieter, die das Gleiche machen wie Edward? Häuser billig an Leute vermieten, die darauf aufpassen?«

Sie schüttelt den Kopf. »Die Abmachung mit Edward Monkford ist einmalig.«

»Tja, rausschmeißen kann er mich nicht, solange ich weiter die Miete bezahle. Und ich ziehe nicht aus, ehe ich nichts anderes gefunden habe.« Etwas an Camillas Gesichtsausdruck lässt mich innehalten. »Was?«

»Die Vereinbarung, die Sie unterzeichnet haben, enthält über zweihundert Regeln«, erinnert sie mich. »Ich hoffe nur, dass Sie gegen keine davon verstoßen haben. Ansonsten wären Sie vertragsbrüchig geworden.«

Ich spüre, wie unvernünftige Wut in mir hochsteigt. »Zum Teufel mit seinen Regeln. Und zum Teufel mit Edward Monkford.« Ich bin so zornig, dass ich sogar mit dem Fuß aufstampfe. Löwenmutterhormone.

Doch trotz all meiner mutigen Worte werde ich mich nicht mit Edward anlegen. Seit dem Gespräch mit Simon Wakefield und James Clarke verbinde ich ein völlig neues Gefühl mit Folgate Street 1. Ich bekomme es allmählich mit der Angst zu tun.

Damals: Emma

Ich habe den Schlüsselcode behalten, antwortet er.

Er macht einen Schritt auf mich zu. Seine Augen sind gerötet und haben einen wilden Ausdruck. Er hat geweint.

Ich habe Mark gesagt, ich hätte ihn bei meinem Auszug gelöscht, fährt er fort. Habe ich aber nicht. Und dann habe ich ihn benutzt, um das System hier zu hacken. Es war ganz leicht. Ein Kind hätte das geschafft.

Oh, erwidere ich, weil mir sonst nichts einfällt.

Ich war oben, redet er weiter. Auf dem Speicher. Ich komme manchmal, wenn du schläfst, und übernachte da oben. Um in deiner Nähe zu sein.

Plötzlich zeigt er auf meinen Hals, und ich weiche ängstlich zurück. Das ist die Kette, die er dir geschenkt hat, richtig? *Edward.*

Ja, Simon. Du musst jetzt gehen. Ich erwarte jemanden.

Ich weiß. Simon fördert ein mir unbekanntes Telefon zutage. Edward Monkford. Nur, dass er nicht erscheinen wird. *Ich* habe dir diese Nachricht geschickt.

Was?, frage ich leise.

Eines Nachts letzte Woche habe ich dein Telefon genommen und in deiner Kontaktliste die Nummer unter seinem Namen geändert, verkündet er stolz. Wenn ich dir also eine SMS schreibe, sieht es aus, als wäre sie von ihm. Es ist natürlich ein Prepaid-Telefon. Man kann mich also nicht aufspüren.

Aber … *warum*?, stammle ich.

Warum?, wiederholt er. Warum? Das frage ich mich selbst ständig, Emma. Warum Monkford? Warum Saul? Warum all diese Typen? Obwohl dich keiner von ihnen so geliebt hat wie ich. Und du hast mich auch geliebt. Das weiß ich. Wir waren *glücklich*.

Nein, nein, Simon, entgegne ich so nachdrücklich wie möglich. Du hast das falsch verstanden. Wir wären nicht glücklich geworden, nicht langfristig. Ich bin nicht die Richtige für dich. Du brauchst eine Frau, die einfühlsam und nett ist. Nicht jemanden wie mich.

Sag so was nicht, Em. Inzwischen laufen ihm Tränen über die Wangen. Nicht, wiederholt er. Das lasse ich nicht zu.

Ich versuche, die Situation unter Kontrolle zu bringen. Du musst jetzt gehen, Simon. Sofort. Sonst rufe ich die Polizei.

Er schüttelt den Kopf. Das kann ich nicht, Em. Ich kann nicht.

Was kannst du nicht?

Dich loslassen, flüstert er. Ich kann dich nicht ein Mensch sein lassen, der die anderen will, aber nicht mich.

Als er mich seltsam und verzweifelt ansieht, wird mir klar, dass er gleich etwas Schreckliches tun wird. Ich will fliehen, will mich an ihm vorbeischlängeln. Er packt mein Handgelenk, doch seine Hand schließt sich um mein Armband, das wegrutscht, und ich komme frei. Dann jedoch versperrt er mir den Weg. Seine Finger greifen nach meinem Hals, nach der Kette. Ich spüre, wie sie reißt. Perlen prasseln wie Hagel auf den Boden des Badezimmers. Er schlingt mir einen Arm um den Hals, zieht mich an sich und schleppt mich rückwärts aus dem Bad. Ich bin starr vor Angst, habe aber keine andere Wahl, als mich von ihm mitzerren zu lassen.

Simon, will ich sagen, doch sein Arm liegt zu fest um meinen Hals. Und dann sind wir oben an der Treppe; er dreht sich um, sodass ich in den Abgrund hinabschaue. Ich liebe dich, Em, flüstert er mir ins Ohr. Ich liebe dich. Doch er klingt dabei so zornig, als sei mit Liebe Hass gemeint. Als er mich gleichzeitig küsst und wegstößt, weiß ich, was er vorhat. Er will, dass ich sterbe. Im nächsten Moment stürze ich und schlage mir den Kopf an einer Stufe nach der anderen an. Schmerz und Panik beuteln meinen gesamten Körper, als ich immer schneller falle. Auf halbem Wege nach unten kippe ich von der Treppe, und kurz empfinde ich eine köstliche Erleichterung, gemischt mit Todesangst, als mir der helle Steinboden entgegenkommt und mir der Schädel zerspringt.

Heute: Jane

Ich rufe Simon an.

»Ich habe nicht die Angewohnheit, Männer, die ich kaum kenne, zum Essen einzuladen«, sage ich zu ihm. »Aber wenn Sie das letztens wirklich ernst gemeint haben, würde ich mich über Ihre Gesellschaft freuen.«

»Gerne. Soll ich etwas mitbringen?«

»Nun, ich habe keinen Wein im Haus. Ich darf ja nichts trinken, aber Sie möchten vielleicht einen Schluck. Ich habe Steaks da. Keinen Mist aus dem Supermarkt – sie sind von dem erstklassigen Metzger in der High Street. Doch ich warne Sie, ich könnte Ihres ebenfalls verschlingen, falls Sie zu spät kommen. Im Moment habe ich einen mörderischen Appetit.«

»Gut.« Er klingt amüsiert. »Ich komme um sieben Uhr. Und ich verspreche, nicht ständig darüber zu reden, dass Monkford meine Freundin umgebracht hat, okay?«

»Danke.« Ich wollte ihm bereits vorschlagen, Emma und Edward heute Abend nicht zu erörtern – ich stehe ohnehin schon genügend Ängste aus. Mir ist nur kein taktvoller Weg eingefallen, das aufs Tapet zu bringen. Simon ist ein sehr rücksichtsvoller Mensch, wie mir allmählich klar wird. Ich erinnere mich an Mias Worte, dass ich mit ihm besser dran wäre als mit deinem durchgeknallten Architekten.

Ich schiebe den Gedanken beiseite. Selbst wenn ich nicht fett wäre und ein Kind von einem anderen Mann erwarten würde, wird es nie passieren.

Als ich ihm ein paar Stunden später die Tür öffne, stelle ich fest, dass er nicht nur eine Flasche Wein, sondern auch Blumen mitgebracht hat. »Für Sie«, sagt er und überreicht mir den Strauß. »Ich habe schon lange ein schlechtes Gewissen, weil ich bei unserer ersten Begegnung so unhöflich war. Schließlich war es nicht Ihre Schuld, dass Sie nicht wussten, für wen die Blumen waren.« Als er mich auf die Wange küsst, dauert der Kuss ein kleines bisschen zu lange. Er steht wirklich auf mich. Da bin ich ziemlich sicher. Doch ich glaube nicht, dass ich mich je von ihm angezogen fühlen könnte. Ganz gleich, was Mia auch behauptet.

»Die sind wunderschön«, antworte ich und gehe mit den Rosen zum Spülbecken. »Ich stelle sie gleich ins Wasser.«

»Und ich mache die Flasche auf. Es ist ein Pinot Grigio – Emmas Lieblingswein. Möchten Sie wirklich kein Schlückchen? Ich habe es online recherchiert. Die meisten Leute glauben, dass eine kleine Menge Alkohol um die fünfzehnte Woche herum in Ordnung ist.«

»Vielleicht später. Aber tun Sie sich keinen Zwang an.« Ich arrangiere die Rosen in einer Vase und stelle sie auf den Tisch.

»Em, wo hast du den Korkenzieher hingeräumt?«, ruft er.

»Er ist im Schrank. Im rechten.« Im nächsten Moment zucke ich zusammen. »Haben Sie mich gerade *Em* genannt?«

»Wirklich?« Er lacht auf. »Tut mir leid. Es ist einfach nur so vertraut, mit Ihnen hier zu sein und eine Flasche aufzumachen. Natürlich nicht mit Ihnen. Mit ihr. Ich werde es nicht wieder tun, Ehrenwort. Und wo haben Sie die Gläser?«

Damals: Emma

Heute: Jane

Es fühlt sich seltsam an, für einen Mann, irgendeinen Mann, in der Folgate Street 1 Steaks zu braten. Edward hätte das nie zugelassen – er musste das Kommando führen, band sich eine Schürze um, fand zielsicher die richtigen Pfannen, Öle und Gewürze und erklärte mir dabei ausführlich, auf welche unterschiedlichen Arten Steaks in der Toskana oder in Tokio zubereitet werden. Simon hingegen ist damit zufrieden, mir zuzuschauen und zu plaudern – über den Wohnungsmarkt, wo man etwas Günstiges findet, die Mietwohnung, in der er gerade lebt. »Eines der angenehmen Dinge daran, hier auszuziehen, war, sich nicht mehr um diese dämlichen Regeln kümmern zu müssen«, sagt er, als ich vor dem Essen ganz automatisch die Pfanne spüle und wegräume. »Nach einer Weile kann man sich gar nicht mehr vorstellen, dass man je so gewohnt hat.«

Ich nicke bloß. Schließlich weiß ich, dass ich bald von Babykrimskrams umgeben sein werde. Doch ein Teil von mir wird die strenge, disziplinierte Schönheit von Folgate Street 1 immer vermissen.

Ich trinke ein paar Schlückchen Wein, stelle aber fest, dass er mir nicht mehr schmeckt. »Wie läuft es mit Ihrer Schwangerschaft?«, fragt er. Und ich erzähle ihm von der Downsyndrom-Panik, was dazu führt, dass ich über Isabel rede. Dann fange ich zu weinen an und kann mein Steak nicht aufessen. »Das tut mir leid«, sagt er leise, als ich fertig bin. »Sie haben Schreckliches durchgemacht.«

Ich zucke die Achseln und wische mir die Augen ab. »Jeder Mensch hat sein Päckchen zu tragen, richtig? Im Moment muss ich wegen der Hormone ständig heulen.«

»Ich hätte gern mit Emma eine Familie gegründet.« Er schweigt einen Moment. »Ich wollte ihr einen Antrag machen. Das habe ich noch nie jemandem anvertraut. Komisch, aber der Einzug hier hat mich zu dieser Entscheidung gebracht – endlich solide Verhältnisse. Ich wusste, dass sie eine schwierige Phase hatte, doch das habe ich auf den Einbruch geschoben.«

»Warum haben Sie es nicht getan? Das mit dem Heiratsantrag, meine ich.«

»Oh …« Er zuckt die Achseln. »Ich wollte, dass es der tollste Heiratsantrag aller Zeiten wird. Wie in diesen Filmen, wo der Mann einen Flashmob organisiert, der das Lieblingslied der Frau singt, oder mit einem Feuerwerk *Willst du mich heiraten?* in den Himmel schreibt. Ich war dabei, mir etwas einfallen zu lassen, das sie wirklich umhauen würde. Und dann hat sie aus heiterem Himmel Schluss gemacht.«

Ich persönlich finde diese übertriebenen Heiratsanträge auf Video stets ein wenig merkwürdig, beschließe jedoch, dass jetzt nicht zu sagen. »Sie werden eine andere finden, Simon. Da bin ich ganz sicher.«

»Wirklich?« Er wirft mir einen mit Bedeutung aufgeladenen Blick zu. »Ich begegne nur selten jemandem, mit dem ich eine wirkliche Verbindung spüre.«

Ich finde, der Zeitpunkt ist gekommen, um reinen Tisch zu machen. »Simon … hoffentlich halten Sie mich jetzt nicht für überheblich, aber da wir so offen miteinander sprechen, möchte ich eines klarstellen. Ich mag Sie, doch im Moment bin ich eindeutig nicht auf der Suche nach einer Beziehung. Ich habe genug um die Ohren.«

»Natürlich«, erwidert er rasch. »Ich hätte nie gedacht … Doch sonst verstehen wir uns gut, oder? Als Freunde.«

»Ja.« Ich lächle ihm zu, um ihm zu zeigen, dass ich sein Taktgefühl zu schätzen weiß.

»Obwohl Sie Ihre Meinung in Sachen Beziehung vermutlich ändern würden, sobald Monkford mit den Fingern schnippt«, fügt er hinzu.

Ich verziehe das Gesicht. »Ganz bestimmt nicht.«

»War nur ein Scherz. Offen gestanden gibt es da ein Mädchen, mit dem ich mich manchmal treffe. Sie lebt in Paris. Ich überlege, ob ich hinziehen soll, um sie öfter sehen zu können.«

Das Gespräch wendet sich anderen angenehmeren und unverfänglicheren Themen zu. Das hat mir gefehlt, denke ich. Dieser zivilisierte Austausch, so ganz anders als Edwards dominantes Auftreten.

»Möchten Sie, dass ich heute hier übernachte, Jane?«, fragt er später. »Natürlich auf dem Sofa. Falls Sie sich dann sicherer fühlen …«

»Sehr nett von Ihnen, aber uns geht es gut.« Ich klopfe mir auf den Bauch. »Mir und dem Babybäuchlein.«

»Klar. Dann vielleicht ein andermal.«

13. Es besteht häufig ein großer Unterschied zwischen meinen Zielen und den schließlich erreichten Ergebnissen.

- ☐ Stimme zu
- ☐ Stimme nicht zu

Heute: Jane

Ich wache müde und wie erschlagen auf. Vermutlich der kleine Schluck Alkohol gestern Abend, denke ich, da ich inzwischen ja nicht mehr daran gewöhnt bin. Ich gehe hoch und muss mich übergeben. Und dann, gerade jetzt, als ich mich so dringend nach einer Dusche sehne, beschließt *Housekeeper*, alles abzuschalten.

Jane, bitte bewerten Sie die folgenden Aussagen auf einer Skala von 1 bis 5. 1 bedeutet starke Zustimmung, 5 starke Ablehnung.

Einige Funktionen dieses Hauses wurden deaktiviert, bis der Fragebogen beantwortet ist.

»Mist«, seufze ich müde. Ich habe jetzt wirklich nicht die Kraft dafür. Aber ich muss unbedingt duschen. Ich lese die erste Aussage auf der Liste.

Falls meine Kinder in der Schule Schwierigkeiten haben, würde man mich zu Recht eine schlechte Mutter nennen.

☐ *Stimme zu*
☐ *Stimme nicht zu*

Ich entscheide mich für leichte Zustimmung. Im nächsten Moment erstarre ich. Ich bin sicher, dass bis jetzt nie eine Frage zum Thema Kindererziehung dabei war.

Sind diese Fragen zufällig ausgewählt? Oder handelt es sich um einen geschickt verschlüsselten Seitenhieb von *Housekeeper*?

Während ich den Fragebogen durcharbeite, fällt mir noch etwas anderes auf. Allein diese Fragen zu beantworten, erinnert mich daran, dass hier zu wohnen ein Privileg ist, das nur wenige Auserwählte genießen. Dass ein Auszug beinahe genauso schmerzhaft wäre wie der Verlust von Isabel …

Entsetzt halte ich inne. Wie kann ich so etwas auch nur einen Moment lang denken?

Ich erinnere mich an die Worte des Dozenten, als er die Studentengruppe durchs Haus führte. *Vermutlich ist es Ihnen nicht bewusst, doch Sie schwimmen im Moment in einer komplexen Suppe von Ultraschallwellen – Wellen, die die Stimmung beeinflussen …*

Gehören die Fragen von *Housekeeper* zur Funktionsweise des Hauses?

Ich logge mich ins WLAN der Nachbarn ein und schicke einige Suchbegriffe an Google. Sofort lande ich einen Treffer. Eine wissenschaftliche Abhandlung in einer medizinischen Fachzeitschrift, dem *Journal of Clinical Psychology*.

Die Testfragen dienen der Bestimmung verschiedener Typen von fehlangepasstem Perfektionismus, einschließlich persönlichem Perfektionismus, hohe Ansprüche an andere, Bedürfnis nach Anerkennung, Planungssucht (zwanghafter Grad von Ordnung und Organisiertheit), Grübelzwang, zwanghaftes Verhalten und moralische Inflexibilität …

Ich überfliege den Artikel und versuche, die Fachsprache zu verstehen. Offenbar wurden diese Fragen ursprünglich von Psychologen entwickelt, um ungesunden und pathologischen Perfektionismus zu diagnostizieren und ihn behandeln zu können. Einen Moment lang überlege ich, ob genau das hier passiert: Ob das Haus meine psychische Gesundheit ebenso misst wie mein Schlafverhalten, mein Gewicht und so weiter.

Dann jedoch wird mir klar, dass es eine andere Erklärung gibt.

Edward verwendet den Fragebogen nicht, um seine Mieter von ihrem Perfektionismus zu heilen, sondern um diesen zu fördern. Unsere Umgebung oder die Art, wie wir sie bewohnen, zu kontrollieren, genügt ihm nicht. Er ist auf unsere innersten Gedanken und Gefühle aus.

Diese Beziehung wird nur andauern, solange sie absolut perfekt ist …

Ich erschaudere. Wurde Emmas Schicksal durch ein schlechtes Abschneiden bei einem psychometrischen Test besiegelt?

Ich arbeite den Fragebogen ab und kreuze die Antworten an, für die *Housekeeper* mir meiner Ansicht nach die besten Noten geben wird. Als ich fertig bin, startet mein Laptop neu, und das Licht geht an.

Ich stehe auf, erleichtert, endlich unter die Dusche zu dürfen. Doch als ich die Treppe hinaufsteige, gibt es ein Problem. Die Lichter flackern. Mein Laptop stoppt mitten im Hochfahren. Alles steht einen Moment still. Und dann …

Als ich nach unten schaue, bemerke ich, dass etwas auf meinem Bildschirm erscheint. Während ich näher komme, entfernt sich die Gestalt auf dem Bildschirm.

Die Kamera befindet sich hinter mir.

Ich greife nach meinem Laptop und drehe mich um. Nun zeigt der Bildschirm mein Gesicht, nicht mehr meinen Hinterkopf. Ich taste die Wand vor mir ab, bis der Bildschirm mir verrät, dass ich genau in die Kamera starre.

Da ist nichts. Vielleicht ein stecknadelkopfgroßes Loch im hellen Stein, doch nicht mehr.

Ich stelle den Laptop ab und klicke das Fenster an, um es zu schließen. Dahinter ist ein weiteres Fenster, ein anderes Bild. Und noch eines, und noch eines. Alle zeigen verschiedene Bereiche von Folgate Street 1. Ich schließe jedes, allerdings erst, nachdem ich ermittelt habe, wo die Kameras sind. Auf einem ist der Steintisch aus einem anderen Winkel zu sehen, auf dem zweiten die Haustür, das Badezimmer …

Das Badezimmer. Offen, mit freiem Blick auf die Dusche. Wenn das die Sensoren von Folgate Street 1 sind, wer hat Zugriff darauf?

Ich klicke weiter. Die letzte Kamera hängt direkt über dem Bett.

Mir wird übel. Die ganze Zeit hatte ich das Gefühl, dass mich jemand beobachtet … weil es stimmte.

Und nicht nur das Bett. Als Edward mich auf dem Küchentresen genommen hat, waren wir voll im Bild.

Ich erschaudere angewidert. Und dann, überschwemmt von einer Flut von Hormonen, verwandelt sich mein Ekel in Wut.

Edward hat das getan. Er hat diese Kameras ins Mauerwerk von Folgate Street 1 eingelassen. Warum? Ist er ein Hobby-Voyeur? Oder handelt es sich nur um eine weitere Methode, von jedem Moment meines Lebens Besitz zu ergreifen? Ich bin ziemlich sicher, dass so etwas nicht legal ist – ist nicht erst letztens jemand wegen einer solchen Sache ins Gefängnis gewandert?

Dann jedoch wird mir klar, dass Edward so ein Detail niemals dem Zufall überlassen hätte. Ich schaue meine alten E-Mails durch, bis ich die von Camilla mit dem Regelwerk von Folgate Street 1 im Anhang gefunden habe.

… einschließlich, aber nicht begrenzt auf fotografische und filmische Abbildungen …

Und ich habe noch eine Idee. Edward hat dieses Haus zwar gebaut, doch die Technik wurde von seinem Partner David Thiel entwickelt. Ich habe Schwierigkeiten, mir Edward als Hightech-Spanner vorzustellen. Doch mit Thiel ist es eine andere Sache.

Ich gebe meinem Zorn keine Gelegenheit zu verrauchen, sondern gehe meinen Mantel holen.

Heute: Jane

Ich spare mir die Mühe, einen Termin zu vereinbaren. Stattdessen warte ich im Erdgeschoss des Bienenkorbs, bis einige Mitarbeiter von Monkford Partnership, Milchkaffeebecher und Wraps in der Hand, sich vor einem der Aufzüge versammeln, und folge ihnen in die Kabine. Im vierzehnten Stock hefte ich mich wieder an ihre Fersen.

»Edward ist nicht da«, verkündet die elegante Brünette am Empfang, nachdem sie sich von ihrer Überraschung erholt hat.

»Eigentlich möchte ich mit David Thiel sprechen.«

Nun wirkt sie noch erstaunter. »Ich sehe nach, ob er Zeit hat.« Sie muss seine Durchwahl auf ihrem iPad nachschauen. Ich habe den Eindruck, dass der Computerfreak nicht oft Besuch kriegt.

Meine Schimpfkanonade gegen David Thiel ist lang und absichtlich von Kraftausdrücken durchsetzt. Ich halte kaum inne, um Luft zu holen, doch er wartet nur ruhig ab, bis ich fertig bin. Mich erinnert das daran, wie Edward bei meinem ersten Besuch hier diesen Kunden abgefertigt hat. Er hat die Wut des Mannes einfach über sich hinwegbranden lassen.

»Das ist lächerlich«, erwidert Thiel, als ich ihn endlich genug beschimpft habe. »Offenbar liegt es an Ihrem Zustand, dass Sie so überreagieren.«

Etwas Besseres hätte er gar nicht sagen können, um dafür zu sorgen, dass ich wieder in die Luft gehe. »Erstens bin ich nicht krank, Sie geistiger Gartenzwerg. Und zweitens sparen Sie sich Ihr gönnerhaftes Getue. Ich weiß, was ich gesehen habe. Sie haben mich ausspioniert, und das können Sie nicht abstreiten. Es steht sogar in der verdammten Vertragsvereinbarung.«

Er schüttelt den Kopf. »Wir haben Sie gebeten, eine Verzichtserklärung zu unterschreiben. Doch das ist nur zu unserem eigenen Schutz. Niemand außer der automatischen Gesichtserkennungssoftware hat Zugriff auf diese Kameraaufnahmen. Sie dienen nur dazu, dass das Haus Ihre Bewegungen nachvollziehen kann, mehr nicht.«

»Und die Dusche?«, beharre ich. »Die mal heiß, mal kalt wird, um mich zu erschrecken? Sie wollen doch wohl nicht behaupten, dass das etwas mit Gesichtserkennung zu tun hat.«

Er runzelt die Stirn. »Mir war nicht bewusst, dass es Probleme mit der Dusche gibt.«

»Und dann wäre da noch eine wichtige Frage: Was haben diese Kameras gemacht, als Emma getötet wurde? Sie müssen den Vorfall doch aufgezeichnet haben.«

Er zögert. »An diesem Tag waren die Kameras offline. Ein technisches Problem. Schlechtes Timing, mehr nicht.«

»Sie erwarten doch nicht etwa, dass ich …«, beginne ich, als die Tür aufgerissen wird und Edward Monkford ins Zimmer marschiert kommt.

»Was hast du hier zu suchen?«, herrscht er mich an. Noch nie habe ich ihn so wütend erlebt.

»Sie will die Daten von Folgate Street 1, die mit dieser Matthews zu tun haben«, antwortet Thiel.

Edward läuft vor Zorn hochrot an. »Jetzt reicht es. Ich will, dass du verschwindest, kapiert?« Im ersten Moment bin ich nicht sicher, ob er sein Büro oder Folgate Street 1 meint. Doch dann fügt er hinzu: »Wir berufen uns auf die Vertragsbruchvereinbarung. Du hast fünf Tage, das Haus zu verlassen.«

»Das kannst du nicht tun.«

»Du hast mindestens gegen ein Dutzend Regeln verstoßen. Also wirst du feststellen, dass wir das können.«

»Edward … wovor hast du solche Angst? Was hast du zu verbergen?«

»Ich habe vor überhaupt nichts Angst. Ich bin nur *stinksauer*, weil du ständig meine Wünsche ignorierst. Offen gestanden finde ich es sogar amüsant, dass du mir vorwirfst, ich sei auf Emma Matthews fixiert, obwohl das eindeutig auf dich zutrifft. Warum lässt du die Sache nicht einfach auf sich beruhen? Was interessiert dich so an ihr?«

»Du hast mir ihre Kette geschenkt«, entgegne ich ebenso wütend. »Falls du so unschuldig bist, warum hast du dann ihre Kette reparieren lassen und mir geschenkt?«

Er sieht mich an, als hätte ich nicht mehr alle Tassen im Schrank. »Ich habe euch beiden ähnliche Ketten geschenkt, weil ich zufällig die Farbe der Perlen mag, mehr nicht.«

»Oder hast du sie umgebracht, Edward?«, höre ich mich fragen. »Denn es macht eindeutig diesen Eindruck.«

»Wie kommst du denn darauf?«, fragt er ungläubig. »Wer flüstert dir solche verrückten Ideen ein?«

»Ich verlange eine Antwort.« Obwohl ich versuche, ruhig zu klingen, zittert meine Stimme.

»Nun, du wirst aber keine bekommen. Und jetzt hau endlich ab.«

Thiel schweigt. Als ich mich zum Gehen anschicke, starrt Edward hasserfüllt auf mein Babybäuchlein.

Heute: Jane

Ich kann nirgendwo hin als zurück in die Folgate Street 1, doch inzwischen betrete ich das Haus voller Furcht wie ein angeschlagener Boxer, der für die nächste Runde in den Ring muss.

Das Gefühl, beobachtet zu werden, ist jetzt übermächtig. Ebenso wie das, dass man mit mir spielt. Kleinigkeiten im Haus hören urplötzlich auf zu funktionieren. Aus Steckdosen kommt auf einmal kein Strom mehr. Lichter werden dunkler und heller. Als ich »Wohnungen, ein Schlafzimmer« in die Suchmaschine von *Housekeeper* eingebe, führt sie mich zu einer Seite über Frauen, die ihre Partner betrügen. Als ich die Soundanlage einschalte, belohnt sie mich mit dem Begräbnismarsch von Chopin. Die Alarmanlage schrillt los, sodass ich zusammenzucke.

»Hör mit diesen Scheißspielchen auf«, brülle ich in Richtung Decke.

Das Schweigen der leeren Räume ist die Antwort, die mich zu verhöhnen scheint.

Ich greife zum Telefon. »Simon«, sage ich, als er sich meldet. »Falls Ihr Angebot noch steht, würde ich mich jetzt doch freuen, wenn Sie heute Abend vorbeikämen.«

»Jane, was ist los?«, erwidert er besorgt. »Sie klingen, als hätten Sie Angst.«

»Nicht unbedingt Angst«, lüge ich. »Aber das Haus macht mich ein bisschen nervös. Sicher ist es nichts Ernstes. Doch es wäre trotzdem schön, Sie zu sehen.«

Heute: Jane

»Ich bin so schnell gekommen, wie ich konnte«, sagt Simon und stellt eine Tasche neben der Tür ab. »Vermutlich der Vorteil eines Freiberuflers. Ich kann genauso gut hier arbeiten wie bei Starbucks.« Er betrachtet mein Gesicht und hält inne. »Jane, sind Sie sicher, dass alles in Ordnung ist? Sie sehen zum Fürchten aus.«

»Simon … ich muss mich bei Ihnen entschuldigen. Immer wieder haben Sie beteuert, Edward habe Emma umgebracht, und ich habe es abgetan. Allmählich jedoch glaube ich …« Ich zögere, weil ich es eigentlich nicht in Worte fassen will. »Allmählich glaube ich, dass Sie recht haben.«

»Sie brauchen sich nicht zu entschuldigen, Jane. Aber könnten Sie mir verraten, warum Sie Ihre Meinung geändert haben?«

Ich berichte ihm von den Kameras und meiner Auseinandersetzung mit Thiel. »Und dann habe ich reinen Tisch gemacht und Edward vorgeworfen, er habe mir Emmas Kette geschenkt«, füge ich hinzu.

Simon erstarrt plötzlich und blickt mich an. »Wie hat er darauf reagiert?«

»Er hat behauptet, es handle sich um zwei verschiedene Ketten.«

»Konnte er das beweisen?«

»Er hat es nicht einmal versucht, sondern mich einfach rausgeschmissen.« Schicksalsergeben zucke ich die Achseln.

»Ich habe fünf Tage, um mir eine neue Wohnung zu suchen.«

»Sie könnten eine Weile bei mir wohnen, wenn Sie das möchten.«

»Danke, aber ich bin Ihnen doch schon genug zur Last gefallen.«

»Aber wir bleiben Freunde, Jane, oder? Sie vergessen mich doch nicht, wenn Sie hier ausziehen?«

»Natürlich nicht«, erwidere ich, peinlich berührt von seiner Bedürftigkeit. »Jedenfalls habe ich jetzt ein moralisches Problem.« Ich deute auf den Tisch, auf dem meine Kette zusammengerollt in ihrer Perlmuttschatulle liegt. »Wegen der ganzen Sache mit der Kette habe ich mich erkundigt, wie viel sie wert ist. Wie sich herausgestellt hat, etwa dreitausend Pfund.«

Er zieht die Augenbrauen hoch. »Was eine ziemlich hohe Kaution für eine Wohnung wäre.«

»Genau. Aber ich finde, ich sollte sie Edward zurückgeben.«

»Warum? Wenn er beschließt, Ihnen etwas Wertvolles zu schenken, ist das sein Problem.«

»Schon, aber …« Ich ringe um eine Erklärung. »Er soll nicht glauben, dass mich nur ihr Wert interessiert. Das Problem ist, dass ich das Geld brauche.« *Und ich will nicht, dass er mich noch mehr verachtet, als er es bereits tut*. Doch das spreche ich nicht aus.

»Dass das für Sie überhaupt ein Problem ist, spricht für Sie. Die meisten Leute würden keine Sekunde zögern.« Simon lächelt. Die Anspannung, die er gezeigt hat, als wir über Edward und die Perlen sprachen, ist verflogen. Warum war er so nervös? Was hat er gedacht, das ich als Nächstes sagen würde?

Falls Simon recht hat und meine Kette dieselbe ist, die Edward zuvor Emma geschenkt hat, müsste sich an einer

Schnur eine Perle weniger befinden als an den anderen. Doch als ich die Kette nun betrachte, scheint jede Schnur exakt gleich zu sein.

Rasch fahre ich mit den Fingern über die oberste Schnur. Vierundzwanzig Perlen.

Auf der zweiten sind auch vierundzwanzig Perlen.

Und auf der dritten ebenso.

Edward hat die Wahrheit gesagt. Meine Kette und Emmas sind doch nicht dieselbe. Die Szene, die Simon mir geschildert hat, Edward habe Emma getötet und dann alle losen Perlen bis auf die eine eingesammelt, hat sich nie so zugetragen.

Simon war es.

Der Gedanke, der mir durch den Kopf schießt, hat bereits Gestalt angenommen. Was, wenn alles so passiert ist, wie Simon es beschreibt … allerdings ihm, nicht Edward.

Du hast keinen Beweis, sage ich mir.

Doch plötzlich behagt es mir um einiges weniger, dass dieser Mann die Nacht hier verbringen wird.

Und mir fällt noch etwas ein. Wenn Simon hier ist, funktioniert in Folgate Street 1 alles technisch einwandfrei. Aus den Hähnen kommt Wasser, der Herd tut seinen Dienst, sogar *Housekeeper* schaltet sich nicht ab. Warum das?

Vielleicht hat er das alles irgendwie ausgelöst.

Thiel hat betreten gewirkt, als ich ihn zur Rede gestellt habe. Allerdings auch verdattert. Und er hat von einem Problem gesprochen. War es ihm einfach nur peinlich, weil er wusste, dass sich jemand Zugriff auf die Systeme von Folgate Street 1 verschafft hat?

Habe ich alles völlig falsch eingeschätzt?

14. Niemand soll wissen, was ich denke.

- ☐ Stimme zu
- ☐ Stimme nicht zu

Heute: Jane

»Jane? Ist alles in Ordnung?« Simon beobachtet mich aufmerksam.

»Ja.« Ich schüttle mich und lächle ihm rasch zu. »Es war sehr nett von Ihnen zu kommen. Obwohl Sie die Tasche eigentlich nicht hätten mitbringen müssen. Meine Freundin Mia hat gerade eine SMS geschickt. Sie bleibt die Nacht über hier.«

»Hat Mia nicht Kinder? Und einen Mann?« Sein Tonfall ist sanft.

»Ja schon …«

»Schauen Sie. Die brauchen sie. Und ich bin jetzt hier. Außerdem gefällt es mir, wenn es ist wie in alten Zeiten.«

»Warum wie in alten Zeiten?«, erwidere ich verwirrt.

Er wedelt mit den Händen. »Sie und ich. Hier, zusammen.«

»Das sind nicht die alten Zeiten, Simon.«

Sein Lächeln hält sich. »Aber es ist kein großer Unterschied. Jedenfalls für mich.«

»Simon …« Ich weiß nicht, wie ich es ausdrücken soll. »Ich bin nicht Emma. Ich bin überhaupt nicht wie sie.«

»Natürlich nicht. Erstens sind Sie ein viel besserer Mensch als sie.«

Ich nehme mein Telefon vom Tisch.

»Was machen Sie da?«, fragt er.

»Ich sollte die Kette besser nach oben bringen«, lüge ich.

»Ich erledige das.« Er streckt die Hand aus. »Sie sind schwanger. Sie sollten sich schonen.«

»So schwanger nun auch wieder nicht.« Plötzlich habe ich noch einen Einfall. Simon hat auf meine Schwangerschaft angespielt, lange bevor sonst jemand sie bemerkt hat. *Die meisten Leute glauben, dass eine kleine Menge Alkohol um die fünfzehnte Woche herum in Ordnung ist*. Woher weiß er, in welcher Woche ich bin?

Ich möchte an ihm vorbeigehen. Er streckt weiter die Hand aus, aber ich ignoriere ihn.

»Vorsicht auf der Treppe!«, ruft er und blickt mir nach. Ich zwinge mich, langsamer zu werden, und nehme seine Warnung mit einem Winken zur Kenntnis.

Abgesehen vom Flur ist der Putzschrank der einzige Raum hier, der eine Tür hat. Ich schlüpfe hinein und blockiere sie mit Besen und Mopps.

Zuerst versuche ich es bei Mia. *Keine Verbindung*.

»Mist«, sage ich laut. »Verdammter Mist.«

Edward Monkford. *Keine Verbindung*.

Polizei.

Keine Verbindung.

Als ich das Display betrachte, stelle ich fest, dass ich keinen Empfang habe. Mit einiger Mühe hieve ich mich auf den Speicher und halte das Telefon so hoch ich kann. Auch hier oben kein Empfang.

»Jane?«, ruft Simon von unten. »Jane, fehlt Ihnen etwas?«

»Sie sollten besser gehen, Simon«, rufe ich zurück. »Ich fühle mich nicht wohl.«

»Tut mir leid, das zu hören. Ich verständige einen Arzt.«

»Bitte nicht. Ich muss mich einfach nur hinlegen.«

Seine Stimme wird lauter, als er nach oben kommt. »Jane? Wo sind Sie? Im Bad?«

Ich antworte nicht.

»Klopf, klopf … Nein, nicht im Bad. Spielen wir hier Verstecken?«

Die Schranktür knarzt, als er von außen dagegen drückt.

»Gefunden«, verkündet er vergnügt. »Du kannst jetzt rauskommen, Babe.«

Heute: Jane

»Ich komme nicht raus«, sage ich durch die Tür.

»Das ist doch albern. Wenn du da drin bist, kann ich nicht mit dir reden.«

»Simon, ich will, dass du jetzt gehst. Sonst rufe ich die Polizei.«

»Wie denn? Ich habe ein Gerät, das den Mobilfunkempfang stört. Das WLAN auch.«

Ich antworte nicht. Langsam wird mir klar, dass es noch schlimmer ist, als ich gedacht habe. Er hat das alles geplant.

»Ich wollte doch nur bei dir sein«, sagt er. »Aber Monkford ist dir noch immer lieber als ich, richtig?«

»Was hat denn Monkford damit zu tun?«

»Er hat dich nicht verdient. Genauso wenig wie er *sie* verdient hatte. Aber nette Jungs kriegen keine netten Mädchen ab, oder? Sie verlieren sie an Wichser wie ihn.«

»Simon, ich habe jetzt Empfang. Ich rufe die Polizei.« Ich hebe mein Telefon hoch und sage mit drängender Stimme: »Die Polizei bitte. Die Adresse ist Folgate Street 1 in Hendon. Ein Mann ist in meinem Haus und bedroht mich.«

»Stimmt nicht ganz, Babe. Ich habe niemanden bedroht.«

»Ja, fünf Minuten sind in Ordnung. Aber bitte beeilen Sie sich.«

»Sehr überzeugend. Du bist eine gute Lügnerin, Jane. So wie all die anderen Scheißweiber, die ich bis jetzt kennengelernt habe.« Ich zucke zusammen, als er plötzlich heftig auf die Tür eintritt. Die Mopps und Besen biegen sich zwar, geben aber nicht nach. Vor Angst ist mir schwindelig.

»Stört mich nicht, Jane«, keucht er. »Ich habe sehr viel Zeit.« Ich höre, wie er wieder nach unten geht. Lange Minuten verstreichen. Der Geruch von gebratenem Speck steigt mir in die Nase. Absurderweise läuft mir das Wasser im Mund zusammen.

Ich schaue mich im Schrank um und überlege, was ich unternehmen könnte. Mein Blick fällt auf die Kabel an den Wänden, die Venen und Arterien von Folgate Street 1. Ich fange an, sie willkürlich abzureißen. Offenbar hat das etwas bewirkt, denn ich höre, wie er wieder die Treppe hinaufkommt.

»Sehr schlau, Jane. Aber offen gestanden ein wenig ärgerlich. Komm jetzt raus. Ich habe dir etwas gekocht.«

»Geh weg, Simon. Kapierst du denn nicht? Du musst jetzt gehen. Das ist mein Ernst.«

»Wenn du sauer bist, klingst du genau wie Emma.« Ein Messer scharrt über einen Teller. Ich male mir aus, wie er im Schneidersitz auf der anderen Seite der Schranktür hockt und isst, was er gekocht hat. »Ich hätte ihr öfter widersprechen und durchsetzungsfähiger sein müssen. Das war schon immer mein Problem. Zu vernünftig. Zu nett.« Eine Flasche wird entkorkt. »Ich dachte, du wärst auch nett, dass es diesmal anders laufen würde. Hat leider nicht geklappt.«

»DAVID THIEL«, rufe ich. »EDWARD. HILFE.«

Ich schreie, bis ich heiser bin und mir der Hals wehtut.

»Die können dich nicht hören«, sagt er schließlich.

»Können sie«, beharre ich. »Sie beobachten alles.«

»Ich fürchte, das war ich. Du erinnerst mich so sehr an sie, verstehst du? Ich bin schon seit Ewigkeiten in dich verliebt.«

»Das ist keine Liebe«, protestiere ich entsetzt. »Liebe kann nicht absolut einseitig sein.«

»Liebe ist immer einseitig, Jane«, sagt er traurig.

Ich versuche, ruhig zu bleiben. »Wenn du mich lieben würdest, würdest du wollen, dass ich glücklich bin. Und nicht voller Angst und hier drin gefangen.«

»Ich will, dass du glücklich bist. Mit mir. Aber wenn ich dich nicht haben kann, überlasse ich dich ganz bestimmt nicht diesem Wichser.«

»Ich habe dir doch gesagt, dass ich mich von ihm getrennt habe.«

»Das hat sie auch gesagt.« Er klingt erschöpft. »Also habe ich sie auf die Probe gestellt. Ein ganz einfacher Test. Und sie wollte ihn zurück. Nicht mich. *Ihn*. Ich wollte nicht, dass es so abläuft, Jane. Ich wollte, dass du dich in mich verliebst. Aber das hier ist die zweitbeste Lösung.«

Ich höre einen Reißverschluss, als er seine Tasche öffnet. Dann ein Plätschern. Ein dunkler Fleck kriecht unter der Schranktür hindurch. Er riecht nach Feuerzeugbenzin.

»Simon!«, schreie ich. »Verdammte Scheiße!«

»Ich kann nicht, Em.« Seine Stimme klingt belegt, als werde er gleich in Tränen ausbrechen. »Ich kann nicht loslassen.«

»Bitte, Simon. Denk an das Baby. Auch wenn du *mich* hasst, denk an das Baby.«

»Oh, das tue ich. Der Bastard von diesem Schwein. Sein Schwanz in deiner Möse. Sein Kind. Auf gar keinen Fall, verdammt.« Wieder ein Plätschern. »Ich werde diese Bude abfackeln. Das wird ihm sicher nicht gefallen, oder? Und mir bleibt nichts anderes übrig, als dich mit zu verbrennen, wenn du nicht rauskommst. Zwing mich nicht dazu, Jane.«

All die Putzmittel hier sind hoch entzündlich. Ich werfe eines nach dem anderen hinauf in den Speicher. Dann klettere ich hinterher und versuche wieder, Telefonempfang zu kriegen. Immer noch nichts.

»Jane«, ruft Simon durch die Tür. »Letzte Chance. Komm raus und sei nett zu mir. Tu ein bisschen so, als würdest du mich lieben. Tu einfach nur so, mehr verlange ich nicht.«

Ich krieche den Speicher entlang und benutze mein Telefon als Taschenlampe. Alles hier ist voller hölzerner Balken und Verstrebungen. Wenn die erst mal Feuer fangen, gibt es kein Entkommen. Mir fällt ein, dass man bei einem Hausbrand ohnehin an Rauchvergiftung stirbt.

Ich trete auf etwas Weiches. Der alte Schlafsack. In meinem Kopf macht etwas klick. Nicht Emma hat hier oben geschlafen, sondern Simon. Er hatte ein paar Sachen von Emma und die Karte ihrer Therapeutin. Vielleicht hat er sogar überlegt, ob er um Hilfe bitten soll. Wenn er es nur getan hätte.

»Jane?«, ruft er wieder. »Jane?«

Und dann sehe ich meinen Koffer, den ich hier oben hingeräumt habe, damit er nicht im Weg steht. Ich gehe in die Hocke und hole Isabels Erinnerungsschachtel heraus. Mit zitternden Händen berühre ich ihre Sachen: ihr Wickeltuch und die Gipsabdrücke von ihren winzigen Händen und Füßen.

Alles, was von ihr übrig ist.

Ich habe euch alle beide im Stich gelassen.

Die Hände auf meinem Babybauch, sacke ich zusammen und lasse den Tränen freien Lauf.

15. Dein Kind ist dabei zu ertrinken. Als du losschwimmst, um es zu retten, stellst du fest, dass es nur eines von etwa zehn Kindern in der gleichen Notlage ist. Du kannst entweder deine Tochter sofort retten oder Hilfe für die ganze Gruppe holen, was eine Weile dauern könnte. Was tust du?

- ☐ Mein eigenes Kind retten
- ☐ Die zehn anderen Kinder retten

Heute: Jane

Keine Ahnung, wie lange ich geweint habe, doch als ich aufhöre, ist da noch immer kein Brandgeruch.

Ich stelle mir vor, wie Simon eine Etage tiefer sitzt und sich ebenfalls selbst bemitleidet. Sein jämmerliches bedürftiges Geschniefe.

Und ich denke: *Nein.*

Ich bin nicht so unorganisiert und hilflos wie Emma Matthews. Ich bin eine Mutter, die ein Kind begraben hat und ein zweites in sich trägt.

Es wäre so einfach, hier in diesem Speicher zu bleiben und sich in der süßen Untätigkeit der Trauer zu suhlen. Sich hinzulegen und zu warten, bis der Qualm durch die Ritzen dringt, mich einhüllt und in die Tiefe hinabzieht.

Doch das ist nichts für mich.

Ein Instinkt lässt mich aufspringen. Fast ehe mir klar ist, was ich da tue, klettere ich wieder durch die Luke nach unten. Ganz leise entferne ich die Mopps und Besen von der Schranktür.

Die Kette habe ich noch in der Tasche. Ich hole sie heraus, zerreiße die Schnüre und lasse die losen Perlen in meine Hand gleiten.

Dann öffne ich langsam und vorsichtig die Tür.

Folgate Street 1 hat sich bis zur Unkenntlichkeit verändert. Die Wände sind beschmiert. Kissen und Polster sind aufgeschlitzt. Zerbrochenes Geschirr bedeckt den Boden. Die Fensterscheiben sind mit etwas besudelt, das wie Blut aussieht. Außer dem Geruch von Feuerzeugbenzin steigt mir auch der von Gas in die Nase.

»Simon?«, rufe ich ins stille Haus hinein.

Aus heiterem Himmel erscheint er am Fuß der Treppe. »Jane, ich bin ja so froh.«

»Ich kann sie sein, wenn du das willst.« Obwohl ich das alles nicht genau geplant habe, zumindest nicht im Detail, strömen die Worte nun ohne ein Zögern oder das geringste Zittern aus meinem Mund. »Emma. Die nette Emma, die du geliebt hast. Ich bin Emma für dich, und dann lässt du mich gehen. Ja?«

Er starrt mich schweigend an.

Ich versuche, mir vorzustellen, wie Emma gesprochen haben könnte, ihre Satzmelodie. »Wow«, sage ich und schaue mich um. »Du hast hier ja ziemlich rumgetobt, oder, Babe? Du musst mich wirklich lieben, um so etwas zu tun. Mir war nie klar, wie leidenschaftlich du bist.«

Der Argwohn in seinen Augen mischt sich mit einem anderen Ausdruck. Glückseligkeit? Liebe? Ich lege eine Hand auf meinen Bauch.

»Simon, da ist etwas, das du wissen solltest. Ich bin schwanger. Du wirst Dad. Ist das nicht wundervoll?«

Er zuckt zusammen, und ich erschaudere, weil ich spüre, dass ich zu weit gegangen bin. *Der kleine Bastard von diesem Schwein.* »Komm, wir legen uns hin, Si«, füge ich rasch hinzu. »Nur für ein paar Minuten. Ich massiere dir den Rücken, und du kannst meinen massieren. Das wäre doch schön, oder? Ein bisschen Kuscheln wäre sicher schön.«

»Schön«, erwidert er. Seine Stimme ist vor Sehnsucht belegt. »Ja.«

»Möchtest du duschen?«

Er nickt. Dann wird sein Blick hart. »Du auch.«

»Ich hole mir nur einen Bademantel.«

Als ich aufs Schlafzimmer zusteuere, spüre ich, dass er mir

nachschaut. Ich öffne die Steintür des Schrankes und nehme einen Bademantel vom Kleiderbügel.

Ich höre Wasser rauschen. Offenbar hat er die Dusche eingeschaltet. Doch als ich mich umdrehe, steht er noch am selben Fleck und beobachtet mich.

»Nach dir«, sagt er.

Lächelnd gehe ich zur Dusche.

»Ich kann das nicht, Em«, sagt er plötzlich.

Im ersten Moment glaube ich, dass er von dieser Charade spricht. »Was kannst du nicht, Babe?«

»Dich verlieren. Dich die Frau sein lassen, die die anderen will, aber nicht mich.« Seine Stimme ist jetzt ein seltsamer Singsang, als handle es sich um ein Lied, das ihm nun schon so lange im Kopf herumgeht, dass es seine Bedeutung verloren hat.

»Aber ich *will* dich doch, Babe. Niemanden sonst. Komm, ich zeige es dir.«

Als er mit einem plötzlichen Aufschluchzen die Hände vors Gesicht schlägt, ergreife ich die Gelegenheit und haste an ihm vorbei zur Treppe. Die gefährliche Treppe, auf der Emma gestorben ist. Beinahe stolpere ich auf der obersten Stufe, weil ich wegen meines schweren Bauchs das Gleichgewicht verliere. Doch dann stütze ich mich mit einer Hand an der Wand ab und schaffe es, mich festzuhalten. Die Steinplatten unter meinen nackten Füßen fühlen sich vertraut an. Mit einem Wutschrei will er sich auf mich stürzen. Irgendwie gelingt es ihm, mich am Haar zu packen und an sich zu reißen. Ich werfe ihm die Handvoll Perlen an den Kopf. Er zuckt kaum mit der Wimper. Aber als er auf die nächste Stufe tritt, sind die Perlen unter seinen Füßen ein tödlicher Belag. Die Beine rutschen ihm weg. Überraschung und Schock zeigen sich auf seinem Gesicht, und dann fällt er, stürzt in den Abgrund. Sein Körper kommt zuerst auf dem Boden auf, dann folgt der Kopf mit einem widerlichen

Knacken. Perlen ergießen sich die Stufen hinab wie ein Wasserfall und prallen neben seinem verdreht auf dem Rücken liegenden Körper auf. Einen Moment lang glaube ich, dass er noch lebt, denn seine Augen schauen zu mir herauf, voller Qual halten sie Ausschau nach mir und wollen nicht loslassen. Dann sickert Blut aus seinem Hinterkopf, und sein Blick erstirbt.

Heute: Jane

Wieder versuche ich, Telefonempfang zu kriegen, aber anscheinend funktioniert Simons Störsender noch. Also werde ich nach nebenan gehen müssen, um einen Krankenwagen zu rufen. Nicht, dass noch große Eile geboten wäre. Seine Augen sind offen und starr, sein Kopf ist von einem Heiligenschein aus dunkelrotem Blut umgeben.

Vorsichtig taste ich mich die Treppe hinab und durchs Wohnzimmer und weiche dabei den gefährlich auf dem Boden herumliegenden Perlen aus. Mein Weg führt mich zu den großen Fenstern. Fast ohne nachzudenken, bleibe ich stehen und wische mit dem Ärmel an dem blutigen Graffiti herum. Es lässt sich leicht entfernen. Dahinter tritt aus der Dunkelheit das Spiegelbild meines Gesichts hervor.

Das kann man alles in Ordnung bringen, sage ich mir. Dieses ganze Durcheinander, dieses oberflächliche Chaos. So, wie ein lebendiger Körper einen Splitter abstößt. Folgate Street 1 hat sich selbst geheilt.

Ich werde von einem überwältigenden Gefühl der Ruhe und des Friedens ergriffen. Als ich mein Spiegelbild in der Scheibe betrachte, spüre ich, dass das Haus mich nun aufnimmt; uns beide, voller Verheißungen.

16. Ein Schrankenwärter ist verantwortlich dafür, die Weiche an einem abgelegenen Bahngleis umzustellen. Entgegen der Vorschriften nimmt er seinen Sohn mit zur Arbeit, erteilt ihm aber die strikte Anweisung, von den Gleisen wegzubleiben. Später sieht er einen Zug kommen, aber noch ehe er die Weiche umstellen kann, bemerkt er, dass sein Sohn auf den Gleisen spielt und zu weit weg ist, um ihn zu hören. Wenn die Weiche nicht umgestellt wird, wird der Zug sicher entgleisen, was zu unzähligen Todesfällen führen kann. Doch wenn er sie umstellt, wird der Zug ganz bestimmt seinen Sohn töten. Ganz gleich, wie er sich entscheidet, er hat nur wenige Sekunden, um hinauszulaufen und den Zugführer und seinen Sohn vor dem Zusammenstoß zu warnen.

- ☐ Die Weiche umstellen
- ☐ Die Weiche nicht umstellen

Heute: Jane

Ich komme nicht zu meiner Wassergeburt, bei der Duftkerzen die Luft mit ihrem Aroma erfüllen, während auf meinem iPad Jack Johnson spielt. Stattdessen habe ich einen Kaiserschnitt, weil bei einem Routine-Ultraschall festgestellt wurde, dass mein Baby eine kleine Blockade im Magen hat. Gott sei Dank nichts, was sich nicht durch eine OP gleich nach der Geburt lösen ließe. Doch so wird aus meiner natürlichen Geburt eine im Krankenhaus.

Dr. Gifford erklärt mir ausführlich die Konsequenzen, und ich muss mich einigen weiteren Untersuchungen unterziehen, bevor es feststeht. Nach der Geburt halte ich Toby einige bittersüße und wundervolle Minuten im Arm, bevor sie ihn rasch wegbringen. Allerdings erst, nachdem die Hebamme ihn mir an die Brust gelegt hat, und ich spüre, wie seine harten Gaumen an meiner Brustwarze zupfen; es ist ein tiefes Ziehen, das mir bis ins Innerste dringt, bis hinunter in meinen wunden Uterus. Darauf folgt die prickelnde Euphorie, als es nachlässt. Die Liebe fließt von mir zu ihm hinüber, und seine großen blauen Augen starren mich glücklich an. So ein hinreißend lächelndes Baby. Die Hebamme sagt, das könne jetzt noch kein echtes Lächeln sein, nur ein Rülpser oder ein zufälliges Beben seiner Lippen. Aber ich weiß, dass sie sich irrt.

Am nächsten Tag kommt Edward uns besuchen. Ich habe mich im letzten Drittel der Schwangerschaft öfter mit ihm getroffen, zum Teil wegen des juristischen Papierkriegs nach Simons Tod und auch, weil Edward die Größe hatte zuzugeben, er hätte bemerken müssen, wie gefährlich Simon war. Nun werden wir gemeinsam die Verantwortung als Eltern übernehmen, und falls irgendwann mehr daraus werden sollte – tja, das ist eine Möglichkeit. Manchmal glaube ich, dass Edward sie nicht völlig ausschließt.

Als er eintrifft, ruhe ich mich gerade aus, weshalb die Schwester mich zuerst fragt. Natürlich antworte ich, sie solle ihn hereinlassen. Ich möchte ihm unseren Sohn zeigen.

»Da ist er.« Ich kann einfach nicht aufhören zu lächeln. »Das ist Toby.« Allerdings ist mir auch ein wenig mulmig. Dass ich ständig von Edward beurteilt werde und seine Zustimmung suche, ist noch nicht lange genug her, um sich völlig gelegt zu haben.

Er hebt Toby hoch in die Luft und betrachtet sein rundes, fröhliches Gesicht. »Seit wann wusstest du es?«, sagt er leise.

»Dass er das Downsyndrom hat? Nachdem sie die Blockade entdeckt hatten. Beinahe ein Drittel aller Babys mit Duodenalatresie leiden daran.« Der DNA-Test, angeblich mehr als neunundneunzig Prozent sicher, war letztlich doch nicht unfehlbar. Aber nach dem anfänglichen Schock und der Trauer bin ich eigentlich beinahe froh, dass der Test sich geirrt hat. Wenn ich es gewusst hätte, hätte ich ganz sicher abtreiben lassen; nun betrachte ich Toby, seine fast mandelförmigen Augen, die Stupsnase und seinen hinreißend gebogenen Mund. Wie hätte ich mir nur wünschen können, dass dieses Leben nie gelebt werden wird?

Natürlich mache ich mir Sorgen. Doch jedes Kind mit Downsyndrom ist anders, und es macht ganz den Eindruck, als hätten wir Glück gehabt. Er ist kaum schwächlicher als andere Babys. Seine Mundkoordination scheint in Ordnung, wenn er an meiner Brust saugt; weder ein Herzfehler noch Nierenprobleme. Und seine Nase, wenn auch klein, ist eindeutig Edwards; die Augen, obwohl mandelförmig, sind meinen gar nicht so unähnlich.

Er ist wunderschön.

»Jane«, sagt Edward, »wahrscheinlich ist jetzt nicht der beste Zeitpunkt und Ort, um so etwas zu hören, aber du musst ihn weggeben. Es gibt Leute, die solche Babys adoptieren. Leute, die sich für so ein Leben entschieden haben. Keine Menschen wie du.«

»Das könnte ich nicht, Edward«, erwidere ich. »Ich könnte es einfach nicht.«

In seinen Augen sehe ich Zorn aufblitzen. Und vielleicht ist da auch noch etwas anderes: ein ganz winziger Funke Angst.

»Wir könnten es noch einmal versuchen«, fährt er fort, als hätte ich gar nichts gesagt. »Du und ich – ganz von vorne. Diesmal könnten wir dafür sorgen, dass es klappt. Ich weiß, dass es klappen würde.«

»Wenn du mir gegenüber, was Emma angeht, ehrlicher gewesen wärst«, entgegne ich, »hätte es vielleicht schon beim ersten Mal geklappt.«

Er wirft mir einen zweifelnden Blick zu. Ich merke ihm an, dass er sich fragt, ob die Mutterschaft mich so verändert und mich durchsetzungsfähiger gemacht hat. »Wie hätte ich mit dir darüber reden sollen, wenn ich es selbst nicht verstanden habe?«, antwortet er schließlich. »Ich bin ein disziplinierter Mensch. Und ihr hat es Spaß gemacht, mich zu provozieren. Sie fand es aufregend, mich dazu zu bringen, die Kontrolle zu verlieren. Ich habe mich selbst dafür gehasst. Nach einer Weile habe ich mich von ihr getrennt, doch es war schwer, sehr schwer.« Er zögert. »Sie hat mir einmal einen Brief gegeben. Um sich zu erklären, wie sie sagte. Später hat sie mich gebeten, ihn nicht zu lesen, aber da hatte ich es schon getan.«

»Hast du ihn behalten?«

»Ja. Möchtest du ihn sehen?«

»Nein«, beschließe ich und mustere Tobys schlafendes Gesicht. »Jetzt müssen wir an die Zukunft denken.«

Sofort springt er darauf an. »Wirst du es dir also überlegen? Denkst du darüber nach, ob du ihn weggeben wirst? Ich glaube, ich könnte noch einmal Vater werden, Jane. Ich glaube, ich bin bereit dazu. Aber lass uns das Kind bekommen, das wir haben wollen. Ein geplantes Kind.«

Und da sage ich Edward endlich die Wahrheit.

Damals: Emma

Es war mir klar, als der Makler mit deinen Regeln anfing. Da kannte ich dich noch gar nicht. Einige Frauen, vielleicht die meisten, möchten geliebt und respektiert werden. Sie wünschen sich einen Mann, der gütig und liebevoll ist und ihnen Koseworte ins Ohr flüstert. Ich habe versucht, so eine Frau zu sein und diesen Mann zu lieben, aber ich kann es nicht.

Sobald ich den Kaffee über deinen Bauplänen verschüttet hatte, stand es für mich fest. Etwas, das ich nicht in Worte fassen konnte, war geschehen. Du warst zwar streng und durchsetzungsfähig, doch du hast mir verziehen. Simon konnte auch verzeihen, nur dass es bei ihm ein Zeichen von Schwäche, nicht von Stärke war. Ab diesem Moment war ich dir verfallen.

Ich will nicht vergöttert, sondern beherrscht werden. Ich will einen gefährlichen Mann, einen, den alle anderen Männer hassen und beneiden, und dem das scheißegal ist. Einen Mann aus Stein.

Ein- oder zweimal dachte ich, ich hätte diesen Mann gefunden. Und dann habe ich es nie geschafft, einen Schlussstrich zu ziehen. Wenn Männer mich benutzt und weggeworfen haben, habe ich das als Beweis dafür genommen, dass sie wirklich so waren, wie sie behauptet hatten.

Einer dieser Männer war Saul. Anfangs fand ich ihn abstoßend. Ein arroganter, unsympathischer Widerling. Ich dachte, seine Flirtversuche hätten nichts zu bedeuten, denn er war ja mit Amanda verheiratet. Also habe ich zurückgeflirtet, und das war mein Fehler. Er hat mich betrunken gemacht. Ich wusste, was er vorhatte, dachte aber, er würde ab einem gewissen Punkt aufhören. Hat er aber nicht und ich vermutlich auch nicht. Es war, als passierte es einer anderen. Ich weiß, wie merkwürdig das klingt, doch ich habe mich gefühlt wie Audrey Hepburn, die mit Fred Astaire tanzt. Nicht wie eine betrunkene Sekretärin, die einem Manager nach einem Firmenlehrgang heimlich einen bläst. Und als mir klar wurde, dass mir nicht gefiel, was er da tat und wie, war es viel zu spät. Je mehr ich ihn zum Aufhören bringen wollte, desto grober wurde er.

Danach habe ich mich dafür gehasst. Ich dachte, es wäre mein Fehler, dass ich mich von ihm in diese Situation hatte bringen lassen. Und ich habe Simon dafür gehasst, dass er immer das Beste in mir gesehen hat, obwohl ich nicht der Mensch bin, für den er mich hält. Es war so viel leichter, alle zu belügen, als die Wahrheit zu sagen.

Verstehst du, ich glaubte, in dir endlich jemanden gefunden zu haben, der gleichzeitig gütig und stark ist. Eine Mischung aus Simon und Saul. Und als mir bewusst wurde, dass auch du Geheimnisse hast, war ich erleichtert. Ich dachte, wir könnten ehrlich zueinander sein und uns endlich des Ballasts unserer Vergangenheit entledigen. Nicht unserer Besitztümer, sondern der Dinge, die wir mit uns herumtragen. Denn das ist mir in der Folgate Street 1 klar geworden. Man kann seine Umgebung so blitzblank und kahl gestalten, wie man will – wenn in einem selbst Chaos herrscht, bringt das gar nichts. Und danach sind wir doch alle auf der Suche, oder? Nach jemandem, der sich um das Chaos in unserem Kopf kümmert.

17. Es ist besser, zu lügen und die Situation weiterhin im Griff zu haben, als die Wahrheit zu sagen und sich die Folgen auszuliefern.

- ☐ Stimme zu
- ☐ Stimme nicht zu

Heute: Jane

»Er *war* geplant«, sage ich.

Edward verzieht das Gesicht. »Soll das ein Scherz sein?«

»Vielleicht zu zehn Prozent.« Er entspannt sich wieder, doch dann füge ich hinzu. »Das heißt, er war von *mir* geplant. Nur nicht von dir.«

Ich schmiege Toby fester in meine Armbeuge. »Bei unserer ersten Begegnung, ja, damals in deinem Büro. Ich wusste, dass du der Vater meines Kindes sein würdest. Gut aussehend, intelligent, kreativ, ehrgeizig … Du warst eindeutig der Beste, den ich finden konnte.«

»Du hast mich *angelogen*?«, fragt er ungläubig.

»Nicht wirklich. Ich habe dir nur einige Dinge nicht mitgeteilt.« Zum Beispiel als ich den ersten Punkt auf dem Fragebogen beantwortet habe, bei dem es um die Liste der in meinem Leben wichtigsten Dinge ging. Wenn man den Mittelpunkt seines Universums verloren hat, gibt es nur eine einzige Sache, die einen wieder heilen kann.

Ich hätte es nirgendwo sonst als in der Folgate Street 1 getan. Bedenken, Selbstzweifel und moralische Einwände – der Alltag eben – hätten mich gelähmt. Doch in dieser kargen, kompromisslosen Umgebung wuchs meine Entschlossenheit. Folgate Street 1 hat mich in meinen Plänen unterstützt, und allen meinen Entscheidungen wohnte die klare Schlichtheit des Verlusts inne.

»Ich wusste, dass sich da etwas tut.« Edward ist sehr blass geworden. »*Housekeeper* … Es waren da einige Abweichungen, Daten, die keinen Sinn ergaben. Ich habe es darauf geschoben, dass du auf Emmas Tod fixiert warst, dieser alberne Kreuzzug, den du geheim halten wolltest …«

»Emma hat mich nicht interessiert, nicht persönlich. Doch ich musste wissen, ob du für unser Kind eine Gefahr darstellen würdest.« Ironie des Schicksals ist nun, dass ich durch Simons Tod eine Antwort auf diese Frage erhalten habe. In seinem blauen Ordner habe ich den Namen John Watts entdeckt, der Polier auf der Baustelle von Folgate Street 1. Emma hatte ihn von Edwards früherem Geschäftspartner Tom Ellis, ist jedoch, chaotisch wie immer, der Sache nicht weiter nachgegangen. Der Polier hat mir etwas bestätigt, dessen ich mir schon beinahe sicher gewesen war: Edwards Frau und Kind sind durch einen tragischen Unfall ums Leben gekommen.

»Ich habe kein Mitleid mit dir, Edward«, füge ich hinzu. »Du hast genau das bekommen, was du wolltest – eine kurze, leidenschaftliche und perfekte Affäre. Jeder Mann, der unter diesen Bedingungen mit einer Frau schläft, sollte sich der möglichen Konsequenzen bewusst sein.«

Auch wegen Simon habe ich kein schlechtes Gewissen. Als ich den Deckel von Isabels Erinnerungsschachtel schloss, war mir klar, dass ich ihn, wenn möglich, umbringen würde. Bis die Polizei eintraf, hatte ich schon sämtliche losen Perlen eingesammelt, und nichts wies darauf hin, dass ich bei diesem traurigen und bedauerlichen Unglücksfall die Hand im Spiel hatte.

War mein Handeln nachvollziehbar? Oder zumindest verständlich?

Könnte irgendeine Frau behaupten, sie hätte nicht das Gleiche getan?

»Oh, Jane«, sagt Edward kopfschüttelnd. »Jane. Wie … bewundernswert. Die ganze Zeit dachte ich, dass ich dich kontrolliere, und in Wirklichkeit hast du mich kontrolliert. Ich hätte ahnen müssen, dass du deine eigenen Pläne hast.«

»Kannst du mir verzeihen?«

»Wer wüsste besser als ich, wie es ist, ein Kind zu verlieren?«, erwidert er leise. »Dass man alles tut, ganz gleich, wie zerstörerisch und falsch es auch sein mag, um den Schmerz zu betäuben? Vielleicht sind wir uns ja ähnlicher als gedacht.«

Er schweigt lange und hängt seinen Gedanken nach. »Nach dem Tod von Max und Elizabeth war ich lange wie von Sinnen: halb wahnsinnig vor Schuldgefühlen, Trauer und Selbsthass«, fügt er nach einer Weile hinzu. »Ich bin nach Japan gereist, um vor mir selbst zu flüchten, doch nichts half. Und als ich zurückkam, stellte ich fest, dass Tom Ellis Folgate Street 1 fertig bauen wollte, und zwar unter seinem eigenen Namen. Ich konnte nicht ertragen, dass das Haus, das Elizabeth und ich gemeinsam für unsere Familie geplant hatten, einfach so entstehen sollte. Also habe ich die Pläne zerrissen und noch einmal von vorne angefangen. Es war mir offen gestanden egal, was für ein Haus es würde. Deshalb habe ich etwas gebaut, das so kahl und steril war wie ein Mausoleum, denn so habe ich mich damals gefühlt. Doch dann wurde mir klar, dass ich in meiner Aufgewühltheit zufällig etwas Außergewöhnliches geschaffen hatte. Ein Haus, das seinen Bewohnern Opfer abverlangt, sie allerdings tausendfach für diese Opfer entschädigt. Einige Menschen, so wie Emma, werden natürlich davon zerstört. Aber andere, wie du, werden dadurch stärker.«

Er mustert mich eindringlich. »Begreifst du nicht, Jane. Du hast bewiesen, dass du des Hauses würdig bist. Dass du diszipliniert und skrupellos genug bist, um die Herrin von Folgate Street 1 zu sein. Und deshalb mache ich dir ein Angebot.«

Er wendet den Blick nicht von mir ab. »Wenn du dieses Baby zur Adoption freigibst … schenke ich dir das Haus. Es ist dann *dein* Haus, und du kannst damit tun und lassen, was du willst. Aber je länger du die Entscheidung hinauszögerst, desto schwerer wird sie dir fallen. Was willst du eigentlich? Eine Chance auf Perfektion? Oder dich ein Leben lang mit … mit … abmühen?« Wortlos weist er auf Toby. »Die Zukunft, die dir schon immer bestimmt war, Jane? Oder das da?«

18.

☐ Das Baby weggeben
☐ Das Baby nicht weggeben

Heute: Jane

»Und wenn ich Ja sage, werden wir dann ein anderes Kind haben?«

»Darauf gebe ich dir mein Wort.« Er versucht, mein Zögern für sich zu nutzen. »Es wäre einfach nicht das Richtige für uns, Jane. Für Toby, für ein Kind wie ihn, wäre es besser, adoptiert zu werden, als ohne Vater aufzuwachsen.«

»Er hat einen Vater.«

»Du weißt genau, was ich meine. Er braucht Eltern, die ihn so nehmen, wie er ist. Die nicht jedes Mal, wenn sie ihn ansehen, um das Kind trauern, das er hätte sein können.«

Ich denke an Folgate Street 1. Das Gefühl von Ruhe und Geborgenheit, das ich dort empfinde. Und dann betrachte ich Toby und male mir die Zukunft aus. Eine alleinstehende Mutter mit einem behinderten Sohn, die gegen das Gesundheitssystem kämpft, damit er die nötigen Therapien bekommt. Ein Leben voller Durcheinander, Chaos und Kompromisse.

Oder die Gelegenheit, mich noch einmal um etwas Besseres und Schöneres zu bemühen.

Toby hat sich ein bisschen Milch auf die Schulter gespuckt. Vorsichtig wische ich sie weg. Schau, schon erledigt.

Ich habe mich entschieden.

Ich werde von Edward bekommen, was möglich ist. Und dann werde ich alle Menschen, die in dieser Geschichte eine Rolle gespielt haben, in der Vergangenheit verschwinden lassen. Emma Matthews und alle Männer, die sie geliebt haben und besessen von ihr waren. Sie spielen für uns keine Rolle mehr. Doch eines Tages, wenn Toby alt genug ist, werde ich meine Erinnerungsschachtel aus dem Regal holen. Und dann werde ich ihm die Geschichte von seiner Schwester Isabel Margaret Cavendish erzählen – dem Mädchen, das vor ihm da war.

Heute: Astrid

»Das ist ja wundervoll«, sage ich und betrachte ungläubig die hellen Steinwände, die offenen Räume und das Licht. »So ein erstaunliches Haus habe ich noch nie gesehen, nicht einmal in Dänemark.«

»Es ist wirklich etwas Besonderes«, stimmt Camilla zu. »Der Architekt ist sogar ziemlich berühmt. Erinnern Sie sich an das Tamtam wegen der Ökostadt in Cornwall letztes Jahr?«

»Es ging darum, dass die Mieter sich geweigert haben, die Bedingungen des Mietvertrags zu akzeptiereren, richtig? Hat er sie nicht alle rauswerfen lassen?«

»Der Mietvertrag hier ist auch ziemlich kompliziert«, erwidert Camilla. »Falls Sie Interesse haben, werde ich Ihnen alles genau erklären.«

Ich blicke mich um. Die hohen Wände, die frei schwebende Treppe, die unglaubliche Ruhe und der Frieden. In so einem Haus könnte ich wieder zu mir finden, denke ich. Die Verbitterung und die Wut nach der Scheidung hinter mir lassen. »Klar bin ich interessiert«, höre ich mich antworten.

»Gut. Oh, und übrigens …« Inzwischen schaut Camilla hinauf zur meterweit entfernten Decke, als wolle sie meinem Blick ausweichen. »Da Sie die Adresse sicher googeln werden, ist es wohl zwecklos, es Ihnen zu verschweigen. Das Haus hat eine Vergangenheit – ein junges Paar hat hier gewohnt. Erst ist sie die Treppe runtergefallen und war tot, und drei Jahre später ist er an genau derselben Stelle gestorben. Man glaubt, er habe sich absichtlich hinuntergestürzt, um bei ihr zu sein.«

»Nun, das ist wirklich eine Tragödie«, entgegne ich. »Doch wie alle Tragödien ziemlich romantisch. Wenn Sie wissen wollen, ob mich das abschreckt … Nein, tut es nicht. Sollte ich sonst noch etwas wissen?«

»Nur, dass der Hausbesitzer ein wenig tyrannisch sein kann. In den letzten Wochen habe ich Dutzenden von Interessenten das Haus gezeigt, aber sie wurden alle nicht genommen.«

»Glauben Sie mir, mit Tyrannen kenne ich mich aus. Ich habe sechs Jahre lang mit einem zusammengelebt.«

Und so sitze ich noch am selben Abend da und blättere die unzähligen Seiten des Bewerbungsformulars durch. So viele Regeln! So viele Fragen! Ich bin versucht, mir einen Drink zu holen, um das Ganze besser durcharbeiten zu können. Aber ich habe jetzt seit fast drei Wochen keinen Tropfen mehr angerührt, und so soll es auch bleiben.

Liste alle Dinge auf, die in deinem Leben unverzichtbar sind.

Ich hole tief Luft und greife zum Stift.

Danksagung

In den etwa zehn Jahren, die ich gebraucht habe, um dahinterzukommen, wie ich diese Geschichte erzählen soll, haben mir viele Menschen geholfen. Insbesondere danke ich der Produzentin Jill Green, die mich von Anfang an ermutigt hat; Laura Palmer für ihren wie immer hilfreichen Umgang mit einem unfertigen Manuskript; Tina Sederholm für die Perspektive einer Dichterin und Dr. Emma Fergusson für ihre Ratschläge in medizinischen Fragen und vieles mehr.

Bei Penguin Random House gilt mein tiefer Dank Kate Miciak, nicht nur weil sie das Buch eingekauft und eine fünzigseitige Leseprobe beinnahe über Nacht ihrer Kollegin Denise Cronin und deren bemerkenswertem Team auf der Frankfurter Buchmesse hat zukommen lassen, sondern auch für viele Monate anregender Diskussionen, die für die leidenschaftliche Lektorin und mich darauf folgten.

Den größten Dank bin ich jedoch Caradoc King und seinem Team bei United Agents schuldig: Mildred Yuan, Millie Hoskins, Yasmin McDonald und Amy Mitchell, die die ersten Seiten lasen, als der Roman noch kaum mehr war als eine vage Idee. Ohne ihre Begeisterungsfähigkeit und ihren Glauben an mich wäre wohl nicht viel mehr daraus geworden.

Dieses Buch ist meinem nicht unterzukriegenden und stets fröhlichen Sohn Ollie gewidmet, einem der wenigen Menschen auf der Welt, die mit dem Joubert-Syndrom Typ B geboren wurden, und dem Andenken an seinen Bruder Nicholas – dem Jungen, der vor ihm kam.

Lesen Sie auch >>

LESEPROBE

JP Delaneys atemberaubender neuer Thriller

Claire finanziert ihr Schauspielstudium mit einem lukrativen Nebenjob: Für Geld flirtet sie mit verheirateten Männern, deren Ehefrauen wissen wollen, ob sie ihnen wirklich treu sind. Als sie Patrick zum ersten Mal trifft, weiß sie, dass sie die Rolle ihres Lebens spielen muss. Doch schon bald stellt sich die Frage: Wer ist der Lockvogel – und wer das Opfer?

Prolog

Am Abreisetag soll vor zwölf Uhr ausgecheckt werden. Auf der sechsten Etage des Lexington Hotel sind um elf fast alle Zimmer geräumt. Hier in Midtown Manhattan sind sogar die Touristen im Stress, weil jede Menge Galerien, Kaufhäuser und Sehenswürdigkeiten abgeklappert werden wollen. Langschläfer wurden längst geweckt vom spanischen Palaver der Zimmermädchen, die im Wäscheraum neben dem Fahrstuhl Nachschub holen, um alles für den Ansturm am Nachmittag vorzubereiten.

An den Tabletts mit Frühstücksresten vor den Türen kann man erkennen, wo noch geputzt werden muss.

Vor der Terrace Suite steht kein Tablett.

Jeden Morgen bekommen die Gäste die *New York Times*.

Von der Terrace Suite wurde dieses Angebot nicht genutzt. Die Zeitung liegt unberührt auf der Fußmatte. Am Türgriff hängt das BITTE NICHT STÖREN-Schild.

Diese Suite nimmt sich Consuela Alvarez zuletzt vor. Ihr Rücken tut weh, weil sie bereits zwölf Betten gemacht und ebenso viele Duschkabinen geschrubbt hat. Mit ihrer Chipkarte klopft sie an die Tür, ruft »Zimmerservice« und wartet auf eine Antwort.

Nichts tut sich.

Als Consuela das Zimmer betritt, fällt ihr sofort die Kälte auf. Eisiger Wind fegt zwischen den Vorhängen herein. Verärgert schnalzt sie mit der Zunge und zieht an der Vorhangkordel. Graues Licht dringt ins Zimmer, in dem es total chaotisch aussieht.

Consuela schließt absichtlich laut das Fenster, doch die Person im Bett rührt sich nicht.

»Bitte … Sie müssen jetzt aufstehen«, sagt Consuela verlegen.

Die Person ist von Kopf bis Fuß vom Laken bedeckt wie von einer Schneeschicht.

Als Consuela die umgekippte Lampe und das zerbrochene Weinglas beäugt, hat sie eine böse Vorahnung. Im Jahr zuvor hatte es im zweiten Stock einen Selbstmord gegeben. Schlimme Geschichte. Ein junger Mann hatte sich im Badezimmer den goldenen Schuss gesetzt. Das Hotel war komplett ausgebucht gewesen, und sie hatten das Zimmer bis fünf Uhr für die nächsten Gäste vorbereiten müssen.

Auch hier stimmt einiges nicht. Wer lässt denn Glasscherben auf dem Teppich liegen? Da tritt man doch am nächsten Tag hinein. Und wieso schläft jemand mit dem Laken auf dem Gesicht? Consuela hat schon viele Hotelzimmer gesehen, und sie spürt, dass hier etwas im Argen liegt. Alles wirkt so merkwürdig künstlich.

Consuela bekreuzigt sich. Nervös legt sie die Hand auf das Laken und rüttelt die Person vorsichtig an der Schulter.

Im nächsten Moment entfaltet sich eine rote Blüte auf dem weißen Stoff.

Jetzt weiß Consuela, dass etwas Furchtbares passiert ist. Mit dem Zeigefinger berührt sie noch einmal das Laken, und wiederum erblüht eine rote Blume, als breite sich Tinte auf Löschpapier aus.

Consuela nimmt ihren ganzen Mut zusammen. Mit der linken

Hand zieht sie das Laken weg, die rechte hebt sie, um sich erneut zu bekreuzigen. Doch dann presst sie die Hand auf den Mund, um ihren Schrei zu unterdrücken.

Teil eins

(Fünf Tage vorher)

Eins

Mein Freund ist noch nicht da.

Das ist es wohl, was man bei meinem Anblick denkt. Ich sitze in der Bar eines New Yorker Businesshotels am Tresen und trinke meine Virgin Mary in so winzigen Schlucken, als müsse sie für den ganzen Abend reichen. Eine berufstätige junge Frau, die auf ihre Verabredung wartet. Vielleicht ein bisschen eleganter gekleidet als die meisten anderen Frauen hier. Man sieht, dass ich nicht direkt aus dem Büro komme.

Am Ende der Bar eine Gruppe trinkfreudiger junger Männer, die laut reden, sich gegenseitig auf die Schulter hauen. Einer – gut aussehend, teure Klamotten, durchtrainiert – schaut zu mir herüber und lächelt. Ich wende den Blick ab.

Kurz darauf wird weiter hinten ein Tisch frei, an den ich mich mit meinem Glas setze. Wo sich dann folgende Szene abspielt:

INNEN. BAR DES DELTON HOTEL, West 44th Street, NEW YORK – NACHT.

MANN *(ärgerlich)* Entschuldigung?

Jemand steht vor mir. Typ Geschäftsmann, Mitte vierzig, teurer Freizeitanzug, Haare etwas länger als an der Wall Street üblich, kein durchschnittlicher Bürohengst.

Der Typ ist wütend. *Sehr* wütend.

ICH Ja?

MANN Das ist mein Tisch. Ich war nur kurz weg.

Er zeigt auf Laptop, Glas, Zeitschrift; all das hatte ich vorgeblich nicht bemerkt.

MANN Das da sind *mein* Drink und *meine* Sachen. Ist doch nicht zu übersehen, dass der Tisch besetzt ist.

Andere Gäste schauen zu uns herüber. Aber es wird hier keinen Stress geben. Ich stehe bereits auf, hänge meine Handtasche um. Vermeide eine Auseinandersetzung.

ICH Tut mir leid, das hatte ich nicht bemerkt. Ich setze mich woandershin.

Ich trete einen Schritt beiseite, sehe mich um, etwas hilflos, denn es ist alles voll, und mein vorheriger Platz ist jetzt auch besetzt.

Aus dem Augenwinkel sehe ich, wie der Mann mich mustert, den Blick über die Donna-Karan-Jacke gleiten lässt, die Jess nur bei Castings trägt – weiches schwarzes Kaschmir, das meine helle Haut und meine dunklen Haare unterstreicht. Und ich spüre, wie der Typ merkt, dass er im Begriff ist, einen idiotischen Fehler zu machen.

MANN Warten Sie ... wir können uns den Tisch auch teilen.

Er deutet darauf.

MANN Da ist Platz für uns beide. Ich war nur gerade noch am Arbeiten.

ICH *(dankbar lächelnd)* Oh, danke! Das ist nett von Ihnen.

Ich lege meine Tasche wieder ab und setze mich. Ein Schweigen entsteht, das ich nicht beende. Er soll den ersten Schritt machen.

Und als er dann spricht, klingt seine Stimme etwas anders – kehliger, dunkler. Verändern sich Frauenstimmen auch so? Sollte ich mal ausprobieren.

MANN Warten Sie auf jemanden? Ist bestimmt vom Schnee aufgehalten worden. Deshalb bleibe ich auch noch eine weitere Nacht: Am LaGuardia-Flughafen herrscht das reinste Chaos.

Ich lächle in mich hinein, weil er das schlau anfängt: Er will rauskriegen, ob ich mit einem Mann oder mit einer Frau verabredet bin, und teilt mir zugleich mit, dass er alleine hier ist.

ICH Dann kann es wohl noch eine Weile dauern.

Der Mann weist mit dem Kopf auf mein inzwischen geleertes Glas.

MANN Möchten Sie dann vielleicht noch einen Drink? Ich bin übrigens Rick.

ICH Danke, Rick. Ein Martini wäre schön. Ich bin Claire.

RICK Freut mich, Sie kennenzulernen, Claire. Und, ähm, tut mir leid wegen eben.

ICH Nein, nein, das war ja wirklich mein Fehler.

Das sage ich so lässig und zugleich dankbar, dass nicht mal ich selbst es für eine Lüge halten würde.

Aber ich lüge ja auch nicht. Man nennt das *wahrhaftiges Verhalten unter imaginierten Umständen*. Was etwas ganz anderes ist als lügen, wie Sie noch feststellen werden.

Die Kellnerin nimmt unsere Bestellung auf. Als sie weggeht, macht ein Mann vom Nebentisch Theater, weil sein Drink noch nicht da ist. Ich beobachte, wie sie mürrisch einen Stift hinterm Ohr hervorreißt, als wolle sie ihn zu Boden feuern.

Das kann ich verwenden, denke ich. Verwahre das Bild in meinem Repertoire und sehe wieder mein Gegenüber an.

ICH Was führt Sie nach New York, Rick?

RICK Arbeit. Ich bin Anwalt.

ICH Das glaube ich Ihnen nicht.

Rick sieht verwirrt aus.

RICK Warum nicht?

ICH Weil ich nur langweilige und unattraktive Anwälte kenne.

Er erwidert mein Lächeln.

RICK Ich arbeite in der Musikbranche. In Seattle. Wir bilden uns gerne ein, dass wir ein bisschen spannender sind als die durchschnittlichen Strafverteidiger. Und Sie?

ICH Meinen Sie, womit ich mein Geld verdiene? Oder ob ich mich für spannend halte?

Zu unser beider Überraschung flirten wir jetzt ein bisschen.

RICK Beides.

Ich weise mit dem Kopf auf die Kellnerin.

ICH Eine Zeit lang habe ich mal das gemacht, was sie jetzt tut.

RICK Und dann?

ICH Hab ich gemerkt, dass man Interessanteres machen kann, um die Miete zu bezahlen.

Man sieht es immer in den Augen: diese kurze, kaum wahrnehmbare Stille, wenn eine Idee entsteht. Er überlegt, was meine Aussage bedeuten könnte, und beschließt dann, dass er zu viel hineindeutet.

RICK Woher kommen Sie denn, Claire? Ich versuche gerade, Ihren Akzent zuzuordnen.

Virginia, verflucht, das muss man doch hören.

ICH Ich komme … von woher immer Sie wollen.

Er lächelt. Es ist ein gieriges wölfisches Lächeln, das besagt: *Also hatte ich doch recht.*

RICK Hab noch nie eine Frau kennengelernt, die von dort kam.

ICH Und Sie lernen bestimmt viele Frauen kennen, oder?

RICK Ich gönne mir bei meinen Geschäftsreisen ein gewisses Maß an Genuss.

ICH Bevor Sie zu Frau und Kindern in Seattle zurückkehren.

Rick runzelt die Stirn.

RICK Was bringt Sie auf die Idee, dass ich verheiratet bin?

ICH *(beschwichtigend)* Die Männer, die mir gefallen, sind meistens verheiratet. Männer, die etwas von Genuss verstehen.

Obwohl er jetzt Bescheid weiß, überstürzt er nichts. Wir widmen uns den Drinks, und Rick erzählt mir von einigen seiner Klienten in Seattle: dem Teenieschwarm, der auf minderjährige Mädchen steht, und dem Macho-Heavy-Metal-Star, der schwul ist, es aber verheimlicht. Mit bedeutungsvollem Unterton erklärt Rick, wie viel Geld er damit verdient, für Leute zu arbeiten, die Verträge von ihrem Lebensstil her eher nicht einhalten würden und deshalb Menschen wie ihn sowohl für den Vertragsabschluss als auch für die Auflösung benötigen. Und als ich gebührend beeindruckt wirke, schlägt Rick vor, da mein Freund ja offenbar nicht mehr kommen wird, könnten wir doch anderswohin gehen, in ein Restaurant oder einen Club, wenn ich Lust hätte …

RICK *(leise)* Oder wir lassen uns was vom Zimmerservice bringen. Ich wohne hier im Haus.

ICH Zimmerservice ist aber meist sehr teuer.

RICK Wonach Ihnen der Sinn steht. Sie suchen aus. Eine Flasche Cristal, Kaviar …

ICH Ich meine, Zimmerservice kann teuer sein … wenn ich ihn liefere.

So, nun ist es raus. Aber jetzt nicht reagieren auf diese Worte, nicht lächeln, nicht wegschauen. Ist kein großes Ding. Du machst das ständig. Das Hämmern in der Brust, das flaue Gefühl im Magen nicht beachten.

Rick nickt zufrieden.

RICK Ich bin also nicht der einzige Mensch, der arbeitet, wie?

ICH Sie haben's erfasst, Rick.

RICK Nehmen Sie's mir nicht übel, Claire, aber irgendwie sind Sie gar nicht der Typ Frau dafür.

Zeit für ein Geständnis.

ICH Weil … es auch nicht so ist.

RICK Also welcher Typ Frau sind Sie dann?

ICH Der Typ, der nach New York kommt, um Schauspielunterricht zu nehmen, und die Gebühren nicht mehr zahlen kann. Deshalb ziehe ich alle paar Monate los, habe ein bisschen Spaß … und das Problem ist erledigt.

Vorne an der Rezeption ist gerade eine Familie beim Einchecken. Ein etwa sechsjähriges Mädchen, eingemummelt in Mantel, Wollmütze und Schal, will wissen, was hinter dem Empfangstresen ist. Der Vater hebt die Kleine hoch, stellt sie auf ihren Elefantenkoffer. Sie hält sich fest und nimmt strahlend die Schlüsselkarte in Empfang, die der Angestellte ihr lächelnd überreicht. Der Vater hat schützend die Hand in den Nacken der Kleinen gelegt, damit sie nicht herunterfällt. Worauf sich prompt bei mir das vertraute Stechen von Neid und Schmerz einstellt.

Ich verdränge es und wende mich wieder Rick zu. Er beugt sich mit leuchtenden Augen vor und spricht mit gedämpfter Stimme.

RICK Und *wie viel* Spaß möchten Sie heute Abend haben, Claire?

ICH Das kommt darauf an, was ausgehandelt wird.

Rick lächelt. Er ist Anwalt. Etwas auszuhandeln ist sein täglich Brot.

RICK Wie wär's mit dreihundert?

ICH Das wird in Seattle bezahlt?

RICK Dafür kriegt man in Seattle eine ganze Menge, glauben Sie mir.

ICH Was ist der höchste Preis, den Sie jemals für eine Frau bezahlt haben, Rick?

RICK Fünfhundert. Aber das war …

ICH *(falle ihm ins Wort)* Verdoppeln Sie die Summe.

RICK *(verblüfft)* Das ist nicht Ihr Ernst!

ICH Tatsächlich – auf Ernst habe ich keine Lust. Ich will Spaß haben, und deshalb bin ich tausend Dollar wert. Aber wenn Sie sich's anders überlegt haben …

Ich greife gezielt lässig nach meiner Handtasche und hoffe dabei inständig, dass er nicht merkt, wie sehr meine Hände zittern.

RICK Nein, warten Sie … tausend geht klar.

ICH Welche Zimmernummer haben Sie?

RICK Achthundertvierzehn.

ICH In fünf Minuten klopfe ich bei Ihnen. Schauen Sie jetzt nicht zum Empfangstresen.

Er steht auf.

RICK *(bewundernd)* Der Trick mit dem Tisch ist imposant. Abschleppen direkt vor der Nase des Personals.

ICH So was lernt man. Wenn man Spaß haben will.

Als er am Aufzug ist, blickt Rick zu mir zurück. Ich nicke kurz und erlaube mir ein kleines verschwörerisches Lächeln.

Das sofort erstirbt, als die Aufzugtür zugeht und er mich nicht mehr sieht. Ich nehme meine Handtasche und verlasse das Hotel.

Ausblende.